TRADUÇÃO
Lúcio Cardoso

PREFÁCIO
Elena Vássina

POSFÁCIO
Otto Maria Carpeaux

3ª edição

LEON TOLSTÓI

ANA KARENINA

VOLUME 2

Título original: *Anna Karenina*

Direitos de edição da obra em língua portuguesa no Brasil adquiridos pela EDITORA NOVA FRONTEIRA PARTICIPAÇÕES S.A. Todos os direitos reservados. Nenhuma parte desta obra pode ser apropriada e estocada em sistema de banco de dados ou processo similar, em qualquer forma ou meio, seja eletrônico, de fotocópia, gravação etc., sem a permissão do detentor do copirraite.

EDITORA NOVA FRONTEIRA PARTICIPAÇÕES S.A.
Rua Candelária, 60 — 7º andar — Centro — 20091-020
Rio de Janeiro — RJ — Brasil
Tel.: (21) 3882-8200

Créditos de imagem

Luva:
Anna Karenina by E. Boehm – Postcard published in St. Petersburg Lebrecht Music
Fyodor Alekseyev – View Lubyanka C 1800 – Artefact / Alamy Stock Photo
Fyodor Alekseyev – Palace Tsaritsyno Vicinity Moscow C 1800 – Artefact / Alamy Stock Photo
KateVogel – Shutterstock

Capa:
Fyodor Alekseyev – View Kremlin Kamenny Bridge Moscow – Artefact / Alamy Stock Photo
North side of Red Square. 1802 – Fyodor Alekseyev Alamy Stock Photo

Guardas:
Shutterstock antuanetto

Dados Internacionais de Catalogação na Publicação (CIP)

T654a   Tolstói, Leon

         Ana Karenina: volume 2 / Leon Tolstói ; traduzido por Lucio Cardoso. – 3.ed. – Rio de Janeiro : Nova Fronteira, 2022.
         416 p.

         Título original: Anna Karenina

         ISBN: 978-65-5640-460-8

         1. Literatura russa. I. Cardoso, Lucio. II. Título

                               CDD: 891.73
                               CDU: 821.161.1

André Queiroz – CRB-4/2242

Sumário — volume 2

Quinta parte	7
Sexta parte	129
Sétima parte	255
Oitava parte	357
Posfácio	407

Quinta parte

1

A princesa Stcherbatski achava impossível celebrar-se o casamento antes da quaresma por causa do enxoval — até lá, isto é, em cinco semanas, terminariam apenas a metade. De resto ela concordava com Levine que, retardando-se a cerimônia para depois da Páscoa, se arriscavam a ser obrigados a transferi-la ainda mais por causa de um luto: uma velha tia do príncipe estava muito doente. Decidiu-se afinal por um meio-termo e ficou assentado que o casamento se realizaria antes da quaresma, mas que só o "pequeno" enxoval seria entregue naquela data, o "grande" seguindo mais tarde. E como Levine, intimado a dar o seu consentimento, respondesse com brincadeiras, a princesa indignou-se, tanto mais que os noivos esperavam passar a lua de mel no campo, onde certas peças do grande enxoval podiam fazer falta.

Sempre meio louco, Levine continuava a acreditar que a sua felicidade e a sua pessoa constituíam o centro, o único fim da criação. Entregando aos outros as inquietações materiais, deixava que traçassem para ele os planos do futuro, convencido de que arranjariam tudo da melhor maneira. O seu irmão Sérgio, Stepane Arcadievitch e a princesa o dirigiam completamente. O irmão lhe tomara o dinheiro de que ele necessitava; a princesa o aconselhara a deixar Moscou depois do casamento; Oblonski aconselhara-o a fazer uma viagem ao estrangeiro — e Levine consentiu em tudo. "Ordenem o que quiserem e façam o que desejem, eu sou feliz, e o que quer que decidam não alterará em nada a minha felicidade." Quando pediu a opinião de Kitty sobre o conselho de Stepane Arcadievitch, ficou surpreso de ver que, longe de aprová-lo, ela tinha as suas ideias particulares e bem decididas sobre a vida futura. Sabia que Levine se apaixonara por uma empresa que julgava muito importante, sem esforçar-se por compreendê-la, e, como aquela empresa exigiria a sua presença no campo, resolveu estabelecer-se sem mais tardar na sua verdadeira residência. A determinação dessa decisão surpreendeu Levine mas, indiferente a tudo, ele se arrumou imediatamente e pediu a Stepane Arcadievitch para assistir, com o gosto que o caracterizava, ao embelezamento da sua casa de campo. Aquele penoso trabalho pareceu-lhe, por direito, entrar nas atribuições do seu futuro cunhado.

— A propósito — perguntou-lhe Oblonski depois de haver tudo organizado no campo —, tens o teu bilhete de confissão?

— Não, por quê?

— Porque ninguém poderá se casar sem possuí-lo.

— Ah, ai de mim! — gritou Levine. — Vê, acho que faz nove anos que não me confesso! E eu que não pensei nisto um só momento!

— Bonito — disse Oblonski, rindo-se. — E tu me tratas de niilista! Mas isso não pode ficar assim: é preciso que faças as tuas devoções.

— Quando? Temos apenas quatro dias.

Stepane Arcadievitch encarregou-se daquele negócio como dos outros e Levine começou as suas devoções. Respeitoso para com as convicções alheias, mas, incrédulo, achava duro assistir e participar sem fé de cerimônias religiosas. Em sua disposição de espírito comovida e sentimental, a obrigação de dissimular parecia-lhe particularmente odiosa. Mentir, escarnecer das coisas santas quando o seu coração se desabrochava, quando se sentia em plena glória! Era aquilo possível? Mas, por mais que suplicasse a Stepane Arcadievitch para arranjar-lhe um bilhete sem que fosse forçado a se confessar, este permaneceu inflexível.

— Acredita-me, dois dias passam depressa, e a tua confissão será feita a um velhinho inteligente que te arrancará esse dente sem que o percebas.

Durante a primeira missa a que assistiu, Levine quis reavivar as impressões religiosas da juventude que, entre os dezesseis e os dezessete anos, tinham sido muito vivas: não teve o menor êxito. Tentou então examinar aquela cerimônia como um uso antigo, tão vazio de sentido como o costume de fazer visitas: assemelhava-se à maior parte dos seus contemporâneos, sentia-se realmente tão incapaz de crer como de negar. Aquela confusão de sentimentos causou-lhe, durante todo o tempo que teve que se consagrar às devoções, uma tortura e uma vergonha extremas: a voz da consciência gritava-lhe que agir sem compreender era praticar uma ação má.

Durante os ofícios, ele se maculara primeiro atribuindo às preces um sentido que não melindrava as suas convicções, mas, verificando imediatamente que criticava em lugar de compreender, abandonou-se ao turbilhão das suas recordações e dos seus pensamentos íntimos. Ouviu do mesmo modo a missa, as vésperas e as instruções da noite para a comunhão. No dia seguinte, levantando-se mais cedo que de costume, veio, às oito horas da manhã, em jejum, para as instruções da manhã e para a confissão. A igreja estava deserta: viu apenas um soldado que pedia esmolas, duas velhas e os sacerdotes. Um jovem diácono, cujo busto comprido e magro se desenhava em duas partes bem nítidas sob a sua leve batina, veio ao encontro de Levine. Aproximou-se imediatamente de uma pequena mesa colocada perto da parede, e começou a leitura das instruções. Ouvindo-o tartamudear as palavras como um estribilho: "Senhor, tende piedade de nós", Levine preferiu deixar os pensamentos seguirem o seu curso, sem forçá-los a uma atenção de que, sem dúvida, não seria capaz. "Que expressão tem ela nas mãos", pensava, lembrando-se da reunião da véspera, passada com Kitty a um canto: enquanto a sua conversa rolava, como quase sempre, sobre coisas insignificantes, ela se divertia, rindo-se daquela infantilidade, abrindo e fechando a mão apoiada sobre a mesa. Recordava-se de haver beijado aquela mãozinha cor-de-rosa e de ter examinado as suas linhas. "Ainda: tende piedade de nós!", disse intimamente, e precisava fazer o sinal da cruz, inclinar-se totalmente, examinando o busto do diácono que também se inclinava. "Depois ela tomou a minha e, por sua vez, examinou-a: 'Tens uma mão admirável', disse-me ela. Olhou a própria mão, depois aquela do diácono, os dedos curtos. Vamos, penso que o fim se aproxima... Não, ele recomeça... Mas não, ele se prosternou, é bem o fim."

A sua comprida manga forrada de pelúcia permitiu ao diácono fazer desaparecer, o mais discretamente possível, a nota de três rublos que Levine lhe dera. Depois de prometer inscrevê-lo para a confissão, afastou-se, ressoando as botas novas sobre a laje da igreja deserta. Perdeu-se atrás do altar, mas voltou imediatamente fazendo sinal a Levine, cujo pensamento pareceu querer se reanimar. "Não, é melhor não pensar. Tudo se arranjará." Dirigiu-se para o púlpito, subiu alguns degraus, voltou-se para a direita e percebeu o padre, um pequeno velho de barba grisalha e rala, olhos cansados, que, em pé, perto do confessionário, folheava o seu ritual. Depois de cumprimentar ligeiramente a Levine, leu com monotonia as preces preparatórias, prosternou-se para o seu penitente e disse-lhe, mostrando o crucifixo:

— O Cristo assiste, invisível, à sua confissão... Acredita em tudo o que ensina a Santa Igreja Apostólica? — continuou ele, voltando o olhar e cruzando as mãos sobre a sua estola.

— Eu duvidei e duvido ainda de tudo — disse Levine com uma voz que ecoou desagradavelmente aos seus próprios ouvidos. Depois, calou-se.

O padre esperou alguns segundos e, fechando os olhos, articulou com a rápida facilidade de falar das pessoas de Vladimir:

— Duvidar é próprio da fraqueza humana, mas devemos orar ao Senhor todo-poderoso para que nos ajude. Quais são os seus principais pecados? — acrescentou sem a menor interrupção, como se temesse perder tempo.

— Meu pecado principal é a dúvida. Duvido de tudo e quase sempre.

— Duvidar é próprio da fraqueza humana — repetiu o padre. — De que duvida principalmente?

— De tudo. Algumas vezes, duvido mesmo da existência de Deus.

A inconveniência daquelas palavras o assustou, mas não pareceu produzir no padre a impressão que ele receava.

— Quais as dúvidas que tem sobre a existência de Deus? — indagou ele com um sorriso quase imperceptível.

Levine calou-se.

— Que dúvidas podes ter sobre o Criador, quando contemplas as suas obras? Quem decorou a abóbada celeste com todas as suas estrelas, ornou a terra com todas as suas belezas? Como existiriam essas coisas sem o Criador?

Interrogou Levine com o olhar. Mas Constantin, sentindo a impossibilidade de uma discussão filosófica com um padre, respondeu simplesmente:

— Eu não sei.

— Não sabe? Mas então por que duvida que Deus tenha sido o criador de tudo?

— Não compreendo nada — replicou Levine, corando. Ele sentia o absurdo das respostas que, no caso presente, só podiam mesmo ser absurdas.

— Reze a Deus, rogue a Deus. Os próprios padres da Igreja duvidam e pedem a Deus que fortaleça a sua fé. O demônio é poderoso, mas não devemos lhe ceder nada. Reze a Deus, reze a Deus — repetiu depressa.

Depois, guardando um instante de silêncio, pareceu refletir.

— Disseram-me que o senhor pretende se casar com a filha do meu paroquiano e filho espiritual, o príncipe Stcherbatski? — prosseguiu ele, rindo-se. — É ela uma criatura encantadora.

— Sim — respondeu Levine, corando em vez do padre. "Que necessidade tem ele de fazer semelhantes perguntas na confissão?"

Então, como se respondesse àquele pensamento, o padre declarou:

— O senhor pensa no casamento e talvez Deus lhe conceda uma posteridade. Que educação dará aos seus filhos se não conseguir vencer as tentações do demônio que lhe insinua as dúvidas? Se amar os seus filhos, o senhor desejará para eles não somente a riqueza e as honras, mas ainda, como bom pai, a salvação da alma e as luzes da verdade, não é mesmo? Que responderia ao inocente que lhe perguntasse: "Pai, quem criou tudo isso que me encanta na terra, a água, o sol, as flores, as plantas?" O senhor responderia: "Que sei eu?" Podia ignorar isso que Deus, em sua bondade infinita, lhe mostrou? E se a criança lhe perguntasse: "Que é que me espera além do túmulo?", que responderá, se o senhor não sabe nada? Abandonará os seus filhos ao sortilégio do demônio e do mundo? Isso não está certo — concluiu, inclinando a cabeça para olhar Levine com os seus olhos doces e modestos.

Levine nada respondeu, não que desta vez receasse uma discussão imprópria, mas porque ninguém ainda lhe apresentara semelhantes questões.

— O senhor se aproxima — prosseguiu o padre — de uma fase da vida onde é preciso escolher um caminho e nele se conservar. Reze a Deus para que venha em sua ajuda e o absolva em sua misericórdia.

E, depois de pronunciar a fórmula de absolvição, o padre benzeu-o e despediu-se.

Levine retornou à casa muito contente. Em primeiro lugar, sentia-se liberto de uma falsa situação, sem ter sido forçado a mentir. Em segundo lugar, a exortação do bom velho não lhe parecia totalmente tola, como acreditara de início. Tinha a impressão de ter ouvido coisas que, um dia ou outro, valia a pena serem aprofundadas. Sentiu mais vivamente do que nunca ter na alma regiões perturbadas e obscuras. No que dizia respeito à religião, encontrava-se exatamente no mesmo caso de Sviajski e outros, vituperando incoerentes opiniões.

Levine passou a noite em casa de Dolly, acompanhado da noiva e, como sua alegre superexcitação surpreendesse Stepane Arcadievitch, comparou-se a um cão que se adestrasse a saltar sobre um arco e que, satisfeito afinal por ter compreendido a lição, saltasse sobre as mesas e as janelas agitando a cauda.

2

A princesa e Dolly observaram estritamente os velhos costumes, não consentindo que Levine visse a noiva no dia do casamento. Ele jantou no hotel com três celibatários que o acaso reunira. Eram, em primeiro lugar, o seu irmão; depois, Katavassov, um camarada da universidade, que se tornara professor de ciências naturais, que ele trouxera quase à força; finalmente, o seu padrinho, Tchirikov, um companheiro de caçada aos ursos que exercia em Moscou as funções de juiz de paz. O jantar transcorreu animado. Sérgio Ivanovitch, com ótimo humor, apreciou muito a originalidade de Katavassov que, sentindo-se apreciado, esfriou totalmente. Quanto ao excelente Tchirikov, estava sempre com disposição de sustentar não importa que espécie de conversa.

— Que rapaz bem-dotado era outrora o nosso amigo Constantin Dmitritch — dizia Katavassov com a dicção vagarosa de um homem habituado a perorar no alto de uma cátedra. — Falo dele no passado, porque já não existe mais. Antigamente, ele amava a ciência. Ao sair da universidade, tinha paixões dignas de um homem. Agora, porém, emprega metade das suas faculdades a iludir-se, e outra metade a emprestar às suas quimeras uma aparência de razão.

— Nunca encontrei um inimigo mais convicto do casamento do que tu — disse Sérgio Ivanovitch.

— Não, eu sou apenas partidário da divisão do trabalho. Aqueles que para nada servem estão incumbidos de propagar a espécie. Outros, de contribuir para o desenvolvimento intelectual, para a felicidade dos seus semelhantes. Tal é a minha opinião. Há, eu não o ignoro, uma multidão disposta a confundir esses dois ramos de trabalho, mas eu não estou nela.

— Não sentiria nunca tanta alegria como no dia em que soubesse que estavas apaixonado! — gritou Levine. — Peço-te, convida-me para as tuas núpcias.

— Mas eu já estou apaixonado!

— Sim, de um molusco. Sabes — disse Levine, voltando-se para o irmão —, Miguel Semionovitch escreveu uma obra sobre a nutrição e...

— Não embrulhes as coisas, faze favor! Pouco importa o que tenha escrito, mas é verdade que gosto de moluscos.

— Isso não o impedirá de amar uma mulher.

— Não, seria minha mulher que se oporia ao meu amor pelos moluscos.

— Por quê?

— Verás perfeitamente. Tu amas, neste momento, a caçada e a agronomia. Bem, espere um pouco e depois me dirás.

— A propósito — disse Tchirikov —, Archippe veio ver-me há pouco tempo. Ele acha que há em Proudnoie dois ursos e enorme quantidade de veados.

— Caçarás sem mim.

— Vês — disse Sérgio Ivanovitch. — Dize adeus à caçada aos ursos, tua mulher não a permitirá mais.

Levine sorriu. A ideia de que a sua mulher proibiria a caçada pareceu-lhe tão encantadora que voluntariamente renunciaria ao prazer de encontrar um urso.

— Ficarás aborrecido — prosseguiu Tchirikov — quando souberes que matamos aqueles dois ursos sem o teu auxílio. Lembras-te da bela caçada de outro dia em Khapilovo?

Levine preferiu calar-se. Aquele homem pensava que se pudesse sentir algum prazer ausente de Kitty. Que bom seria arrancar-lhe as ilusões!

— É bem certo que se estabeleceu o uso de dizer adeus à vida de solteiro — declarou Sérgio Ivanovitch. — Sente-se tão feliz e lastima-se sempre a liberdade...

— Confessa, como o noivo de Gogol, não sentes ânsia de saltar pela janela?

— Deve sentir alguma coisa assim, mas estejam certos que ele não confessará — disse Katavassov com um riso aberto.

— Os postigos estão abertos, partamos para Tver — insistiu Tchirikov, rindo-se. — Podemos encontrar o urso na sua toca. Ainda temos tempo de tomar o trem das cinco horas.

— Não, francamente, afirmo com a mão na consciência que a perda da minha liberdade deixa-me insensível — respondeu Levine, rindo-se também. — Não consigo descobrir em mim o menor sintoma de saudade.

— É que reina em ti um tal caos que, por um quarto de hora, nada percebes — disse Katavassov. — Espera que venha a lucidez, então verás!

— Não, parece-me que além do meu... sentimento (ele não gostava de empregar a palavra "amor") e da minha felicidade, deveria sentir a presença da saudade. Mas, não, eu afirmo, a perda da minha liberdade só me causa alegria.

— O caso é de desespero! — exclamou Katavassov. — Bebamos, pois, à sua cura ou desejemos ver realizado um dos seus sonhos sobre cem: ele conhecerá então uma aborrecida felicidade.

Quase logo depois de jantar, os convidados retiraram-se para as suas residências.

Ficando sozinho, Levine perguntou-se ainda se lastimaria realmente a liberdade, tão querida daqueles celibatários endurecidos. Aquela ideia o fez sorrir. "A liberdade! Por que liberdade?" "A felicidade para mim consiste em amar, em viver para os seus pensamentos, os seus desejos, sem nenhuma liberdade. Eis a felicidade... Mas", soprou-lhe de repente uma voz interior, "verdadeiramente, posso conhecer os seus pensamentos, os seus desejos, os seus sentimentos?". O sorriso desapareceu dos seus lábios. Caiu num profundo devaneio e, imediatamente, sentiu-se preso ao medo e à dúvida. "E se ela não me amasse? Se me esposasse, mesmo inconscientemente, apenas para se casar? Talvez reconheça o seu erro e compreenda, depois de casada, que não me ama e não pode me amar." E as ideias mais injuriosas para Kitty vieram-lhe ao espírito: começou, como um ano antes, a sentir um violento ciúme de Vronski; lembrava-se, como se fosse uma recordação da véspera, daquela reunião em que ele os vira juntos e lhe viu a suposição de que talvez ela não lhe tivesse confessado tudo.

"Não", decidiu com um sobressalto de desespero, "não posso deixar as coisas assim. Vou procurá-la, dizer-lhe pela última vez: nós somos livres, não seria melhor continuarmos assim? Tudo é preferível à infelicidade da vida inteira, à vergonha, à infidelidade!" E, fora de si, cheio de ódio contra a humanidade, contra ele mesmo, contra Kitty, correu para a residência dos Stcherbatski.

Achou-a no guarda-roupa, sentada sobre um enorme baú, ocupada em tirar com a sua criada vestidos de todas as cores, que ia colocando no chão e nos encostos das cadeiras.

— Como! — gritou Kitty, radiante de alegria ao vê-lo. — É você? Não esperava. Estava repartindo os meus vestidos de moça.

— Ah, muito bem — respondeu ele num tom lúgubre e com um olhar pouco delicado para com a criada.

— Podes sair, Douniacha. Chamar-te-ei depois.

E, passando resolutamente a tratar Levine por "tu" desde que a camarista saiu:

— Que tens? — perguntou ao noivo, cujo rosto transtornado lhe inspirou um terror súbito.

— Kitty, eu sofro e não posso suportar sozinho esta tortura — disse ele, com um acento de desespero e implorando um olhar compreensivo. Era muito cedo para ler no seu rosto leal e amoroso a presunção dos seus receios. — Eu vim te dizer que não é ainda muito tarde, que tudo pode ainda ser reparado.

— Quê? Não compreendo nada. Que queres dizer?

— Eu... isso que cem vezes disse e pensei... Eu não sou digno de ti. Não podes consentir em casar comigo. Pensa. Talvez te enganes. Pensa bem. Tu não podes me amar... É melhor confessar — continuou, sem fitá-la. — Eu seria infeliz, não importa! Tudo será melhor que a infelicidade! Não espera que seja muito tarde.

— Não compreendo nada — respondeu ela, ansiosamente. — Que queres tu? Desdizer-se, romper?

— Sim, se tu não me amas.

— Estás ficando louco! — gritou ela, vermelha de despeito. Mas, à vista do rosto desolado de Levine, deteve a cólera e, desobstruindo uma poltrona que os vestidos cobriam, sentou-se perto dele. — Em que pensas? — perguntou-lhe. — Vejamos, dize-me.

— Penso não existir motivos para que me ames. Por que me amarias tu?

— Meu Deus! Que hei de fazer?... — disse ela, desfazendo-se em lágrimas.

— Que fiz eu! — gritou imediatamente Levine, lançando-se aos seus joelhos e cobrindo-lhe as mãos de beijos.

Quando a princesa, no fim de cinco minutos, entrou no quarto, a reconciliação era completa. Kitty havia convencido ao noivo do seu amor. Explicara-lhe que o amava porque o compreendia profundamente, porque sabia do que ele gostava e que tudo de que ele gostava era bom — e aquela explicação pareceu muito clara a Levine. A princesa os encontrou sentados, lado a lado, no baú, na iminência de examinarem os vestidos: Kitty queria dar a Douniacha o vestido escuro que trajara no dia em que Levine a pedira em casamento, e Levine insistia para que aquele não fosse dado a ninguém e que Douniacha recebesse o azul.

— Mas, compreende que o azul não lhe assenta… Pensei em tudo isso…

Ao saber porque Levine viera, a princesa zangou-se, rindo, e mandou-o embora para que se vestisse, porque M. Charles viria para pentear Kitty.

— Ela está muito preocupada, não tem comido estes dias, desfigura-se a olhos vistos. E ainda vens perturbá-la com as tuas loucuras! Vamos, vai-te, meu rapaz!

Confuso, mas tranquilo, Levine voltou ao hotel, onde o seu irmão, Daria Alexandrovna e Stepane Arcadievitch, todos em trajes de gala, o esperavam para benzê-lo com a imagem santa. Não tinha tempo a perder. Daria Alexandrovna devia voltar para casa e apanhar o seu filho que, preparado para a cerimônia, carregaria a imagem diante da noiva. Ainda era preciso enviar uma carruagem para o padrinho enquanto outra, depois de conduzir Sérgio Ivanovitch à igreja, devia retornar ao hotel.

A cerimônia da bênção não teve seriedade nenhuma. Stepane Arcadievitch tomou uma pose solene e cômica ao lado da sua mulher, ergueu a imagem e, obrigando Levine a se prosternar, benzeu-o com um sorriso afetuoso e cheio de malícia. Depois, abraçou-o três vezes. Daria Alexandrovna fez exatamente a mesma coisa, tinha pressa de partir e se atrapalhava com a preocupação dos arranjos das carruagens.

— Repare no que vamos fazer: irás apanhar o padrinho em nossa carruagem, enquanto Sérgio Ivanovitch terá a bondade de ir rapidamente à igreja e de mandar a sua — disse Oblonski.

— Está certo, com todo prazer.

— Quanto a mim, acompanharei Kostia. As bagagens já foram despachadas?

— Sim — respondeu Levine, que chamou Kouzma para se vestir.

3

Uma multidão, em que dominava o elemento feminino, enchia completamente a igreja brilhantemente iluminada. As pessoas que não puderam penetrar no interior se comprimiam nas janelas para ocupar os melhores lugares.

Mais de vinte carruagens, arrumadas em fila, na rua, eram vigiadas por soldados. Indiferente ao frio, um oficial de polícia em uniforme de gala, sobre o peristilo, assistia às carruagens, umas após outras, deixarem mulheres com ramalhetes de flores no busto e levantando as caudas dos vestidos, seguidas de homens que usavam quepes. Os dois lustres e os círios acesos em frente das imagens inundavam de luz os dourados sobre o fundo encarnado do altar, as cinzeladuras das imagens, os castiçais de prata, os ladrilhos do assoalho, os tapetes, os estandartes, os degraus do púlpito, os velhos rituais enegrecidos e as vestimentas sacerdotais. À direita da igreja agrupavam-se as roupas negras e as gravatas brancas, os uniformes e os tecidos preciosos, os veludos e os cetins, os cabelos frisados e as flores raras, as espáduas nuas e as luvas geladas — e dessa multidão subia um murmúrio animado que ressoava estranhamente na alta cúpula da igreja. Cada vez que a porta se abria com um ruído queixoso, o murmúrio parava, e todos se voltavam na esperança de ver surgirem os noivos. Mas a porta já se abrira mais de dez vezes fosse para deixar passar um convidado retardatário que se reunia ao grupo da direita, fosse uma espectadora que, conseguindo enganar o oficial de polícia, aumentava o grupo da esquerda, composto unicamente de curiosos. Parentes e amigos tinham passado por todas as fases da espera: primeiramente, não se dera nenhuma importância ao atraso dos noivos; depois, com maior frequência, perguntava-se o que podia ter acontecido; afinal, como para dissipar a inquietude que os dominava, tomavam o ar indiferente de pessoas absorvidas nas próprias conversas.

A fim de provar sem dúvida que perdia um tempo precioso, o padre de tempos a tempos fazia tremer os vidros, tossindo com impaciência. Os cantores aborrecidos ensaiavam as suas vozes. O padre mandava ora o diácono, ora o sacristão, informar-se e mostrava cada vez mais frequentemente a sua batina arroxeada e o seu cinto bordado numa das portas do corredor. Uma senhora, afinal, tendo consultado o relógio, disse em voz alta:

— Isso torna-se estranho!

E imediatamente todos os convidados exprimiram a sua surpresa e o seu descontentamento. Um dos padrinhos partiu para saber notícias.

Durante esse tempo, Kitty, de vestido branco, longo véu e coroa de flores de laranjeira, esperava inutilmente no salão em companhia da sua irmã Lvov que seu padrinho viesse anunciar a chegada do noivo na igreja.

Levine, da sua parte, em calças negras, mas sem colete nem paletó, passeava de um a outro lado no quarto do hotel, abrindo a porta a cada instante para olhar no corredor e, não vendo vir ninguém, dirigia-se com gestos desesperados para Stepane Arcadievitch, que fumava tranquilamente.

— Já viste alguma vez um homem em situação mais absurda?

— É verdade — confirmou Stepane Arcadievitch com um sorriso tranquilizador. — Mas fique sossegado, que a trarão daqui a pouco.

— Esperar! — dizia Levine, contendo a sua raiva com grande dificuldade. — E dizer que nada podemos fazer com estes absurdos coletes abertos! Impossível! — acrescentou, olhando o plastrão da camisa completamente machucado. — E se as minhas malas já estiverem na estrada de ferro? — gritava, totalmente fora de si.

— Usarás uma das minhas.

— Deveria ter começado por aí.

— Não te faças ridículo… Paciência, tudo "se desenvolverá".

Quando Levine se achou na obrigação de vestir-se, Kouzma, o seu velho criado, trouxe-lhe a roupa e o colete.

— Mas e a camisa? — perguntou Levine.

— A camisa? O senhor a tem no corpo — respondeu o rapaz com um sorriso enigmático.

Por ordem de Levine, ele arrumara todas as roupas do patrão e enviara toda a bagagem para a casa dos Stcherbatski — de onde os recém-casados deveriam partir na mesma noite —; Kouzma não pensara deixar de fora nem sequer uma camisa. A que Levine trazia desde o amanhecer já não estava em bom estado; mandar buscar outra em casa dos Stcherbatski parecia muito longe; além disso, era domingo e não havia lojas abertas. Mandou-se então buscar uma de Stepane Arcadievitch e ela ficou ridiculamente larga e curta. Em desespero de causa, foi indispensável mandar abrir as malas em casa dos Stcherbatski. Assim, enquanto o esperavam na igreja, o infeliz noivo se debatia no quarto como um leão na jaula: que poderia imaginar Kitty após as frivolidades que lhe dissera algumas horas antes?

Afinal, o culpado Kouzma se precipitou esbaforido no quarto, uma camisa na mão.

— Cheguei no momento justo — declarou ele —, começavam a levar as malas.

Três minutos depois, Levine corria desabaladamente pelo corredor, tendo o cuidado de não ver as horas para não aumentar o seu tormento.

— Não modificaste nada — gritou-lhe Stepane Arcadievitch, que o seguia tranquilamente. — Eu não te disse que tudo "se desenvolveria"?

4

"Ali estão eles. Ei-los. Quais? É o mais jovem? E ela, vejam, tem o ar mais morto do que vivo!" Essas exclamações subiam da multidão no momento em que Levine, depois de ter encontrado a sua noiva no adro, com ela penetrou no interior da igreja.

Stepane Arcadievitch contou à sua mulher o motivo do atraso, o que provocou sorrisos e cochichos entre os convidados. Mas Levine não observava nada e ninguém: tinha olhos unicamente para a noiva. Sob a sua coroa de casada, Kitty era muito menos bonita do que de ordinário. Geralmente achavam-na feia. Tal não era, porém, a opinião de Levine. Ele fitava o seu penteado alto, o seu comprido véu branco, as suas flores de laranjeira, o seu talhe fino, os fofos preguedos que emolduravam virginalmente o seu pescoço delgado e o descobria um pouco — e ela parecia mais bela do que nunca. De resto, bem longe de achar que aqueles enfeites vindos de Paris acrescentavam alguma coisa à beleza de Kitty, admirava-se que o rosto da moça conservasse a sua estranha expressão de inocência e lealdade.

— Já me perguntava se tu não tinhas fugido — disse ela, rindo-se.

— Foi tão absurdo o que me aconteceu que até sinto vergonha de o dizer — respondeu, inteiramente confuso. E, a fim de não perder a postura, voltou-se para o irmão que se aproximava deles.

— Bem, é linda a tua história da camisa! — disse Sérgio Ivanovitch, balançando a cabeça.

— Kostia, eis o momento de tomar uma suprema decisão — veio dizer-lhe Stepane Arcadievitch, fingindo um grande embaraço —, a questão é grave e tu me pareces em estado de apreciar toda a importância. Perguntaram-me se os círios devem ser novos ou entalhados? A diferença é de dez rublos — acrescentou, preparando-se para sorrir. — Tomei uma decisão, mas ignoro se tu a aprovas.

Levine compreendeu que Oblonski brincava, mas não se alegrou no momento.

— Bem, que decides tu? Novos ou entalhados? Eis a questão.

— Novos, novos!

— A questão está decidida — disse Stepane Arcadievitch sempre sorrindo. — É preciso confessar que esta cerimônia torna as pessoas bem tolas — murmurou a Tchirikov, enquanto Levine, depois de lançar-lhe um olhar desvairado, se voltava para a noiva.

— Atenção, Kitty, ponha primeiro o pé no tapete — disse, aproximando-se, a condessa Nordston. — O senhor nos prepara cada uma! — acrescentou, dirigindo-se a Levine.

— Não tens medo? — perguntou Maria Dmitrievna, uma velha tia.

— Não sentes um pouco de frio? Estás tão pálida... Abaixa-te um momento — disse Mme. Lvov, levantando os braços para ajustar a coroa da sua irmã.

Dolly aproximou-se por sua vez e quis falar, mas a emoção cortou-lhe a palavra e ela deixou escapar um riso nervoso.

No entanto, o padre e o diácono, que tinham vestido os seus hábitos sacerdotais, ocuparam um lugar perto do altar, no átrio da igreja. O padre dirigiu a Levine algumas palavras que ele não entendeu.

— Tome a noiva pela mão e conduza-a ao altar — soprou-lhe o seu padrinho.

Incapaz de saber o que exigiam dele, Levine fazia exatamente o contrário do que lhe diziam. Afinal, no momento em que todos, aflitos, resolveram abandoná-lo à própria inspiração, ele compreendeu afinal, que com a sua mão direita devia pegar, sem mudar de posição, a mão direita da noiva. Então, precedidos pelo padre, deram alguns passos e detiveram-se em frente do altar. Parentes e convidados seguiram o jovem casal com um murmúrio de vozes e um sussurro de vestidos. Alguém se abaixou para arranjar a cauda do vestido da noiva. Depois, um silêncio profundo reinou na igreja; ouviam-se até as gotas de cera cair nos castiçais.

O velho padre, que usava um barrete, os cabelos prateados presos atrás das orelhas, retirou com as suas mãozinhas nodosas a cruz dourada dentre os paramentos e procurou depois alguma coisa no altar. Stepane Arcadievitch veio docemente falar-lhe ao ouvido, fez um sinal a Levine e retirou-se.

O padre — era o mesmo velho que confessara Levine — acendeu dois círios ornados de flores e, inclinando-os com a mão esquerda sem se inquietar, voltou-se finalmente para os noivos. Depois de fitá-los, suspirando e com o olhar triste, benzeu Levine com a mão direita, depois Kitty, essa última com um modo de particular doçura, pousando os dedos sobre a sua cabeça descida. Entregou-lhes os círios, apanhou o turíbulo, e afastou-se vagarosamente.

"Tudo isso acontece realmente?", perguntou-se Levine, lançando um olhar de viés para a noiva. Pelo movimento dos lábios e das pestanas de Kitty, observou que ela sentia aquele olhar. Kitty não ergueu a cabeça, mas ele compreendeu, pela agitação dos fofos que subiam até a sua pequena orelha, que ela suspirava e viu a sua mão, aprisionada numa luva, tremer apertando o círio.

Tudo se apagou imediatamente da sua memória, o seu atraso, o descontentamento para com os amigos, a tola história da camisa, e sentiu apenas uma emoção formada de terror e de alegria.

O arcediago, um belo homem de cabelos grisalhos, de dalmática de pano prateado, avançou firmemente para o padre e, levantando com dois dedos a sua estola familiar, entoou um solene: "Meu Pai, quereis benzer-me", que ecoou profundamente sob a abóbada.

— Que bendito seja o Senhor, nosso Deus, e agora, e sempre, e durante séculos e séculos — respondeu com voz harmoniosa e resignada o velho padre, que continuava arrumando os paramentos do altar.

E o responso, cantado pelo coro invisível, encheu a igreja com um som agudo e penetrante, que aumentou para se deter por um segundo e morrer lentamente. Rezou-se como sempre pela paz suprema e a salvação das almas, pelo sínodo e o imperador, mas também pelo servo de Deus, Constantin, e a serva de Deus, Catarina.

— Para que Ele lhes conceda o amor perfeito, a paz e a proteção, rezemos ao Senhor, cantou o diácono, e toda a igreja pareceu lançar ao céu aquela imploração, cujas palavras comoveram Levine. "Como adivinharam ser de proteção que principalmente necessito? Que serei, que poderei ser sem proteção?", pensava, lembrando-se das suas dúvidas e dos seus recentes terrores.

Quando o diácono terminou a sua ladainha, o padre, o ritual nas mãos, voltou-se para os noivos, e leu com a sua doce voz:

— Deus eterno, que unes por um laço indissolúvel de amor aqueles que estavam separados, que abençoastes Isaac e Rebeca, instituindo-os herdeiros da vossa promessa, abençoai também o vosso servo Constantin e a vossa serva Catarina, encaminhando-os na estrada do bem. Porque vós sois o Deus de misericórdia, a quem compete a glória, a honra e a adoração. Em nome do Pai, do Filho e do Espírito Santo, agora e sempre e durante séculos e séculos.

— Amém! — cantou novamente o coro invisível.

"'Que unes por um laço indissolúvel de amor aqueles que estavam separados.' Como estas palavras profundas respondem ao que sinto neste momento! Ela as compreenderá como eu?", dizia intimamente Levine.

Pela expressão do olhar de Kitty, que neste instante encontrou o seu, ele julgou que ela também as compreendia, mas se enganava: absorvida pelo sentimento que inundava cada vez mais o seu coração, ela dificilmente prestava atenção à cerimônia. Sentia afinal a alegria imensa de ver realizado aquilo que durante seis semanas a tornara tão feliz e inquieta. Depois do momento em que, vestida no vestidinho escuro, aproximara-se de Levine para se entregar totalmente em silêncio, o passado fugira da sua alma, cedendo lugar a uma vida nova, desconhecida, sem que, no entanto, a sua existência exterior fosse modificada. Aquelas seis semanas passaram como um período de delícias e de tormentos. Esperanças e desejos, tudo se concentrava em torno daquele homem que ela ainda não compreendia bem; possuía um sentimento que compreendia menos ainda e que, aproximando-o e afastando-o, inspirava-lhe pelo passado uma indiferença absoluta. Os hábitos antigos, as pessoas e as coisas que amara, a mãe que se sentia aflita ante a sua insensibilidade, o pai a quem ainda adorava, nada mais a preocupava — e, espantando-se com aquela separação, divertia-se com o sentimento que a engendrava. Aspirava unicamente inaugurar em companhia daquele homem uma vida nova da qual não fazia nenhuma ideia precisa: esperava pacientemente o desconhecido. E eis que aquela espera, ao mesmo tempo doce e terrível, e os remorsos de não mais sentir saudades do passado, iam ter fim. Sentia medo, era natural — mas o minuto presente era a consagração da hora decisiva que soara seis semanas antes.

Voltando-se para o altar, o padre agarrou com dificuldade o anelzinho de Kitty, para o passar primeiramente pela junta do dedo anular de Levine.

— Eu te uno, Constantin, servo de Deus, a Catarina, serva de Deus.

Repetiu a mesma coisa passando o grande anel de Levine para o dedo delicado de Kitty e murmurou algumas palavras. Os noivos esforçavam-se por compreender o que exigiam deles, mas se enganavam, e o padre os corrigia em voz baixa. Renovou-se essa cena mais de uma vez antes que se pudesse benzer os noivos com os anéis. O padre devolveu então o grande anel de Kitty e o anelzinho a Levine, mas eles se atrapalharam novamente e passaram duas vezes os anéis sem perceber o que deviam fazer. Dolly, Tchirikov e Oblonski quiseram ajudá-los. Estabeleceu-se uma certa confusão, ouviram-se risos, cochichos. Mas, longe de se desconcertarem, os noivos conservavam uma atitude tão grave, tão solene, que, explicando-lhes como deviam passar no dedo o próprio anel, Oblonski reteve o sorriso quase a desabrochar nos seus lábios.

— Senhor nosso Deus — prosseguiu o padre após a mudança dos anéis —, vós que criastes o homem desde o começo do mundo e lhe destes a mulher como companheira e para perpetuar o gênero humano, vós que revelastes a verdade aos vossos servos, nossos pais, eleitos por vós de geração em geração, olhai piedosamente o vosso servo Constantin e vossa serva Catarina e confirmai esta união na fé e na concórdia, na verdade e no amor...

Levine via agora que todas as suas ideias sobre o casamento, que todos os seus projetos para o futuro, eram apenas infantilidades. O que se realizava tinha um alcance que até então lhe escapara e que compreendia menos do que nunca. Arfava cada vez mais, e nem sequer conseguia sufocar as próprias lágrimas.

5

Toda Moscou assistia ao casamento. Durante a cerimônia, aquela multidão de mulheres enfeitadas e de homens em roupas negras não cessou de cochichar discretamente, os homens principalmente, porque as mulheres preferiam observar, com o interesse que ordinariamente tomam por essas espécies de coisas, os mil detalhes da cerimônia.

No grupo de íntimos que cercavam a casada, encontravam-se as duas irmãs, Dolly e Mme. Lvov, calma beleza recém-chegada do estrangeiro.

— Por que Maria está de malva num casamento? É quase luto — observou Mme. Korsounski.

— Que queres, é a única cor que convém à sua tez — respondeu Mme. Troubetskoi. — Mas por que escolheram a noite para a cerimônia? Isso são hábitos burgueses.

— Não, é mais belo. Eu também casei-me à noite — replicou Mme. Korsounski, que soltou um suspiro lembrando que estava linda naquele dia e que o seu marido levava a adoração até o ridículo. Como as coisas mudaram depois!

— Quem já foi padrinho dez vezes na vida não se casa nunca. Pelo menos, é o que dizem. Quis assegurar-se, desse modo, contra o casamento, mas o lugar estava tomado — disse o conde Siniavine à encantadora Mlle. Tcharski que o tinha em vista.

Mlle. Tcharski respondeu com um sorriso. Ela olhava Kitty e pensava que, no dia em que estivesse com Siniavine em idêntica situação, o faria lembrar-se daquela perversa brincadeira.

O jovem Stcherbatski confiava a Mlle. Nicolaiev, uma velha dama de honra da imperatriz, a sua intenção de colocar a coroa sobre a nuca de Kitty, a fim de lhe trazer felicidade.

— Por que sobre a nuca? Não gosto desta ostentação — replicou a moça, resolvida a casar-se simplesmente, se um certo viúvo, que não a desagradava, se decidisse a pedir-lhe a mão.

Sérgio Ivanovitch gracejava com a sua vizinha: afirmava que havia o costume de viajar depois do casamento porque os recém-casados pareciam se envergonhar da escolha que haviam feito.

— O seu irmão deve estar orgulhoso. Ela é deslumbrante. O senhor deve sentir inveja!

— Já passei desse tempo, Daria Dmitrievna — respondeu ele, entregando-se a uma tristeza súbita.

Stepane Arcadievitch contava à sua cunhada uma anedota sobre o divórcio.

— É preciso arranjarmos a coroa — respondeu aquela sem o ouvir.

— Que pena ter ela ficado feia — dizia a Mme. Lvov à condessa Nordston. — Apesar de tudo, ele não vale nem o dedinho de Kitty, não é mesmo?

— Não sou da sua opinião, parece-me ótimo cunhado. Que lindo porte, o seu! É tão difícil se evitar o ridículo em semelhante caso... Não, ele não é ridículo e nem acanhado. Sente-se que está apenas emocionado.

— A senhora esperava este casamento?

— Quase, ela sempre o amou.

— Bem, vamos ver quem dos dois pisará primeiramente o tapete. Aconselhei Kitty a ser a primeira.

— Trabalho inútil. Em nossa família, nós todas nos submetemos aos nossos maridos.

— Eu pisei de propósito primeiro que o meu marido. E tu, Dolly?

Dolly escutava-as sem responder: estava bastante emocionada, lágrimas lhe enchiam os olhos e não saberia pronunciar uma palavra sem chorar. Feliz por Kitty e por Levine, lembrava-se do seu próprio casamento e lançava olhares sobre Stepane Arcadievitch. Esquecia a realidade e só se recordava do seu primeiro e inocente amor. Pensava também em outras mulheres, suas amigas, revia-as naquela hora única e solene da vida em que renunciavam o passado para abordar, a esperança e o medo no coração, um misterioso futuro. Entre essas casadas, figurava a sua querida Ana, de quem acabava de saber os projetos de divórcio — ela também a vira, pura como Kitty, coberta com um véu branco, em sua coroa de flores de laranjeira. E agora...

— Como é estranho! — murmurou.

As irmãs e as amigas não seguiam sozinhas os menores incidentes da cerimônia. Espectadores estranhos retinham a respiração, na ânsia de não perderem um único movimento dos noivos. Respondiam aborrecidos às brincadeiras e às opiniões odiosas dos homens e não raro nem sequer os escutavam.

— Por que estará chorando? Casar-se-á contra a vontade?

— Contra a vontade? Um homem tão belo! Será príncipe?

— Será sua irmã a senhora de cetim branco? Escutem o diácono dizer: "Que obedeça e respeite ao seu marido."

— Os cantores vieram do Convento dos Milagres?

— Não, do Sínodo.

— Eu perguntei a um criado. Parece que o marido a levará imediatamente para as suas terras. Ele é rico, possui milhões. É por isso que ela se casa.

— Não, vejam como formam um lindo casal!

— E a senhora que achava, Maria Vassilievna, que não se usavam mais "saias-balão"! Olhe aquela de vestido escuro, dizem que é uma embaixatriz!

— Que pombinha imaculada que é a noiva! Digam o que disserem, mas uma noiva sempre desperta piedade.

Assim falavam as espectadoras desconhecidas que haviam conseguido entrar na igreja.

6

Depois da troca dos anéis, o sacristão estendeu diante do altar, no meio da igreja, um grande tapete de seda rosa, enquanto o coro entoava um salmo de execução difícil e complicada, fazendo o contracanto o baixo e o tenor. O padre fez sinal aos casados, mostrando o tapete. Um preconceito popular admitia que, aquele que primeiro tocasse o tapete com o pé, se tornaria o verdadeiro chefe da família e, como se viu durante todo o tempo, haviam recomendado aquilo aos nossos noivos. No entanto, no momento decisivo, nem Levine e nem Kitty se lembraram de tal coisa e nem sequer prestaram atenção às observações trocadas, em voz alta, em torno deles. "Foi ele quem primeiro pôs o pé", diziam uns. "Não", replicavam outros, "todos dois puseram ao mesmo tempo."

O padre apresentou-lhes então as perguntas do ritual sobre consentimento mútuo dos noivos e a certeza de que não haviam prometido casamento a outras pessoas — eles responderam com as fórmulas do ritual, achando entretanto que o sentido daquilo era bastante estranho. Começou uma nova parte da cerimônia. Kitty ouvia as orações sem tentar compreendê-las. Mais a cerimônia avançava, mais o seu coração extravasava uma alegria triunfante, que impedia a sua atenção de se fixar.

Rezou-se "para que Deus concedesse aos novos esposos a castidade, para que eles se irmanassem sob a vista dos seus filhos e filhas". Lembrou-se de que "Deus fez a primeira mulher de uma costela de Adão, que o homem deixaria o pai e a mãe para ligar-se à esposa e seriam dois numa única carne" e que "aquilo era um grande sacramento". Pediram a Deus para que os abençoasse como abençoara Isaac e Rebeca, José, Moisés e Sé fora, e permitisse "que chegassem os filhos dos seus filhos até a terceira e a quarta geração".

"Tudo isso é perfeito", pensava Kitty, ouvindo aquelas implorações, "não poderia ser de outro modo." Um sorriso de felicidade iluminava o seu rosto e se comunicava involuntariamente a todos aqueles que a observavam.

Quando o padre apresentou as coroas, Stcherbatski, com suas luvas de três botões, sustentando tremulamente a mão da noiva, ele aconselhou-o à meia-voz a colocá-la completamente na cabeça de Kitty.

— Ponha — aconselhou Kitty, rindo-se.

Levine voltou-se para o seu lado e, maravilhado com o esplendor do rosto de Kitty, sentiu-se como ela, alegre e tranquilo.

Ouviram, com a alegria no coração, a leitura da Epístola e a monotonia da voz do diácono que chegava ao último versículo, tão implacavelmente esperado pela assistência. Beberam com idêntica satisfação a água e o vinho mornos oferecidos no mesmo cálice, e seguiram o padre com maior alegria ainda, quando ele os fez dar a volta do altar, as mãos de ambos presas nas suas. Durante este intervalo o diácono murmurava o "Alegra-te, Isaías". Stcherbatski e Tchirikov, sustentando as coroas, seguiam os noivos, risonhos, tropeçando na cauda do vestido de Kitty. O clarão de alegria que brilhava no rosto de Kitty parecia comunicar-se a toda a assistência. Levine estava convencido que o padre e o diácono, como ele, sofriam idêntico contágio.

Depois de tirar as coroas e dizer uma última oração, o padre felicitou o jovem casal. Levine olhou Kitty e julgou nunca tê-la visto tão bela, tanta a sua satisfação interior a transformava. Quis falar, mas conteve-se, receando que a cerimônia não estivesse terminada. O padre tirou-o do embaraço, dizendo docemente com um bom sorriso:

— Abraça a tua mulher, e tu, abraça o teu marido.

E tirou-lhes os círios. Levine beijou os lábios risonhos de Kitty com precaução, ofereceu-lhe o braço e saiu da igreja, sentindo subitamente — impressão tão nova como estranha — a sua proximidade. Quando os seus olhares intimidados se encontraram, ele começou a acreditar que tudo aquilo era apenas um sonho e que, realmente, constituíam uma só pessoa.

Nessa mesma noite, depois da ceia, os jovens recém-casados partiram para o campo.

7

Fazia três meses que Ana e Vronski viajavam juntos. Visitaram Veneza, Roma, Nápoles e acabavam de chegar a uma cidadezinha da Itália onde esperavam demorar-se algum tempo.

Um imponente *maître d'hôtel*, cabelos bem penteados e separados por uma linha que partia do pescoço, trajando roupa escura, enorme gravata de cambraia de linho e berloques balançando sobre o ventre rechonchudo, respondia do alto, com as mãos nos bolsos, às perguntas que um cavalheiro lhe fazia. Ruído de passos na escadaria o fez voltar-se. Achou-se em face do conde russo que ocupava o mais belo apartamento do hotel: retirando imediatamente as mãos dos bolsos, preveniu-o, depois de cumprimentá-lo respeitosamente, que o gerente do *palazzo*, com quem estava em negociações, consentia em assinar o arrendamento.

— Muito bem — disse Vronski. — A senhora está em casa?

— Madame acaba de chegar.

Vronski tirou o chapéu de abas enormes, enxugou o suor da testa e os cabelos deitados para trás que visavam dissimular a calvície, quis passar adiante lançando um rápido olhar sobre o cavalheiro que parecia observá-lo.

— Este cavalheiro é russo e perguntou pelo senhor — disse o *maître d'hôtel*.

Irritado por não poder fugir aos encontros, mas contente por achar uma distração qualquer, Vronski voltou-se e o seu olhar encontrou o do estranho: imediatamente os olhos de ambos brilharam.

— Golenistchev!

— Vronski!

Era efetivamente Golenistchev, um camarada de Vronski no Corpo dos Pajens: pertencia ao grupo liberal e saíra com um grau civil sem nenhuma intenção de entrar para o serviço. Desde que haviam abandonado a Escola, só se tinham visto uma única vez. Nesse único encontro, Vronski julgou compreender que Golenistchev, fanatizado por suas opiniões liberais, desprezava a carreira militar. Ele o tratara, pois, com aquela frieza através da qual parecia querer dizer às pessoas: "Pouco me interessa que aproves ou não o meu modo de viver; contudo, se desejas manter relações comigo, exijo que me tenhas consideração." Semelhante tratamento deixara-o indiferente, mas, desde então, nenhum dos dois velhos camaradas manifestou desejo de se reverem. No entanto, foi com um grito de alegria que se reconheceram. Vronski não duvidou que aquela alegria inesperada tivesse como causa o profundo aborrecimento por que vinha passando. Esquecendo o passado, estendeu a mão a Golenistchev, cujo rosto, até então inquieto, se tranquilizou.

— Sinto-me contente por te ver — disse Vronski com um sorriso amigo que lhe descobriu os dentes.

— Ouvi pronunciar o nome de Vronski, mas não estava certo de que fosse tu. Sinto-me muito feliz...

— Mas, entra. Que fazes neste lugar?

— Estou aqui há mais de um ano. Trabalho.

— É verdade? — perguntou Vronski com interesse. — Entremos, pois.

E desejoso de não ser compreendido pelo *maître d'hôtel*, disse em francês:

— Conheces Mme. Karenina? Estamos viajando juntos. Ia à casa dela.

Falando, ele examinava a fisionomia de Golenistchev. Apesar de tudo saber, este respondeu:

— Ah, eu não sabia! — exclamou simulando indiferença. — Há muito tempo que estás aqui?

— Faz três dias — disse Vronski, que não o deixava com os olhos. "É um homem bem-educado que sabe ver as coisas, e a quem posso apresentar Ana", decidiu, apreciando o modo como Golenistchev desviara a conversa.

Viajando com Ana havia três meses, Vronski experimentava em cada novo encontro o mesmo sentimento de hesitação. Os homens, em geral, compreenderam a situação "como ela devia ser". No fundo, as pessoas não procuravam compreender e contentavam-se em observar com uma reserva discreta, sem alusões e perguntas — como fazem as pessoas educadas quando se acham em presença de uma questão delicada e complexa. Golenistchev pertencia certamente a esse número e, quando o apresentou a Ana, Vronski ficou duplamente satisfeito por tê-lo encontrado. Sem o menor esforço, a sua atitude era perfeitamente correta...

Golenistchev não conhecia Ana. Ficou deslumbrado com a sua beleza e a sua simplicidade. Ela enrubesceu vendo entrar os dois homens, e aquele rubor agradou infinitamente a Golenistchev. Ficou encantado principalmente com o modo natural pelo qual ela aceitava a situação: realmente, como se quisesse poupar toda a incompreensão ao estranho, chamou Vronski pelo seu diminutivo e declarou inicialmente que iam se instalar numa casa embelezada com o nome de *palazzo*. Golenistchev, para quem Karenine não era desconhecido, não pôde furtar-se em dar razão àquela mulher jovem, viva e cheia de energia. Admitiu, o que Ana não compreenderia por si mesma, que ela pudesse ser alegre e feliz tendo abandonado o marido, o filho e perdido a reputação.

— Esse *palazzo* está no guia — disse ele. — Existem lá magníficos objetos.

— Bem, façamos uma coisa — propôs Vronski, dirigindo-se a Ana. — Voltemos a vê-lo, pois que o tempo está ótimo.

— Com todo prazer, vou pôr o meu chapéu. Tu dizes que está fazendo calor? — disse ela, o pé na porta, interrogando Vronski com o olhar. E ela corou novamente.

Vronski compreendeu que Ana, não sabendo ao certo como ele desejava tratar Golenistchev, perguntava a si mesma se tivera para com o desconhecido a acolhida que se fazia necessária. Fitou-a longamente, ternamente, e disse:

— Não, não está fazendo calor.

Ana, sentindo que ele estava satisfeito, respondeu-lhe com um sorriso e saiu com o seu passo vivo e gracioso.

Os dois amigos olharam-se com um certo embaraço, Golenistchev, como um homem que não acha palavras para exprimir a sua admiração. Vronski como alguém que deseja um cumprimento, mas receia-o.

— Então, fixaste residência aqui? — indagou Vronski para entabular uma conversa qualquer. — Tu te preocupas sempre com os mesmos estudos? — acrescentou, lembrando-se subitamente de ter ouvido dizer que Golenistchev escrevia uma obra.

— Sim, escrevo a segunda parte dos "Dois príncipes" — respondeu Golenistchev, levado ao auge do contentamento por aquela pergunta. — Ou, talvez o que seja mais exato, ponho ainda em ordem as minhas anotações. Esta será muito mais ampla do que a primeira parte. Entre nós, ninguém quer compreender que somos os sucessores de Bizâncio...

E ele se lançou numa longa dissertação. Vronski ficou confuso por nada saber daquele assunto, sobre o qual o autor falava como de uma coisa bastante conhecida. Depois, à medida que Golenistchev desenvolvia as suas ideias, ele foi se interessando, apesar de verificar com penosa agitação nervosa que reconhecia afinal o seu amigo: refutando os argumentos dos adversários, os seus olhos brilhavam, falava livremente, o rosto tomava uma expressão irritada, atormentada. Vronski revia o Golenistchev do Corpo dos Pajens: era então um rapaz insignificante, arrebatado, bom filho e cheio de sentimentos elevados, e sempre o primeiro da classe. Por que se tornara tão irritável? Por que, principalmente, ele, um homem da melhor sociedade, se pusera na mesma linha dos escritores profissionais? Vronski sentia quase compaixão por aquele infeliz: julgou ler naquele belo rosto os sinais precursores da loucura.

Golenistchev, dominado pelo assunto sobre que discorria, não observou a entrada de Ana. Quando esta, em traje de passeio, brincando com a sombrinha, parou perto dos homens, Vronski sentiu-se feliz por se afastar do olhar fixo e febril do seu interlocutor e descer com amor os olhos sobre a sua encantadora amiga, estátua viva da alegria de viver. Golenistchev lutou com dificuldade para voltar a si. Mas Ana, que todo aquele tempo se mostrava bem-disposta para com o mundo, soube distraí-lo depressa com os seus modos simples e joviais. Ela o arrastou vagarosamente para a pintura, de cujo tema era ele conhecedor. Chegaram assim ao *palazzo* que iam visitar.

— Uma coisa principalmente me encanta em nossa nova morada — disse Ana a Golenistchev, no momento em que entravam —, é que Aléxis terá um belo gabinete. Tu te instalarás neste aposento, não é mesmo?

Tratava Vronski por tu, em russo, diante de Golenistchev, a quem considerava como obrigado a fazer parte da sua intimidade, na solidão em que viviam.

— Será que te preocupas com a pintura? — indagou Golenistchev, voltando-se com vivacidade para Vronski.

— Preocupei-me muito antigamente e agora também me preocupo um pouco — respondeu Vronski, corando.

— Ele tem um legítimo talento — gritou Ana, radiante. — Eu não sou boa julgadora, mas é a opinião dos conhecedores sérios.

8

Aquele primeiro período de liberdade moral e de volta à saúde foi para Ana de exuberante alegria. A ideia do mal que causara não conseguia envenenar o seu entusiasmo: aquelas recordações eram bastante dolorosas para que a dominassem e, de resto, não devia ao infortúnio do marido uma felicidade tão grande que obscurecia todo o remorso? Os acontecimentos que seguiram à sua doença, a reconciliação, depois a nova ruptura com Aléxis Alexandrovitch, a notícia da tentativa de suicídio de Vronski, a sua imprevista aparição, os preparativos do divórcio, a despedida aos filhos, a partida do lar, tudo aquilo lhe parecia um pesadelo de que a viagem ao estrangeiro, sozinha com Vronski, a tinha libertado. Sentia pelo marido a repulsa do bom nadador para com o afogado que nele se agarra e de quem se liberta para não perecer. "Depois", dissera desde o primeiro momento da ruptura — e esse raciocínio era a única coisa de que queria se lembrar, porque lhe dava uma certa paz na consciência, "depois, a tortura que causei a esse homem seria inevitável, mas, pelo menos, não me aproveitarei dessa infelicidade. Se o fiz sofrer, sofrerei também. Renunciei a tudo o que me era mais caro no mundo, a meu filho, a minha reputação. Se pequei, não quero felicidade e nem divórcio, aceito a vergonha e a dor da separação". Ana era sincera pensando desse modo mas, até aqui, não conhecera a dor e nem a vergonha que julgava prestes a surgir como uma expiação. Vronski e ela tinham sabido evitar os encontros — principalmente com as senhoras russas — que os colocariam numa situação falsa: algumas pessoas com quem entraram em relações fingiam compreender a sua posição melhor do que eles próprios. Quanto à separação de seu filho, Ana sofria ainda muito: apaixonadamente presa à meninazinha, uma criança deliciosa, raramente pensava em Sérgio. Graças à sua cura e à mudança de clima, ela se agarrava à vida com um novo ardor e gozava de uma felicidade verdadeiramente insolente. Vronski, a cada dia, tornava-se-lhe mais querido — a sua presença era um encanto contínuo. Julgava estranhos todos os traços do seu caráter, achava um cunho de nobreza e grandeza em cada uma das suas palavras, das suas ideias e ações. A própria mudança de vida o transformara num rapazote amoroso. Esforçava-se inutilmente por lhe achar algum defeito e, justamente espantada com aquela admiração excessiva, evitava confessá-la, receando que, sabendo-a, ele se desligasse dela. Realmente, a ideia de perder o seu amor parecia-lhe intolerável. A conduta de Vronski, de resto, não justificava aquele terror: nunca ele demonstrara o menor arrependimento por ter sacrificado à sua paixão uma carreira que o esperava com um brilhante futuro; nunca se mostrara tão respeitoso, tão preocupado com o medo de que Ana sofresse pela sua posição. Aquele homem absoluto abdicava da sua vontade diante dela e só procurava adivinhar-lhe os menores desejos. Como não sentir o preço daquela abnegação? Algumas vezes, no entanto, ela sentia uma certa lassidão em se ver o objeto de atenções tão constantes.

Quanto a Vronski, apesar da realização dos seus desejos mais queridos, não era completamente feliz. Eterno erro daqueles que julgam achar a felicidade na execução de todos os desejos, só possuía algumas parcelas da imensa felicidade sonhada. Nos primeiros tempos que seguiram à sua demissão, saboreou o encanto da liberdade conquistada. Aquele encantamento, porém, durou pouco e cedeu lugar ao aborrecimento. Procurou quase incessantemente um novo fim para os seus desejos e tomou caprichos passageiros como sendo aspirações sérias. Empregar dezesseis horas do dia no estrangeiro, fora do círculo de deveres sociais que enchiam a sua vida em Petersburgo, aquilo não era uma atividade razoável. Seria preciso não pensar nas distrações que encontrava nas viagens precedentes; um jantar com amigos provocara em Ana um intempestivo acesso de desespero. A sua situação não lhe permitia manter relações com a colônia russa ou com a sociedade nativa. Quanto às curiosidades do país além das que já conhecia na qualidade de russo e de homem de espírito, não emprestava a mesma exagerada importância que os ingleses concedem a essa sorte de coisas. Como um animal esfaimado se precipita sobre o primeiro objeto que lhe cai sob os dentes, Vronski lançava-se inconscientemente sobre tudo o que podia lhe servir de pasto — política, pintura, livros novos.

Tendo em sua mocidade revelado aptidões para a pintura, e não sabendo o que fazer do dinheiro, organizara uma coleção de quadros. Foi a ideia de pintar que dele se apossou, quando pensou num elemento novo para a sua atividade. Gosto não lhe faltava, e possuía um dom de imitação que confundia com temperamento artístico. Acreditava-se capaz de abordar todos os gêneros, pintura histórica, religiosa, realista, mas não supunha que se pudesse unicamente obedecer à inspiração sem se preocupar com os gêneros. Em lugar de observar a vida real, a esta só via através das encarnações da arte — e apenas podia produzir pastiches agradáveis e facilmente destrutíveis. Estimava principalmente as obras graciosas e modeladas na escola francesa e, nesse espírito, iniciou um retrato de Ana em trajes italianos. Todos os que viram este retrato pareceram tão satisfeitos quanto o próprio autor.

9

Com seus altos tetos emoldurados, as paredes cobertas de pintura, os assoalhos de mosaico, sombrias cortinas amareladas nas janelas, grandes jarras sobre os fogões e as cornijas, portas esculpidas, aposentos escuros ornados de painéis — o velho palácio um pouco arruinado, onde se estabeleceram, entreteve Vronski em agradável ilusão: julgou-se menos um proprietário russo, coronel reformado, do que um amador de arte, ocupando-se modestamente de pintura depois de haver sacrificado o mundo e a ambição pelo amor de uma mulher.

O novo papel o satisfez durante certo tempo; além do mais, Golenistchev o apresentou a algumas pessoas interessantes. Orientado por um professor italiano, empreendeu estudos ao natural, e inflamou-se com tanto zelo pela Idade Média italiana, que acabou por usar um chapéu e uma capa daquela época, o que, de resto, lhe ficou muito bem.

Uma manhã em que Golenistchev entrava na sua casa, ele disse:
— Na verdade não sabemos o que se passa em torno de nós. Vejamos, já conheces um tal Mikhailov?

E entregou-lhe um jornal russo que acabava de receber. Erguia-se grande ruído em torno de um artista russo que trazia aquele nome, estabelecido naquela mesma cidade e que vinha de compor um quadro já célebre e vendido antes de estar concluído. Em termos severos, o autor do artigo criticava o governo e a Academia de Belas-Artes por deixarem sem socorro nem incentivos um artista de tão grande valor.

— Eu o conheço — respondeu Golenistchev. — Não lhe falta mérito, mas as suas tendências são radicalmente falsas: ele fixa a figura do Cristo e a pintura religiosa segundo as ideias de Ivanov, Strauss, Renan.

— Qual é o assunto do quadro? — perguntou Ana.

— Cristo diante de Pilatos. Mikhailov fez do Cristo um judeu, seguindo os ensinamentos mais absolutos da nova escola realista.

E como fosse aquele um dos seus assuntos prediletos, Golenistchev inflamou-se imediatamente.

— Não compreendo como possam se enganar tão ingenuamente. A figura do Cristo, em arte, foi bem expressa pelos mestres antigos. Se sentem a necessidade de representarem um sábio ou um revolucionário, que tomem Sócrates, Franklin, Carlota Corday, todos os que quiserem, mas não o Cristo. É a única figura em quem a arte não deveria tocar, e...

— É verdade que Mikhailov é pobre? — perguntou Vronski, que, verdadeiro Mecenas russo, julgava do seu dever ajudar o artista sem se preocupar com o valor do quadro.

— Duvido, pois é realmente um retratista de grande talento. Viste o retrato que ele fez de Mme. Vassiltchikov? É possível, porém, que esteja em dificuldades pois ouvi dizer que não queria mais pintar retratos. Eu dizia, pois, que...

— Não poderíamos lhe pedir para fazer o retrato de Ana Arcadievna?

— Por que o meu? — disse Ana. — Depois que tu o fizeste, eu não quero outro. Façamos antes o de Anita — (Era assim que ela chamava à filha). — Ei-la — acrescentou, mostrando pela janela a ama que acabava de descer a criança ao jardim e olhava furtivamente para o lado de Vronski. Esta italiana, em quem Vronski admirava a beleza e o tipo medieval e de quem até já pintara a cabeça, era o único ponto negro na vida de Ana: receando ser ciumenta e não ousando confessá-lo, cercava esta mulher e o seu filho de amabilidades e atenções.

Vronski olhou também pela janela e, encontrando os olhos de Ana, voltou-se para Golenistchev.

— Conheces esse Mikhailov?

— Encontrei-o uma ou duas vezes. É um excêntrico sem nenhuma educação, um desses novos selvagens como agora vemos frequentemente. Sabes, esses livres-pensadores que viram *d'emblée* no ateísmo, o materialismo, a negação de tudo. Outrora — continuou Golenistchev sem deixar Ana e Vronski pronunciarem uma só palavra —, o livre-pensador era um homem educado no respeito à religião, à moral, que ali chegava depois de inúmeras lutas interiores. Agora, porém, temos um novo tipo, os livres-pensadores que crescem sem ouvir falar das leis morais e religiosas, que ignoram a existência de certas autoridades e só possuem o sentimento da negação. Em suma, uns selvagens! Mikhailov é um desses. Filho, eu creio, de um mordomo moscovita, não recebeu a menor educação. Depois de passar pela Escola de Belas-Artes e adquirir uma certa reputação, quis instruir-se, porque não é tolo — e recorreu para isso ao que lhe pareceu a fonte de toda ciência: os jornais e as revistas. Em tempos passados, se alguém queria se instruir, digamos um francês, que fazia? Estudava os clássicos, teólogos, dramaturgos, historiadores, filósofos. Vejam que enorme trabalho o esperava. Entre nós, porém, é bem mais simples: lança-se sobre a literatura subversiva, assimila-se muito rapidamente um extrato dessa ciência. Há vinte anos, esta literatura ainda trazia traços da luta contra as tradições seculares e ensinava de qualquer modo a existência dessas coisas. Agora não se dá nem mesmo ao trabalho de combater o passado, contenta-se em negá-lo resolutamente: tudo é apenas *évolution*, seleção, luta pela vida. Em meu artigo...

Depois de algum tempo, Ana trocava olhares furtivos com Vronski. Percebia que ele se interessava muito menos pelo espírito de Mikhailov do que pelo papel de Mecenas que pensava representar junto a ele.

— Sabes o que é preciso fazer? — disse ela, cortando resolutamente o palavrório de Golenistchev. — Vamos ver o teu pintor.

Golenistchev concordou espontaneamente e, encontrando-se o *atelier* do artista num bairro afastado, tomaram uma carruagem. No fim de uma hora chegavam em frente de uma casa nova e feia. A mulher do vigia preveniu-lhes que Mikhailov se achava no momento a dois passos dali. Mandaram então os cartões ao artista, pedindo-lhe para verem o seu quadro.

10

Mikhailov trabalhava como sempre, quando recebeu os cartões do conde Vronski e de Golenistchev. Depois de passar a manhã a pintar em seu *atelier*, e voltando para casa, discutira com a mulher, que não soubera se explicar com a hospedeira.

— Eu te disse vinte vezes que não discutisses com ela. És sempre uma completa imbecil, mas ainda és três vezes mais quando te lanças em discussões italianas — declarou ele à maneira de conclusão.

— Mas por que não pagas no tempo certo? A culpa não é minha. Se eu tivesse dinheiro...

— Deixa-me tranquilo, em nome de Deus! — gritou Mikhailov, a voz cheia de lágrimas, e retirou-se para o seu gabinete de trabalho, que um tabique separava do aposento comum, fechou a porta à chave e tapou os ouvidos. — Ela não pensa — dizia, sentando-se na mesa. E pôs-se a trabalhar com um ardor particular.

Nunca trabalhava melhor do que nos momentos em que o dinheiro lhe faltava e principalmente quando discutia com a mulher. "Ah, que diabos me levem!", resmungava ele desenhando. Começara o esboço de um homem preso a um acesso de cólera, mas mostrava-se descontente. "Não, decididamente, o primeiro esboço era melhor... Onde eu o meti?" Entrou novamente em casa e, sem conceder um só olhar à mulher, perguntou à mais velha das suas filhas onde estava o desenho que lhe dera. Encontrou-o, é verdade, mas todo sujo, coberto de nódoas de espermacete. Levou-o assim mesmo, colocou-o sobre a mesa e o examinou à distância, semicerrando os olhos. E, bruscamente, sorriu com um grande gesto de satisfação.

— Isso mesmo, isso mesmo! — gritou. E, apanhando um crayon, pôs-se a desenhar febrilmente. Uma das nódoas de espermacete dava ao corpo do homem em cólera uma nova atitude.

Notando-o, ele se lembrou dos traços enérgicos e do queixo do tipo que lhe vendia cigarros — transferiu-os imediatamente para o seu personagem, e o desenho deixou de ser uma coisa vaga, morta, para tornar-se vivo e definitivo: poder-se-iam fazer algumas mudanças de detalhe, afastar mais um pouco as pernas, modificar a posição do braço esquerdo, prender os cabelos atrás, mas aqueles retoques acentuariam simplesmente a robustez da forma humana que a nódoa de espermacete o fizera conceber. Pôs-se a rir com prazer.

No momento em que acabava cuidadosamente o desenho, trouxeram-lhe os dois cartões.

— Já vou, já vou! — respondeu.

E entrou no quarto da sua mulher.

— Sacha, não fiques zangada — disse-lhe com um sorriso terno e tímido. — Nós ambos somos culpados. Eu arranjarei as coisas.

Reconciliado com a mulher, vestiu um paletó cor de azeitona de gola de veludo, apanhou o chapéu e dirigiu-se para o *atelier*. Esquecera-se do esboço feito. Pensava somente na visita daqueles ilustres russos vindos em carruagem para ver o seu quadro, aquele quadro que interiormente ele estimava como sendo único em seu gênero. Não que se julgasse superior a Rafael, mas a impressão que causava lhe parecia totalmente nova. No entanto, apesar daquela convicção que datava, para ele, do dia em que começara a obra, concedia uma importância extrema ao julgamento do público, e a espera daquele julgamento o emocionava até o fundo da alma. A mais insignificante observação que viesse em apoio da sua tese alegrava-o excessivamente. Atribuía aos seus críticos uma profundeza de análise que ele mesmo não possuía e esperava que descobrissem na sua obra aspectos que ainda não observara.

Avançando a grandes passos, ficou impressionado, apesar da sua emoção, com a aparição de Ana que, de pé, na penumbra do portal, conversava com Golenistchev e examinava de longe o artista. Mikhatlov inconscientemente, registrou sem demora aquela impressão num canto do seu cérebro: um dia, a exumaria como o queixo do vendedor de cigarros.

A opinião de Golenistchev indispusera os visitantes para com o pintor e o seu aspecto ainda confirmou mais aquelas prevenções. Com o seu andar agitado e o rosto vulgar que a arrogância disputava à timidez, aquele homem baixo e gordo, de chapéu marrom, paletó cor de azeitona e calças estreitas fora da moda, desagradou-os de um modo soberano.

— Deem-me a honra de entrar — disse ele, com forçada indiferença, enquanto abria aos visitantes a porta do *atelier*.

11

Logo que entrou, Mikhailov lançou um novo olhar aos visitantes: a cabeça de Vronski, as faces ligeiramente salientes, gravaram-se instantaneamente na sua imaginação, pois o temperamento artístico daquele homem trabalhava apesar da sua perturbação e amontoava incessantemente os materiais. As suas observações finas e justas apoiavam-se sobre imperceptíveis indícios. Golenistchev era um russo radicado na Itália. Mikhailov não se lembrava do seu nome, nem do lugar onde o encontrara, nem das palavras que haviam trocado, mas simplesmente do seu rosto, como se lembrava de todos aqueles que encontrava — e recordava-se de o haver classificado na imensa categoria das fisionomias despidas de caráter, apesar do seu falso ar de originalidade. Cabelos longos e uma testa bastante descoberta davam àquela cabeça uma individualidade puramente aparente, enquanto uma expressão fingida, uma pueril agitação se concentrava no estreito espaço que separava os dois olhos. Quanto a Vronski e Ana, Mikhailov logo viu que se tratava de russos de distinção que, sem nada compreenderem das coisas de arte, brincavam, como todos os russos ricos, de amadores e conhecedores. "Certamente percorreram todos os museus e, depois de visitarem algum charlatão alemão, algum idiota pré-rafaelista inglês, dignaram-se vir até aqui a fim de completar a *tournée*." Mikhailov sabia muito bem que visitando os *ateliers* dos artistas contemporâneos, os diletantes — a começar pelos mais inteligentes dentre eles — não tinham outro fim senão proclamarem, com conhecimento de causa, a superioridade da arte antiga sobre a arte moderna. Sabia de tudo aquilo e o lia na indiferença com que os curiosos conversavam entre si, passeando no *atelier*, olhando displicentemente os bustos e os manequins. Contudo, apesar daquela prevenção e da convicção íntima de que os russos ricos e de alta origem só poderiam ser imbecis e brutos, ele mostrava os estudos, levantando as cortinas e descobrindo quadros com a mão trêmula, porque não podia esconder que Vronski, e principalmente Ana, lhe agradavam.

— Façam o favor — disse ele, dando alguns passos para trás e mostrando o trabalho aos visitantes. — É o Cristo diante de Pilatos, segundo São Mateus, capítulo XXVII.

Sentiu que os lábios lhe tremiam de emoção e recuou para se colocar atrás dos visitantes. Durante alguns segundos de silêncio, Mikhailov fitou o próprio quadro com um olhar indiferente como se fora um dentre eles. Daquelas três pessoas, que instantes antes desprezara, esperava agora uma sentença infalível. Esquecendo a sua própria opinião, os méritos incontestáveis que já há três anos reconhecia em sua obra, via-se agora com o olhar frio e crítico daqueles estranhos e nela não achava mais nada de bom. Considerava no primeiro plano o rosto austero de Pilatos e a face serena do Cristo, no segundo plano os soldados do procônsul e o rosto de João à escuta. Cada uma daquelas figuras fora para ele uma fonte de tormentos e alegrias: quantos estudos, quantos retoques para aprofundar o caráter particular, para harmonizá-lo com a impressão do conjunto! E, agora, todas sem exceção, como também o matiz dos tons, dos coloridos, lhe pareciam banais, vulgares, sem originalidade nenhuma. O próprio rosto do Cristo, ponto central do quadro, há pouco tempo objeto do seu entusiasmo, surgia-lhe como uma boa cópia — não, uma cópia má, pois descobria de repente inúmeros defeitos — dos vários Cristos de Rafael e Rubens. Pilatos era também uma cópia, cópias também os soldados. Decididamente, tudo aquilo era apenas velharia, pobreza, garatujas e coisas usadas. Quantas frases polidamente hipócritas que ouvira! Como os visitantes teriam razão de pilheriar e zombar dele, assim que saíssem!

Aquele silêncio, que só durou um minuto, angustiou-o de tal modo que, para dissimular a sua perturbação, resolveu dirigir a palavra a Golenistchev.

— Julgo que já tive a honra de o encontrar — disse ele, enquanto os seus olhares inquietos erravam de Ana a Vronski, não perdendo nada do jogo das suas fisionomias.

— Certamente, encontramo-nos em casa de Rossi, na noite em que aquela moça italiana, a nova Raquel, declamou. O senhor não se recorda? — respondeu ligeiramente Golenistchev, afastando os olhos do quadro sem a menor saudade. Mas, como visse que Mikhailov esperava uma apreciação, acrescentou: — A sua obra evoluiu muito desde que a vi pela última vez e agora, como antigamente, impressiona-me o seu Pilatos. É bem o tipo do homem forte, funcionário até o fundo da alma, que ignora completamente o alcance dos seus atos. Mas parece-me...

O rosto móvel de Mikhailov iluminou-se completamente, os seus olhos brilharam. Quis responder, mas a emoção o impediu e ele fingiu um acesso de tosse. Aquela observação de detalhe, justa porém injuriosa — pois que esquecia o principal — e de nenhum valor para ele, que tinha em pouca conta o instinto artístico de Golenistchev, encheu-o de alegria. Imediatamente, tomou-se de afeição pelo crítico e passou de súbito do abatimento ao entusiasmo. O quadro voltou para ele a possuir uma vida complexa e profunda. Tentou demonstrar a Golenistchev que era assim que compreendia Pilatos, mas novamente os seus lábios tremeram, impedindo-o de falar. Vronski e Ana, por seu lado, conversavam em voz baixa, como se faz nas exposições de pintura, em parte para não se arriscarem a melindrar o autor, em parte para não deixarem ouvir uma dessas observações absurdas que tão facilmente escapam quando se fala de arte. Mikhailov julgou verificar que o seu quadro agradava. Aproximou-se deles.

— Que admirável expressão tem este Cristo! — disse Ana num tom de sinceridade. A figura do Cristo prendia mais do que qualquer outra, sentia que estava ali o melhor trabalho e que, elogiando-o, seria agradável ao artista. E acrescentou: — Sente-se que ele tem piedade de Pilatos.

Era ainda uma das mil observações justas e banais que se podia fazer. O rosto do Cristo devia exprimir a resignação da morte, a renúncia a toda palavra inútil, a paz sobrenatural, o supremo amor e, em consequência, a piedade para os seus inimigos. Pilatos devia representar forçosamente a vida carnal em oposição a Jesus, modelo da vida espiritual, e ter consequentemente o aspecto de um vulgar funcionário. No entanto, o rosto do artista alegrou-se.

— E como está pintado! Que ar em torno desta figura! — disse Golenistchev, querendo manifestar que não concordara com o lado realista do Cristo.

— Sim, é um trabalho surpreendente! — disse Vronski. — Que relevo nas figuras do segundo plano! Eis aí o que eu chamo de técnica — acrescentou ele, visando Golenistchev, a quem recentemente confessara a sua impossibilidade em adquirir uma técnica.

— Sim, sim, é admirável! — confirmaram Ana e Golenistchev. Mas a observação de Vronski feriu Mikhailov, que o fitou com expressão descontente.

Ele não compreendia bem o sentido da palavra "técnica", mas observava frequentemente, mesmo nos elogios que lhe eram dirigidos, que opunham a habilidade técnica ao mérito intrínseco da obra, como se fosse possível pintar com talento um mau quadro. Não ignorava ser preciso treinar muito para desimpedir, sem prejudicar a impressão geral, as aparências que escondem a verdadeira imagem dos objetos, mas, segundo o seu modo de ver, aquilo não competia ao domínio da técnica. Que fosse dado a uma criança, a uma cozinheira, o dom de ver o que ele via — e eles saberiam corporificar a visão, enquanto o prático mais hábil nada pintaria mecanicamente sem primeiro possuir a visão nítida da obra. Por outro lado, ele achava que a técnica, já que a tinha, constituía precisamente o seu ponto fraco: em todas as suas obras, certos defeitos lhe saltavam aos olhos, defeitos que provinham precisamente da falta de prudência com que isolara os objetos que os dissimulavam.

— Se o senhor me permitisse, a única observação que eu ousaria fazer... — disse Golenistchev.

— Por favor, faça — respondeu Mikhailov com um sorriso forçado.

— É que o senhor pintou o homem-deus e não o Deus feito homem. De resto, sei que foi esta a sua intenção.

— Só posso pintar o Cristo como eu o compreendo — disse Mikhailov com ar sombrio.

— Neste caso, desculpe um ponto de vista que me é particular. O seu quadro é tão extraordinário que a minha observação em nada o prejudicaria... Demais, o seu assunto é especial. Tomemos, por exemplo, a Ivanov. Por que restaurou ele o Cristo nas proporções de uma figura histórica? Melhor seria escolher um tema novo, menos batido.

— Mas se este tema é o maior de todos...

— Procurando, encontrar-se-iam outros. A arte, segundo o meu modo de pensar, não pode sofrer discussão. Em frente ao quadro de Ivanov, todo mundo, crente ou incrédulo, fará esta pergunta: é ou não é um Deus? E a unidade de impressão acha-se assim destruída.

— Por que isso? Parece-me que, para as pessoas esclarecidas, a dúvida não é mais possível.

Golenistchev não era da sua opinião e, erudito na ideia que defendia, bateu o pintor na discussão. Mikhailov não soube se defender.

12

Depois de muito tempo, Ana e Vronski, irritados com a tagarelice do amigo, trocavam olhares de aborrecimento. Tomaram afinal o partido de continuarem sozinhos a visita ao *atelier*, e detiveram-se diante de um pequeno quadro.

— Que joia! É encantador! É maravilhoso! — gritaram numa única voz.

"Que lhes agrada tanto?", pensou Mikhailov. Aquele quadro o absorvera inteiramente durante meses, fazendo-o oscilar noite e dia nas alternativas do desespero e do entusiasmo. Concluíra-o fazia três anos e, desde então, esquecera-o completamente. Sorte igual esperava todas as suas telas, e só exibira aquela a pedido de um inglês que desejara tornar-se o seu possuidor.

— Isso não é nada, apenas um velho estudo — disse ele.

— Mas é deslumbrante! — continuou Golenistchev, que parecia conquistado pelo encanto do quadro.

Dois rapazes pescavam à sombra de uma moita de salgueiros. O mais velho acabava de lançar a linha na água e desembaraçava o anzol preso na raiz de uma árvore: sentia-se que estava absorvido naquele grave trabalho. O outro, deitado na relva, apoiava nos braços a cabeça loura, fitando a água com os seus olhos azuis pensativos: em que pensava ele?

O entusiasmo provocado por aquele estudo trouxe Mikhailov novamente à sua primeira emoção, mas, como temesse as inúteis reminiscências do passado, passou além daqueles elogios lisonjeiros e quis conduzir os visitantes a um terceiro quadro. Vronski perguntara se o estudo era para vender. Pareceu-lhe inoportuna aquela questão de dinheiro, e ele respondeu franzindo a testa:

— Está exposto para ser vendido.

Depois que os visitantes partiram, Mikhailov sentou-se em frente ao quadro do Cristo e de Pilatos e lembrou-se de tudo o que lhe haviam dito. Coisa estranha, as observações que pareceram ter tanto valor no momento, com as quais ele próprio concordara, perdiam agora toda significação. Examinava a obra com o seu olhar de artista, voltava a convencer-se do seu amplo valor e readquiria, em consequência, a disposição de espírito necessária para continuar o trabalho.

A perna do Cristo, encolhida, não estava perfeita. Apanhou a paleta e, corrigindo-a, olhava noutro plano a figura de João, que considerava como sendo a última palavra em perfeição e que os visitantes não tinham observado. Ensaiou retocá-lo, mas, para bem trabalhar, devia estar menos emocionado e achar um meio justo entre a frieza e a exaltação. A exaltação, no momento, ele a possuía. Quis cobrir o quadro, deteve-se, erguendo o cortinado com uma das mãos, e sorriu em êxtase para o São João. Afinal, vencendo dificilmente a contemplação, deixou cair a cortina e voltou para casa, fatigado e feliz.

Retornando ao palácio, Vronski, Ana e Golenistchev conversaram animadamente sobre Mikhailov e os seus quadros. A palavra "talento" aparecia frequentemente nas suas frases — entendiam por isso não apenas um dom inato, quase físico, independente do espírito e do coração, mas alguma coisa de mais amplo, cujo verdadeiro sentido lhes escapava completamente. Tinha talento, era verdade, mas a falta de educação não permitira que ele o desenvolvesse, defeito comum a todos os artistas russos. Não podiam esquecer, porém, os pequenos pescadores de anzol.

— Que linda coisa em sua simplicidade — disse Vronski. — E dizer que nem ele mesmo compreende o valor daquilo! Não deixemos escapar a ocasião.

13

Vronski comprou o pequeno quadro e convenceu Mikhailov a fazer o retrato de Ana. O artista veio no dia marcado e iniciou um esboço que, na quinta vez, impressionou a todos e particularmente a Vronski pela sua semelhança e por um sentimento muito fino da beleza da modelo. "É preciso amar Ana como eu a amo", pensava Vronski, "para descobrir nesta tela o encanto imaterial que a torna tão sedutora." Em verdade, era o retrato que lhe revelava aquele sinal secreto que ela possuía, mas com tal justeza que outros como ele julgaram conhecê-lo de longa data.

— Luto há muito tempo sem nada conseguir — dizia Vronski falando do retrato de Ana que fizera, enquanto a ele bastou apenas fitá-la. — Eis aí o que chamo possuir técnica.

— Isso virá naturalmente — respondia Golenistchev para o consolar porque, para ele, Vronski tinha talento e a sua educação devia lhe permitir uma alta concepção da arte. De resto, esses julgamentos favoráveis apoiavam-se principalmente na necessidade que ele tinha dos elogios e da simpatia de Vronski para os seus próprios trabalhos.

Fora do seu *atelier*, Mikhailov parecia um outro homem. No palácio, principalmente, mostrava-se respeitoso e evitava toda intimidade com as pessoas de quem, no fundo, não gostava. Chamava Vronski "Vossa Excelência" e, apesar dos convites frequentes, nunca aceitou um jantar — viram-no apenas nas horas de trabalho. Ana votava-lhe, por causa do seu retrato, um grande reconhecimento e testemunhava-lhe mais amabilidade que a muitos outros. Vronski tratava-o com muita igualdade e parecia bastante interessado na sua maneira de pintar. Golenistchev não perdia nenhuma ocasião de inculcar-lhe ideias sadias sobre a arte. Tudo perdido: Mikhailov permanecia sob uma fria reserva. Ana sentia, não obstante, que ele a olhava espontaneamente, evitando dirigir-lhe a palavra. Aos esforços de Vronski para o fazer falar sobre a sua pintura, ele opôs um silêncio obstinado e não desistiu senão quando submeteu à apreciação dele o quadro que fizera. Quanto aos discursos de Golenistchev, ele ouvia-os com aborrecimento e não se dignava contradizê-los.

Aquela surda hostilidade produziu sobre todos os três uma penosa impressão e sentiram um verdadeiro alívio quando, o trabalho terminado, Mikhailov não mais foi ao palácio, deixando como recordação um magnífico retrato. Golenistchev exprimiu a ideia de que o pintor sentia inveja de Vronski.

— É exagero dizer que ele sinta inveja, porque talento não lhe falta. Em todo caso, não podia tolerar que um homem rico, de gosto acima do vulgar, pudesse facilmente pintar melhor que ele, que consagrou toda a sua vida à pintura. E depois existe o problema da educação.

Tomando a defesa do pintor, Vronski dava intimamente razão ao amigo: em sua convicção interior, gostava que um homem de situação inferior o invejasse.

Os dois retratos de Ana deviam esclarecer e mostrar a diferença que existia entre Mikhailov e ele: reconheceu-a. Renunciou ao seu, mas simplesmente porque o achou supérfluo, e contentou-se com o quadro medieval com o qual estava tão satisfeito como Golenistchev e Ana: aquela tela, realmente, mais que todos os trabalhos de Mikhailov, fazia lembrar as obras-primas de antigamente.

Por seu lado, Mikhailov, apesar do atrativo que o retrato de Ana lhe causara, sentiu-se feliz em libertar-se dos discursos de Golenistchev e das obras de Vronski. Não podia impedir que Vronski se divertisse como desejasse, mas aquele passatempo de amador o fazia sofrer. Ninguém podia proibir a um homem de aperfeiçoar uma boneca de cera e abraçá-la, mas, se o fizesse diante de um apaixonado, ele o feriria de morte! A pintura de Vronski produzia em Mikhailov um efeito análogo: achou-a ridícula, insuficiente, deplorável.

A admiração de Vronski pela pintura e pela Idade Média foi de curta duração. Teve bastante instinto artístico para não concluir o seu quadro, para reconhecer que os defeitos, pouco aparentes no começo, tornavam-se alarmantes à medida que avançava. Estava no caso de Golenistchev que, sentindo o espírito vazio, imaginava amadurecer as ideias e reunir materiais. Mas, enquanto Golenistchev se irritava, Vronski permanecia perfeitamente calmo: incapaz de enganar-se a si próprio e ainda menos de se exasperar, abandonou inteiramente a pintura com a sua decisão habitual de caráter, sem procurar a menor justificativa.

A vida sem ocupação se tornou intolerável naquela pequena cidade. Ana, surpresa com a sua desilusão, imediatamente pensou como ele. O palácio apareceu-lhe subitamente velho e imundo. As nódoas das cortinas, as rachas dos mosaicos, tomaram um aspecto sórdido. O eterno Golenistchev, o professor italiano e o viajante alemão tornaram-se intoleravelmente aborrecidos. Sentiram a imperiosa necessidade de mudarem de vida e decidiram voltar para a Rússia. Vronski quis parar algum tempo em Petersburgo a fim de concluir uma partilha com o irmão, e Ana, para ver o filho. Passariam o verão no soberbo domínio patrimonial de Vronski.

14

Fazia três meses que Levine estava casado. Era feliz de um modo como não havia pensado: certos encantamentos imprevistos compensavam numerosas desilusões. A vida conjugal se revelava muito diferente do que sonhara. Semelhante a um homem que, admirando o calmo movimento de um barco num lago, quisesse ele próprio dirigi-lo, sentia a diferença existente entre a simples contemplação e a ação: não bastava permanecer assim sem fingidos movimentos, era preciso pensar ainda na água sob os pés, manobrar o leme sem a menor distração, levantar com as mãos inexperientes os remos pesados, todas essas coisas muito interessantes, mas, em todo caso, bastante difíceis.

Quando ainda era solteiro, as pequenas misérias da vida conjugal — discussões, ciúmes, mesquinhas preocupações — frequentemente provocavam no seu íntimo uma amarga ironia: nada de semelhante lhe aconteceria, a sua vida interior nunca se pareceria, nem mesmo em suas formas exteriores, com aquela dos outros. E eis que tudo aquilo se reproduzia e tomava uma importância indiscutível. Embora tivesse ideias próprias sobre o casamento, acreditava naturalmente, como a maior parte dos homens, encontrar as satisfações do amor sem admitir nenhum detalhe prosaico. O amor deveria lhe trazer o repouso depois do trabalho, e a mulher, contentar-se em ser adorada — esquecia completamente que também ela tinha direito a uma certa atividade pessoal. Grande foi a sua surpresa em ver aquela estranha, aquela poética Kitty pensar, desde os primeiros dias da sua vida comum, no mobiliário, no dormitório, na roupa, na cozinha. Desde o noivado, a peremptória recusa que opusera à oferta de Levine para efetuarem uma viagem de núpcias, preferindo ir logo para o campo, impressionara-o: sabia melhor que ele do que convinha, e como poderia pensar noutra coisa senão no amor? Ainda agora não podia esquecer os detalhes materiais que pareciam inerentes à natureza de Kitty. No entanto, troçando sobre esse assunto, sentia prazer em vê-la arrumar os novos móveis vindos de Moscou, arranjar os quartos segundo o seu gosto, colocar cortinas, reservar tal aposento para Dolly, tal outro para os amigos, orientar as refeições com o velho cozinheiro, discutir com Agatha Mikhailovna e retirar-lhe a guarda das provisões. O cozinheiro sorria docemente recebendo as ordens fantásticas e de impossível execução, enquanto a velha empregada sacudia a cabeça com um ar pensativo diante das novas medidas decretadas pela jovem senhora. E Kitty, entre chorosa e risonha, vinha queixar-se ao marido que Macha, sua camarista, não perdia o hábito de chamá-la "Senhorita" e ninguém, por causa disso, queria levá-la a sério. Levine sorria, mas, achando a mulher encantadora, preferia que ela não se envolvesse em nada. Ele não adivinhava que o hábito em casa dos seus pais restringia as fantasias de Kitty — ela experimentava uma espécie de vertigem vendo-se dona de casa e podendo comprar montanhas de balas, organizando os pratos que desejava, gastando o dinheiro à sua vontade.

Esperava impacientemente a chegada de Dolly, e se a esperava era principalmente para fazer com que ela admirasse a sua instalação e para mandar preparar para as crianças as sobremesas que cada uma delas preferisse. Os detalhes do governo da casa atraíam-na invencivelmente, e, como prevendo maus dias, ela fazia o ninho à aproximação da primavera. Aquele zelo pelas bagatelas, ao contrário do ideal sonhado por Levine, foi, por certo lado, uma desilusão, ao passo que aquela mesma atividade, cujo fim lhe escapava mas que não podia ver sem prazer, parecia sob outros aspectos possuir um encanto inesperado.

As discussões também constituíram surpresas. Nunca Levine imaginara que pudesse existir entre ele e suas outras relações, senão as de doçura, de respeito, de ternura. No entanto, discutiam desde os primeiros dias: Kitty chamou-o de egoísta, desfez-se em lágrimas, teve gestos de desespero.

A primeira daquelas discussões sobreveio depois de uma corrida que Levine fez à nova granja: querendo diminuir o caminho, tomando por um atalho, perdeu-se e atrasou-se meia hora além do que prevenira. Andando, só pensava em Kitty, inflamava-se com a ideia da sua felicidade. Correu para a sala num estado de espírito vizinho ao da exaltação que o possuíra no dia do seu pedido de casamento. Um rosto sombrio, que ele não conhecia, o acolheu. Quis beijar a sua mulher, mas ela o repeliu.

— Ah, isso te diverte... — começou ela num tom friamente amargo.

Mas apenas abriu a boca e o absurdo ciúme que a atormentara enquanto o esperava, sentada no rebordo da janela, explodiu em palavras de censura. Ele compreendeu então, claramente e pela primeira vez, o que não soubera ver após a bênção nupcial, isto é, que o limite que os separava era ininteligível, não sabendo mais onde começava e nem onde acabava a sua própria personalidade. Foi um doloroso sentimento de cisão interior. Ofuscando-se, ele compreendeu imediatamente que Kitty não podia injuriá-lo de nenhuma maneira, já que ela própria era uma parte do seu "eu".

Levine, posteriormente, não deveria sentir de modo tão nítido aquela impressão. Levou algum tempo para encontrar novamente o equilíbrio. Quis demonstrar a Kitty a sua injustiça, mas, culpando-a, ele a irritava ainda mais. Um sentimento bem natural ordenava-lhe que se desculpasse; um outro, violento, ordenava que não agravasse o mal-entendido. Permanecer sob o golpe de uma injustiça era cruel — magoá-la com o pretexto de uma justificação era mais terrível ainda. Muito comumente, um homem adormecido luta com um mal doloroso do qual quer se livrar e constata, despertando, a existência desse mal no fundo de si mesmo — Levine teve que reconhecer assim que a paciência era o único remédio.

Reconciliaram-se. Kitty, sem o confessar, sentiu-se culpada. Mostrou-se mais terna e a sua felicidade aumentou. Aquelas dificuldades se renovaram, porém, com maior frequência, por motivos fúteis, imprevistos, em consequência dos aborrecimentos constantes e porque ignoravam mutuamente o que era importante para um e outro. Foram difíceis de ser passados os primeiros meses. O assunto mais pueril provocava algumas vezes desinteligência, cuja causa real lhes escapava totalmente. Cada um deles puxava violentamente a cadeia que os unia, e aquela lua de mel, que Levine esperava maravilhosa, só deixou recordações terrivelmente cruéis. Ambos procuraram, depois, esquecer os mil incidentes ridículos e vergonhosos daquele período, em que tão raramente se encontravam em estado de espírito normal. Apenas no terceiro mês a vida se tornou regular, após uma estada de algumas semanas em Moscou.

15

Retornaram à casa e gozavam a solidão da melhor maneira possível.

Levine, em seu gabinete, escrevia. Sentada num enorme divã de couro que mobiliava o gabinete de trabalho desde tempos imemoriais, Kitty, trajando um vestido violeta, caro ao marido porque o usara nos primeiros dias após o casamento, fazia a *broderie anglaise*.[1] Escrevendo e refletindo, Levine fruía a presença da mulher: ele não abandonara a disposição ao trabalho, nem detivera a obra sobre a reforma agronômica, mas, comparadas à tristeza que ainda há pouco tempo obscurecia a sua vida, aquelas ocupações lhe pareciam miseráveis, tão mais insignificantes quanto surgiam no esplendor da sua felicidade! Sentia a atenção voltada para outros assuntos e entrevia as coisas sob um outro aspecto. O estudo, ainda recentemente o único ponto luminoso da sua existência, punha agora alguns toques escuros no fundo maravilhoso da sua nova vida. Uma revisão do seu trabalho lhe permitia constatar o valor, atenuar certas afirmações muito categóricas, encher mais de uma lacuna. Acrescentou um capítulo sobre as condições desfavoráveis da agricultura na Rússia: a pobreza do país não se originava unicamente da partilha desigual da propriedade predial e das falsas doutrinas econômicas, mas principalmente de uma introdução mal compreendida e prematura da civilização europeia; as ferrovias, obra política e não econômica, provocavam um excesso de centralização, de necessidades de luxo e, por conseguinte, o desenvolvimento da indústria em detrimento da agricultura, bem como a exagerada extensão do crédito e da especulação. O aumento normal da riqueza de um país não admitia aqueles sinais de civilização exterior enquanto não houvesse a agricultura atingido um grau proporcional de desenvolvimento.

---

1 Técnica de bordado em branco que incorpora características de bordados e rendas de agulha associadas à Inglaterra, devido à sua popularidade no século XIX. (N.E.)

Enquanto Levine escrevia, Kitty pensava na atitude estranha que o seu marido tivera para com o jovem príncipe Tcharski — o príncipe Tcharski fizera-lhe a corte um pouco arrojadamente, na véspera da sua partida de Moscou. "Ele é ciumento", pensava. "Que tolice! Se soubesse que todos os homens me são tão indiferentes como Pedro cozinheiro!" No entanto, lançava olhares de proprietária sobre a nuca e o pescoço do marido. "É lastimável interrompê-lo, mas, após tudo isso, tanto pior! Quero ver o seu rosto, ele sentirá que o estou olhando? Quero que ele se volte, eu o quero, eu o quero…" E ela abria desmesuradamente os olhos como para robustecer o seu olhar.

— Sim, atraem para eles toda a seiva e dão uma falsa feição à riqueza — resmungou Levine, deixando a caneta, sentindo os olhos fixos da mulher. Voltou-se.

— Que há? — perguntou, levantando-se.

"Voltou-se", pensou.

— Nada, eu quis te fazer voltar — respondeu, tentando adivinhar se aquela mudança o contrariava.

— Que alegria estarmos sozinhos! Para mim, pelo menos — disse ele, aproximando-se, radiante de felicidade.

— E para mim também! Sinto-me tão bem aqui que não irei mais a parte alguma, principalmente a Moscou.

— Em que pensavas?

— Eu? Pensava… Não, não, volta aos teus trabalhos, não te distraias — respondeu ela com um pequeno trejeito nos lábios. — Agora, tenho necessidade de cortar todos estes ilhoses.

Apanhou a tesoura para bordar.

— Não, dize-me. Em que pensavas? — repetiu ele, sentando-se perto dela e seguindo os movimentos da tesoura na sua mão.

— Em que eu pensava? Em Moscou e na tua nuca.

— Que fiz para merecer esta felicidade? Isso não é natural, é muito belo — disse, beijando-lhe a mão.

— Não, tanto mais belo, mais natural.

— Ah, tu fizeste uma trança? — disse, voltando-lhe a cabeça com precaução.

— Mas, sim, olhe... Não, não, nós nos ocupamos de coisas sérias.

As coisas sérias, porém, estavam interrompidas, e quando Kouzma veio anunciar o chá, eles se separaram bruscamente, como se fossem culpados.

— Voltou alguém da cidade? — perguntou Levine ao empregado.

— Neste momento, separei o maço de cartas.

— Não tardes — disse Kitty, retirando-se. — Enquanto isso eu leio as cartas sem ti. Depois, jogaremos.

Ficando sozinho, Levine arrumou os papéis numa nova pasta, presente de sua mulher, lavou as mãos num lavatório, também presente de sua mulher e, sorrindo às próprias ideias, abanou a cabeça com um sentimento que se assemelhava ao remorso. A sua vida tornar-se muito mole, muito efeminada, experimentava alguma vergonha. "Essas delícias de Capua não me valem nada", pensava ele. "Há três meses que estou vadiando. Uma única vez comecei a trabalhar seriamente e tive que renunciar. Esqueço mesmo as minhas ocupações ordinárias, não fiscalizo mais nada, não vou a parte nenhuma: sinto logo pena de tê-la deixado, receio que ela se aborreça. E eu que julgava que antes do casamento a vida não valia nada, que tudo só começava realmente depois! Nunca passei três meses em semelhante ociosidade. É preciso que isso acabe. Evidentemente, a culpa não lhe cabe e eu não saberia lhe fazer a menor censura. Devia ter mostrado a minha firmeza, defendido a minha independência de homem. Continuando assim, acabarei por adquirir e por fazê-la adquirir maus hábitos..."

Um homem descontente não pode fugir de lançar sobre alguém, e principalmente sobre os íntimos, a causa do seu descontentamento. Levine pôs-se a pensar que bem podia acusar a frívola educação de Kitty como um dos seus defeitos. "Esse imbecil de Tcharski, ela não soube se fazer respeitar. Fora dos seus pequenos interesses domésticos, da sua *toilette*, da *broderie anglaise*, nada mais a preocupa.

Nenhuma simpatia para com as minhas ocupações, para os nossos camponeses, nenhum gosto pela leitura e pela música, apesar de ser boa musicista. Ela não faz absolutamente nada e, não obstante, acha-se perfeitamente satisfeita." Julgando-a assim, Levine não compreendia que a sua mulher se preparava para um período de atividade que a obrigaria a ser ao mesmo tempo mulher, mãe, dona de casa, ama, educadora — não percebia que um instinto secreto a avisava daquela futura atividade, e que ela aproveitava as horas de tranquilidade e amor, preparando o seu ninho com alegria.

16

Levine subiu ao primeiro andar onde encontrou, em frente a um serviço de chá novo, de prata, a sua mulher ocupada em ler uma carta de Dolly com quem mantinha uma assídua correspondência. Agatha Mikhailovna, sentada não longe dela, tomava também o seu chá.

— O senhor está vendo, a senhora obrigou-me a sentar junto dela — disse a velha criada com um sorriso gentil dirigido a Kitty.

Aquelas palavras provaram a Levine o fim de um drama doméstico: apesar da mágoa que causara à governanta tomando as rédeas do governo da casa, Kitty, vitoriosa, conseguira fazer-se perdoar.

— Eis uma carta para ti — disse Kitty, entregando ao marido uma carta de péssima caligrafia. — É, eu creio, daquela mulher, tu sabes... do teu irmão. Eu a abri, mas não a li... Eis uma outra dos meus pais e de Dolly: Dolly levou Gritha e Tânia a um baile infantil em casa dos Sarmatski. Tânia vestiu-se de marquesa.

Levine não a ouvia. Tomou, corando, a carta de Maria Nicolaievna, a antiga amante de Nicolas, e leu-a. Aquela mulher já lhe escrevera uma vez para avisar que Nicolas a tinha expulsado, sem que nada tivesse a lhe censurar: acrescentava com uma simplicidade tocante que não pedia nenhum socorro, embora estivesse na miséria, mas que a lembrança de Nicolas Dmitrievitch a matava — em que se tornaria ele, fraco e doente como era? Suplicava a Levine, como irmão, que não o perdesse de vista. E anunciava agora notícias mais graves. Tendo encontrado Nicolas Dmitrievitch em Moscou, partira com ele para a capital de uma comarca onde aquele obtivera uma colocação; ali, discutindo com um dos seus chefes, voltou ele novamente a Moscou, mas, caindo doente na viagem, provavelmente não se levantaria mais. "Pergunta constantemente pelo senhor e, de resto, não temos mais dinheiro."

— Lê isso que Dolly escreveu sobre ti — começou Kitty, mas interrompeu-se, observando subitamente a figura transtornada do marido: — Que tens? Que aconteceu? — gritou.

— Essa mulher escreveu-me que Nicolas, meu irmão, está morrendo. Vou partir imediatamente.

Kitty mudou de fisionomia: Dolly, Tânia vestida de marquesa, tudo estava esquecido.

— Quando esperas partir? — perguntou.

— Amanhã.

— Posso eu te acompanhar?

— Kitty, que ideia! — respondeu em tom de censura.

— Como! Por que dizes que ideia? — disse ela, ofendida por ver a sua proposta tão mal recebida. — Por que não te acompanharia? Não te perturbarei em nada. Eu...

— Eu parto porque o meu irmão está morrendo. Que irias tu fazer?

— O que tu fizeres.

"Num momento tão grave para mim, ela só pensa no aborrecimento de ficar sozinha", pensou Levine, e aquela insistência, que ele julgava hipócrita, o encolerizou.

— É impossível! — respondeu secamente.

Agatha Mikhailovna, vendo as coisas piorarem, deixou a sua xícara e saiu sem que Kitty a observasse. O modo como Levine falara ferira Kitty: evidentemente, ele não sabia o que dizia.

— Eu te digo que, se tu partires, eu partirei também — declarou ela, com cólera. — Gostaria de saber por que isso é impossível! Vejamos, por que disseste isto?

— Porque sabe Deus que estradas percorrerei antes de encontrá-lo e em que choupana o acharei. Tu apenas me incomodarás — disse Levine, tentando manter o sangue-frio.

— De maneira alguma, eu não tenho necessidade de nada. Se tu podes ir, eu posso ir também...

— Quando não fosse isso, seria por causa dessa mulher com quem não te sentirias bem.

— Ah, pouco me importa que eu a encontre! Nada quero saber de todas essas histórias. Eu sei apenas que o irmão do meu marido está morrendo, que o meu marido vai vê-lo, e que eu o acompanho para...

— Kitty, não te zangues e pensa que em caso tão grave me é doloroso ver que misturas à minha mágoa uma verdadeira fraqueza, o medo de ficar sozinha. Se te aborreces durante a minha ausência, vai para Moscou.

— Vê como tu és! Sempre me atribuis sentimentos mesquinhos — gritou ela, asfixiada por lágrimas de cólera. — Trata-se perfeitamente de fraqueza!... Eu sinto que é do meu dever não abandonar o meu marido num momento semelhante, mas tu te enganas a meu respeito. Queres me ferir custe o que custar!

— Mas é uma escravidão! — bradou Levine, erguendo-se, incapaz de conter por mais tempo a sua cólera. No mesmo instante, porém, compreendeu que castigava a si mesmo.

— Por que não continuaste solteiro? Tu serias livre. Sim, por que te casaste se já estás arrependido?

E ela se defendeu, indo para o salão.

Quando ele veio procurá-la, ela soluçava. Levine procurou palavras justas, quando não para convencê-la pelo menos para acalmá-la, ela, porém, não o ouvia e resistia a todos os seus argumentos. Então ele inclinou-se para ela, tomou uma das mãos recalcitrantes, beijou os seus cabelos e ainda a sua mão — mas Kitty se manteve calada. Afinal, quando ele agarrou-lhe a cabeça entre as mãos, dizendo "Kitty!", ela se enterneceu, chorou, e a reconciliação fez-se imediatamente.

Decidiram partir juntos no dia seguinte. Levine declarou estar convencido de que ela visava unicamente tornar-se útil, e que nada havia de inconveniente na presença de Maria Nicolaievna ao pé do seu irmão, mas, no íntimo, culpava-se e culpava a sua mulher: coisa estranha, ele, que não pudera acreditar na felicidade de ser amado por ela, sentia-se quase infeliz por ser amado em demasia. Descontente com a sua própria fraqueza, horrorizava-se antecipadamente da relação entre a sua mulher e a amante do seu irmão. A ideia de ver a sua Kitty em contato com uma mulher perdida enchia-o de horror e de desgosto.

17

O hotel da capital da comarca onde Nicolas Levine agonizava era um desses novos estabelecimentos que têm a pretensão de oferecer ao público pouco habituado o conforto, a comodidade e a elegância, mas esse mesmo público não demora a transformá-los em sinistras baiucas que fazem lembrar os miseráveis albergues de antigamente. Tudo produziu em Levine uma desagradável impressão: desde o soldado que trajava um uniforme imundo e que servia de porteiro fumando um cigarro no vestíbulo, a escada sombria e lúgubre, o empregado que andava como um espadachim e tinha a roupa emporcalhada de nódoas, a mesa redonda enfeitada com um hediondo *bouquet* de flores de cera escuras de poeira, o estado geral de desordem e de falta de asseio, e até uma atividade cheia de suficiência, toque que lhe pareceu introduzido pelas estradas de ferro. Esse conjunto era o bastante para desagradar ao jovem casal e não condizia em nada com o que os esperava.

Como é normal em caso semelhante, os melhores quartos estavam ocupados por um inspetor de estrada de ferro, um advogado de Moscou, uma princesa Astafiev. Ofereceram-lhe um quarto imundo e asseguraram-lhe que o quarto vizinho estaria livre durante a noite. As previsões de Levine se realizavam: em lugar de ir ver imediatamente o irmão, tinha que instalar a sua mulher. Ele não escondeu a sua indignação.

— Vai, vai depressa — disse Kitty com ar contrito, logo que Levine a pôs no quarto.

Ele saiu sem nada dizer e, perto da porta, encontrou-se com Maria Nicolaievna, que acabava de saber da sua chegada e não ousava penetrar no aposento. Não mudara em nada desde que ele a vira em Moscou: o mesmo vestido de lã deixando descoberto o pescoço e os braços, a mesma expressão de simplicidade no rosto arruinado e ingênuo.

— Como vai ele?

— Muito mal. Não se levanta mais e sempre pergunta pelo senhor. O senhor... o senhor veio com sua esposa?

Levine não percebeu de início o que a tornava confusa, mas ela se explicou imediatamente:

— Eu vou para a cozinha. Ele ficará contente, pois lembra-se bem de tê-la visto no estrangeiro.

Levine compreendeu que se tratava de sua mulher e não soube o que responder.

— Vamos, vamos — disse ele.

Mas, apenas dera um passo, a porta do quarto se abriu e Kitty apareceu no limiar. Levine corou de contrariedade vendo a sua mulher colocá-lo numa falsa situação. Maria Nicolaievna corou ainda mais e, quase chorando, se comprimiu de encontro à parede, embrulhando os dedos vermelhos no grande lenço.

Kitty não podia compreender aquela mulher, que quase a amedrontava. Levine leu, no olhar que ela lhe lançou, uma expressão de curiosidade ávida — isso foi, de resto, coisa de um segundo.

— Então, como vai ele? — perguntou, dirigindo-se primeiramente ao marido e depois à mulher.

— Não é aqui o lugar para conversarmos — respondeu Levine, fitando colericamente um homem que passeava devagar no corredor.

— Bem, entre — disse Kitty a Maria Nicolaievna, que se controlava gradualmente. — Não, é melhor que partam e depois mandem-me buscar — acrescentou, vendo o ar aterrado do marido.

Ela retornou ao quarto, e Levine dirigiu-se para o aposento do irmão. Pensava encontrá-lo naquele estado de desilusão próprio aos tísicos, que tanto o impressionava quando da última visita de Nicolas, mais fraco e mais magro, com indícios de um fim próximo, mas ainda assim uma criatura humana. Pensava encontrar-se cheio de piedade por aquele irmão querido e sentir novamente, mais fortes ainda, os terrores que recentemente lhe havia inspirado a ideia da morte. Estava preparado para todas aquelas coisas, mas o que viu foi muito diferente do que esperava.

Num pequeno quarto sórdido, em cujas paredes muitos viajantes já tinham certamente escarrado e que um tabique mal separava de outro onde se conversava, numa atmosfera repugnante, ele percebeu sobre um leito ligeiramente afastado da parede um corpo que um cobertor abrigava. Uma mão enorme como um ancinho, estranhamente unida a uma espécie de longo fuso, alongava-se sobre aquele cobertor. A cabeça, deitada no travesseiro, deixava perceber raros cabelos que o suor colava nas têmporas, e uma testa quase transparente.

"É possível que este cadáver seja o meu irmão Nicolas?", pensou Levine. Aproximou-se do leito, e no momento em que chegava perto, a sua dúvida cessou: bastou fitar aqueles olhos e os lábios que se entreabriram à sua aproximação para conhecer a terrível verdade.

Nicolas examinou o irmão com olhos severos. Esse olhar estabeleceu as relações entre ambos. Constantino sentiu-o como uma censura e teve remorso da sua felicidade. Agarrou a mão do moribundo, que sorriu, mas o sorriso imperceptível não atenuou a dureza do olhar.

— Tu não esperavas me encontrar assim — conseguiu ele pronunciar com dificuldade.

— Sim... não — respondeu Levine, tartamudeando. — Como não me avisaste mais cedo, antes do meu casamento? Procurei-te inutilmente por toda parte.

Queria falar para evitar um silêncio penoso, mas o seu irmão não respondia e o olhava sem abaixar os olhos, como se estivesse pesando cada uma das suas palavras. Levine sentia-se embaraçado e indisposto. Disse que a sua mulher estava com ele, e Nicolas manifestou a sua satisfação, acrescentando que receava amedrontá-la. Fez-se certo silêncio. Depois, de repente, Nicolas pôs-se a falar, e, pela expressão do seu rosto, Levine acreditou que ele ia fazer uma comunicação importante. Nicolas acusava simplesmente o médico e lamentava-se por não poder consultar uma celebridade de Moscou. Levine compreendeu que ele estava sempre esperançoso.

No fim de um momento, Levine ergueu-se, pretextando desejo de ir buscar a sua mulher, mas, na realidade, para se furtar alguns minutos à angústia que o oprimia.

— É bom, vou mandar limpar isso aqui. Macha, venha arrumar este quarto — disse o doente com esforço. — E depois tu irás embora — acrescentou, interrogando o irmão com o olhar.

Levine saiu sem responder mas, apenas chegara ao corredor, arrependia-se de haver prometido levar lá a sua mulher. Pensando no que acabava de sentir, resolveu explicar-lhe que aquela visita seria inútil. "Que necessidade tem ela de sofrer como eu?", dizia intimamente.

— Bem, como vai ele? Kitty perguntou com um olhar assustado.

— É horrível, horrível. Por que tu vieste?

Kitty contemplou o marido em silêncio. Depois, segurando-o pelo braço, disse timidamente:

— Kostia, leva-me, seria menos duro para nós ambos. Leva-me e deixa-me com ele. Compreenda que sou testemunha da tua dor e, não o vendo, seria mais cruel que tudo. Talvez eu seja útil, a ele e também a ti. Peço-te, deixa-me ir.

Ela suplicava como se se tratasse da felicidade da sua vida. Levine, refeito da sua emoção e esquecido da existência de Maria Nicolaievna, consentiu em acompanhá-la.

Foi com um passo rápido e mostrando ao marido uma fisionomia corajosa e animada que Kitty entrou no quarto de Nicolas. Depois de fechar a porta sem o menor ruído, aproximou-se docemente do leito, colocou-se de maneira a que o doente não precisasse voltar a cabeça, segurou com a sua mão delicada a enorme mão do cunhado e pôs-se a falar com aquele dom, próprio às mulheres, manifestando uma simpatia extraordinária.

— Encontramo-nos em Soden sem nos conhecer — disse. — Tu não acreditaria que me tornasse tua irmã.

— Tu não me terias reconhecido, não é verdade? — perguntou ele. O seu rosto, quando a viu entrar, iluminou-se com um sorriso.

— Oh! Tiveste razão em nos chamar! Não passava um só dia sem que Kostia falasse de ti e se inquietasse por falta das tuas notícias.

A animação de Nicolas durou pouco. Kitty não acabara de falar quando, sobre o rosto do moribundo, reapareceu aquela severa expressão de censura para com os que gozam saúde.

— Receio que não estejas muito bem aqui — continuou a moça, ocultando-se para examinar o quarto, o olhar fixo no doente. — É indispensável procurar um outro aposento e que seja perto de nós — disse ela ao marido.

18

Levine não podia ficar calmo em presença do irmão, os detalhes da terrível situação do moribundo escapavam à sua vista e à sua atenção perturbadas. A imundície, a desordem, o mau cheiro do quarto, afligiam-no sem que fosse possível remediá-los. Ouvia os gemidos de Nicolas, mas não lhe vinha a ideia de olhar aquele busto, aquelas pernas descarnadas, de obrigá-lo a tomar uma posição menos dolorosa. O pensamento daquelas coisas dava-lhe um frêmito, e o doente, percebendo aquilo, irritava-se. Também Levine só fazia entrar e sair sob inúmeros pretextos, infeliz junto ao irmão, mais infeliz ainda longe dele, e incapaz de permanecer sozinho.

Kitty compreendeu as coisas de modo diferente: estando perto do doente, ela sentia piedade, mas, longe de provocar como o marido, desgosto ou medo daquela compaixão, procurava informar-se de tudo o que pudesse minorar aquele triste estado. Convencida de que devia levar algum alívio ao cunhado, não pôs em dúvida a possibilidade disso. Os detalhes que repugnavam ao seu marido foram precisamente os que prenderam mais a sua atenção. Mandou buscar um médico, enviou alguém à farmácia, ocupou a sua criada e Maria Nicolaievna em varrer, limpar, lavar, levantar o travesseiro do doente, levando e trazendo diferentes coisas. Sem se preocupar com os que encontrava no caminho, ia e vinha do seu ao quarto do doente, trazendo pano, guardanapos, camisas, fronhas.

O empregado, que servia os senhores engenheiros na mesa, respondeu muitas vezes com má vontade às suas ordens, mas ela ordenava tão docemente que ele obedecia. Levine não aprovava aquele movimento: julgava-o inútil e receava que irritasse o irmão, mas este permanecia calmo e seguia com interesse os movimentos da cunhada. Quando Levine voltou da casa do médico onde Kitty o enviara, viu, abrindo a porta, que se mudava a roupa do doente. Os ombros proeminentes, as vértebras salientes, estavam descobertos, enquanto Maria Nicolaievna e o empregado se atrapalhavam com as mangas da camisa, não conseguindo, entretanto, fazer entrar os longos braços descarnados de Nicolas. Kitty fechou vivamente a porta sem olhar para o lado do cunhado, mas, soltando ele um gemido, aproximou-se com solicitude.

— Faze-o depressa — falou-lhe.

— Não te aproximes — murmurou com cólera o doente —, eu me arranjarei sozinho...

— Que dizes? — perguntou Maria Nicolaievna.

Kitty, que tudo ouvira, compreendeu que ele se envergonhava de mostrar-se a ela naquele estado.

— Eu não olho — retorquiu ela, ajudando-o a enfiar o braço na manga. — Maria Nicolaievna, passa para o outro lado do leito e ajuda-nos. — E tu — disse ela ao marido — vai depressa ao meu quarto, acharás um pequeno frasco no bolso de lado do meu avental, pega-o e traze-me. Enquanto isso, acabaremos de mudar a roupa.

Quando Levine voltou com o frasco, o doente estava novamente deitado e tudo em sua volta havia mudado de aspecto. O ar, ainda há pouco viciado, exalava agora um odor bom de vinagre aromatizado que Kitty espalhara soprando um tubozinho. A poeira desaparecera, estendera um tapete debaixo do leito. Em uma mesa estavam arrumados os frascos de remédios, uma garrafa, os panos indispensáveis e a *broderie anglaise* de Kitty. Em uma outra mesa, perto do leito, uma vela, pós e um copo d'água. O doente, lavado, penteado, deitado em lençóis apropriados e apoiado em muitas almofadas, vestido numa camisa nova, deixava surgir a extraordinária magreza do seu pescoço. Lia-se nos seus olhos, que não deixavam Kitty, uma expressão de esperança.

O médico, que Levine encontrara no clube, não era aquele que descontentara Nicolas. Ele o auscultou cuidadosamente, balançou a cabeça, escreveu uma receita e deu uma explicação pormenorizada dos remédios a tomar e da dieta a manter. Aconselhou ovos frescos, quase crus, com leite morno. Quando o médico partiu, o doente disse algumas palavras ao irmão, que apenas compreendeu as últimas: "tua Katia", mas, pelo olhar, Levine verificou que ele fazia o elogio de Kitty. Chamou depois Katia, como a tratava.

— Sinto-me muito melhor — disse-lhe. — Se estivesse junto a mim há mais tempo, já estaria curado. Ah, como me sinto bem!

Procurou levar até os lábios a mão da cunhada, mas, temendo desagradá-la contentou-se em acariciá-la. Kitty apertou afetuosamente aquela mão entre as suas.

— Voltem-me para o lado esquerdo agora e vão todos dormir — murmurou ele.

Unicamente Kitty compreendeu o que ele dizia, pois pensava incessantemente no que lhe podia ser útil.

— Volta-o para o lado esquerdo, é como ele costuma dormir. Faze-o tu mesmo, eu não tenho força e não queria encarregar o empregado deste trabalho. Poderás levantá-lo? — perguntou a Maria Nicolaievna.

— Sinto medo — respondeu esta.

Por mais terrificante que fosse levantar aquele corpo, Levine cedeu então à vontade da sua mulher e, tomando um ar resoluto, que ela tão bem lhe conhecia, passou os braços em volta do doente, pedindo-lhe para passar os seus em torno do pescoço dele — o estranho peso daqueles membros secos o afligiu. Enquanto ele mudava com dificuldade o irmão de lugar, Kitty bateu o travesseiro e pôs ordem na cabeleira de Nicolas, onde algumas mechas se achavam coladas às têmporas.

Nicolas reteve a mão do irmão na sua e apertou-a. O coração de Levine confrangeu-se ao sentir que ele a levava aos lábios para beijá-la. No entanto deixou-o fazer e depois, sacudido por soluços, saiu do quarto sem poder articular uma palavra.

19

"Ele mostrou às crianças o que ocultou aos sábios", pensou Levine conversando aquela noite com a sua mulher.

Não que ele se acreditasse um sábio citando os Evangelhos, mas não era exagero reconhecer-se mais inteligente do que a sua mulher e Agatha Mikhailovna e, por outro lado, sabia que se chegasse a pensar na morte, esta ideia o dominaria totalmente. Aquele mistério terrível, que grandes espíritos haviam sondado com todas as forças da alma — ele lera esses escritos, mas nada soubera dizer de melhor à sua velha criada e à sua Katia, como a chamava agora Levine, seguindo com um prazer manifesto o exemplo de Nicolas. Essas duas pessoas tão diferentes ofereciam, nos limites daquele assunto, uma semelhança perfeita. Ambas conheciam sem experimentar a menor dúvida o sentido da vida e da morte e, se bem que incapazes de responder às perguntas que se erguiam no espírito de Levine — incapazes mesmo de compreendê-las —, tentavam explicar do mesmo modo o problema do destino e partilhavam a sua crença com milhões de criaturas humanas. Como prova da sua intimidade com a morte, sabiam aproximar-se dos moribundos e não os temiam, ao passo que Levine e os que pensavam como ele a receavam sem saber por que e não se sentiam capazes de socorrer um agonizante. Sozinho ao pé do irmão, Constantin só podia esperar com assombro a chegada do seu fim. Não sabia mesmo fixar os olhos, de que modo andar, nem que palavra dizer. Falar de coisas indiferentes parecia-lhe terrível, falar de coisas tristes, impossível! Também não seria melhor calar-se. "Se o fitar, pensará que o observo; se não o fitar, acreditará que os meus pensamentos são maus. Andar nas pontas dos pés o irritará, e me torturo se andar à vontade."

Kitty, ao contrário, não tinha tempo de pensar em si mesma. Ocupada com o doente, parecia ter um sentido muito nítido da sua conduta, e conseguia perfeitamente tudo o que tentava. Contava os detalhes sobre o seu casamento, sobre si mesma (ele sorria, acariciava-a), citava casos de cura. A sua atividade, de resto, não era instintiva e nem inconsciente. Como Agatha Mikhailovna, ela se preocupava com uma questão mais alta que os cuidados físicos. Falando do velho servo que acabara de morrer, Agatha Mikhailovna dissera: "Graças a Deus, ele recebeu a extrema-unção. Deus dá a todos um fim semelhante." Por seu lado, apesar das preocupações com as roupas, os remédios, Kitty achou meio, desde o primeiro dia, de preparar o seu cunhado para receber os sacramentos.

Entrando no seu quarto, de volta, Levine sentou-se com a cabeça baixa, não sabendo o que fazer, incapaz de pensar em cear, de prever qualquer coisa, sem conseguir mesmo falar à mulher, tão enorme era a sua confusão. Kitty, ao contrário, mostrava-se mais ativa, mais animada do que nunca. Mandou que trouxessem a ceia, desarrumou as malas, ajudou a fazer os leitos, que não esqueceu de salpicar com inseticida. Possuía a excitação, a rapidez de concepção que certos homens experimentam antes de uma batalha, ou numa hora grave e decisiva da vida, quando se apresenta a ocasião de mostrar o seu valor.

 Antes da meia-noite, tudo estava completamente preparado. Aqueles dois quartos de hotel ofereciam o aspecto de um apartamento íntimo. Perto do leito de Kitty, em uma mesa coberta por uma toalha branca, estava o seu espelho com as suas escovas e os seus pentes. Levine achava imperdoável comer, dormir e até mesmo falar; cada um dos seus movimentos lhe parecia inconveniente. Kitty, ao contrário, arrumava os seus pequenos objetos sem que sua atividade em nada diminuísse. No entanto, não puderam comer e ficaram acordados até tarde, não conseguindo dormir.

 — Estou muito contente de o ter convencido a tomar a extrema-unção — disse Kitty, que, vestida com uma camisola de dormir, penteava em frente do seu espelho de viagem os cabelos perfumados. — Eu nunca vi esta cerimônia, mas mamãe me contou que se reza para pedir a cura.

 — Acreditas que uma cura é possível? — perguntou Levine, examinando por detrás a cabecinha redonda de Kitty, cuja risca desaparecia desde que ela suspendia o pente.

 — Perguntei isto ao médico. Ele acha que Nicolas só viverá três dias, mas que sabem eles? Estou contente por o haver convencido — disse ela, fitando o marido através da cabeleira. — Tudo pode acontecer — acrescentou, com uma expressão de malignidade que transfigurava o seu rosto, quando falava de coisas santas.

 Nunca, desde aquela conversa do tempo de noivos, haviam conversado sobre assuntos religiosos. Kitty, porém, continuava a rezar, a seguir os ofícios com a tranquila convicção de cumprir um dever. Apesar da confissão que o seu marido se julgara obrigado a fazer, julgava-o um bom cristão, talvez melhor do que ela própria:

naturalmente, ele a contrariava com o mesmo espírito de quando zombava do seu *broderie anglaise*.

— Sim, aquela Maria Nicolaievna não saberia arranjar nada daquelas coisas — disse Levine. — E, francamente, sinto-me feliz por teres vindo. Tu és muito pura para que...

Agarrou-lhe a mão sem ousar beijá-la (não era uma profanação aquele beijo quase em face da morte?), mas, contemplando os seus olhos brilhantes, apertou-a com um ar contrito.

— Sozinho, terias sofrido muito — disse ela enquanto, com os seus braços erguidos para enrolar e prender os cabelos no cimo da cabeça, escondia as faces coradas de satisfação. — Aquela mulher não sabe nada, ao passo que eu aprendi muitas coisas em Soden.

— Existem em Soden doentes como ele?

— Mais doentes ainda.

— Não acreditarás na mágoa que sinto em não mais o ver tal como era na mocidade... Foi um belo rapaz! Mas, nessa época, eu não o compreendia.

— Acredito-te. Sinto que nós "teríamos sido" amigos — disse ela, e voltou-se para o marido com lágrimas nos olhos, estupefata de ter falado no passado.

— "Seriam amigos" — respondeu ele tristemente. — É um desses homens de quem se pode dizer, com razão, não terem sido feitos para este mundo.

— No entanto, não esqueçamos que ainda teremos dias de fadiga e inquietação. Precisamos nos deitar — disse Kitty, depois de olhar o seu pequeno relógio.

20

No dia seguinte, o doente recebeu a extrema-unção. Nicolas aceitou-a com fervor. Uma apaixonada súplica lia-se nos seus enormes olhos abertos, fixos na imagem santa colocada numa mesa de jogo coberta com uma toalha colorida. Levine ficou espantado de ver o irmão alimentar aquela esperança, o seu dilaceramento em deixar uma vida que só lhe fora cruel. Sabia, de resto, que Nicolas era um cético, não pelo desejo de viver mais livremente, mas sob a vagarosa influência das teorias científicas modernas — e, consequência unicamente das esperanças insensatas de saúde que Kitty tornara mais vivas com as suas narrações de curas milagrosas, a sua volta à fé só podia ser temporária e interessada. Sabendo tudo aquilo, Levine examinava com angústia o rosto transfigurado, a mão ossuda levantando-se penosamente até a fronte descarnada para fazer o sinal da cruz, os ombros salientes e o peito estafado que não mais podia conter a vida que o moribundo implorava. Durante a cerimônia, incrédulo como era, Levine fez o que fizera cem vezes: "Cura este homem, se existes", dizia ele, dirigindo-se a Deus. "E assim nos terás salvo a ambos."

Depois de receber a extrema-unção, o doente sentiu-se muito melhor: durante uma hora inteira não tossiu uma única vez e assegurava, sorrindo e beijando a mão de Kitty com lágrimas de gratidão, que não sofria e sentia voltarem-lhe as forças e o apetite. Quando lhe trouxeram a sopa, ergueu-se por si mesmo e pediu uma costeleta. Embora o simples aspecto do doente demonstrasse a impossibilidade de cura, Levine e Kitty passaram aquela hora numa agitação mista de alegria e medo. "Ele está melhor?" "Sim, muito melhor." "É surpreendente." "Por quê?" "Decididamente, está muito melhor", cochichavam, sorrindo.

A ilusão não durou muito. Após um sono tranquilo de meia hora, uma crise de tosse despertou o doente. As esperanças desvaneceram-se imediatamente para todos, a começar pelo próprio doente. Esquecendo no que acreditava uma hora antes, envergonhado mesmo de se lembrar, pediu iodo para respirar. Levine entregou-lhe um frasco coberto por um papel perfurado. Para que se confirmassem as palavras do médico que atribuía ao iodo virtudes milagrosas, Nicolas olhou o irmão com o mesmo ar extático com que contemplara a imagem.

— Kitty não está aqui? — murmurou ele com a sua voz rouca quando Levine teve, contra a vontade, de repetir as palavras do médico. — Não? Então eu posso falar... Representei esta comédia por causa dela, é tão gentil! Mas, entre nós, isso não é necessário. Eis a única coisa em que eu tenho fé — disse ele apertando o frasco com as suas mãos ossudas.

Pôs-se a aspirar o iodo avidamente.

Às oito horas da noite, enquanto Levine e sua mulher tomavam o chá, viram chegar Maria Nicolaievna, esbaforida, pálida, os lábios trêmulos.

— Ele está morrendo — balbuciou. — Tenho medo de que não dure muito.

Correram ambos para o quarto de Nicolas e o acharam sentado no leito, apoiado no cotovelo, a cabeça baixa, o busto curvo.

— Que estás sentindo? — perguntou Levine, a voz baixa, depois de um momento de silêncio.

— Vou-me embora — respondeu Nicolas, articulando dificilmente as palavras, mas pronunciando-as com surpreendente nitidez. Sem erguer a cabeça, voltou os olhos para o lado do irmão, não conseguindo fitar-lhe o rosto. — Katia, saia! — murmurou ainda.

Levine obrigou docemente a sua mulher a sair.

— Vou-me embora — repetiu o moribundo.

— Por que pensas isso? — indagou Levine para dizer qualquer coisa.

— Porque eu vou-me embora — respondeu Nicolas, como se resolvesse insistir naquela frase. — É o fim.

Maria Nicolaievna aproximou-se dele.

— Deita-te, estarás melhor — disse ela.

— Logo estarei deitado tranquilamente, morto — resmungou ele com ironia. — Bem, deita-me, se tu o queres.

Levine colocou-o de costas, sentou-se junto e, sustendo a respiração, examinou-lhe o rosto. O moribundo tinha os olhos fechados, mas os músculos da fronte se moviam de vez em quando, como se ele refletisse profundamente. Apesar de tudo, Levine tentou inutilmente compreender o que se passava no espírito do doente: o rosto severo do irmão deixava entrever mistérios que a ele permaneciam inacessíveis.

— Sim... sim — disse o moribundo com longas pausas. — Espera... é isto! — gritou subitamente como se tudo se esclarecesse para ele. — Ó Senhor!

Soltou um profundo suspiro. Maria Nicolaievna lhe apalpou os pés.

— Ele está ficando frio — falou em voz baixa.

O doente ficou imóvel durante um tempo que, a Levine, pareceu infinitamente longo, mas vivia ainda, e suspirava de quando em quando. Fatigado com aquela tensão de espírito, Levine não sentia mais os movimentos do moribundo e já não procurava compreender o que ele quisera dizer com aquele: "É isto!" Não tendo mais forças para pensar na morte, perguntava-se o que faria depois: fechar os olhos do irmão, vesti-lo, mandar fazer o caixão? Coisa estranha, ele se sentia frio e indiferente, o único sentimento que experimentava era o da inveja; Nicolas trazia-lhe, daí para o futuro, uma certeza à qual não podia aspirar. Muito tempo esteve ali perto dele, esperando o fim que não chegava. A porta se abriu e Kitty apareceu. Levantou-se para detê-la, mas imediatamente o moribundo se moveu.

— Não saias — disse Nicolas estendendo-lhe a mão.

Levine tomou aquela mão na sua e fez um gesto descontente à sua mulher, para que voltasse. Esperou assim meia hora, uma hora, e depois ainda uma outra hora. Pensava apenas em coisas insignificantes: que fazia Kitty? Que podia acontecer no quarto vizinho? Teria o médico uma casa própria? Depois, ele sentiu fome e sono. Libertou docemente a mão para tocar os pés do moribundo: estavam frios, mas Nicolas respirava sempre. Levine ensaiou levantar-se, e tentou sair na ponta dos pés — o doente moveu-se e repetiu:

— Não saias...

Amanheceu, e a situação era a mesma. Levine abandonou a mão do moribundo, sem a olhar, entrou no seu quarto e adormeceu.

Despertando, em lugar de saber da morte do irmão, soube que ele voltara a si, estava sentado no leito, tinha pedido alimentos, não falava mais na morte e exprimia esperança de curar-se, mostrando-se mais sombrio e irritado do que nunca. Ninguém conseguiu acalmá-lo. Acusava a todos pelos seus sofrimentos, exigia um célebre médico de Moscou e, a todas perguntas que faziam sobre o seu estado, respondia que sofria de um modo intolerável.

Como a aflição aumentasse e fosse difícil diminuí-la, a sua irritação aumentou também. A própria Kitty não pôde tranquilizá-lo, e Levine percebeu que ela estava no fim das suas forças moral e fisicamente, embora dissesse que não. A compaixão causada na outra noite pela despedida de Nicolas à vida cedeu lugar a outros sentimentos. Todos sabiam que o fim era inevitável, todos viam que o doente estava morto pela metade, todos desejavam o fim tão próximo quanto possível — continuaram, porém, a dar os remédios e a mandar chamar o médico, mentiam a si mesmos e aquela sacrílega dissimulação era mais dolorosa a Levine, que gostava de Nicolas; além disso nada era mais contrário à sua natureza que a falta de sinceridade.

Levine, há muito tempo, prosseguia no desejo de reconciliar os seus dois irmãos e, ante a ameaça da morte, avisara a Sérgio Ivanovitch. Sérgio Ivanovitch escreveu-lhe, e ele leu a carta ao doente. Sérgio não podia vir, mas pedia perdão ao irmão em termos tocantes.

Nicolas manteve o silêncio.

— Que devo lhe escrever? — perguntou Levine. — Continuarás lhe querendo mal?

— Não, absolutamente — respondeu o doente num tom contrariado. — Escreva-lhe que me mande o médico.

Três dias cruéis se passaram ainda, o moribundo permanecia no mesmo estado. Todos os habitantes do hotel, desde o proprietário e os empregados, até Levine e Kitty, sem esquecer o médico e Maria Nicolaievna, tinham apenas um desejo: que sobrevivesse o fim. Apenas o doente não o exprimia e continuava pedindo o médico de Moscou, tomando os remédios e falando de restabelecimento.

Nos raros momentos em que estava sob a influência do narcótico, ele confessava o que pesava na sua alma mais ainda do que na dos outros: "Ah, se isto pudesse acabar!"

Esses sofrimentos, sempre mais intensos, preparavam-no para a morte: cada movimento era uma dor, não havia um só membro do seu pobre corpo que não lhe causasse uma tortura. Toda recordação, todo pensamento, toda impressão, repugnava ao doente. A presença dos que o cercavam, as suas conversas, tudo lhe fazia mal. Cada um o sentia, mas ninguém ousava se mover ou se exprimir sem constrangimento. A vida se concentrou para todos no sentimento dos sofrimentos do moribundo e no desejo ardente de vê-lo finalmente livre.

Ele tocava esse momento supremo em que a morte deve parecer desejável, como uma última felicidade. Todas as sensações, como a fome, a fadiga, a sede, que outrora, após ter sido uma privação, causavam-lhe, uma vez satisfeitos, um certo bem-estar, eram somente dores — em consequência, só podia aspirar à libertação do princípio mesmo dos seus males, do seu corpo torturado, mas, como não encontrasse palavras para exprimir aquele desejo, por hábito, continuava a pedir o que antigamente lhe satisfazia.

— Deita-me do outro lado — pedia, e, logo que o deitavam, queria voltar à primeira posição. — Deem-me caldo. Por que estão calados? Contem-me alguma coisa. — E, tão depressa abria a boca, tomava uma expressão de cansaço, de indiferença e de desgosto.

No décimo dia depois da sua chegada, Kitty adoeceu: sentia dores de cabeça e no coração, e não pôde se levantar pela manhã. O médico afirmou ser consequência da fadiga e das emoções, prescreveu calma e repouso. No entanto, depois do jantar, levantou-se e, como de costume, com o seu trabalho, foi para o quarto do doente. Nicolas fitou-a severamente e sorriu com desdém quando ela disse que estivera adoentada. Durante todo o dia, ele não cessou de assoar o nariz.

— Estás melhor? — perguntou ela.

— Muito mal, eu sofro — respondeu ele.

— Onde está doendo?

— Em toda parte.

— Vamos ver se isso acabará hoje — disse Maria Nicolaievna em voz baixa.

Levine fê-la calar-se, receando que o seu irmão, cujo ouvido se tornara muito sensível, a escutasse. Voltou-se para o moribundo, que ouvira aquelas palavras sem que sofresse a menor impressão, porque o seu olhar permanecia grave e fixo.

— Por que pensas assim? — indagou Levine depois de levar Maria Nicolaievna ao corredor.

— Ele se despoja.

— Como?

— Assim — disse ela, tirando os pelos do seu vestido de lã.

Levine, com efeito, observara que durante o dia o doente tirara os cobertores como se desejasse despir-se.

Maria Nicolaievna previra certo. À noite, o doente não teve mais forças para erguer os braços, e o seu olhar imóvel tomou uma expressão de atenção concentrada que só mudou quando Kitty e Levine se debruçaram sobre ele para que fossem vistos. Kitty mandou chamar o padre a fim de rezar as orações dos agonizantes.

O doente, no começo, não deu nenhum sinal de vida, mas, no fim das preces, soltou repentinamente um suspiro, espichou-se e abriu os olhos. Quando o padre acabou de rezar as orações, pousou a cruz na fronte gelada do doente, envolveu-o lentamente na sua estola, após alguns instantes de silêncio, tocou os seus dedos enormes na mão exangue do moribundo.

— Acabou-se — disse ele, afinal, querendo afastar-se.

Subitamente, os lábios colados de Nicolas tremeram e, do fundo do seu peito, saíram palavras que ressoaram nitidamente no silêncio:

— Ainda não... em breve.

No fim de um minuto, o rosto iluminou-se, um sorriso se esboçou nos seus lábios, e as mulheres apressaram-se em iniciar a última *toilette*.

Em face daquele espetáculo, todo o horror de Levine pelo terrível enigma da morte revelou-se com a mesma intensidade da noite de outono em que o irmão o visitara. Como nunca, sentiu-se incapaz de sondar aquele mistério. Mas, desta vez, a companhia da mulher impediu-o de cair no desespero, porque, apesar da presença da morte, sentia necessidade de viver e de amar. Unicamente o amor o salvava, e o tornara mais forte e mais puro quando estivera ameaçado.

Levine, mal vira realizar-se aquele mistério da morte, junto a ele um outro mistério — igualmente insondável —, de amor e de vida, realizava-se por sua vez: o médico declarava que Kitty estava grávida, confirmando desse modo a sua primeira suposição.

21

No momento em que Aléxis Alexandrovitch compreendeu, graças a Betsy e a Stepane Arcadievitch, que todos, e Ana principalmente, esperavam dele a libertação de sua mulher, sentiu-se completamente desorientado: incapaz de uma decisão pessoal, pôs a sua sorte nas mãos de terceiros e consentiu cegamente em tudo. Voltando à realidade somente depois da partida de Ana, quando a inglesa perguntou-lhe se ela almoçaria com ele ou à parte — então, pela primeira vez, o seu triste destino apareceu-lhe em todo seu horror.

O que mais o afligia era não perceber uma ligação lógica entre o passado e o presente. Pelo passado, não entendia a feliz época em que vivera em boa harmonia com a sua mulher, época que os sofrimentos constantes e a traição depois o haviam feito esquecer. Ana deixara-o depois da confissão, a sua infelicidade não seria comparável à situação sem saída em que se debatia. Como, realmente, o enternecimento que o dominara, a afeição testemunhada à sua mulher culpada e à filha de um outro, como aquilo não lhe valera o abandono, a solidão, os sarcasmos e o desprezo geral? Eis a questão que constantemente a si mesmo apresentava, sem achar a menor resposta.

Os dois primeiros dias que se seguiram à partida de Ana, Aléxis Alexandrovitch continuou as suas recepções, assistiu às sessões do comitê e jantou em casa como de costume. Todas as forças da sua vontade estavam instintivamente concentradas num mesmo fim: parecer calmo e indiferente. Às perguntas dos criados, respondeu com esforços sobre-humanos, com o aspecto de um homem preparado para acontecimentos que nada têm de extraordinários. Conseguiu dissimular assim, durante algum tempo, o seu sofrimento.

Kornei, no terceiro dia, trouxe-lhe a nota de uma loja de modas que Ana esquecera de pagar. Como o caixeiro esperasse na antessala, Karenine mandou-o entrar.

— Vossa Excelência — disse o homem —, queira nos desculpar o aborrecimento e nos dar o endereço de Madame, se é que devemos apresentar a ela esta nota.

Aléxis Alexandrovitch pareceu refletir e, voltando-se bruscamente, sentou-se em sua carteira, a cabeça entre as mãos. Durante muito tempo esteve nesta posição, tentando falar e sem o conseguir. Percebendo a angústia do patrão, Kornei pediu ao caixeiro que saísse. Ficando sozinho, Karenine sentiu que não tinha mais forças para lutar: mandou desatrelar a carruagem, fechou a porta e não jantou em casa.

O desdém, a crueldade que julgara ler no rosto do caixeiro, de Kornei, de todas as pessoas com quem tivera negócios naqueles dois dias, tornavam-se insuportáveis. Se fosse atirado ao desprezo dos semelhantes em consequência de uma conduta censurável, saberia esperar que uma conduta melhor lhe devolvesse novamente a estima alheia. Mas, como era somente um infeliz — de uma infelicidade vergonhosa, execrável —, as pessoas mostravam-se tanto mais implacáveis quanto mais ele sofria: elas o despedaçavam como os cães despedaçam entre eles aquele que, ferido, uiva de dor. Para resistir à hostilidade geral devia, a todo custo, ocultar as suas chagas — e dois dias de luta já o haviam cansado! E, coisa atroz entre todas, não via ninguém a quem confiar o seu martírio. Nem um homem em toda

Petersburgo que se interessasse por ele, que o visse como igual, não mais como uma figura notável, mas como o marido desesperado.

Aléxis Alexandrovitch perdera a mãe com a idade de dez anos, lembrava-se apenas do pai. Ele e o irmão haviam ficado órfãos com uma pequena fortuna e o seu tio Karenine, alto funcionário e muito querido pelo falecido imperador, encarregara-se da sua educação. Depois de ótimos estudos no colégio e na universidade, Aléxis Alexandrovitch estreou brilhantemente, graças ao tio, na carreira administrativa, carreira a que se dedicou totalmente. Nunca se ligara por amizade a ninguém, apenas gostando do irmão, que, entrando na diplomacia, residira no estrangeiro, onde morrera pouco tempo depois do seu casamento.

Karenine, nomeado governador de uma província, conhecera a tia de Ana, uma senhora muito rica, que trabalhou habilmente em aproximá-lo da sobrinha. Um belo dia Aléxis Alexandrovitch viu-se na alternativa de escolher entre um pedido de casamento ou uma mudança de residência. Hesitou muito tempo, achando razões demais contra o casamento, e não se casaria se um amigo da tia não lhe fizesse entender que as suas assiduidades comprometiam a moça e que, como homem de honra, devia se declarar. Imediatamente, e desde então, dedicou à sua noiva e depois à sua mulher toda a afeição de que a sua natureza era capaz.

Essa ligação excluiu nele qualquer outra necessidade de intimidade. Em toda a sua vida, tivera muitas relações. Podia convidar inúmeras pessoas, pedir-lhes um favor, proteção para algum conhecido, criticar livremente os atos do governo, sem nunca chegar à maior cordialidade. O único homem a quem podia confiar a sua mágoa, um velho colega da universidade, exercia na província as funções de reitor de uma Academia. As únicas relações íntimas que possuía em Petersburgo eram o seu chefe de gabinete e o seu médico.

O primeiro, Miguel Vassilievitch Slioudine, um elegante homem, simples, bom e inteligente, parecia sentir por Karenine uma viva simpatia, mas cinco anos de subordinação criaram entre ele e o chefe uma barreira que impedia qualquer confidência. Neste dia, depois de assinar os papéis que Slioudine lhe trouxera, Aléxis Alexandrovitch fitou-o longamente em silêncio, quase expandindo-se. Chegara mesmo a preparar a frase "Tu sabes da minha infelicidade?" e, tentando muitas vezes pronunciá-la, ela morreu sob os seus lábios. Limitou-se, na hora da despedida, à fórmula habitual: "Tenha a bondade de organizar este trabalho."

Karenine não ignorava que o médico simpatizava muito com ele, mas existia um pacto tácito entre ambos, que atribuía aos dois excessos de trabalhos e forçava-os a resumir as suas conversas.

Quanto às amigas, e a principal dentre elas, a condessa Lídia, Aléxis Alexandrovitch nem ousava pensar. As mulheres causavam-lhe medo e por elas só sentia aversão.

22

Se Karenine esquecera a condessa Lídia, esta não o esquecia. Chegou precisamente naquela hora lúgubre em que, sentado em sua carteira, a cabeça entre as mãos, se entregava ao desespero. Sem se fazer anunciar, entrou no gabinete de trabalho.

— *J'ai forcé la consigne*[2] — disse ela, entrando rapidamente, esbaforida pela emoção. — Eu sei de tudo, Aléxis Alexandrovitch, meu amigo!

E apertou as mãos dele nas suas, fitando-o com os seus lindos olhos pensativos. Karenine ergueu-se com um ar desagradável, retirou as mãos e apresentou-lhe uma cadeira.

— Queira sentar-se, condessa, não recebo ninguém porque sofro — disse, com os lábios trêmulos.

---

2 Em francês, "Eu desrespeitei a proibição." (N.E.)

— Meu amigo — repetiu a condessa sem deixar de o olhar, a testa franzida desenhando um triângulo sobre a sua fronte, e aquela careta afeiou ainda mais o seu rosto amarelado, naturalmente feio.

Aléxis Alexandrovitch compreendeu que ela estava prestes a chorar de compaixão, e o enternecimento o dominou. Agarrou a sua mão rechonchuda e beijou-a.

— Meu amigo — disse ela com a voz entrecortada pela emoção —, tu não deves te entregar assim à dor. Ela é grande, mas é preciso tentar vencê-la.

— Estou fatigado, morto, não sou mais um homem — disse Aléxis Alexandrovitch, abandonando a mão da condessa, sem deixar de fitar os seus olhos cheios de lágrimas. — A minha situação é tanto mais terrível quanto não encontro apoio em mim, e nem fora de mim.

— Encontrará esse apoio, não em mim, embora eu deseje te demonstrar a minha amizade, mas em Deus. Nosso apoio está em seu amor, a tua sujeição é insignificante — continuou ela com aquele olhar exaltado que Karenine tão bem lhe conhecia. — Ele te amparará. Ele virá em teu auxílio.

Aquelas palavras revelavam uma exaltação mística recentemente introduzida em Petersburgo, e não foram menos doces para Aléxis Alexandrovitch!

— Sinto-me fraco, abatido. Nada previ antigamente, e agora nada compreendo.

— Meu amigo!

— Não é a perda — continuou Aléxis Alexandrovitch — que eu lamento. Oh! Não. Mas não posso me defender de um sentimento de vergonha aos olhos do mundo. É um mal, mas nada posso fazer.

— Não foste tu quem deste aquele perdão que todos nós admiramos, foi Ele. Do mesmo modo, não tens de que te envergonhares — disse a condessa, erguendo os olhos com um ar extático.

Karenine entristeceu-se e, apertando as mãos uma contra a outra, fez estalar as juntas.

— Se soubesses todos os detalhes! — disse ele com a sua voz aguda. — As forças do homem têm limites, e eu achei o limite das minhas, condessa. Todo o meu dia se passou em trabalhos domésticos decorrentes (ele salientou esta palavra) da minha situação solitária. A governanta, os criados, as compras, essas misérias me consomem a fogo lento. Ontem, no jantar... foi com dificuldade que me contive. Não mais podia suportar o olhar de meu filho. Ele não ousava me fazer perguntas, e eu não ousava fitá-lo. Ele sentia medo de mim... Mas isso ainda não é nada.

Karenine quis falar da nota que o caixeiro lhe trouxera, mas a sua voz tremeu e ele se deteve. Aquela nota em papel azul, acusando a compra de um chapéu e fitas, não podia pensar nela nem sentir piedade por si mesmo.

— Eu compreendo, meu amigo, eu compreendo tudo — disse a condessa. — Decerto o auxílio e a consolação, não os acharás em mim. Se aqui estou é para te oferecer os meus préstimos, para tentar libertar-te desses pequenos cuidados miseráveis... Faz-se preciso, aqui, a mão de uma mulher... Deixarás que eu faça tudo?

Aléxis Alexandrovitch apertou-lhe a mão sem dizer uma palavra.

— Ocupar-nos-emos ambos de Sérgio. Não entendo muito dessas coisas da vida prática, mas tentarei. Serei a tua despenseira. Não me agradeças, nada faço por mim mesma...

— Como não lhe agradecer?

— Mas, não, meu amigo, não cedas a esse sentimento que o perturbou ainda agora, não agradeças o que constitui o mais alto grau da perfeição cristã: "Aquele que se abaixa subirá mais." Não agradeças a mim, agradeça a quem é preciso rezar. Unicamente Ele nos trará a paz, a consolação, a salvação e o amor!

Ela ergueu os olhos para o céu, e Aléxis Alexandrovitch compreendeu que a condessa rezava. Aquela fraseologia, que antigamente acharia ridícula, parecia-lhe hoje natural e admirável. Não aprovava a exaltação da moda. Crente sincero, só se interessava pela religião do ponto de vista político e, como as novas doutrinas abriam a porta à discussão e à análise, deviam-lhe ser antipáticas por princípio. De ordinário, também, ele objetava um silêncio reprovador às efusões místicas da condessa. Mas, desta vez, deixou-a falar com prazer, sem contradizê-la mesmo interiormente.

— Estou infinitamente agradecido pelas tuas palavras e tuas promessas — disse quando ela acabou de rezar.

A condessa apertou ainda uma vez a mão do seu amigo.

— Agora, ponho-me ao trabalho — disse ela, depois de limpar, rindo-se, as lágrimas que lhe inundavam o rosto. — Irei ver Sérgio e só me dirigirei a ti nos casos graves.

A condessa levantou-se e foi para junto de Sérgio. Ali, molhando de lágrimas a face da criança espantada, ela lhe disse que o seu pai era um santo e que a sua mãe estava morta.

A condessa cumpriu a sua promessa e encarregou-se efetivamente das coisas da casa, mas nada exagerara confessando a sua falta de prática. Deu ordens tão pouco racionais que Kornei, o criado de Aléxis Alexandrovitch, resolveu modificá-las tomando gradualmente o governo da casa. Esse homem teve a arte de habituar o seu patrão a ouvi-lo, durante a *toilette*, sobre os acontecimentos que ele contava num tom calmo e circunspecto. A intervenção da condessa não foi menos útil: a sua afeição e a sua estima foram para Karenine um sustentáculo moral e, para sua grande consolação, chegou quase a convertê-lo, isto é, transformando a sua frieza numa calorosa simpatia para com a doutrina cristã, tal como se ensinava em Petersburgo. Essa conversão não foi difícil. Como a condessa, como todos aqueles que preconizavam a ideia nova, Aléxis Alexandrovitch era despojado de imaginação, e nada via de impossível que a morte existisse para os incrédulos e não para eles, que o pecado fosse excluído da sua alma e a sua salvação assegurada no mundo, porque possuía uma fé plena de que unicamente ele era juiz.

A superficialidade e o erro dessas doutrinas impressionam-no, apesar de tudo, durante alguns momentos. O irresistível sentimento, que sem o menor impulso do alto o levara ao perdão, causara-lhe uma alegria bem diferente daquela que experimentava em dizer constantemente que o Cristo habitava a sua alma e lhe inspirava a assinatura de tal ou tal papel. No entanto, por ilusória que fosse aquela grande moral, ela era indispensável na sua humilhação atual: do cimo daquela elevação imaginária, julgava poder desprezar aqueles que o desprezavam, e agarrava-se às suas novas convicções como a uma tábua de salvação.

23

A condessa Lídia casara-se muito moça e, de temperamento exaltado, encontrara no marido um bom homem meio infantil, bastante rico e muito dissoluto. Desde o segundo mês do casamento, o marido abandonou-a, respondendo às suas efusões com sarcasmos e mesmo com uma hostilidade que ninguém podia explicar, tendo em vista a bondade do conde e o fato da romântica Lídia não oferecer nenhum motivo à criatura. Desde então, apesar de viverem separados, cada vez que se encontravam, o conde acolhia a mulher com um sorriso amargo que sempre permaneceu um enigma.

A condessa, há muito tempo, renunciara a adorar o marido, mas sempre estava encantada por alguém e mesmo por inúmeras pessoas ao mesmo tempo, homens e mulheres que geralmente prendiam a sua atenção de uma maneira qualquer. Enamorava-se de todos os príncipes, de todas as princesas que se aparentavam com a família imperial. Amou sucessivamente um metropolitano, um provisor de bispado e um simples padre; depois, um jornalista, três "irmãos eslavos" e Komissarov; depois ainda, um ministro, um médico, um missionário inglês e, afinal, Karenine. Esses múltiplos amores, com suas diferentes fases de calor ou de frieza, em nada a impediam de manter tanto na Corte como na cidade as relações mais complicadas. Mas, do dia em que tomou Karenine sob a sua proteção particular e preocupou-se do seu bem-estar, desde esse dia ela sentiu que sinceramente só amara a ele. Os seus outros amores perderam todo valor. Comparando-os ao que sentia agora, viu-se obrigada a confessar que nunca se apaixonaria por Komissarov se não tivesse ele salvo a vida do imperador, nem de Ristitch-Koudjitski se a questão eslava não houvesse existido — enquanto amava Karenine por ele próprio, pela sua grande alma incompreendida, pelo seu caráter, a sua voz, o seu modo lento de falar, o seu olhar fatigado e as suas mãos brancas e macias, de veias inchadas. Não somente alegrava-se com a ideia de vê-lo, mas procurava ainda no rosto do amigo uma impressão análoga à sua. Amava-o tanto pela sua pessoa como pela sua conversa e surpreendeu-se uma vez pensando o que poderiam ser se fossem livres. Entrando ele, enrubescia de emoção; se dizia alguma palavra amável, não podia reprimir um sorriso sedutor.

A condessa já há dias encontrava-se no auge da emoção: soubera da volta de Ana e de Vronski. Era indispensável, a todo custo, evitar a Aléxis Alexandrovitch o suplício de rever a sua mulher, dele afastar até a ideia de que aquela triste criatura respirava o ar da mesma cidade e que a cada momento ele poderia encontrá-la. Mandou fazer um inquérito para conhecer os planos daquelas "vis pessoas", como chamava a Ana e a Vronski. O jovem ajudante de ordens, amigo de Vronski, a quem encarregara daquela missão, necessitava da condessa para obter, graças ao seu auxílio, a concessão de um negócio. Ele veio, pois, dizer-lhe que logo terminassem os negócios partiriam, provavelmente no dia imediato. Lídia Ivanovna começou a se tranquilizar quando, na manhã do dia seguinte, recebeu um bilhete reconhecendo logo a letra: era a de Ana Karenina. O envelope, em papel inglês espesso, continha uma folha amarelada ornada com um imenso monograma. O bilhete exalava um perfume delicioso.

— Quem trouxe esta carta?
— Um empregado de hotel.

A condessa levou muito tempo sem coragem para sentar-se e ler. Uma crise de asma a oprimia. Uma vez acalmada, leu o seguinte bilhete escrito em francês:

> *MME. LA COMTESSE!*
>
> *Os sentimentos cristãos que enchem a sua alma, condessa, me dão a audácia — imperdoável, eu o sinto — de me dirigir à senhora. Sofro por estar separada de meu filho e suplico-lhe que me permita vê-lo antes da minha partida. Se não me dirijo diretamente a Aléxis Alexandrovitch é para não despertar nesse homem generoso penosas recordações. Sabendo da sua amizade por ele, pensei que a senhora me compreenderia. Poderá mandar Sérgio à minha casa, preferirá que eu vá à hora indicada pela senhora, ou me fará saber de que modo poderei vê-lo? Uma recusa parece-me impossível quando penso na magnanimidade daquele a quem compete a decisão. A senhora não poderia imaginar a ânsia que sinto de rever o meu filho e, por conseguinte, compreender a extensão do meu reconhecimento pelo favor que me presta neste momento.*
>
> *ANA*

Naquela carta, tudo irritou a condessa Lídia: o seu conteúdo, a alusão à magnanimidade e principalmente o tom desembaraçado que julgou descobrir nela.

— Diga-lhe que não há resposta — fez ela. E abrindo imediatamente o seu bloco de papel, escreveu a Karenine que ela esperava encontrar à uma hora no palácio, pois era dia de festa, e a Corte felicitava a família imperial.

"Tenho necessidade de lhe falar de um negócio grave e triste. No palácio, marcaremos um lugar onde possa vê-lo. Melhor seria em minha casa, onde mandaria preparar o seu chá. É indispensável. Ele nos impôs a sua cruz, mas também nos deu forças para conduzi-la", acrescentou, a fim de prepará-lo em certa medida.

A condessa escrevia dois ou três bilhetes por dia a Aléxis Alexandrovitch. Amava aquele meio de dar às suas relações, muito simples, um cunho de elegância e mistério.

24

Terminara a audiência imperial. Retirando-se, as pessoas comentavam as notícias do dia: recompensas e transferências.

— Que dirias se a condessa Maria Borissovna fosse nomeada para o Ministério da Guerra e a princesa Vatkovski, Chefe do Estado-Maior? — dizia um velhinho encanecido, em uniforme coberto de bordados, a uma senhorita que o interrogava sobre as nomeações.

— Neste caso, eu deveria ser promovida a ajudante de ordens — disse a moça, rindo-se.

— Qual nada! Tu serias nomeada para o Departamento (Ministério) Eclesiástico, tendo Karenine como seu assistente. Bom dia, meu príncipe! — continuou o velhinho apertando a mão de alguém que se aproximava dele.

— Falam de Karenine? — perguntou o príncipe.

— Poutiatov e ele foram condecorados com a Ordem de St.º Alexandre Nevski.

— Julguei que ele já a tivesse recebido.

— Não! Olhem — disse o velhinho mostrando, com seu chapéu de três bicos e bordado, Karenine que, em pé no vão da porta, conversava com um dos membros influentes do Conselho de Estado —, ele traz o uniforme da Corte com a sua nova ordem vermelha no cinto. Não está feliz e contente? — E o velhinho se deteve para apertar a mão de um soberbo e atlético camarista que passava.

— Não, ele está envelhecido — fez aquele.

— É consequência das preocupações. Passou a vida a escrever projetos. Neste momento não deixará o seu infeliz interlocutor antes de esclarecer ponto por ponto.

— Como, envelhecido? *Il fait des passions.*[3] A condessa Lídia deve sentir ciúme da sua mulher.

---

3 Em francês, "Ele desperta paixões." (N.E.)

— Peço-te, não fales mal da condessa Lídia.
— Existirá algum mal em estar enamorada de Karenine?
— Mme. Karenina está realmente aqui?
— Aqui, no palácio, não! Está em Petersburgo. Encontrei-a ontem, na Rua Morskaia, de braços dados com Aléxis Vronski.
— *C'est un homme qui n'a pas...*[4] — começou o camarista, mas parou para cumprimentar um membro da família imperial que passava.

Enquanto se ridicularizava assim a Aléxis Alexandrovitch, este barrava o caminho ao conselheiro de Estado e, sem lhe ceder um passo, expunha-lhe amplamente um projeto financeiro.

Quase ao mesmo tempo em que fora abandonado pela mulher, Aléxis Alexandrovitch achou-se, sem que soubesse bem por que, na situação mais penosa em que se possa encontrar um funcionário: terminava a marcha ascendente da sua carreira. Certamente, ele ocupava ainda um posto importante, continuava a fazer parte de um grande número de comitês e de comissões, mas incluía-se entre as pessoas que estavam no fim da carreira e das quais não se esperava mais nada, todos os seus projetos pareciam caducos e prescritos. Longe de julgar assim, Karenine acreditava discernir com mais justiça os erros do governo desde que não participava diretamente dele e pensava ser do seu dever indicar certas reformas a serem introduzidas. Pouco depois da partida de Ana, ele escreveu algumas páginas sobre os novos tribunais, o primeiro de uma série inumerável e perfeitamente inútil, que devia compor sobre os ramos mais diversos da administração. Cego para a sua desgraça, mostrava-se mais que nunca satisfeito consigo mesmo e com a sua atividade e, como a Santa Escritura daí por diante era o seu guia em todas as coisas, lembrava-se incessantemente da palavra de São Paulo: "Aquele que tem uma mulher pensa nos bens terrestres, aquele que não a tem só pensa em servir ao Senhor."

Aléxis Alexandrovitch não prestava nenhuma atenção à impaciência, embora muito visível, do conselheiro de Estado. No

---
4 Em francês, "É um homem que não tem…" (N.E.)

entanto, tendo que se interromper à passagem de um membro da família imperial, o conselheiro aproveitou a oportunidade e eclipsou-se. Ficando sozinho, Karenine abaixou a cabeça, procurou reunir as suas ideias e, lançando um olhar distraído em volta, dirigiu-se para a porta onde pensava encontrar a condessa Lídia.

"Como todos estão fortes e satisfeitos!", pensava ele, examinando de passagem o pescoço vigoroso do príncipe apertado em seu uniforme, e o robusto camarista de bigode perfumado. "Nem tudo é mal neste mundo", dizia intimamente, fitando ainda uma vez o camarista. E, procurando a condessa com os olhos, dirigiu ao grupo que falava dele um daqueles cumprimentos cansados a que estava habituado.

— Aléxis Alexandrovitch! — gritou o velhinho cujos olhos brilhavam malevolamente. — Ainda não o felicitei. Todos os meus cumprimentos — acrescentou, mostrando a condecoração.

— Agradeço-lhe infinitamente. Que tempo magnífico, não é verdade? — respondeu Karenine, insistindo, segundo o seu hábito, na palavra "magnífico".

Percebeu que zombavam dele, mas conhecia os seus sentimentos hostis, não ligava às suas palavras a menor importância.

Os ombros amarelados e os belos olhos pensativos da condessa Lídia apareceram e o chamaram de longe. Dirigiu-se para ela com um sorriso que descobria os seus dentes alvos.

O vestido da condessa, como todos os que ultimamente tinha o cuidado de compor, causara-lhe muitas preocupações. Visava um fim diferente daquele a que se propunha trinta anos antes. Então, só pensava em se embelezar e nunca estava elegante como desejava, enquanto agora procurava tornar suportável o contraste entre a sua pessoa e o vestido. Elevava-se aos olhos de Aléxis Alexandrovitch, que a achava encantadora. A simpatia dessa mulher era para ele o único refúgio contra a animosidade geral. Também, no meio daquela multidão hostil, sentia-se atraído para ela como uma planta para a luz.

— Todos os meus cumprimentos — disse ela, fitando a condecoração.

Retendo um sorriso de contentamento, Karenine sacudiu os ombros e semicerrou os olhos, a fim de demonstrar que aquela espécie de distinção não lhe importava muito. A condessa sabia excessivamente que ela, ao contrário, lhe causava uma das suas alegrias mais vivas.

— Como vai o nosso anjo? — perguntou, referindo-se a Sérgio.

— Não estou muito contente com ele — respondeu Aléxis Alexandrovitch, franzindo a testa e abrindo os olhos. — Sitnikov, seu professor, também não o está. Como te dizia, ele demonstra uma certa frieza para os problemas essenciais que deviam tocar toda alma humana, mesmo a de uma criança.

Excluindo a sua carreira, era unicamente a educação do filho que preocupava Aléxis Alexandrovitch. Até aí, jamais as questões educacionais o tinham interessado, mas, sentindo necessidade de acompanhar a instrução de seu filho, consagrara um certo tempo a estudar os livros de antropologia e de pedagogia, visando organizar um plano de estudos que o melhor professor de Petersburgo pudesse executar.

— Sim, mas o coração? Eu acho que Sérgio tem o coração do pai, e como pode ser mau se tem um coração assim! — disse a condessa com o seu modo enfático.

— Talvez... Para mim, cumpro com o meu dever, é tudo o que posso fazer.

— Quererás vir à minha casa? — disse a condessa após um momento de silêncio. — Conversaremos sobre uma coisa triste para ti. Eu daria tudo para afastar certas recordações, mas outros não pensam assim. "Ela" está aqui, em Petersburgo, e "ela" me escreveu.

Aléxis Alexandrovitch tremeu. Imediatamente, porém, o seu rosto tomou aquela expressão de imobilidade cadavérica que revelava a sua total indiferença por semelhante assunto.

— Esperava isso — disse ele.

A condessa envolveu-o num olhar exaltado e, diante daquela grandeza de alma, lágrimas de admiração inundaram os seus olhos.

25

Aléxis Alexandrovitch esperou alguns instantes no elegante toucador enfeitado de retratos e antigas porcelanas. A condessa mudava de vestido. Um serviço de chá chinês estava disposto numa mesinha, ao lado de uma chaleira. Karenine fitou distraidamente os inúmeros quadros que ornavam o aposento, sentou-se perto de uma mesa e apanhou os Evangelhos. O sussurro de um vestido de seda veio perturbá-lo.

— Afinal, vamos ficar um pouco tranquilos — disse a condessa, caminhando, com um sorriso emocionado, entre a mesa e o sofá. — Poderemos conversar bebendo chá.

Depois de um breve preâmbulo ela entregou, com o rosto avermelhado e a respiração curta, a carta de Ana a Aléxis Alexandrovitch, que a leu e com ela esteve durante muito tempo em silêncio.

— Não me julgo com o direito de recusar — disse ele afinal, com timidez.

— Meu amigo, tu não vês o mal em parte alguma.

— Ao contrário, vejo-o em toda parte. Mas, seria justo...

O seu rosto exprimia a indecisão, o desejo de um conselho, de um apoio, de um guia em questão assim espinhosa.

— Não — interrompeu a condessa. — Há limites para tudo. Eu compreendo a imoralidade — disse ela sem a menor convicção, porque nunca pudera discernir o que incitava as mulheres a infringir as leis da moral —, mas o que eu não compreendo é a crueldade, e para quem? Para o meu amigo! Como tem ela o topete de ficar na mesma cidade em que vives! Nunca se é velho demais para aprender. Todos os dias eu aprendo a compreender a tua grandeza e a baixeza de Ana.

— Quem nos poderá atirar a primeira pedra? — disse Aléxis Alexandrovitch, satisfeito com o papel que desempenhava. — Depois de haver tudo perdoado, posso eu privá-la do que é uma necessidade do seu coração, o seu amor pelo filho?...

— E será verdadeiramente amor, meu amigo? Tudo isso será sincero? Tu perdoaste e ainda perdoas, eu o vejo bem, mas temos o direito de perturbar a alma daquele pequeno anjo? Ele acredita que sua mãe está morta; ele reza por ela e pede a Deus o perdão dos seus pecados. Agora, que pensaria ele?

— Eu não tinha pensado nisso — disse Aléxis Alexandrovitch, impressionado com a precisão daquele raciocínio.

A condessa cobriu o rosto com as mãos e guardou silêncio durante algum tempo. Ela rezava.

— Se queres a minha opinião — disse, afinal —, aconselho-te a que não lhe concedas esta permissão. Não vês como sofres, como a tua ferida sangra? Admitamos que faças abstração de ti mesmo, que lucrarás com isso? Prepararás novos sofrimentos para ti e uma nova perturbação para a criança! Se ela ainda fosse capaz de sentimentos humanos, seria a primeira a compreender tal coisa. Não, eu não experimento nenhuma hesitação e vou, se me autorizares, escrever-lhe um bilhete neste sentido.

Karenine deu o consentimento, e a condessa escreveu em francês a seguinte carta:

> *Madame, a sua presença pode dar lugar, por parte do seu filho, a perguntas que não saberíamos responder sem forçar a criança a destruir o que deve permanecer sagrado para ela. Queira compreender, pois, a recusa do seu marido, com um espírito de caridade cristã. Peço a Deus que lhe seja misericordioso.*
> CONDESSA LÍDIA

Esta carta atingiu o fim secreto que a condessa alimentava: ferir Ana até o fundo da alma.

Aléxis Alexandrovitch, da sua parte, voltou para casa bastante perturbado. Não pôde durante todo o dia retomar as suas ocupações nem encontrar a paz de um homem que possui a graça e se sente predestinado. A ideia daquela mulher, tão culpada e com quem agira como um santo, no dizer da condessa, não devia tê-lo perturbado e, apesar de tudo, não estava tranquilo. Não compreendia nada do que lia e, não querendo enxotar do espírito as cruéis recordações do passado, acusava-se de numerosas faltas: por que, depois da confissão de Ana, não exigira dela o respeito das conveniências? Por que não provocara Vronski para um duelo? E a carta que escrevera à mulher, o seu inútil perdão, os cuidados dispensados à filha do outro, tudo lhe voltava à memória e queimava o seu coração numa estranha confusão. Chegou mesmo a achar infamantes todos os incidentes do seu passado, a começar pela declaração ingênua que fizera depois de longas hesitações.

"Mas em que sou culpado?", perguntava-se. Essa pergunta engendrava necessariamente uma outra: como amavam, como se casavam os Vronski, os Oblonski, os camaristas de bigodes perfumados? E evocava toda uma série daquelas criaturas fortes e seguras que sempre haviam cativado a sua atenção. Por mais esforços que fizesse para sufocar semelhantes pensamentos, para se lembrar que o fim da vida não era aquele mundo mortal, que a paz e a caridade unicamente deviam habitar a sua alma — ele sofria como se a salvação eterna fosse apenas uma quimera. Superou essa tentação e logo reconquistou a serenidade e a elevação espiritual graças às quais conseguiu esquecer as coisas que desejava esquecer.

26

— Então, Kapitonitch? — perguntou Sérgio, voltando do passeio vermelho e alegre, na véspera do seu aniversário, enquanto o velho porteiro, sorrindo à criança do alto da sua grande estatura, despia-o de seu capote pregueado. — Veio o empregado de faixa? Papai o recebeu?

— Sim, logo que o chefe de gabinete saiu, eu o anunciei — respondeu o porteiro. — Deixa-me despir-te.

— Sérgio! — chamou o preceptor sérvio, parando diante da porta que levava aos quartos. — Tu mesmo é quem deves te despir!

Mas Sérgio, embora ouvisse perfeitamente a voz do seu preceptor, não lhe prestou nenhuma atenção. Tinha o porteiro como companheiro e o fitava nos olhos.

— Papai fez o que ele pediu?

O criado fez um sinal afirmativo com a cabeça.

Aquele empregado envolvido numa faixa interessava a Sérgio e ao porteiro. Era a sétima vez que se apresentava e Sérgio, um dia, o encontrara no vestíbulo, suplicando ao porteiro que o recebesse e dizendo que só lhe restava morrer com os seus sete filhos. Desde então, o pobre homem preocupava muito a criança.

— Ele estava contente? — perguntou.

— Acho que sim, saiu quase aos saltos!

— Trouxeram alguma coisa? — indagou Sérgio após um instante de silêncio.

— Oh, sim — disse à meia-voz o porteiro, balançando a cabeça. — A condessa mandou um pacote.

— É verdade? Onde o puseste?

— Kornei levou-o para o teu pai. Deve ser uma coisa bonita.

— De que tamanho? É assim?

— É pequeno, mas é bonito.

— Um livro?

— Não, um objeto. Vai, vai, Vassili Loukitch está chamando — disse o porteiro mostrando com o olhar o preceptor Loukitch que se aproximava.

— Eu já vou, Vassili Loukitch — disse Sérgio com aquele sorriso amável e gracioso que sempre desarmava o severo preceptor.

Sérgio tinha o coração cheio de alegria para não partilhar com o seu amigo porteiro a felicidade de família que vinha de lhe ensinar a sobrinha da condessa Lídia, durante o seu passeio no jardim de verão. Aquela alegria lhe parecia ainda maior depois que tivera notícia do empregado e do presente. Parecia-lhe que, naquele belo dia, todos deviam estar felizes e contentes.

— Sabes? — prosseguiu ele. — Papai foi condecorado com a ordem de Santo Alexandre Nevski.

— É claro que eu sei. Já o felicitei.

— Ele está contente?

— Sempre se está contente com um favor do imperador. É uma prova de que se tem mérito — disse o porteiro gravemente.

Sérgio refletiu, examinando o porteiro, cujo rosto conhecia nos menores detalhes, o queixo principalmente, perdido entre as barbas grisalhas que ninguém ainda percebera, salvo a criança que só o via de baixo para cima.

— E a tua filha, ela veio há muito tempo?

A filha do porteiro fazia parte do corpo de *ballet*.

— Onde achará ela um dia da semana para vir? Tem as suas lições como tu tens as tuas. Depressa, estão te esperando!

Entretanto no seu quarto, Sérgio, em lugar de entregar-se aos seus deveres, contou ao preceptor as suas suposições sobre o presente: devia ser uma locomotiva.

— Que acha o senhor? — perguntou ele.

Mas Vassili Loukitch só pensava na lição de gramática que devia estar sabida antes da vinda do professor, às duas horas. A criança sentou-se na mesa de trabalho. Tinha o livro entre as mãos quando, de repente, gritou:

— Diga-me, existe uma ordem acima da que papai recebeu? O senhor sabe que papai foi condecorado com uma ordem, não?

O preceptor respondeu que havia a de São Vladimir.

— E acima?

— Acima de todas, a de Santo André.

— E acima?

— Não sei.

— Como, o senhor não sabe?

E Sérgio, a testa entre as mãos, mergulhou nas meditações mais complicadas. Imaginou que seu pai talvez ainda recebesse as condecorações de São Vladimir e de Santo André e, em consequência, se mostrasse bem mais indulgente para a lição daquele dia. Depois, achava que, uma vez crescido, faria tudo para merecer as condecorações, mesmo aquelas que fossem inventadas acima de Santo André: logo que fossem instituídas, ele se tornaria digno delas.

Essas reflexões fizeram passar o tempo tão velozmente que, interrogado na hora da lição sobre os complementos do tempo, lugar e modo, não soube responder, para grande desgosto do professor. Sérgio ficou aflito: a sua lição, por mais que fizesse, não lhe entrava na cabeça! Em presença do professor ainda conseguia alguma coisa porque, à força de ouvir e de julgar compreender, imaginava compreender — mas, uma vez sozinho, recusava admitir que uma palavra tão curta e tão simples como "subitamente" pudesse colocar-se entre os "complemen-tos de mo-do"!

Desejoso de voltar a ser bem-visto, escolheu um momento em que o professor procurava alguma coisa no seu livro e lhe perguntou:

— Miguel Ivanytch, quando será o seu aniversário?

— Farias melhor em pensar no teu trabalho. Que importância tem um aniversário para um ser racional? É um dia como outro, que deve ser empregado no trabalho.

Sérgio olhou com atenção o professor, examinou a sua barba falha, os seus óculos caídos sobre o nariz, e perdeu-se em reflexões tão profundas que não ouviu nada do resto da lição. Pelo tom em que a frase era pronunciada, parecia-lhe impossível que fosse sincera.

"Mas por que todos eles se combinam para me dizer as coisas mais aborrecidas e inúteis? Por que este também me repele e não gosta de mim?", perguntava-se tristemente a criança, sem poder achar a resposta.

27

Depois da lição do professor, vinha a do pai. Sérgio, esperando-o, brincava com o seu canivete e prosseguia no curso das suas meditações. Uma das suas ocupações favoritas consistia em procurar a sua mãe durante os passeios, pois não acreditava na morte em geral e em particular na de sua mãe, apesar das afirmações da condessa e do pai. Também, nos primeiros tempos após a partida de Ana, pensava reconhecê-la em todas as mulheres morenas, graciosas e um pouco fortes: o seu coração se enchia de ternura, as lágrimas vinham-lhe aos olhos. Esperava que elas se aproximassem dele, levantassem os véus — e então, reconhecendo a mãe, lhe daria um beijo e sentiria a doce carícia da sua mão; aspiraria novamente o seu perfume e choraria de alegria, como uma noite em que rolara nos seus pés porque ela lhe fizera cócegas, enquanto ele mordia a sua mão alva coberta de anéis. Mais tarde, por acaso, a velha criada lhe dissera que a sua mãe vivia e que a condessa e o pai diziam aquilo porque ela se tornara má. Em nada acreditou porque a amava, e continuou a procurar e a esperá-la. Neste dia, no jardim de verão, viu uma senhora de véu malva e o seu coração bateu fortemente quando a viu tomar a mesma vereda que ele — depois, e de repente, a senhora desaparecera. Sérgio sentia a sua ternura por sua mãe mais viva do que nunca. Os olhos brilhantes, perdidos no sonho, ele olhava em frente cortando a mesa com o seu canivete.

Vassili Loukitch tirou-o dessa contemplação.

— Aí vem teu pai! — disse.

Sérgio saltou da cadeira, correu para beijar a mão do pai e procurou no seu rosto alguns sinais de contentamento em consequência da condecoração.

— Fizeste um bom passeio? — perguntou Aléxis Alexandrovitch, deixando-se cair numa poltrona e abrindo o volume do Antigo Testamento. Embora repetisse frequentemente a Sérgio que todo cristão devia conhecer a história santa, tinha necessidade de consultar o livro para dar as lições, o que a criança observava.

— Sim, papai, me diverti bastante — respondeu Sérgio que, sentando-se novamente na cadeira, pôs-se a balançá-la, o que era proibido. — Eu vi Nadia (uma sobrinha da condessa que a mesma educava), e ela me disse que haviam dado ao senhor uma nova condecoração. Papai, o senhor não está contente?

— Em primeiro lugar, não te balances assim — disse Aléxis Alexandrovitch —, e, depois, aprende que o que nos deve ser caro é o trabalho em si mesmo e não a recompensa. Gostaria que compreendesses isso. Se procurares apenas a recompensa, o trabalho parecerá penoso, mas, se amas o trabalho em si mesmo, nele acharás a recompensa.

E Aléxis Alexandrovitch lembrou que assinara naquele dia cento e dezoito papéis diferentes e que, neste ingrato trabalho, só contava como recompensa o sentimento do dever.

Os olhos de Sérgio, brilhantes de ternura e de alegria, disfarçaram-se diante do olhar do pai. Sentia que Aléxis Alexandrovitch, dirigindo-lhe a palavra, falava num tom particular, como se estivesse se dirigindo a uma dessas crianças imaginárias que se vêm nos livros e com as quais, Sérgio, em nada se parecia. Para agradar ao pai, era preciso representar o papel de uma dessas crianças exemplares.

— Tu me compreendes?

— Sim, papai — respondeu Sérgio, começando a representar o papel.

A lição consistia na recitação de alguns versículos do Evangelho e uma repetição dos primeiros capítulos do Antigo Testamento. A recitação não ia mal, mas, de repente, Sérgio observou que o osso frontal de seu pai formava quase um ângulo perto das têmporas. Aquela estranha disposição o impressionou de tal forma que ele gaguejou e, perturbado pela repetição da palavra, disse como fim de um versículo o início do versículo seguinte. Aléxis Alexandrovitch concluiu que o seu filho não entendia nada do que recitava e isso o irritou. Franziu a testa e pôs-se e explicar as coisas que frequentemente repetia, mas que Sérgio não retinha nunca, apesar de achá-las bastante claras: acontecia a mesma aventura de "subitamente — complemento de modo". A criança, assustada, examinava o pai só pensando numa coisa: seria preciso repetir realmente as explicações, como muitas vezes ele o exigia? Esse medo o impedia de compreender as coisas. Aléxis Alexandrovitch, porém, passou diretamente à história santa. Sérgio narrou mais ou menos os fatos, mas, quando foi preciso indicar os que ele prefigurava certos, não soube responder, o que lhe valeu um castigo. O momento mais crítico foi aquele em que teve de recitar o nome dos patriarcas antediluvianos: permaneceu acanhado, cortando a mesa e balançando-se na cadeira. Lembrava-se apenas de Enoch: era o seu personagem favorito na história santa e ligou à sua elevação ao céu uma série de ideias que o absorveu completamente enquanto fixava a cadeia do relógio do pai e um botão meio desabotoado do seu colete.

 Apesar de frequentemente lhe falarem da morte, Sérgio recusava-se a acreditar nela. Não admitia que os seres a quem amava pudessem desaparecer e, menos ainda, que ele próprio tivesse que morrer. Aquela ideia inverossímil e incompreensível da morte, no entanto, fora-lhe confirmada por pessoas que lhe mereciam inteira confiança. A velha criada confessava, um pouco contra a vontade, que todas as criaturas morriam. Mas então por que Enoch não morrera? E por que outros, como ele, não mereciam subir vivos para o céu? Os perversos, esses a quem Sérgio não amava, esses podiam morrer, mas os outros deviam pertencer ao caso de Enoch.

 — Bem, vamos ver, quais são os patriarcas?

 — Enoch, Enos...

 — Vais mal, Sérgio, muito mal. Se não procuras saber as coisas essenciais a um cristão, por que coisas te interessarás? — disse o pai, erguendo-se. — Não estou contente contigo e o teu professor também não o está. Vejo-me obrigado a castigar-te.

Sérgio, realmente, trabalhava mal. No entanto, era muito melhor dotado que certas crianças que o professor lhe citava como exemplos. Se não queria aprender o que lhe ensinavam, era porque a sua alma tinha necessidades muito diferentes daquelas impostas por seu pai e pelo professor. Aos nove anos, sendo apenas uma criança, conhecia a sua alma e a defendia, como a pálpebra protege o olho, contra aqueles que a queriam penetrar sem a chave do amor. Censuravam--no de não querer aprender, quando se queimava na ânsia de saber. Instruía-se porém, ao pé de Kapitonitch, da criada, de Nadia, de Vassili Loukitch.

Sérgio foi castigado. Não obteve permissão para ir à casa de Nadia, mas esta punição reverteu-se em seu favor. Vassili Loukitch, que estava de bom humor, ensinou-lhe a fazer pequenos moinhos de vento. Passou a noite a construir um e a pensar no meio de o fazer girar nos ares: era preciso prendê-lo pelo corpo ou simplesmente pregar-lhe asas? Esqueceu a mãe, mas a sua lembrança veio quando estava no leito, e rezou para que ela deixasse de se esconder e o visitasse no dia seguinte, seu aniversário.

— Vassili Loukitch, sabes o que eu pedi a Deus?

— Estudar melhor?

— Não.

— Receber brinquedos?

— Não, tu não adivinharias. É um segredo. Se acontecer, eu te direi... Mas não o sabes mesmo?

— Não, tu me dirás depois — disse Vassili Loukitch, rindo-se, o que raramente lhe acontecia. — Vamos, deita-te, eu vou apagar a vela.

— Quando não há mais luz, vejo melhor o que pedi na minha oração. Ah, quase disse o meu segredo! — fez Sérgio, rindo-se.

Quando ficou na obscuridade, Sérgio pensou ouvir sua mãe e sentir a sua presença: em pé, junto ao leito, ela o acariciava com o seu olhar cheio de ternura. Mas, imediatamente, ele viu os moinhos, um canivete, depois tudo se misturou na sua cabecinha e ele adormeceu.

28

Vronski e Ana hospedaram-se num dos melhores hotéis de Petersburgo. Vronski no rés-do-chão, enquanto Ana, com a criança, a ama de leite e a criada ficavam no primeiro andar, num grande apartamento composto de quatro aposentos.

Logo no dia da sua chegada, Vronski foi ver o irmão, em casa de quem encontrou sua mãe, vinda de Moscou por causa de negócios. A mãe e a cunhada receberam-no como de costume, interrogando-o sobre sua viagem, falando de amigos comuns, mas sem fazerem nenhuma alusão a Ana. Pagando-lhe a visita no dia seguinte, seu irmão foi o primeiro a falar de Ana. Aléxis soube escolher a ocasião para dizer-lhe que considerava como um casamento a ligação que o unia a Mme. Karenine, tendo a firme esperança de conseguir um divórcio que regularizasse a sua situação, e que desejava que sua mãe e sua cunhada compreendessem as suas intenções.

— Pouco me importa — acrescentou ele — que a sociedade aprove ou não a minha conduta, mas, se a minha família quiser ter boas relações comigo, é necessário que também as tenha com a minha mulher.

Sempre respeitoso para com a opinião do irmão mais moço, o mais velho preferiu deixar a outros o cuidado de resolver aquela questão tão delicada e, sem protestar, acompanhou Aléxis aos aposentos de Ana. Durante esta visita, Vronski tratou intimamente a amante, deixando entender que o seu irmão conhecia a ligação e afirmou claramente que Ana o acompanharia ao campo.

Apesar de sua experiência social, Vronski caía num erro estranho: ele que, melhor do que ninguém, devia compreender que a sociedade lhe permaneceria fechada, acreditou por um bizarro efeito de imaginação que a opinião pública, retornando de antigas convenções, sofria a influência do progresso geral (porque, sem se aperceber, tornara-se partidário do progresso em todas as coisas). "Sem dúvida", pensava ele, "não será preciso contar com a sociedade oficial — mas os nossos parentes e amigos se mostrarão mais compreensivos."

Para poder conservar durante muito tempo as pernas cruzadas, temos que nos assegurar da liberdade dos seus movimentos. Em caso contrário, as câimbras nos farão mudá-las de lugar e elas se estenderão naturalmente. Acontecia o mesmo com Vronski: convencido intimamente que as portas da sociedade lhe permaneciam fechadas, não quis acreditar menos numa transformação dos costumes. Bateu, pois, às portas da sociedade: elas se abriram para ele, mas não para Ana. Como no jogo do "gato e dos ratos", as mãos que estavam erguidas em sua frente abaixaram-se imediatamente diante de sua amante.

Uma das primeiras mulheres de sociedade que encontrou foi sua prima Betsy.

— Afinal! — gritou ela, alegremente, vendo-o. — E Ana? Como estou contente! Onde estão hospedados? Imagino a horrível impressão que deve ter causado Petersburgo, depois de uma viagem como a que fizeram. Que lua de mel deviam ter passado em Roma! E o divórcio, está arranjado?

Aquele entusiasmo caiu desde que Betsy soube que o divórcio ainda não fora obtido, e Vronski o percebeu.

— Eu sei perfeitamente que me atirarão pedras, assim mesmo irei ver Ana. Vão se demorar muito tempo?

Fora, como prometera, naquele mesmo dia, mas havia mudado de tom: parecia valorizar a sua coragem para provar a amizade que dedicava a Ana. Depois de conversar sobre as notícias do dia, levantou-se no fim de dez minutos e disse:

— Mas ainda não me disseram quando será o divórcio. Eu, da minha parte, dei as costas às convenções, mas os pretensiosos ficarão frios enquanto não estejam casados. E é tão fácil agora! *Ça se fait...*[5] Desse modo, viajarão sexta-feira? Lamento que não nos possamos ver daqui até lá.

---

5 Em francês, "É algo que se faz..." (N.E.)

O modo de Betsy podia ter demonstrado a Vronski a acolhida que lhe estava reservada. No entanto, quis fazer ainda uma tentativa na sua família. Não contava certamente com sua mãe que, apaixonada por Ana no seu primeiro encontro, mostrava-se agora inexorável para com aquela que destruíra a carreira de seu filho. Punha todas as esperanças, porém, na sua cunhada Varia: essa, pensava ele, não atiraria a primeira pedra em Ana, acharia tudo simples, e até mesmo muito natural o fato de visitá-la e recebê-la na sua própria casa. No dia seguinte, encontrando-a sozinha, participou-lhe o seu desejo.

— Tu sabes, Aléxis, como eu te amo e como te sou devotada — respondeu Varia, depois de o ter escutado até o fim. — Se me conservo afastada é porque não posso ser útil a Ana Arcadievna — salientou os dois nomes. — Não acredito que a possa julgar, talvez procedesse do mesmo modo. Não quero entrar em nenhum detalhe — acrescentou timidamente, vendo sombrear-se a fisionomia do cunhado, se bem que achasse que era preciso chamar as coisas pelo próprio nome. — Queres que eu a visite e a receba em minha casa para reabilitá-la perante a sociedade? Com toda franqueza, não o posso fazer. As minhas filhas crescem e, por causa do meu marido, sou obrigada a viver na sociedade. Suponhamos que eu visitasse Ana Arcadievna; eu não a poderia convidar para vir à minha casa, sem que preparasse tudo de modo a que só encontrasse no meu salão pessoas tão dispostas quanto eu. De qualquer modo, isso também não a feriria? Sinto-me sem forças para escusá-la…

— Mas eu não admito, nem por um instante, que ela tenha caído, e nem a quero comparar a centenas de mulheres que são recebidas na sociedade — interrompeu Vronski, erguendo-se, porque compreendia que Varia dissera a última palavra.

— Aléxis, não te zangues, eu te peço — disse Varia com um sorriso forçado. — A culpa não é minha.

— Não estou zangado contigo, mas sofro duplamente — disse ele, cada vez mais sombrio. — Lamento a nossa amizade ferida ou, pelo menos, prejudicada… Deves compreender que depois de tudo isso…

E, com essas palavras, deixou-a, compreendendo a inutilidade de novas tentativas. Resolveu considerar-se como numa cidade estrangeira e evitar toda oportunidade para novos aborrecimentos.

Uma das coisas que lhe pareceram mais penosas foi ouvir, em toda parte, o seu nome associado ao de Aléxis Alexandrovitch. Não somente ouvia falar de Karenine, mas encontrava-o em todos os lugares ou, pelo menos, supunha que o encontrava — como uma pessoa aflita e com um dedo doente, julga magoá-lo em todos os móveis.

Por outro lado, a atitude de Ana desconcertava-o: mostrava-se por vezes ainda apaixonada por ele, outras vezes mostrava-se fria, irritável, enigmática. Alguma coisa evidentemente a perturbava, mas, em lugar de ser sensível aos aborrecimentos que tanto faziam Vronski sofrer e que sentia através da sua fina percepção ordinária, parecia preocupada unicamente em dissimular as suas contrariedades.

29

Deixando a Itália, antes de mais nada, Ana se propusera a rever o filho: à proporção que se aproximava de Petersburgo, sua alegria aumentava. Habitando ele na mesma cidade, a entrevista parecia natural e simples, mas, assim que chegou, compreendeu que seria bastante difícil.

Como consegui-la? Ir à casa do marido? Não se reconhecia com aquele direito e arriscava-se a receber uma afronta. Escrever a Aléxis Alexandrovitch, quando só encontrava paz no momento em que esquecia a existência daquele homem? Espreitar as horas de passeio de Sérgio e contentar-se com um rápido encontro quando tinha tantas coisas a dizer-lhe, tantos beijos, tantas carícias a transmitir-lhe? A velha criada poderia ajudá-la, mas ela já não residia em casa de Karenine. Ana perdeu dois dias, procurando-a inutilmente. No terceiro, tendo sabido das relações do seu marido com a condessa Lídia, decidiu-se a escrever ela uma carta que muito lhe custou:

apelava para a generosidade do marido, sabendo que, tendo uma vez assumido aquele papel, o desempenharia até o fim.

O portador, que levara a carta, trouxe-lhe a mais cruel e a mais imprevista das respostas. A condessa Lídia não podia responder. Não acreditou no que ouvira, mandou chamar o portador e ouviu-o, para sua grande humilhação, confirmar detalhadamente aquela triste notícia. Talvez a condessa tivesse razão — viu-se obrigada a confessar. A sua dor ainda era mais viva pelo fato de não poder confiá-la a ninguém. Vronski mesmo não a compreenderia, trataria aquilo como um caso de pouca importância e falaria de um modo frio pelo qual ela sentiria ódio. E como nada receava tanto como o ódio, resolveu esconder cuidadosamente os seus primeiros passos em relação à criança.

Passou todo o dia a imaginar outros meios de poder encontrar-se com o filho e, afinal, resolveu escrever diretamente ao marido. No momento em que começava a carta, trouxeram-lhe a resposta da condessa. Ela não protestara contra o silêncio, mas a animosidade, a ironia que lera entre as linhas daquele bilhete, revoltaram-na.

"Que indiferença, que hipocrisia!", disse intimamente. "Eles querem me ferir e atormentar a criança! Mas não os deixarei fazer tal coisa! Ela é pior do que eu: pelo menos, eu não minto!"

Imediatamente tomou o partido de ir, no dia seguinte, aniversário de Sérgio, à casa do marido. Veria a criança, compraria os empregados, acabaria com as mentiras absurdas que a envolviam. Correu para comprar presentes e organizou os seus planos: iria cedo, muito cedo, antes que Aléxis Alexandrovitch despertasse; daria dinheiro ao porteiro e ao criado a fim de que a deixassem subir sem avisar ninguém, sob pretexto de colocar no leito de Sérgio os presentes enviados pelo padrinho. Quanto ao que diria ao filho, ainda não refletira, não pudera imaginar coisa alguma.

Na manhã do dia seguinte, às oito horas, Ana fez-se conduzir de carruagem à sua antiga morada. Na porta, tocou a campainha.

— Vamos ver quem está aí, parece uma senhora — disse Kapitonitch ao seu ajudante, um rapaz que Ana não conhecia, percebendo pela janela uma senhora coberta com um véu, em pé, junto à entrada. Logo que o rapaz abriu a porta, ela tirou do seu regalo de peles uma nota de três rublos e colocou-a na sua mão.

— Sérgio... Sérgio Alexeievitch — murmurou ela e quis passar adiante. Mas, depois de olhar a nota de três rublos, o ajudante de porteiro deteve a visitante na segunda porta.

— A quem a senhora deseja ver? — perguntou.

Ela não o ouviu e nada respondeu.

Observando a confusão da desconhecida, Kapitonitch pessoalmente saiu do seu quarto, deixou-a entrar e perguntou o que ela desejava.

— Venho da parte do príncipe Skorodoumov para ver Sérgio Alexeievitch.

— Ele ainda não se levantou — disse o porteiro, examinando-a atenciosamente.

Ana jamais julgara que aquela casa, onde vivera nove anos, a perturbasse daquele modo. Recordações doces e cruéis cresceram na sua alma, e, por um momento, esqueceu o motivo que a trouxera.

— A senhora queira ter a bondade de esperar — disse o porteiro, despindo-a do seu casaco de peles. Reconhecendo-a no mesmo instante, ele fez uma profunda reverência: — Que Vossa Excelência entre.

Ela tentou falar, mas, faltando-lhe a voz, dirigiu ao porteiro um olhar de súplica e lançou-se pela escada acima. Kapitonitch, curvado em dois, subiu atrás dela, procurando agarrá-la.

— Talvez o preceptor ainda não esteja vestido. Vou preveni-lo.

Ana subiu a escada bem sua conhecida, sem compreender uma só palavra do que lhe dizia o velho.

— Por aqui, à esquerda — insistia o homem. — Desculpe a desordem. Ele mudou de quarto, queira Vossa Excelência esperar um instante. Eu vou olhar...

Encontrou-o afinal, entreabriu uma grande porta e desapareceu para voltar no fim de um momento. Ana se detivera.

— Ele acaba de acordar — declarou o porteiro.

Enquanto falava, Ana ouviu o ruído de um bocejo e, somente por esse ruído, reconheceu o filho.

— Deixa-me, deixa-me entrar! — balbuciou ela, precipitando-se no aposento.

À direita da porta, sentado na cama, Sérgio acabava de bocejar, a camisola desabotoada, espreguiçando-se. Os seus lábios se fecharam esboçando um sorriso e caiu novamente sobre o travesseiro.

— Meu pequeno Sérgio — murmurou ela, aproximando-se docemente do leito.

Nessas efusões de ternura, Ana revia sempre o seu filho com quatro anos de idade, época em que fora mais belo. E eis que agora nem mesmo se parecia com a criança que ela deixara: crescera, ficara magro e o rosto se afinara muito devido aos cabelos cortados. E que enormes braços! Ele mudara muito, mas era sempre ele, a forma da sua cabeça, os lábios, o pescoço esbelto e os ombros largos.

— Meu pequeno Sérgio! — repetiu no ouvido da criança.

Ele se ergueu no cotovelo, voltou da direita para a esquerda a sua cabeça espantada, como se procurasse alguém e, afinal, abriu os olhos. Durante alguns segundos, com o olhar interrogador, fitou a sua mãe imóvel. Depois, rindo-se de felicidade, fechando os olhos, atirou-se-lhe nos braços.

— Sérgio, meu rapazinho — balbuciou ela, surpreendida pelas lágrimas, apertando entre os braços o delgado corpo.

— Mamãe! — murmurou, deixando-se deslizar entre as mãos de sua mãe, para que todo ele lhe sentisse o contato.

Os olhos sempre fechados, comprimia-se contra ela. O seu rosto roçava contra o pescoço e os seios de Ana, que sentia o perfume ainda quente da criança meio adormecida.

— Eu bem sabia! — exclamou entreabrindo os olhos. — É o meu aniversário. Eu bem sabia que a senhora viria. Vou me levantar muito depressa.

E, falando, quase adormeceu de novo.

Ana devorava-o com os olhos. Observava as mudanças sobrevindas na sua ausência, reconhecia penosamente aquelas pernas tão compridas, as faces emagrecidas, os cabelos cortados curtos, formando pequenos anéis na nuca, no lugar onde ela frequentemente o beijava. Acariciou tudo aquilo em silêncio, porque as lágrimas a impediam de falar.

— Por que a senhora está chorando, mamãe? — perguntou ele, completamente desperto desta vez. — Por que está chorando? — repetiu, quase soluçando ele próprio.

— É de alegria, meu filhinho, há muito tempo que não te via!... Vamos, tudo acabou — disse ela, voltando-se para enxugar as lágrimas. — Mas é tempo de mudares a roupa — prosseguiu, depois de acalmar-se um pouco e, sem deixar as mãos de Sérgio, sentou-se perto do leito, numa cadeira onde estavam as roupas da criança. — Como te vestes sem mim? Como...

Ela queria falar num tom simples e alegre, mas, por mais que se esforçasse, não o conseguia.

— Não me lavo mais com água fria, papai proibiu. A senhora não viu Vassili Loukitch? Chegará daqui a pouco... Ah, a senhora sentou-se sobre as minhas roupas!

E Sérgio explodiu em risos. Ela o olhou e sorriu.

— Querida mamãe! — gritou, lançando-se novamente nos braços de Ana, como se melhor a compreendesse vendo-a a sorrir do que a chorar. — Tire isso — continuou, retirando o chapéu de Ana. E, olhando sua cabeça nua, voltou a abraçá-la.

— Que pensaste de mim? Acreditaste que eu estivesse morta?

— Nunca acreditei.

— Não acreditaste, meu querido!

— Eu sabia, eu sabia perfeitamente! — disse ele, repetindo a sua frase favorita. E, apertando a mão que acariciava a sua cabeleira, levou-a aos lábios e cobriu-a de beijos.

30

Vassili Loukitch, durante esse tempo, estava bastante embaraçado. Acabara de saber que a senhora cuja visita lhe parecera extraordinária era a mãe de Sérgio, a mulher que abandonara o marido e a quem ele não conhecia, pois que só fora admitido na casa depois que ela partira. Devia penetrar no quarto ou prevenir Aléxis Alexandrovitch? Depois de refletir, resolveu cumprir estritamente o seu dever, indo levantar Sérgio na hora de costume, sem se preocupar com a presença de uma terceira pessoa, fosse ela a mãe da criança. Abriu a porta, mas deteve-se no limiar: à vista das carícias da mãe e da criança, do som das suas vozes, do sentido das suas palavras — tudo concorreu para que mudasse de atitude. Abanou a cabeça, soltou um suspiro e fechou a porta. "Esperarei ainda dez minutos", pensou ele, enxugando os olhos.

Uma viva emoção agitava os criados. Sabiam todos que Kapitonitch deixara entrar a sua antiga patroa e que ela se encontrava no quarto da criança, sabiam também que o patrão ali entrava todas as manhãs antes das nove horas, e compreendiam que era preciso a todo preço evitar um encontro entre os dois esposos. Kornei, o criado, descera ao quarto do porteiro para fazer um inquérito e, sabendo que Kapitonitch em pessoa acompanhara Ana até em cima, dirigira-lhe uma severa admoestação. O porteiro guardou um silêncio estoico mas, quando o criado declarou que ele merecia ser expulso, o homem sobressaltou-se e, aproximando-se de Kornei, com um gesto enérgico, disse:

— Sim, tu não a terias deixado entrar, acredito! Depois de a servir durante dez anos e de só lhe ter ouvido boas palavras, terias coragem para lhe dizer: "Queira ter a bondade de sair?" Tu és um finório, meu rapaz, hein? Também esperas fazer a tua manteiga e roubar as capas do patrão!

— Velho canalha! — resmungou Kornei, voltando-se para a criada que entrava neste momento. — Sê juiz, Maria Iefimovna: ele deixou a senhora subir sem chamar por ninguém e, daqui a pouco, Aléxis Alexandrovitch a encontrará no quarto do pequeno.

— Que negócio, que negócio! — disse a criada. — Mas, Kornei Vassilievitch, procure um meio de reter o patrão até que eu a previna e a faça sair daqui. Que história complicada!

Quando a criada entrou no quarto da criança, Sérgio contava à mãe como ele e Nadia haviam caído escalando uma montanha de gelo. Ana ouvia o filho, apalpava o seu bracinho, mas nada compreendia do que ele lhe dizia. Era preciso partir! Nada mais sentia e só pensava nesta coisa terrível. Ouvira os passos de Vassili mas, incapaz de mexer-se ou de falar, permaneceu imóvel como uma estátua.

— É a senhora, minha querida patroa! — disse a criada, aproximando-se de Ana, beijando-lhe os ombros e as mãos. — O bom Deus quis causar uma grande alegria ao nosso Sérgio no seu aniversário... Mas a senhora sabe que não mudou nada?

— Ah! Eu acreditava que não moravas mais aqui — disse Ana, retornando à realidade por um momento.

— Realmente vivo com a minha filha, mas estou aqui para festejar o aniversário do pequeno.

A velha criada pôs-se a chorar e a beijar novamente a mão da sua antiga patroa.

Sérgio, os olhos brilhantes de alegria, entregava uma das mãos à mãe e a outra à criada, pisando o tapete com os pezinhos nus. A ternura da criada por sua mãe o enchia de contentamento.

— Mamãe, ela vem me ver frequentemente, e quando vem...

Parou, vendo a criada cochichar alguma coisa a Ana e o rosto desta exprimir ao mesmo tempo pavor e vergonha. Ana aproximou-se do filho.

— Meu querido — começou ela, sem poder articular a palavra "adeus". Mas, pela expressão do rosto, a criança compreendeu. — Meu querido, caro filhinho — murmurou, tratando-o como o tratava quando ele era muito pequenino. — Tu não me esquecerás, dize, tu...

Ela não pôde acabar. Quantas coisas lamentaria mais tarde não ter conseguido dizer, como era incapaz de exprimir qualquer coisa naquele momento! Sérgio, porém, compreendeu tudo: compreendeu que sua mãe o amava e que era infeliz, compreendera mesmo o que a criada sussurrava ao seu ouvido, sim, porque ouvira as palavras: "Sempre antes das nove horas."

Tratava-se evidentemente de seu pai e verificou que ela não o devia encontrar. Mas por que o pavor e a vergonha desenhavam-se no rosto de sua mãe? Sem ser culpada, ela parecia recear a vinda do pai e enrubescera por alguma coisa que ele ignorava. Desejara interrogá-la, mas não o ousou. Via-a sofrendo e sentia pena. Apertou-se contra ela, murmurando:

— Não vá ainda não, ele não virá tão cedo.

Sua mãe afastou-o um instante para o olhar e tentou compreender se ele pensava bem no que dizia. Através do olhar assustado do menino, ela compreendeu que Sérgio falava realmente do pai e parecia mesmo indagá-la a esse respeito.

— Sérgio, meu amigo — disse ela —, tu precisas gostar dele. Ele é melhor do que eu, eu sou culpada. Quando cresceres, tu julgarás.

— Ninguém é melhor do que a senhora — gritou a criança, soluçando desesperadamente. E, agarrando-se aos ombros da mãe, apertou-a com toda a força nos seus bracinhos trêmulos.

— Meu querido, meu querido! — balbuciou ela, desmanchando-se em lágrimas como uma criança.

Neste momento, Vassili Loukitch entrou. Ouviram-se passos perto da outra porta e a criada, aterrada, entregou o chapéu a Ana, dizendo muito baixo:

— Ele já vem aí.

Sérgio deixou-se cair no leito e pôs-se a soluçar, cobrindo o rosto com as mãos. Ana abaixou-se para beijar ainda uma vez as suas faces banhadas em lágrimas e saiu precipitadamente. Aléxis Alexandrovitch vinha ao seu encontro e, vendo-a, deteve-se e curvou a cabeça.

Ana acabara de afirmar que ele era melhor que ela, mas o olhar que lançou sobre o marido só despertou no seu coração um sentimento de ódio, de desprezo e de ciúme em relação ao seu filho. Ela abaixou rapidamente o véu e saiu quase correndo.

Na pressa, esquecera na carruagem os brinquedos que comprara na véspera com tanto amor e tristeza. Levou-os novamente para o hotel.

31

Embora desejasse já há muito tempo e estivesse preparada de antemão, Ana não esperava as violentas emoções causadas por aquela entrevista com o seu filho. Voltando ao hotel, esteve durante muito tempo tentando compreender por que estava ali. "Vamos", disse ela, "tudo está acabado, e eis que estou novamente sozinha!" Sem tirar o chapéu, deixou-se cair numa poltrona perto do fogão. E, os olhos fixos num relógio de bronze posto sobre um "console" entre as janelas, absorveu-se em suas recordações.

A criada francesa, que trouxera consigo do estrangeiro, veio receber ordens. Ana pareceu surpresa e respondeu:

— Mais tarde.

O rapaz que desejava lhe servir um pequeno almoço recebeu a mesma resposta.

A ama italiana entrou por sua vez trazendo a criança que acabara de vestir. Vendo a mãe, a criancinha sorriu batendo palmas, à maneira do peixe que agita as barbatanas. Como poderia Ana não responder ao seu sorriso, não beijar o seu rosto e os bracinhos desnudos, não a fazer saltar sobre os seus joelhos, nem entregar o dedo que ela agarrava com gritos de alegria, o lábio que ela comprimia na boca e que era o seu modo de beijar? Mas, fazendo assim, Ana constatava só experimentar pela filhinha um sentimento muito afastado do profundo amor que dedicava a Sérgio. "Todas as forças de uma ternura insaciável estavam concentradas em seu filho, filho de um homem que ela não amava — e nunca a sua filha, nascida nas mais tristes condições, recebera a centésima parte dos cuidados dispensados a Sérgio. A criancinha, de resto, só representava esperanças, enquanto Sérgio era quase um homem, já conhecedor do conflito dos sentimentos e das ideias, e que amava a sua mãe, compreendia-a, julgava-a talvez…", pensava Ana, lembrando-se das suas palavras e dos seus olhares. E agora estava separada dele, moral como materialmente, e não via nenhum remédio para aquela situação.

Depois de entregar a filhinha à ama e de despedi-la, Ana abriu um medalhão em que guardava um retrato de Sérgio tendo mais ou menos a mesma idade que sua irmã. Depois, levantou-se, tirou o chapéu e, apanhando sobre a mesa um álbum de fotografias, retirou dentre elas, para fazer uma comparação, inúmeros retratos do filho em diversas idades. Restava apenas um, o melhor, em que Sérgio estava representado a cavalo sobre uma cadeira, em blusa branca, risonho e a testa franzida: a semelhança era perfeita. Com os dedos ágeis, mais nervosos que nunca, tentou inutilmente tirar a fotografia do lugar e, não tendo uma faca de cortar papel ao alcance das mãos, empurrou-a com uma outra apanhada ao acaso, que era um retrato de Vronski tirado em Roma com os cabelos enormes e o chapéu mole.

— Ei-lo! — exclamou, lembrando-se que ele era o autor dos seus sentimentos atuais. Não pensara nele durante toda a manhã mas, vendo aquele rosto vigoroso e nobre, tão caro e tão íntimo, sentiu subir uma onda de amor ao seu coração.

"Onde está ele? Por que me deixa sozinha com a minha mágoa?", perguntava-se com amargura, esquecendo que dissimulava cuidadosamente tudo o que dizia respeito a seu filho. Mandou chamá-lo imediatamente e esperou, com o coração apertado, as palavras de ternura que ele iria lhe dedicar. O empregado voltou para dizer que o conde tinha uma visita e que mandara perguntar se ela podia recebê-lo com o príncipe Iachvine, novamente em São Petersburgo. "Ele não virá sozinho e, desde ontem, depois do jantar, não me vê. Nada poderei dizer-lhe porque está com Iachvine." E uma ideia cruel atravessou-lhe o espírito: "Se ele cessou de me amar?"

Recordou os incidentes dos dias precedentes — achava confirmações para aquela ideia terrível: desde que chegaram a Petersburgo, Vronski exigira que ela se instalasse à parte, na véspera não jantara com ela, e eis que a vinha ver acompanhado, como se receasse um *tête-à-tête*.

"Se isso for verdade, ele tem o dever de me confessar tal coisa, devo estar prevenida e então saberei o que me resta fazer", disse intimamente.

Aquele terror, vizinho do desespero, deu-lhe uma certa superexcitação. Tocou a campainha chamando a criada, passou ao quarto e vestiu-se com extremo cuidado, como se da sua elegância dependesse a conquista do amante. Antes que estivesse pronta, a campainha tocou.

Quando entrou na sala, o seu olhar encontrou primeiramente o de Iachvine. Vronski, preocupado em examinar os retratos de Sérgio que ela esquecera sobre a mesa, não mostrou nenhuma pressa em olhá-la.

— Somos velhos conhecidos, já nos vimos o ano passado nas corridas — disse ela, colocando a sua pequena mão na mão enorme do homem, cuja confusão contrastava estranhamente com o seu rosto rude e o seu corpo gigantesco. — Dá-me isto — disse, retomando de Vronski com um movimento rápido, as fotografias do filho, enquanto o fitava de um modo todo significativo. — As corridas deste ano foram boas? Tive de me contentar com as de Roma, no Corso. Mas sei que o senhor não gosta do estrangeiro — acrescentou com um sorriso acariciador. — Eu o conheço bem e, apesar de nos encontrarmos muito pouco, conheço bem os seus gostos.

— Sinto-me inquieto porque geralmente eles são maus — respondeu Iachvine mordendo a ponta esquerda do bigode.

Depois de alguns minutos de conversa, Iachvine, vendo Vronski consultar o relógio, perguntou a Ana se ela esperava permanecer muito tempo em Petersburgo. Apanhou o quepe e ergueu-se, dobrando o seu imenso corpo.

— Acho que não — respondeu ela com ar perturbado, lançando a Vronski um olhar furtivo.

— Então não nos veremos mais? — disse Iachvine, voltando-se para Vronski. — Onde jantarás tu?

— Venha jantar conosco — disse Ana decididamente. Mas ela corou logo depois, por não poder dissimular a sua perturbação todas as vezes em que a sua falsa situação se afirmava diante de um estranho. — A cozinha do hotel não é boa, mas o senhor a experimentará. De todos os seus camaradas de regimento, o senhor é o preferido de Vronski.

— Obrigado — respondeu Iachvine com um sorriso que provou a Vronski que Ana o conquistara.

Ele se despediu e saiu. Vronski ia segui-lo.

— Também partes?

— Estou atrasado. Vai, eu te encontrarei depois — gritou ele ao amigo.

Ana segurou-lhe a mão e, sem o deixar com os olhos, procurou o que diria para o reter.

— Espere, tenho alguma coisa a te perguntar — disse. E, apertando a mão de Vronski contra o rosto, continuou: — Fiz mal em convidá-lo?

— Fizeste bem — respondeu ele sorrindo com satisfação. E beijou a mão de Ana.

— Aléxis, tu não mudaste em relação a mim? — perguntou, agora apertando as mãos de Vronski entre as suas. — Aléxis, eu não posso ficar aqui. Quando partimos?

— Logo, em breve. Eu também já estou no fim das minhas forças.

E ele retirou as mãos.

— Está bem, vai, vai! — exclamou ela, com mágoa.

E se afastou precipitadamente.

32

Quando Vronski retornou ao hotel, Ana já ali não se achava. Disseram-lhe que, pouco depois que ele saíra, ela também saíra com uma senhora, sem avisarem para onde iam. Aquela ausência imprevista, prolongada, reunida ao aspecto agitado, ao modo ríspido como tomara as fotografias do filho em frente de Iachvine, tudo aquilo fez com que Vronski refletisse. Resolvido a pedir-lhe uma explicação, ele esperou-a na sala. Ana, porém, não entrou sozinha. Trouxe uma das suas tias, uma solteirona, a princesa Oblonski, com quem fizera compras. Sem observar o ar inquieto e interrogador de Vronski, pôs-se a enumerar as compras feitas — mas ele lia com uma atenção concentrada nos olhos brilhantes que o fitavam dissimuladamente, reconhecia nas suas frases e nos seus gestos aquela graça febril, aquele nervosismo que o encantara antigamente e que agora lhe fazia medo.

Iam passar à sala, onde a mesa estava posta para quatro pessoas, quando anunciaram Touchkevitch, enviado por Betsy. A princesa desculpava-se junto a Ana por não poder lhe fazer uma visita de despedida: estava doente e pedia à amiga que fosse vê-la entre sete e meia e nove horas. Vronski olhou para Ana como para lhe fazer entender que, marcando hora, a princesa tomara as medidas necessárias para que ela não encontrasse ninguém, mas Ana pareceu não lhe dar a menor atenção.

— Lastimo muito não estar livre precisamente entre sete e meia e nove horas — disse ela com um imperceptível sorriso.

— A princesa sentirá muito!

— E eu também.

— A senhora, sem dúvida, vai ouvir a Patti?

— A Patti? Isso é uma ideia. Iria certamente se pudesse conseguir um camarote.

— Poderei procurar um.

— Ficaria infinitamente agradecida... Mas o senhor não quererá jantar conosco?

Vronski sacudiu ligeiramente os ombros. Nada compreendia do modo de proceder de Ana: por que trouxera aquela solteirona, por que convidava Touchkevitch a jantar, e principalmente por que desejava um camarote? Podia ela, na sua situação, mostrar-se na Ópera em dia de assinatura? Ali, por certo, encontraria toda Petersburgo. Ao olhar severo que ele lhe lançou, Ana respondeu com um daqueles olhares meio provocantes que lhe permaneciam um enigma. Ana, durante o jantar, muito animada, parecia querer agradar ora a um, ora a outro dos seus convidados. Saindo da mesa, Touchkevitch foi procurar o camarote e Iachvine desceu para fumar com Vronski. Quando Vronski subiu, no fim de um certo tempo, encontrou Ana num vestido decotado cuja seda clara se assemelhava ao veludo, enquanto um manto de renda fazia sobressair a cintilante beleza da sua cabeça.

— Vais realmente ao teatro? — perguntou, evitando o seu olhar.

— Por que me perguntas isso com este ar espantado? — respondeu ela, ofendida porque ele não a fitava. — Eu não vejo por que não iria!

Parecia não compreender o que Vronski queria dizer.

— Evidentemente, não existe nenhuma razão para isso! — prosseguiu ele, franzindo a testa.

— É precisamente o que eu acho — disse ela, fingindo não compreender a ironia daquela resposta.

E, sem perder a calma, calçou tranquilamente a luva perfumada.

— Ana, em nome de Deus, que é que tens? — disse ele, procurando despertá-la como outrora tentara mais de uma vez o seu marido.

— Não compreendo o que desejas.

— Tu bem sabes que não podes ir.

— Por quê? Eu não vou sozinha: a princesa Bárbara foi mudar de vestido, ela me acompanhará. — Vronski ergueu os ombros, sem coragem.

— Não sabes, pois... — quis ele dizer.

— Mas eu não quero saber de nada — gritou ela. — Não, eu não quero! Não me arrependo em nada do que fiz, não, não, e não!

Se fosse preciso recomeçar, eu recomeçaria. Só uma coisa poderá existir entre nós: é saber se nos amamos. O resto não tem valor. Por que vivemos separados aqui? Por que não posso ir aonde quero?... Amo-te, e tudo me será igual se continuares a ser como eras em relação a mim — acrescentou em russo, dirigindo-lhe um daqueles olhares exaltados que Vronski não chegava a compreender. — Por que não me olhas?

Ele ergueu os olhos e viu a sua beleza e aquela elegância que lhe ficavam tão bem mas, naquele momento, era precisamente aquela beleza e aquela elegância que o irritavam.

— Tu bem sabes que os meus sentimentos não mudariam. Mas, eu te peço, suplico-te que não vás! — disse ele, sempre em francês, com o olhar frio, mas com voz suplicante.

Ela só observou o olhar e respondeu bruscamente:

— E eu te peço para me explicar por que não devo ir.

— Porque isso pode atrair os...

Não ousou concluir a frase.

— Não compreendo. Iachvine *n'est pas compromettant*,[6] e a princesa Bárbara não é pior que as outras. Ah, ei-la!

33

Pela primeira vez depois da sua ligação, Vronski sentiu para com Ana um descontentamento vizinho da cólera. O que principalmente o contrariava era não poder se explicar de coração aberto, não poder dizer o que ela pareceria com aquele vestido na Ópera, em companhia de uma pessoa tarada como a princesa — ela não somente se reconhecia como uma mulher perdida, mas ainda atirava a luva em face da opinião pública, renunciando para sempre a entrar na sociedade.

---

6 Em francês, "não está se comprometendo." (N.E.)

"Como ela não o compreende? Que se passa com ela?", perguntava-se. Mas, enquanto baixava a sua estima pelo caráter de Ana, a admiração pela beleza da amante aumentava sempre.

Voltou para o seu quarto, sentou-se aborrecido junto de Iachvine que, com as enormes pernas estendidas numa cadeira, bebia uma mistura de água de Seltz com conhaque. Vronski seguiu o seu exemplo.

— Vigoroso, o cavalo de Lankovski! E um belo animal que te aconselho a comprar — disse Iachvine fitando o rosto sombrio do amigo. — Ele tem as ancas defeituosas, mas a cabeça e os pés são admiráveis: não se encontrará nada de semelhante.

— Comprá-lo-ei, então — respondeu Vronski.

Falando sobre cavalos, a lembrança de Ana não o deixava: olhava o relógio e ouvia o que se passava no corredor.

— Ana Arcadievna mandou dizer que saiu para o teatro — anunciou o criado.

Iachvine bebeu ainda um pequeno copo de água gasosa, e levantou-se abotoando a túnica.

— Vamos sair? — perguntou, dando a entender com um sorriso que compreendia a causa da contrariedade de Vronski, mas que não ligava nenhuma importância a isto.

— Eu não irei — respondeu Vronski lugubremente.

— Não, eu prometi, e vou. Até logo. Se resolveres, toma a poltrona de Krousinski que está livre — acrescentou, retirando-se.

— Não, tenho um negócio a acertar.

"Decididamente", disse Iachvine deixando o hotel, "se se tem aborrecimentos com a mulher, com a amante é ainda pior!"

Ficando sozinho, Vronski pôs-se a andar de um lado para outro.

"Vejamos, que assinatura será hoje? A quarta. Meu irmão e minha cunhada lá estarão fatalmente e, sem dúvida também, minha mãe, isto é, toda a cidade de Petersburgo... Ela entrou neste momento, tirou a capa de peles e eis que está em frente de todos. Touchkevitch, Iachvine, a princesa Bárbara... Então, e eu? Tive medo ou dei a Touchkevitch o direito de defendê-la? Como tudo isso é estúpido! Por que me põe ela nesta ridícula situação?", disse com um gesto decidido.

A este movimento bateu com a mão na mesa em que estava a bandeja com o conhaque e a água de Seltz, fazendo-a cair. Querendo apanhá-la, Vronski derrubou completamente a mesa.

— Se queres ficar em minha casa — afirmou ao criado que apareceu — faze melhor o teu serviço. Por que não levaste isso?

Sabendo que era inocente, o criado quis justificar-se, mas um olhar do patrão certificou-o de que era melhor calar-se e, desculpando-se apressadamente, ajoelhou-se no tapete para apanhar, em pedaços ou intatos, os copos e as garrafas.

— Este trabalho não é o teu. Chama um garçom e prepara a minha roupa.

Às oito horas e meia, Vronski entrava na Ópera. O espetáculo já começara. O velho "porteiro" que lhe tirou o capote reconheceu-o e tratou-o por Excelência.

— Não é necessário número — afirmou o velhote. — Saindo, Vossa Excelência só terá que chamar por Teodoro.

Fora esse homem, no corredor só havia dois empregados que ouviam através duma porta semicerrada: escutava-se a orquestra acompanhando em *staccato* uma voz de mulher. A porta abriu-se para dar passagem a um porteiro e a frase cantada ecoou nos ouvidos de Vronski. Não pôde ouvir o final, a porta já estava fechada mas, pelos aplausos que se seguiram, compreendeu que o ato estava terminado. O barulho ainda permanecia quando ele entrou na sala brilhantemente iluminada pelos bicos de gás em bronze. No palco, a cantora decotada e coberta de diamantes saudava, rindo-se e inclinando-se para agradecer, com a ajuda do tenor que lhe segurava a mão, os ramos de flores que jogavam da plateia. Um senhor, com uma linha impecável que lhe separava os cabelos, estendia-lhe um estojo de joias, alongando os braços enquanto o público gritava, aplaudia, e levantava-se para ver melhor. Depois de ajudar os artistas a transmitir os agradecimentos, o chefe da orquestra ajustava a sua gravata branca. Chegando ao meio dos espectadores, Vronski se deteve e olhou maquinalmente em torno, aborrecidíssimo com a cena, o ruído e o rebanho dos assistentes comprimidos na sala. Eram as mesmas senhoras nos camarotes e os mesmos oficiais, as mesmas mulheres pintadas, os mesmos uniformes e os mesmos sobretudos, a mesma multidão asquerosa — e aquela sala, abrangendo desde os camarotes até os primeiros lugares nas poltronas da orquestra, representava simplesmente a "sociedade". A atenção de Vronski aplicou-se imediatamente sobre aquele oásis.

Como o ato acabasse, Vronski, tendo que se dirigir para o camarote do irmão, alcançou as poltronas onde Serpoukhovskoi, apoiado contra a balaustrada em que batia com o sapato, sorrindo chamava-o. Ainda não vira Ana e nem a procurava mas, pela direção que os olhares tomavam, adivinhou o local onde ela se achava. Temendo o pior, receava encontrar Karenine mas, por um feliz acaso, ele não fora ao teatro naquela noite.

— Como ficaste pouco militar! — disse-lhe Serpoukhovskoi. — Pareces com um diplomata, um artista...

— Sim, mas no instante em que voltar retomarei a antiga aparência — respondeu Vronski, tirando vagarosamente o binóculo.

— É o que eu te invejo, pois, quando entro na Rússia de volta, confesso-te que tranquilizo as minhas saudades — disse Serpoukhovskoi. — A liberdade antes de tudo.

Serpoukhovskoi, há muito tempo, renunciara encaminhar Vronski na carreira militar mas, como gostasse sempre dele, mostrava-se particularmente amável.

— É deplorável que tenhas perdido o primeiro ato.

Vronski ouvia ligeiramente. Examinava as frisas e os camarotes.

De repente a cabeça de Ana apareceu no raio do seu binóculo, arrogante, adorável, risonha entre as suas rendas, junto a uma senhora de turbante e a um velho calvo, desagradável, que piscava os olhos constantemente. Ana estava na quinta frisa, sentada em frente do camarote, um pouco inclinada conversando com Iachvine. Os cabelos presos, os lindos e opulentos ombros, o brilho dos olhos e do rosto, tudo o fazia lembrar como a vira outrora no baile de Moscou. Os sentimentos que inspiravam a sua beleza nada tinham de misteriosos e, sentindo crescer o seu encanto ainda mais vivamente, Vronski quase se escandalizou por vê-la tão bela. Embora Ana não olhasse para o seu lado, não duvidou que ela o tivesse visto.

Quando, no fim de um minuto, Vronski dirigiu o binóculo novamente para o camarote, viu a princesa Bárbara, bastante vermelha, rindo com um riso forçado e voltando-se a todo instante para o camarote vizinho. Ana, batendo com o leque fechado sobre a borda do veludo encarnado, fitava ao longe com a intenção de não observar o que se passava à sua volta. Iachvine, cuja expressão do rosto refletia as mesmas impressões de quando perdia no jogo, mordia nervosamente o bigode, franzia a testa, olhava furtivamente o camarote da esquerda.

Pondo o binóculo sobre os espectadores daquele camarote, Vronski reconheceu os Kartassov, que Ana e ele haviam frequentado antigamente. Em pé, de costas voltadas para Ana, Mme. Kartassov, uma mulherzinha magra, pálida, descontente, parecia falar com animação e o marido, um homem gordo e calvo, tentava acalmá-la voltando-se para o lado de Ana. Quando a mulher deixou o camarote, o marido atrasou-se procurando encontrar o olhar de Ana para cumprimentá-la, mas esta se voltou ostensivamente para conversar com Iachvine, que estava curvado sobre ela. Kartassov saiu a cumprimentar e o camarote ficou vazio.

Sem nada compreender daquela pequena cena, Vronski certificou-se de que Ana acabava de sofrer uma afronta: viu pela expressão do rosto que ela buscava as últimas forças para sustentar aquele papel até o fim. De resto, ela guardava a aparência da mais absoluta calma. Aqueles que não a conheciam, que não podiam entender as expressões indignadas ou compadecidas das suas antigas amigas diante daquela audácia de aparecer assim em todo o fulgor da sua beleza e da sua elegância, esses não julgariam que Ana experimentasse os mesmos sentimentos de vergonha que um malfeitor exposto no pelourinho.

Profundamente perturbado, Vronski foi ao camarote do irmão com a esperança de saber o que se passara. Atravessou intencionalmente a plateia do lado oposto ao camarote de Ana e encontrou o seu velho coronel que conversava com duas pessoas. Vronski julgou ouvir pronunciar o nome de Karenine e observou que mudavam solicitamente de conversa, enquanto o coronel lançava aos interlocutores um olhar significativo.

— Ah, Vronski! Quando te veremos novamente no Regimento? Que diabo, não te podemos deixar partir sem te oferecer alguma coisa. És dos nossos até o fim das unhas!

— Agora não tenho tempo. Eu o lamento bastante.

Subiu com toda pressa a escada que levava aos camarotes. A velha condessa, sua mãe, achava-se no camarote do seu irmão. Varia e a jovem princesa Sorokine passeavam no corredor. Percebendo o cunhado, Varia retornou com a companheira para junto da sogra e, dando a mão a Vronski, entabulou imediatamente, com uma emoção que bem raramente se verificava nela, o assunto que o interessava.

— Eu acho que é infame e vil. Mme. Kartassov não tinha o direito de agir assim. Mme. Karenina...

— Mas que houve? Eu não sei de nada.

— Como não ouviste nada?

— Compreendes que eu seja o último a saber qualquer coisa...

— Não existe criatura mais desprezível na sociedade que essa Mme. Kartassov!

— Mas que fez ela?

— Insultou Mme. Karenina, a quem o seu marido dirigia a palavra de um camarote para outro... Iegor me contou: ela fez uma cena com o marido e retirou-se depois de insultar Mme. Karenina.

— Conde, a senhora sua mãe está chamando-o — disse Mlle. Sorokine, entreabrindo a porta do camarote.

— Eu sempre te espero — disse-lhe a mãe, acolhendo-o com um sorriso irônico. — Há muito tempo que não nos vemos.

O filho sentiu que ela não podia dissimular a sua satisfação.

— Boa noite, mamãe. Eu vinha lhe apresentar os meus cumprimentos.

— Hein? Não vais fazer *la cour à Mme. Karénina?* — continuou ela quando a moça se afastou. — *Elle fait sensation. On oublie la Patti pour elle.*[7]

— *Maman*, eu já pedi à senhora para não falar nisso — respondeu Vronski com ar sombrio.

— Apenas repito o que toda gente diz.

Vronski não respondeu nada e, depois de trocar algumas palavras com a jovem princesa, saiu para o corredor onde imediatamente encontrou o seu irmão.

— Ah, Aléxis! — disse o irmão. — Que vilania! Aquela mulher é uma miserável!... Eu queria ir ver Mme. Karénina... Vamos juntos!

Vronski não o ouvia. Desceu a escada, sentindo que tinha um dever a cumprir — mas qual? Furioso com a falsa situação em que Ana os colocara, a ambos, sentia, não obstante, uma enorme piedade por ela. Dirigindo-se entre a plateia para o camarote onde estava a sua amante, viu que Stremov, encostado ao camarote, conversava com Ana.

— Já não existem tenores — dizia ele. — *Le moule en est brisé.*[8]

Vronski inclinou-se em frente de Ana e apertou a mão de Stremov.

— Parece-me que chegaste tarde e perdeste a melhor parte — disse Ana a Vronski, com um ar que lhe pareceu ser de zombaria.

— Eu sou um medíocre juiz — respondeu ele, fitando-a severamente.

— És, então, como o príncipe Iachvine — disse ela, rindo-se. — Ele acha que a Patti canta muito forte... Obrigada... — acrescentou, pegando com a mãozinha enluvada o programa que Vronski lhe dava.

Mas, subitamente, o seu lindo rosto empalideceu. Ela se levantou e retirou-se para o fundo do camarote.

---

7 Em francês, "Ela está causando uma sensação. Estão esquecendo Patti por causa dela." (N.E.)
8 Em francês, "O molde para eles está quebrado." (N.E.)

Apenas começava o segundo ato, quando Vronski percebeu que o camarote de Ana estava vazio. Apesar dos protestos dos espectadores, ele atravessou a plateia e entrou novamente no hotel.

Ana já voltara. Vronski a encontrou tal como a deixava no teatro, sentada, o olhar fixo na poltrona junto à parede. Vendo-o, ela concedeu-lhe, sem mover-se, um olhar distraído.

— Ana, queria dizer-te...

— És tu a causa de tudo! — gritou ela, erguendo-se, com lágrimas de raiva e de desespero na voz.

— Eu te pedi, supliquei-te que não fosse. Sabia que passarias por uma prova pouco agradável...

— Pouco agradável! — exclamou Ana. — Tu queres dizer: horrível. Viva eu cem anos que não a esquecerei. Ela disse que se sentia desonrada sentada junto de mim.

— Palavras imbecis! Mas por que se impor a ouvi-las?

— Eu odeio a sua tranquilidade. Tu não deverias me compelir a isso; se me amasses...

— Ana, que tem o meu amor com isso?

— Sim, se tu me amasses como eu te amo, se tu sofresses como eu sofro... — disse ela, examinando-o com uma expressão de terror.

Vronski sentiu piedade e afirmou que a amava, pois sabia muito bem que era aquele o único meio de acalmá-la, embora, no fundo do coração, estivesse fingindo. Ana, ao contrário, sorvia com delícia aquelas juras de amor, cuja banalidade aborrecia o seu amante e, pouco a pouco, reencontrou a calma perdida.

No dia seguinte, completamente reconciliados, partiram para o campo.

Sexta parte

1

Daria Alexandrovna passava o verão em Pokrovskoie, em casa de sua irmã Kitty. Como a sua casa de Iergouchovo caísse em ruínas, ela aceitara a proposta que lhe fizera os Levine de instalar-se, com as crianças, em casa deles. Stepane Arcadievitch aprovou bastante aquele arranjo e lamentou profundamente só poder aparecer de tempos em tempos: as suas ocupações o impediam de consagrar os dias à família, o que, para ele, constituía o cúmulo da felicidade. Além dos Oblonski, as crianças e a governanta, os Levine hospedavam a velha princesa, que julgava indispensável acompanhar a gravidez da filha. Lá estava também Varinka, a amiga de Kitty em Soden, que cumpria a promessa de visitá-la logo que ela estivesse casada. Por mais simpáticas que fossem todas aquelas pessoas, Levine observava que eram parentes ou amigas de sua mulher. Pôs-se a lastimar que o "elemento Stcherbatski", como ele dizia, superasse muito o "elemento Levine". Este era representado por Sérgio Ivanovitch que, de resto, tinha mais de Koznychev que de Levine.

A velha casa, tanto tempo deserta, quase não possuía mais nenhum quarto desocupado. Todos os dias, pondo-se à mesa, a princesa contava os convidados: para evitar o terrível número treze, ela frequentemente obrigava um dos netos a ocupar uma mesa separada. Por seu lado, como boa dona de casa, Kitty punha todos os seus cuidados em fazer ótima provisão de frangos, patos, perus, a fim de satisfazer o apetite dos seus convidados, adultos e pequenos, que o ar do campo tornava exigentes.

A família estava à mesa, e as crianças projetavam ir à procura de cogumelos com a governanta e Varinka quando, para grande surpresa de todos os convidados — que professavam pelo seu espírito e pela sua ciência um respeito vizinho da admiração —, Sérgio Ivanovitch participou daquela prosaica conversa.

— Gostaria de acompanhá-los, aprecio muito esta distração — disse ele, dirigindo-se a Varinka.

— Com muito prazer — respondeu Varinka, corando.

Kitty trocou um olhar com Dolly: aquela proposta confirmava uma ideia que, há algum tempo, a preocupava. Receando que se percebesse o seu gesto, apressou-se em dirigir a palavra à sua mãe.

Depois do jantar, Sérgio Ivanovitch, a xícara de café na mão, sentou-se na sala à borda de uma janela, continuando com o irmão uma conversa começada na mesa e vigiando a porta por onde deviam sair as crianças. Levine sentou-se ao lado dele enquanto Kitty, em pé, junto ao marido, parecia querer dizer-lhe algumas palavras.

— Mudaste muito depois do teu casamento, e para melhor — dizia Sérgio Ivanovitch dirigindo-se a Kitty —, mas continuas a defender com paixão os mais estranhos paradoxos.

— Kitty, fazes mal em ficar de pé — falou Levine, oferecendo uma cadeira à mulher e fitando-a severamente.

— Evidentemente, mas eu devo fazer-lhes companhia — disse Sérgio Ivanovitch percebendo as crianças que corriam ao seu encontro, precedidas de Tânia, em disparada, os braços estirados, trazendo numa das mãos um cesto e na outra o chapéu de Koznychev.

Tânia tinha o semblante agitado, atenuado pelo doce sorriso, pela liberdade dos gestos, enquanto os seus belos olhos, que tanto se assemelhavam aos do pai, brilhavam com uma luz muito viva.

— Varinka espera pelo senhor — disse ela, pondo com precaução o chapéu na cabeça de Sérgio Ivanovitch, que a autorizara com um sorriso.

Varinka, trajando um vestido de tecido de algodão amarelado, um enorme lenço branco na cabeça, surgiu no limiar da porta.

— Estou aqui, estou aqui, Bárbara Andreievna! — disse Sérgio Ivanovitch mexendo o fundo da xícara e, depois, procurando nas algibeiras o lenço e a carteira de cigarros.

— Que acham da minha Varinka? Não é encantadora? — perguntou Kitty ao marido e à irmã de modo a ser ouvida por Sérgio Ivanovitch. — E quanta nobreza na sua formosura! Varinka! — gritou. — Irás ao bosque do moinho? Nós iremos te encontrar...

— Você está esquecendo sua condição, Kitty — advertiu depressa a velha princesa. — Você não deve gritar desse jeito.

Ouvindo o chamado de Kitty e a censura da sua mãe, Varinka voltou sobre os seus próprios passos. O nervosismo dos seus movimentos, o rubor que lhe cobria o rosto, tudo demonstrava que estava dominada por extraordinária animação. E a sua amiga, que percebia a causa daquela emoção, chamara-a para lhe dar mentalmente a sua bênção.

— Sentir-me-ia feliz se acontecesse certa coisa — sussurrou-lhe ao ouvido, abraçando-a.

— Não vens conosco? — indagou a moça a Levine, a fim de dissimular o embaraço.

— Somente até a granja.

— Vais fazer alguma coisa lá embaixo? — perguntou Kitty.

— Sim, preciso examinar as novas carruagens. E tu, onde ficas?

— No terraço.

2

No terraço, onde as senhoras se reuniam depois de jantar, realizava-se neste dia um grave trabalho. Além da confecção de cueiros e de camisinhas de crianças, cuidava-se da fabricação de confeitos sem água, segundo o uso da casa dos Stcherbatsk, mas desconhecido de Ágata Mikhailovna. Ágata Mikhailovna fora surpreendida a pôr água seguindo a receita de Levine, apesar das instruções recebidas — e a princesa estava resolvida a demonstrar à velha teimosa, em público, não haver necessidade de água para se obterem bons confeitos.

Ágata Mikhailovna, o rosto vermelho, os cabelos em desordem, as mangas arregaçadas até o meio dos braços descarnados, rodava com mau-humor a vasilha de confeitos sobre um braseiro, pedindo a Deus para que o cozimento não saísse bem. A princesa, autora daquelas inovações, fingia-se indiferente mas vigiava, pelo canto dos olhos, os movimentos da empregada.

— Quanto a mim, sempre ofereço às minhas empregadas os vestidos que comprei para usar na primavera — dizia a princesa, presa a uma interessante discussão sobre os melhores presentes a se dar aos empregados. — Não é o momento de espumar, minha querida? — perguntou a Ágata Mikhailovna. — Não, não — acrescentou, retendo Kitty, prestes a se levantar —, isso não é trabalho para ti, sentirias muito calor junto ao fogo.

— Deixa-me fazer — disse Dolly. E, aproximando-se da vasilha, remexeu com precaução o xarope fervente com uma colher que limpou em seguida, batendo-a num prato cheio de uma espuma amarelada de onde escorria um sumo cor de sangue. "Que manjar para os pequenos na hora do chá!", pensava, lembrando-se com alegria da sua infância e da surpresa dos adultos para com a espuma, sem dúvida a parte mais estranha dos confeitos!

— Stiva acha que é melhor lhes dar dinheiro — prosseguiu, retornando à conversa que apaixonava as senhoras —, mas...

— Dinheiro! — exclamaram a uma só voz a princesa e Kitty. — Mas, não, é a atenção...

— Eu, por exemplo — acrescentou a princesa —, no ano passado, fiz presente à nossa Matrona Semionovna de um vestido, mistura de lã e seda...

— Sim, recordo-me, ela o vestia no dia do teu aniversário.

— Um modelo invejável, simples e de bom gosto. Tive muita vontade de possuir um semelhante. É encantador e flexível, igual a este que Varinka usa.

— Parece-me que está no ponto — disse Dolly, provando o confeito com a colher.

— Não, é preciso que caiam na toalha — decretou a princesa. — Deixa-os cozinhar ainda um pouco mais, Ágata Mikhailovna.

— Ah, estas malditas moscas! — resmungou a velha criada. — Não serão melhores por isso — acrescentou em tom rabugento.

— Oh, como ele é gentil! Não o espantes! — gritou de repente Kitty, mostrando um pardal que viera pousar na balaustrada para bicar uma haste de framboesa.

— Sim, sim — disse a princesa —, mas não te aproximes do braseiro.

— *A propos de Varinka* — prosseguiu Kitty em francês, porque falavam nessa língua quando desejavam que Ágata Mikhailovna não as entendesse —, mamãe, eu devo lhe dizer que espero hoje uma decisão. A senhora sabe qual é. Como tinha vontade que isso acontecesse!

— Eis a "casadeira" — disse Dolly. — Que arte, que habilidade!

— Seriamente mamãe, que acha a senhora?

— Que direi? Ele ("ele" designava Sérgio Ivanovitch) sempre pôde pretender os melhores partidos da Rússia. E, se bem que não seja moço, ainda conheço mais de uma rapariga que aceitaria espontaneamente a sua mão. Quanto a ela, é evidentemente uma excelente criatura, mas ele poderia, eu penso...

— Não, não, impossível achar para um e outro melhor partido! Em primeiro lugar, ela é deliciosa — disse Kitty, dobrando um dedo.

— Ela lhe agrada muito, é certo — aprovou Dolly.

— Depois, ele desfruta de uma situação que lhe permite desposar a quem quer que seja, fora de qualquer consideração sobre família e fortuna. O que ele precisa é de uma moça honesta, doce, tranquila...

— Oh, quanto a isso ninguém melhor do que Varinka — confirmou Dolly.

— Enfim, ela o ama... Como eu ficaria contente! Quando voltarem do passeio, lerei tudo nos seus olhos. Que pensas tu, Dolly?

— Não fiques agitada porque isso não adianta nada — observou a princesa.

— Mas, mamãe, não estou agitada. Julgo que ele se declarará hoje.

— Que estranho sentimento experimentamos quando um homem nos pede em casamento, é como uma represa que se rompesse — disse Dolly com um sorriso pensativo: pensava no seu noivado com Stepane Arcadievitch.

— Diga-me, mamãe, como foi que papai a pediu em casamento?

— Do modo mais simples do mundo — respondeu a princesa, radiante com aquela recordação.

— A senhora, sem dúvida, amava-o antes que ele se declarasse, não?

Kitty estava orgulhosa em poder abordar agora com a sua mãe, como a uma igual, aqueles assuntos tão importantes na vida de uma mulher.

— É verdade que eu o amava. Ele vinha nos ver no campo.

— E como se decidiu?

— Como sempre, através de olhares e sorrisos. Acreditas que se tenha inventado alguma coisa de novo!

— Através de olhares e sorrisos — repetiu Dolly. — É justo. Como a senhora disse bem, mamãe!

— Mas em que termos ele se exprimiu?

— E que te disse Kostia de tão particular?

— Oh, ele escreveu a sua declaração com um giz!... Não foi banal. Mas como isso me parece longínquo!

Fez-se silêncio, durante o qual o pensamento das três mulheres seguiu o mesmo curso. Kitty lembrou-se do seu último inverno de solteira, do seu capricho por Vronski e, através de uma associação de ideias muito natural, da paixão contrariada de Varinka.

— Eu penso — continuou — que possa existir um obstáculo: o primeiro amor de Varinka. Tinha a intenção de preparar Sérgio Ivanovitch para essa ideia. Os homens são tão ciumentos para com o nosso passado...

— Nem todos — objetou Dolly. — Não julgues a todos pelo teu marido: estou certa de que a lembrança de Vronski o atormenta ainda!

— É verdade — disse Kitty com um olhar pensativo.

— Que há no teu passado que o possa inquietar? — indagou a princesa, de viva suscetibilidade desde que a sua vigilância maternal parecesse estar em jogo. — Vronski te fez a corte, mas a que moça não se faz tal coisa?

— Não se trata disso — disse Kitty, corando.

— Perdão — prosseguiu a mãe —, mas tu me impediste de ter uma explicação com ele. Não te recordas?

— Ah, mamãe! — disse Kitty, perturbada.

— Neste momento, eu não posso te governar... As tuas relações não podiam passar certos limites... Eu o teria obrigado a se declarar... Mas, neste instante, querida, concede-me o prazer de não te mostrares agitada. Acalma-te, eu te peço.

— Mas eu estou muito calma, mamãe.

— Que felicidade para Kitty que Ana tivesse aparecido — observou Dolly —, e que infelicidade para ela!... Sim — prosseguiu, impressionada com aquele pensamento —, como os papéis são diferentes! Até então, Ana era feliz, enquanto Kitty se julgava infeliz... Penso frequentemente nela...

— Que ideia de pensar naquela mulher sem coração, naquela abominável criatura! — gritou a princesa, que não se consolava de ter Levine por genro em lugar de Vronski.

— Vamos deixar este assunto — disse Kitty com impaciência. — Eu nunca penso e nem mesmo quero pensar... Não, não quero me lembrar! — repetiu, ouvindo os passos bem conhecidos do seu marido que subia a escada.

— Em que não queres pensar? — perguntou Levine, aparecendo no terraço.

Ninguém lhe respondeu e ele não repetiu a pergunta.

— Lastimo perturbar esta intimidade — disse ele, envolvendo as três mulheres num olhar descontente, sentindo que elas não queriam prosseguir a conversa na sua frente. Durante um momento, esteve de acordo com a velha empregada, furiosa por ser obrigada a fazer confeitos sem água e em geral por suportar o domínio das Stcherbatski.

Não obstante, aproximou-se de Kitty sorrindo.

— Então? — perguntou no mesmo tom em que todos perguntavam agora à jovem mulher.

— Vai muito bem — respondeu Kitty, rindo-se. — E os teus veículos?

— Suportam três vezes mais carga do que os nossos. Vamos ao encontro das crianças? Já mandei atrelar a carruagem.

— Espero que te lembres de não sacudir Kitty nos bancos de uma carruagem — disse a princesa, em tom de censura.

— Nós iremos devagarinho, princesa.

Apreciando e respeitando a sogra, Levine não podia se resolver a chamá-la de "mamãe", como ordinariamente fazem os genros: julgava insultar assim a memória de sua mãe. E isso melindrava a princesa.

— Venha conosco, mamãe — propôs Kitty.

— Não quero ver as tuas imprudências — respondeu ela.

— Então irei a pé, o passeio me fará bem.

Kitty levantou-se e segurou o braço do marido.

— Ágata Mikhailovna, os teus confeitos saíram bem segundo a nova receita? — perguntou Levine à velha criada, a fim de alegrá-la.

— Acham que ficaram bons, mas, segundo o meu modo de ver, estão muito cozidos.

— Ao menos não se desfarão, Ágata Mikhailovna — disse Kitty, percebendo a intenção do marido —, e tu sabes que já não existe gelo. Quanto às carnes salgadas, mamãe assegura que nunca comeu melhores que as tuas — declarou, amarrando o lenço desatado da velha criada.

Ágata Mikhailovna, porém, olhou-a com ar aborrecido.

— Inútil consolar-me, minha senhora. Basta-me vê-la com "ele" para estar contente.

Esse modo familiar de tratar o patrão comoveu Kitty.

— Vem mostrar-nos os bons lugares para achar cogumelos — propôs ela.

A velha balançou a cabeça, rindo-se. "Queria guardar-lhe rancor, mas não posso", parecia dizer aquele sorriso.

— Sigam o meu conselho — disse a princesa. — Cubram cada vasilha com um papel embebido em rum, e não se precisará de gelo para conservar os confeitos.

3

A sombra de descontentamento que correra sobre o rosto tão móvel do seu marido não passara despercebida a Kitty. Também, sentiu-se muito satisfeita em encontrar-se sozinha com ele e, assim que começaram a andar na estrada poeirenta, completamente plantada de arbustos e cereais, sobre ele apoiou amorosamente o braço. Levine já esquecera a sua desagradável e passageira impressão, para só pensar na gravidez de Kitty. De resto, era aquele o seu pensamento constante e a presença da mulher despertava-lhe um sentimento novo, muito puro e muito doce, livre da menor sensualidade. Sem nada ter para dizer, desejava ouvir a voz de Kitty, e contemplou o seu olhar, com aquele brilho de doçura e seriedade próprio às pessoas que se dão de corpo e alma a uma só e única ocupação.

— Então, não receias te fatigar? Apoia-te mais em mim — disse ele.

— Sou tão feliz quando estou sozinha contigo! Gosto da minha família mas, falando francamente, sinto saudades das nossas reuniões de inverno, quando nós dois ficávamos sozinhos.

— Eram ótimas, mas o presente é ainda melhor — disse Levine, apertando-lhe o braço.

— Sabes de que falávamos quando chegaste?

— Sobre os confeitos.

— Sim, mas também do modo como são feitos os pedidos de casamento.

— Ah! — disse Levine que prestava menos atenção às palavras que ao som da voz de Kitty. E, como entrassem no bosque, ele ia afastando todos os obstáculos do caminho para poupar trabalho à mulher.

— E ainda sobre Sérgio Ivanovitch e Varinka — continuou ela. — Observaste alguma coisa? Que achas? — perguntou, fitando o marido bem no rosto.

— Não sei muito o que pensar — respondeu Levine, rindo-se. — Neste ponto, nunca consegui compreender Sérgio. Eu já te contei...

— Que ele amou uma moça e que ela morreu?

— Sim, eu ainda era criança e sei dessa história por ouvir dizer. No entanto, lembro-me dela perfeitamente nessa época: e que admirável rapaz era ele! Desde então, e frequentemente, observo a sua conduta para com as mulheres: mostra-se amável, certamente lhe agradam, mas sentimos que elas não existem mais na sua vida.

— Está certo, mas com Varinka... Eu creio que existe alguma coisa.

— Talvez... Mas é preciso conhecê-lo. É uma criatura à parte. Vive apenas para o espírito. Ele tem a alma pura, muito elevada...

— Achas que o casamento o rebaixaria?

— Não, mas ele está muito preso à vida do espírito para poder admitir a vida real. E Varinka pertence à vida real.

Levine adquirira o hábito de exprimir ousadamente as suas ideias, sem dar-lhe uma forma concreta — e sabia que, nas horas de perfeita harmonia, a sua mulher não o compreendia totalmente. Naquele momento era esse precisamente o caso.

— Oh, não, Varinka pertence mais à vida espiritual do que à vida real. Ela não é como eu, e compreendo perfeitamente que uma mulher do meu temperamento não possa se fazer amada por ele.

— Mas ele gosta muito de ti, e sinto-me feliz por teres conquistado os meus...

— Sim, ele se mostra cheio de bondade para comigo, mas...

— Isso, porém, não significa a mesma coisa que sucedeu com aquele pobre Nicolas — disse Levine. — Nicolas gostou inteiramente de ti, e tu respondeste de um modo semelhante... Por que não confessar?... Censuro-me às vezes por não pensar nele, acabarei por esquecê-lo! Era uma criatura esquisita... e monstruosa... Mas de que falávamos nós? — continuou, depois de alguns segundos de silêncio.

— Então tu o julgas incapaz de se apaixonar? — perguntou Kitty, traduzindo em sua língua o pensamento do marido.

— Eu não disse isso — respondeu Levine sorrindo —, mas ele não é acessível a nenhuma fraqueza... Eu sempre o invejei, e invejo-o ainda agora, apesar da minha felicidade...

— Tu o invejas por não poder se apaixonar?

— Eu o invejo porque ele é melhor do que eu — disse Levine depois de um novo sorriso. — Ele não vive por si mesmo, é o seu trabalho que o guia. Tem, afinal, o direito de viver tranquilo e satisfeito.

— E tu? — perguntou ela com um sorriso irônico e amoroso. Interrogada sobre a razão daquele sorriso, Kitty não saberia responder formalmente. Na verdade, ela não acreditava que o seu marido, dizendo-se inferior a Sérgio Ivanovitch, demonstrava uma prova de sinceridade: cedia livremente ao amor pelo irmão, ao tormento que lhe causava o seu excesso de felicidade, ao seu constante desejo de perfeição.

— E tu, por que estarias descontente? — perguntou ela, sempre sorrindo.

Feliz por ver que ela não acreditava na sua desilusão, sentiu um prazer inconsciente obrigando-o a exprimir as causas do seu ceticismo.

— Sinto-me feliz, mas não estou contente.

— Por que não estás contente, se és feliz?

— Como te fazer compreender?... Não tenho mais nada a desejar neste mundo... Ah, não queres esperar para poder saltar! — gritou ele interrompendo o fio da conversa a fim de censurá-la por ter pulado subitamente um ramo que obstruía o caminho. — Mas — continuou — quando me comparo aos outros, principalmente a meu irmão, é que sinto que não valho grande coisa.

— Por quê? — perguntou ela sem se libertar do sorriso. — Não pensas, tu também, em teu próximo? Esqueces tua fazenda, teus trabalhos, teu livro...

— Não, tudo isso após algum tempo me prende como uma obrigação de que aspiro me libertar. De resto, é tua a culpa — confessou ele, apertando-lhe o braço. — Ah, se pudesse amar ao meu trabalho como te amo!

— Mas que pensas do papai? Julga-o mau porque se preocupa pouco com o bem comum?

— Não! Eu, porém, não possuo a sua simplicidade, a sua bondade, nem o seu espírito. Não faço nada e sofro por não fazer nada, e tudo isso por tua causa. Quando não tinha a ti e nem "isso" — fez ele lançando sobre a mulher um olhar que ela compreendeu o sentido —, entregava-me ao trabalho de todo coração. Agora, eu o repito, é apenas uma obrigação.

— Queres por acaso mudar como o teu irmão? Amar somente o teu dever e o bem comum?

— Certamente, não. Demais, sou muito feliz para raciocinar com justiça... Desse modo, achas que ele fará hoje o pedido? — perguntou Levine, após alguns momentos de silêncio.

— Eu não sei, mas bem o desejava! Espera um minuto.

Inclinou-se para colher uma margarida na margem do caminho.

— Toma! — disse ela, entregando-lhe a flor. — Sim, não!

— Sim, não! — repetiu Levine arrancando as pétalas uma depois da outra.

Kitty, que fiscalizava com emoção cada movimento dos seus dedos, agarrou-o pelo braço.

— Não, não, arrancaste duas de uma só vez!

— Não contarei esta pequenina... — disse ele, mostrando uma pequena pétala mirrada. — Mas eis a carruagem que veio nos encontrar.

— Não estás fatigada, Kitty? — gritou de longe a princesa.

— Absolutamente nada, mamãe.

— Se queres, podes fazer o resto do caminho na carruagem, bem devagar.

Mas, como se aproximassem do fim, todos terminaram o passeio a pé.

4

Com o lenço branco sobre os cabelos negros, entre as crianças com quem repartia alegremente os folguedos, Varinka, emocionada com a ideia de que um homem — que não a desagradava — ia pedir a sua mão, parecia mais atraente do que nunca. Andando ao seu lado, Sérgio Ivanovitch não podia deixar de admirá-la e de se lembrar do que ouvira dizer a respeito dessa encantadora criatura: decididamente, experimentava por ela aquele sentimento particular que só conhecera uma vez, antigamente, na mocidade. Gradualmente ia aumentando essa impressão de alegria que Varinka lhe causava. Como descobrisse um enorme cogumelo que erguia as bordas do seu chapéu acima de um pé franzino, quis colocá-lo na cesta da moça mas, encontrando o seu olhar observou na face desta o rubor da inquietação. Perturbou-se também e, sem dizer uma palavra, dirigiu-lhe um expressivo sorriso.

"Se as coisas chegaram a este ponto", pensava ele, "preciso refletir antes de tomar uma decisão, porque não quero ceder como um rapazinho ao arrebatamento do momento."

— Se permitisse, vou agora procurar os cogumelos sozinho, pois acho que as minhas descobertas passam despercebidas — declarou ele.

Deixando o caminho onde algumas antigas bétulas se enlaçavam com uma erva curta e espessa, ganhou a sombra na qual escuras árvores se misturavam, os troncos pardos das raízes pretas com os troncos alvos das bétulas. Depois de uns quarenta passos, ocultou-se aos olhares atrás de uma moita em plena florescência. Havia ali um silêncio quase absoluto, apenas um enxame de moscas voava entre os ramos e, algumas vezes, as vozes das crianças chegavam até aquele refúgio. De súbito, não longe da estrada ecoou a voz de Varinka, chamando por Gricha — e Sérgio Ivanovitch não pôde reter um sorriso de alegria, imediatamente seguido de um balançar de cabeça desaprovador. Tirou um cigarro do bolso, mas os fósforos não quiseram se acender no tronco da árvore em que ele se detivera. Afinal, inflamou-se um deles e logo a fumaça distendeu-se acima da moita. Sérgio Ivanovitch, que continuara a andar vagarosamente, seguiu-a com os olhos enquanto fazia o seu exame de consciência.

"Por que resistir?", pensava ele. "Não se trata de uma paixãozinha mas de uma inclinação mútua e, pelo que me parece, não prejudicará em nada a minha vida. A minha única objeção séria ao casamento é a promessa que fiz, perdendo Maria, de ficar fiel à sua recordação." Essa objeção — Sérgio Ivanovitch bem o sentia — só valia em face do papel poético que representava aos olhos da sociedade. "Não, francamente, não vejo outro caminho, e a minha razão não saberia fazer melhor escolha."

Apesar de rever todas as suas recordações, não se lembrava de haver encontrado nenhuma moça que reunisse as qualidades que faziam de Varinka uma esposa sob todos os pontos de vista, digna da sua escolha. Tinha o encanto, o vigor da mocidade e, se ela o amava, era com discernimento, como compete a uma mulher. Detestava os costumes mundanos — ponto essencial para Sérgio Ivanovitch, que não admitiria modos vulgares na sua futura companheira. Era religiosa, não cegamente à maneira de Kitty, mas com todo o conhecimento de causa. Oferecia mesmo vantagens nas menores coisas: pobre e sem família, não imporia, como Kitty, a presença e a influência de numerosos parentes. Deveria tudo ao marido, e era o que Sérgio Ivanovitch sempre desejara. E esse modelo de virtudes o amava; por mais modesto que fosse, gostava de se certificar disso. A diferença de idades entre eles não seria um obstáculo: pertencia a uma família forte, não tinha um cabelo branco e ninguém lhe daria quarenta anos. Demais, uma vez, Varinka dissera que um homem de cinquenta anos, na Rússia, não passava por um velho. Na França era a *force de l'âge*[9] e era tido por *un jeune homme*.[10] Por último, que importava a idade quando sentia o coração tão jovem como vinte anos antes? Não era uma prova de vigor aquele arrebatamento que o possuíra quando, andando pela estrada, vira entre as velhas árvores a silhueta graciosa de Varinka com a cesta na mão, aos raios oblíquos do sol, enquanto além um campo de aveia se estendia em vagas douradas de luz? Varinka abaixou-se para apanhar um cogumelo, endireitou-se com um gesto flexível e olhou em torno. Sérgio Ivanovitch sentiu o coração apertar-se jovialmente e resolveu explicar-se. Atirou fora o cigarro e caminhou para ela.

---

9 Em francês, "o auge da vida". (N.E.)
10 Em francês, "um homem jovem". (N.E.)

5

"Bárbara Andreievna, na minha mocidade eu criei um ideal de mulher que me faria feliz se o tivesse por companheira. Ainda não o tinha encontrado. Unicamente a senhora poderá realizar o meu sonho. Amo-a e ofereço-lhe o meu nome." Com as palavras nos lábios, Sérgio Ivanovitch fitava Varinka que, ajoelhada na relva a dez passos dele, protegia um cogumelo contra os ataques de Gricha, para o entregar a Macha e aos menores.

— Por aqui, por aqui, existem em quantidade! — gritava ela com a sua bela voz.

Não se levantou com a aproximação de Sérgio Ivanovitch, mas todo o seu ser partilhava da alegria de o rever.

— Quantos achaste? — perguntou ela, voltando para ele o seu rosto risonho sob o lenço.

— Nem um. E tu? Quantos achaste?

Ela não respondeu porque estava inteiramente preocupada com as crianças.

— Ali está um, perto do ramo — disse ela a Macha, mostrando um pequenino que apontava sob um tufo de ervas secas. — Vá apanhá-lo, senão as crianças o destruirão. Isto lembra os meus primeiros anos — disse então Varinka, que se levantou para reunir-se a Sérgio Ivanovitch.

Deram alguns passos em silêncio. Varinka, asfixiada pela emoção, não sabia bem o que ele trazia no coração. Estavam bastante longe para que pudessem ouvir o que falavam, mas Sérgio Ivanovitch não dizia uma só palavra. De repente, quase involuntariamente, a moça rompeu o silêncio.

— Então não achaste? É verdade que na sombra existem menos do que na estrada.

Sérgio Ivanovitch deixou escapar um suspiro: alguns instantes de silêncio haviam-no preparado melhor para a explicação que fizera do que para uma banal conversa sobre cogumelos! Lembrando-se da última frase da moça, quis obrigá-la a falar da sua infância mas, para a sua grande surpresa, ele a ouviu responder imediatamente:

— Dizem que os bons cogumelos só crescem na estrada mas, francamente, eu não sei distinguir uns dos outros.

Passaram-se ainda alguns minutos. Estavam agora completamente sozinhos. O coração de Varinka batia a golpes precipitados, ela sentia-se enrubescer e empalidecer alternativamente. Deixar Mme. Stahl para esposar um homem como Koznychev — de quem se acreditava quase apaixonada — parecia-lhe o cúmulo da felicidade. Tudo ia se decidir! Varinka temia a confissão e mais ainda o silêncio.

"Agora ou nunca", disse intimamente Sérgio Ivanovitch, tomado de piedade em frente ao rosto perturbado, o rubor e os olhos baixos de Varinka. Calando-se, pensava, ele a ofenderia. Recordou apressadamente os seus argumentos a favor do casamento mas, em lugar da frase que preparara, disse imprevistamente:

— Que diferença existe entre o cogumelo bom e o cogumelo mau?

Respondendo, os lábios de Varinka tremeram:

— A única diferença que existe é no pé.

Ambos sentiram que tudo estava realizado: não deveriam ser pronunciadas as palavras que os deveriam unir. E a violenta emoção que os agitava acalmou-se lentamente.

— O pé do cogumelo escuro faz pensar numa barba negra malfeita — disse tranquilamente Sérgio Ivanovitch.

— É verdade — respondeu Varinka com um sorriso.

Dirigiram-se, depois, involuntariamente, para o lado das crianças. Confusa e magoada, Varinka experimentava entretanto um sentimento de liberdade. Sérgio Ivanovitch reviu mentalmente as suas ideias sobre o casamento e acabou por achá-las falsas: não podia ser infiel à memória de Maria.

— Devagar, devagar! — gritou Levine, vendo as crianças se precipitarem para Kitty com gritos de alegria.

Atrás dos pequenos surgiram Sérgio Ivanovitch e Varinka. Kitty não teve necessidade de interrogar a sua amiga: a expressão calma, um pouco envergonhada das suas fisionomias, fê-la compreender que a esperança que alimentava não se realizara.

— Então? — indagou Levine, na estrada, assim que voltavam.

— A coisa não terminou — respondeu Kitty, com aquela voz e aquele sorriso que lhe eram tão íntimos, e que muito divertiam a Levine pois faziam-na lembrar da voz e do sorriso do velho príncipe.

— Que queres dizer?

— Eis aqui — explicou ela levando aos lábios fechados a mão do marido. — É assim que se beija a mão de um bispo.

— Atenção, olhe os camponeses que vêm...

— Eles não viram nada.

6

Enquanto as crianças ceavam, os adultos, reunidos na varanda, conversavam naturalmente. No entanto, todos percebiam que acontecera um fato importante, apesar de negativo. Sérgio Ivanovitch e Varinka pareciam dois escolares reprovados nos exames. Levine e Kitty, mais apaixonados que nunca um pelo outro, sentiam-se confusos da sua felicidade, como se fosse ela uma alusão indiscreta à infelicidade daqueles que não sabiam ser felizes.

— Acreditem-me, Alexandre não virá — dizia a princesa.

Esperava-se Stepane Arcadievitch pelo trem da noite e o príncipe escrevera que talvez viajasse com ele.

— E eu sei por quê — continuou a velha senhora. — Ele acha que não se deve perturbar a liberdade dos recém-casados.

— Graças a esse princípio, papai nos apanhou — disse Kitty. — E por que nos considerar como recém-casados, se já somos velhos esposos?

— Se ele não vier, minhas filhas, será preciso que eu as deixe — declarou a princesa, soltando um profundo suspiro.

— Que está dizendo, mamãe! — exclamaram as filhas a uma só voz.

— Pensem um pouco e vejam como ele deve se aborrecer sozinho.

A voz da princesa, inesperadamente, se alterou. As suas filhas trocaram um olhar que queria dizer: "Mamãe tem a arte de inventar assuntos tristes." Elas ignoravam que a velha princesa, por mais indispensável que lhe fosse se acreditar na casa de Kitty, só pensava no marido e em si própria com infinita angústia, e isso desde o dia em que o último filho saíra do ninho familiar, antevendo um futuro totalmente solitário.

— Que desejas, Ágata Mikhailovna? — perguntou Kitty à velha criada que surgira inesperadamente em sua frente, com ares misteriosos.

— É sobre a ceia, senhora.

— Perfeitamente, vai dar as tuas ordens enquanto me ocuparei com Gricha — disse Dolly.

— Eis uma pedra no meu jardim — gritou Levine saltando da sua cadeira. — Não te incomodes, Dolly, eu mesmo irei.

Gricha, já no colégio, tinha deveres nas férias, e Daria Alexandrovna julgava bom ajudá-lo a fazer os mais difíceis, principalmente os de aritmética e latim, língua que ela se aplicava em aprender, a fim de ser útil ao filho. Levine ofereceu-se para substituí-la e ela verificou que ele não procedia como o explicador de Moscou e declarou-lhe, com muito tato e bastante firmeza, que seria indispensável limitar-se rigorosamente às indicações do manual. Intimamente, Levine se irritava contra os maus ensinamentos dos professores e contra a negligência de Stepane Arcadievitch, que entregava à mulher um trabalho do qual ela nada entendia. Prometeu à cunhada seguir o compêndio linha a linha mas, não lhe interessando muito esse modo de ensinar, frequentemente esquecia a hora da lição.

— Não, não, Dolly, não se mexa, eu mesmo irei — repetiu ele. — Esteja tranquila, seguiremos o manual. Somente, quando Stiva chegar, eu o acompanharei à caça e então adeus às lições.

E foi ao encontro de Gricha.

Varinka, porém, que sabia ser útil mesmo numa casa tão organizada como a dos Levine, reteve a sua querida Kitty.

— Fique tranquila, eu vou dirigir a ceia — disse ela, reunindo-se a Ágata Mikhailovna.

— Sem dúvida não acharam os frangos. É preciso matar os nossos — disse Kitty.

— Arranjaremos isso com Agata Mikhailovna.

E Varinka desapareceu com a criada.

— Que encantadora moça! — observou a princesa.

— Dizer encantadora é dizer muito pouco, mamãe. Deliciosa, incomparável!

— Então, estão esperando Stepane Arcadievitch? — perguntou Sérgio Ivanovitch com a evidente intenção de romper o silêncio. — Dificilmente se encontrariam dois cunhados mais dissemelhantes: um, que é a mobilidade mesma, só podendo viver em sociedade como o peixe na água; outro, vivo, fino, sensível, penetrante, não gosta da sociedade e se agita nela como o peixe fora da água!

— Sim — aprovou a princesa voltando-se para Sérgio Ivanovitch —, é um tonto. E eu queria precisamente lhe pedir para o fazer compreender que, no seu estado, Kitty não pode ficar aqui. Ele fala em mandar buscar um médico, mas gostaria que isso acontecesse em Moscou.

— Mas, mamãe, ele fará tudo o que a senhora quiser! — gritou Kitty, bastante confusa por ouvir a sua mãe queixar-se a Sérgio Ivanovitch.

Ouviu-se, subitamente, o tropel de cavalos e o ruído de uma carruagem na areia. Apenas Dolly se levantara para descer ao encontro do marido e já, no rés-do-chão, Levine saltara a janela do aposento onde estava com Gricha, levando o aluno consigo.

— É Stiva! — gritou ele. — Tranquilize-se, Dolly, nós já acabamos! — acrescentou, refazendo como um rapaz, a sua carreira até a carruagem.

— *Is, ea, id, eius, eius, eius*[11] — resmungava Gricha, saltando atrás dele.

— Vem alguém na sua companhia, sem dúvida é papai! — gritou novamente Levine, parando no começo da alameda. — Kitty, não desças pela escada vertical, vem pela outra.

Levine, porém, se enganava. O companheiro de Stepane Arcadievitch era um rapaz gordo, cabeleira protegida por um gorro escocês, primo dos Stcherbatski, Vassia Veslovski, conhecido na alta sociedade de Petersburgo e Moscou como "folgazão e caçador temeroso", a se acreditar em Stepane Arcadievitch, que o apresentava nesses termos.

Veslovski não se mostrou perturbado com a desilusão que a sua presença causara: cumprimentou alegremente Levine, lembrou-o de que já se haviam encontrado antigamente e ergueu Gricha acima do *pointer* de Oblonski, a fim de o instalar na carruagem.

Levine seguiu a pé, contrariado de ver chegar em lugar do príncipe, de quem cada dia gostava mais, aquele Vassia Veslovski cuja presença lhe parecia perfeitamente importuna. Aquela impressão desagradável aumentou quando o viu beijar muito gentilmente a mão de Kitty, em presença de toda a criadagem que acorrera ao portão.

— Somos primos, a tua mulher e eu, e velhos conhecidos — disse o rapaz apertando pela segunda vez e muito energicamente a mão de Levine.

— Então, temos caça? — perguntou Stepane Arcadievitch, interrompendo os abraços. — Chegamos, Veslovski e eu, com projetos assassinos... Mas, não, mamãe, ele não foi a Moscou depois que... Tânia, olha, aquilo é teu! Queres apanhar o embrulho que está no fundo da carruagem... — continuou ele falando a toda

---

11 Declinação do pronome demonstrativo em latim. (N.E.)

gente ao mesmo tempo. — Como estás remoçada, Dolly! — disse afinal à sua mulher, beijando-lhe a mão que reteve entre as suas, acariciando-a com um gesto afetuoso.

Desaparecera completamente o bom humor de Levine: tomara um aspecto lúgubre e achava a todos repugnantes.

"A quem estes mesmos lábios teriam beijado ontem?", pensava ele. "E por que Dolly está contente se não acredita mais no seu amor? Que abominação!"

Ficou vexado com a acolhida graciosa feita pela princesa a Veslovski. A polidez de Sérgio Ivanovitch por Oblonski pareceu-lhe hipócrita porque sabia que o seu irmão o tinha em muito pouca estima. Varinka deu-lhe a ideia de uma *sainte nitouche*[12] que representasse a inocente só pensando em casamento. Mas o seu despeito foi ao auge quando viu Kitty, cedendo à conversa geral, responder com um sorriso, que lhe pareceu muito significativo, ao sorriso hipócrita daquele indivíduo que julgava a sua visita uma felicidade para cada um.

Todos entraram em casa, mas Levine aproveitou a confusão para desaparecer. Como a sua mudança não escapasse a Kitty, ela quis detê-lo, mas ele a repeliu, alegando que os negócios o chamavam ao gabinete. As suas ocupações nunca lhe pareceram tão importantes como naquele dia. "Para eles, tudo é sempre uma festa", pensou ele, "mas aqui temos um trabalho que não é nada festivo, que não pode ser adiado e sem o qual a vida é impossível."

7

Levine só voltou quando vieram avisá-lo de que a ceia estava na mesa. Encontrou no patamar da escada, Kitty e Ágata Mikhailovna, que combinavam o vinho a servir.

— Por que tanta coisa? Que se sirva o vinho comum.

---

12 Em francês, "santa intocável". (N.E.)

— Não, Stiva não o bebe... Mas que tens, Kostia? Espera! — exclamou Kitty, apressando-se em se aproximar.

Mas, sem querer ouvi-la, ele continuou a andar pela sala com enormes passos, indo afinal tomar parte na conversa.

— Então, vens amanhã à caça? — perguntou-lhe Stepane Arcadievitch.

— Venha também — insistiu Veslovski, sentando-se numa cadeira.

— Perfeitamente. Tens caçado muito este ano? — perguntou Levine, os olhos fixos nas pernas de Veslovski num tom fingidamente cordial que Kitty bem lhe conhecia e que não lhe ficava bem. — As galinholas abundam, ignoro se as encontraremos aos casais. Apenas precisamos sair na hora oportuna, mas tu poderás fazer isso? Não estás muito cansado, Stiva?

— Eu, cansado? Mas nunca fico cansado! Estou decidido, se quiseres, a não dormir esta noite. Vamos dar uma volta.

— Isso mesmo, não nos deitaremos! — aprovou Veslovski.

— Oh! Não duvidamos que tu sejas capaz disso, como também de perturbar o sono dos outros — disse Dolly com aquele tom de ligeira ironia que adotara em relação ao marido. — E, quanto a mim, que não ceio, retiro-me.

— Espere um pouco, Dolly — gritou Stepane Arcadievitch, sentando-se junto a ela na grande mesa onde a ceia já estava servida. — Tenho tanta coisa a te contar!

— Sem dúvida, nada de importante.

— Sabes que Veslovski viu Ana e que ele espera nos deixar, indo visitá-la na sua casa de campo? Eu também tenho a intenção de ir lá. Mora a setenta verstas daqui. Veslovski, passe para aqui!

Veslovski passou para o lado das senhoras e sentou-se ao pé de Kitty.

— É verdade? — indagou Dolly. — Estiveste em casa de Ana Arcadievna? Como vai ela?

A animação daquele grupinho não escapou a Levine que, na outra extremidade da mesa, conversava com a princesa e Varinka. Pensou numa conversa misteriosa: Kitty não tirava os olhos do rosto de Veslovski, e a sua fisionomia mais parecia exprimir um profundo sentimento.

— A residência de Ana Arcadievna é admirável — contava o rapaz. — Evidentemente, não compete a mim o julgamento, mas devo dizer que em casa deles nos sentimos muito à vontade.

— E quais são as suas intenções?

— Acho que as de passar o inverno em Moscou.

— Seria magnífico reunirmo-nos todos em Moscou. Quando esperas voltar? — perguntou Oblonski.

— Passarei lá o mês de julho.

— E tu? — perguntou ele à sua mulher.

— Eu também, sem dúvida. Há muito tempo que tenho este projeto. Ana é uma excelente criatura, a quem eu amo e lamento. Irei sozinha, depois da tua partida. Será melhor porque não aborrecerei ninguém.

— Tudo bem. E você, Kitty?

— Eu? Que iria fazer em sua casa? — disse Kitty corando e lançando um olhar para o lado em que estava o seu marido.

— A senhora conhece Ana Arcadievna? É uma mulher sedutora.

— Sim — respondeu Kitty, cujo rosto enrubescia cada vez mais. Levantou-se e foi se reunir finalmente a Levine.

— Vais amanhã à caça? — perguntou a Levine.

Vendo sua mulher vermelha, ruborizada, Levine não foi capaz de refrear o ciúme, e a pergunta de Kitty pareceu-lhe uma prova de interesse por aquele sujeito de quem estava evidentemente enamorada e a quem desejava proporcionar alguns momentos agradáveis. Só mais tarde ele deveria perceber o absurdo daquela ofensa.

— Certamente — respondeu, com uma voz forçada, que horrorizou a si mesmo.

— Passe o dia de amanhã conosco. Dolly ainda não pôde ver o marido.

Levine traduziu assim aquelas palavras: "Não me separe dele. Pouco me importa que vá, mas deixa-me gozar a presença deste admirável rapaz."

Veslovski, sem supor a tragédia que causava inocentemente, erguera-se da mesa para se reunir à prima que ele acariciava com os olhos.

"O insolente!", pensou Levine oprimido, pálido de cólera. "Como se permite fitá-la assim?"

— A caça será amanhã, não é verdade? — perguntou Veslovski sentando-se novamente com desenvoltura e pondo, segundo o seu hábito, uma perna sobre a outra.

Impelido pelo ciúme, Levine já se via na situação de um marido enganado que a mulher e o amante exploram no interesse dos seus prazeres. Contudo, mostrou-se amável para com Veslovski, fê-lo falar das suas caçadas, perguntou-lhe se trouxera o fuzil e as balas, e consentiu em organizar a diversão para o dia seguinte.

A princesa veio acabar com as torturas do genro, aconselhando a Kitty que fosse deitar-se mas, dando boa-noite à dona da casa, Veslovski quis novamente lhe beijar a mão — o que constituiu um novo suplício para Levine. Kitty, corando, retirou a mão com uma brusca ingenuidade que, mais tarde, devia lhe valer as censuras da mãe:

— Isso não é admitido entre nós.

Para Levine, ela cometera uma falta permitindo àquele imbecil semelhantes intimidades e cometia outra ainda maior, demonstrando que elas lhe desagradavam.

Alegre com algumas taças de bom vinho, Oblonski sentia-se dominado por um humor poético.

— Que ideia de ir deitar-se com um tempo semelhante! Olha, Kitty, como é belo! — disse ele, mostrando a lua que crescia acima das tílias. — Veslovski, olha a hora das serenatas... Ele tem uma voz encantadora, exercitamo-nos no caminho. Trouxe duas novas romanzas que poderia nos cantar com Bárbara Andreievna.

Quando todos se retiraram, Veslovski e Stepane Arcadievitch passearam ainda durante muito tempo, exercitando a voz. Os ecos de uma nova romanza chegavam aos ouvidos de Levine, que acompanhara Kitty até o quarto onde, encolhido numa poltrona, guardava um obstinado silêncio. Kitty, tendo-o interrogado inutilmente sobre a causa do seu mau humor, acabou por perguntar se a conduta de Veslovski, por acaso, o contrariara. Então, ele disse tudo mas, ofendido com as suas próprias palavras, não chegou a se dominar.

Em pé diante de sua mulher, os olhos brilhantes, a testa franzida, as mãos comprimidas contra o peito como se quisesse sufocar a cólera, as faces trêmulas e as linhas duras revelavam um sofrimento que comoveu Kitty.

— Compreenda bem, eu não sou ciumento, é uma palavra infame… — dizia ele com uma voz severa. — Não, não poderia sentir ciúme de ti, acreditar que… Eu me exprimo mal, mas o que sinto é terrível… Eu não sou ciumento, mas estou magoado, ferido, humilhado por terem ousado olhar-te assim.

— Como, pois ele me olhou? — perguntou Kitty, procurando sinceramente lembrar-se em todos os seus aspectos, dos incidentes da noite.

Talvez, no fundo de si mesma, achasse um pouco familiar a atitude de Veslovski indo reunir-se a ela de uma a outra extremidade da mesa. Não ousou confessar ao marido, porém, receando agravar os seus sofrimentos.

— Pode uma mulher no meu estado ser atraente? — perguntou.

— Cala-te! — gritou Levine, agarrando a cabeça entre as mãos. — Logo que te sentisses encantadora, poderias…

— Não, Kostia, escuta-me! — disse ela desolada por vê-lo sofrer daquele modo. — Tu sabes que, fora de ti, ninguém mais existe para mim! Queres que me isole de todos?

Depois de se sentir melindrada por aquele ciúme que corrompia até as suas distrações mais inocentes, Kitty, agora, estava quase renunciando a tudo para o acalmar.

— Procura compreender o ridículo da minha situação — continuou ele com um murmúrio de desespero. — Esse rapaz é meu hóspede e exceto os seus modos estúpidos que ele acha serem elegantes, nada tenho para lhe censurar. Sou forçado a mostrar-me amável e...

— Mas, Kostia, tu exageras as coisas — interrompeu Kitty, orgulhosa no fundo do coração por sentir-se tão profundamente amada.

— E quando és para mim o objeto de um culto, quando somos tão felizes, este patife não tinha o direito... Depois, injuriando-o, sinto-me injusto. Pouco me importam as suas qualidades ou os seus defeitos!... Mas por que estaria a nossa felicidade ao seu alcance?

— Escuta, Kostia, julgo lembrar-me do que te aborreceu.

— Que foi?

— Eu te vi nos observando durante a ceia...

— Mas, sim, sim — confessou Levine, perturbado.

Ofegante de emoção, o rosto pálido, transtornado, ela lhe contou a conversa misteriosa. Levine guardou silêncio por um instante.

— Kitty, perdoa-me! — gritou ele, afinal, agarrando novamente a sua cabeça entre as mãos. — Eu sou um louco! Como pude torturar-me por esta tolice!

— Fazes-me pena....

— Não, não, eu sou um louco!... Eu te magoo... Com semelhantes ideias, o primeiro estranho que venha poderá destruir, sem o querer, a nossa felicidade.

— A sua conduta era repreensível!...

— Não, não, vou retê-lo por toda a estação e acabar as prevenções — disse Levine beijando as mãos da mulher. — Verás, amanhã... Ah, ia me esquecendo, amanhã iremos à caça.

8

Na manhã seguinte, antes que as senhoras se levantassem, duas equipagens de caça esperavam à porta. Mignonne compreendera tudo desde a madrugada e, com ladridos e cabriolas, aprovou a intenção de Levine. Agora, deitada perto do cocheiro da carruagem, lançava olhares inquietos e desaprovadores para a porta onde os caçadores tardavam em aparecer. O primeiro que surgiu foi Vassia Veslovski, calçado em botas novas que lhe subiam até o meio das coxas, trajando uma blusa verde, apertada na cintura por um cinto de couro para cartuchos, tendo na mão um fuzil inglês completamente novo, sem correia e sem mochila. Mignonne saltou para o saudar e perguntou-lhe, à sua maneira, se os outros viriam logo mas, vendo-se incompreendida, retornou ao seu lugar e fingiu esperar, a cabeça descida e as orelhas à escuta. Afinal, a porta abriu-se novamente com estrondo, deixando passar Crac, o *pointer* "branco e belo" de Stepane Arcadievitch, saltando e piruetando em torno do dono que trazia o fuzil na mão e o cigarro nos lábios. "Muito bonito, muito bonito, Crac!", gritava alegremente Oblonski, tentando evitar as patas do cão que, na sua alegria, se embaraçavam na bolsa do caçador. Usava botas moles por cima de uma faixa de tecido, umas calças velhas, um paletó curto e um chapéu estragado mas, ao contrário, o fuzil era do tipo mais moderno e a sua bolsa de caçador, como também a cartucheira, desafiavam qualquer crítica. Veslovski, até este dia, recusara-se a compreender que para um caçador a última palavra da moda consistia em vestir-se mediocremente e equipar-se maravilhosamente mas, vendo Stepane Arcadievitch radiante nos seus farrapos, com uma elegância de grande senhor, jurou imitá-lo na próxima vez.

— Então, e o nosso hospedeiro? — perguntou ele.

— Um recém-casado, não é mesmo?... — disse Oblonski, rindo-se.

— E tem uma mulher encantadora...

— Deve ter ido vê-la no quarto porque já o vi antes de sair.

Stepane Arcadievitch acertara: Levine fora ao quarto de Kitty para repetir que ela lhe perdoasse a tolice da véspera e para lhe pedir que fosse prudente e se mantivesse longe das crianças. Kitty teve de jurar que não o queria ausente durante dois dias e prometeu-lhe enviar, no dia imediato, um boletim de saúde por um criado. Aquela partida não agradava muito à jovem senhora, mas ela se resignava vendo a satisfação do marido, cujas botas e blusa branca o faziam parecer maior e mais forte do que nunca.

— As minhas desculpas, senhores! — gritou Levine, correndo ao encontro dos seus companheiros. — Puseram o almoço na carruagem? Por que é que o cavalo escuro está atrelado do lado direito? Afinal, tanto pior. Vai deitar, Mignonne... Ponha-os com os novilhos — disse ele ao vaqueiro que o procurara, na passagem, para consultá-lo sobre os bezerros. — Mil desculpas, eis mais um animal para despachar.

Saltou da carruagem onde já estava quase instalado para ir ao encontro de um empreiteiro da carpintaria que se aproximava com uma vara na mão.

— Farias melhor indo ontem ao meu gabinete. Então, que há?

— Salvo opinião contrária do senhor, devemos acrescentar mais um girante. Três será melhor. Chegaremos, assim, precisamente ao plano do patamar. E será menos duro.

— Por que não me ouviste? — replicou Levine com despeito. — Havia prevenido que se estabelecesse desde o início a altura dos degraus da escada. Agora, é muito tarde. É preciso fazer tudo novamente.

Numa ala da construção, o carpinteiro destruíra a escada, por não haver calculado exatamente a altura. Queria reparar agora o seu erro, ajuntando três peças a mais.

— Asseguro ao senhor que seria muito melhor.

— Mas onde pensas tu que acabará a escada com três peças a mais?

— Precisamente no lugar certo — replicou o carpinteiro, com um sorriso de desprezo. — Partirá da parte inferior — explicou ele com um gesto persuasivo —, subirá naturalmente e chegará ao lugar certo.

— Verdadeiramente! Acreditas que as três peças não aumentarão a altura? Reflete um pouco e dize-me onde chegará.

— Precisamente ao lugar certo — sustentava obstinadamente o carpinteiro.

— Chegará ao teto, meu pobre amigo!

— Não! — continuou teimosamente o bom homem. — Partirá da parte inferior, subirá naturalmente, e chegará ao lugar certo.

Levine tirou a vareta do fuzil e pôs-se a desenhar a escada na areia.

— Entendeste agora?

— Sim — respondeu o carpinteiro com o olhar brilhante: compreendera afinal! — É indispensável fazer tudo novamente.

— É o que me canso em te dizer. Obedece-me, pois, ao menos uma vez — gritou Levine subindo na carruagem. — Vamos!... E os cães, Filipe!

Feliz por achar-se liberto das preocupações, Levine sentiu uma alegria tão viva que, desejando se calar, só pensava nas emoções que o esperavam. Achariam caça nos pântanos de Kolpenskoie? Mignonne acompanharia Crac? Estaria ele próprio à altura daquele estranho? Precavia-se para que Oblonski não se saísse melhor do que ele.

Dominado por preocupações análogas, Oblonski não falava muito. Apenas Vassia Veslovski não se calava e Levine, ouvindo-o tagarelar, censurava as suas injustiças da véspera. Em verdade, era um bom rapaz o qual não se podia criticar sem examinar as suas unhas bem tratadas, o seu gorro escocês e a sua roupa elegante como provas de uma incontestável superioridade. Demais, simples, alegre, bem-educado, falando admiravelmente o francês e o inglês e que, antes do seu casamento, lhe tivera grande amizade.

O cavalo da esquerda, um animal do Don, agradou extremamente a Veslovski. "Como deve ser bom galopar nas estepes com um animal semelhante!", repetia. Gostava sem dúvida daquela carreira imaginária, poética e selvagem, ainda que imprecisa. A sua beleza, porém, o seu sorriso encantador, a graça dos gestos, principalmente a sua ingenuidade exerciam uma atração incontestável, a que Levine resistia tanto menos quando tinha no coração o desejo de destruir os julgamentos temerários da véspera.

Haviam feito três verstas quando Vassia verificou a ausência da sua carteira e da sua cigarreira. A carteira continha trezentos e setenta rublos, e ele quis se certificar se a deixara na mesa do quarto.

— Deixa-me montar o teu cavalo e estarei de volta num instante — disse, quase saltando da carruagem.

— Não precisa este trabalho. O meu cocheiro fará facilmente a corrida — respondeu Levine, calculando que Vassia devia pesar pelo menos cem quilos.

O cocheiro partiu em procura da carteira e Levine tomou as rédeas.

9

— Explica-nos o teu plano — inquiriu subitamente Oblonski.

— Ei-lo: o objetivo é Gvozdiev, a vinte verstas daqui. Deste lado da vila, encontraremos um pântano; e do outro, enormes brejos onde abundam as galinholas. Chegando à noite, poderemos aproveitar o calor para caçar. Dormiremos em casa de um camponês, e amanhã alcançaremos os grandes brejos.

— Não há nada na estrada?

— Realmente, existem ali dois bons lugares, mas isso nos atrasará. Além disso faz muito calor e não estaríamos à vontade.

Levine esperava reservar para o seu uso particular aquelas caças vizinhas da sua casa. Mas, nada passando despercebido aos olhos experimentados de Oblonski, e vendo esse um pequeno pântano, gritou:

— E se parássemos aqui?

— Oh, sim, Levine, paremos! — suplicou Vassia.

Levine teve que se resignar. Apenas a carruagem parara, os cães lançaram-se precipitadamente sobre o pântano.

— Crac, Mignonne, aqui!

Os cães voltaram.

— Nós três ficaríamos muito apertados. Eu ficarei aqui — disse Levine, esperando que eles só encontrassem algumas galinholas: os cães haviam feito algumas levantar voo as quais, balançando-se no espaço, lançavam acima do pântano os seus lamentos desolados.

— Não, não, Levine, venha conosco — insistiu Veslovski.

— Não, eu te asseguro, nós nos perturbaremos uns aos outros. Mignonne, aqui! Um cão bastará, não é mesmo?

Levine permaneceu perto da carruagem, seguindo com um olhar de inveja os caçadores que bateram todo o pântano para só encontrarem uma galinha-d'água e algumas galinholas. Uma delas fora abatida por Veslovski.

— Viram bem que eu não mentia — disse-lhes Levine quando eles voltaram. — Perdemos tempo.

— Não, foi muito divertido — replicou Veslovski que, embaraçado com o fuzil e a galinhola, subia na carruagem com dificuldade. — Viram como eu abati a galinhola? Belo tiro, não é verdade? Chegaremos já a um bom lugar?

De repente os cavalos empinaram. Levine deu com a cabeça contra o fuzil e ouviu-se um tiro. Pelo menos, foi o que lhe pareceu. Na realidade, Veslovski, querendo desarmar o seu fuzil, disparara casualmente. Por felicidade a carga não feriu ninguém e se perdeu no solo. Stepane Arcadievitch abanou a cabeça num gesto de censura, mas Levine não teve coragem de repreender Veslovski, cujo desespero era evidente e que podia atribuir as admoestações do seu hospedeiro ao despeito de lhe ter feito um galo na testa. Verdadeiramente aquela consternação em breve foi substituída por uma crise de alegria franca e contagiosa.

Chegando ao segundo pântano, mais amplo que o primeiro, perdeu-se mais tempo a remexê-lo. Levine pediu aos seus convidados para passarem adiante mas, cedendo às súplicas de Veslovski, desceu e ficou esperando novamente perto das carruagens.

Crac lançou-se ao pântano, seguido de perto por Vassia, e, antes que Oblonski os encontrasse, já ele levantara uma galinhola que, não sendo alcançada por um tiro falho de Veslovski, se ocultara no prado. Crac achou-a e apontou. Vassia a abateu e voltou para a carruagem.

— A tua vez — disse ele a Levine. — Eu vigiarei os cavalos.

Levine entregou as rédeas a Veslovski e penetrou no pântano. Mignonne que, há muito tempo gemia sob a injustiça da sorte, correu diretamente para uma ilhota que Crac esquecera mas que ela e Levine conheciam muito bem.

— Por que a deixas correr assim? — gritou Stepane Arcadievitch ao cunhado.

— Tranquilize-se, ela não as fará voar — respondeu Levine, feliz com a alegria da cachorra e correndo junto dela.

Mais Mignonne se aproximava da ilhota onde havia caça, mais aumentava a procura. Deixou-se distrair somente, e por um instante, com um pequeno pássaro de pântano que fez uma ou duas vezes a volta da ilhota. Depois, subitamente, tremeu e imobilizou-se.

— Chega, chega, Stiva! — gritou Levine, que sentiu o coração bater a golpes precipitados. E, de repente, como se o seu ouvido distendido ao extremo houvesse perdido o sentido da distância, sentiu que todos os sons chegavam até ele, com uma intensidade desordenada. Tomou os passos bem próximos de Oblonski pela pateada longínqua dos cavalos, e como voo de uma galinhola, o desmoronamento de um montezinho de terra onde apoiara o pé. Ainda percebia, perto, e atrás dele, uma espécie de sussurro que não sabia explicar.

Reuniu-se a Mignonne, andando prudentemente.

— Cuidado! — gritou ele.

Uma galinhola partiu sob os pés da cachorra. Ele já a visava quando ao sussurro veio misturar-se a voz de Veslovski soltando gritos estranhos. Levine ouviu muito bem que ele atirava atrás e por sua vez não atirou. Voltando-se, percebeu a carruagem e os cavalos metade enterrados na lama: a fim de melhor assistir à caçada, Vassia deixara a estrada pelo pântano.

— Que o diabo te leve! — murmurou Levine, dirigindo-se para a carruagem enlameada. — Por que inferno vieste até aqui? — perguntou secamente ao rapaz. E, substituindo o cocheiro, achou-se na obrigação de desembaraçar os cavalos.

Não perturbava apenas o seu prazer, não arriscava somente a estragar os cavalos, mas os seus companheiros o deixaram desatrelar os pobres animais e levá-los para o seco, sem lhe oferecerem a menor ajuda. Nenhum deles, é verdade, entendia daquilo. Em compensação, o culpado fez tudo para livrar a carruagem e, no seu zelo, arrancou mesmo uma das suas peças. Essa boa vontade comoveu a Levine, que culpou o seu mau humor como consequência das prevenções da véspera e imediatamente redobrou de amabilidades para Veslovski. Passado o alarma, ele ordenou que se preparasse o almoço.

— *Bon appétit, bonne conscience! Ce poulet va tomber jusqu'au fond de mes bottes*[13] — disse Vassia, novamente sereno, devorando a sua segunda galinha. — Acabaram-se as nossas infelicidades, senhores, tudo vai nos reunir mas, como castigo às minhas estrepolias, peço o favor de me deixarem subir na carruagem e servir de cocheiro... Não, não, deixem-me ir, verão como me desempenharei.

Levine temia pelos seus cavalos, principalmente pelo escuro — que Vassia governava mal. Cedeu, porém, à negligência comunicativa do rapaz que, durante o caminho, não cessou de cantar romanzas ou de arremedar um amador inglês conduzindo *four-in-hand*.[14]

Os nossos caçadores atingiram os pântanos de Gvozdiev nas melhores disposições do mundo.

10

Vassia conduzira os cavalos rapidamente: atingia-se o fim da expedição antes que o calor houvesse passado.

Levine desejou libertar-se do incômodo companheiro no mesmo instante. Stepane Arcadievitch parecia partilhar daquele desejo porque a astúcia infantil que lhe era particular atenuava no seu rosto o ar de preocupação que se apossa de todo caçador no começo de uma caçada séria.

---

13 Em francês, "Um bom apetite, uma boa consciência! Esta galinha vai me cair muito bem." (N.E.)
14 Tipo de carruagem com quatro cavalos. (N.E.)

— O lugar me parece bom porque já vejo gaviões — disse ele mostrando duas aves de rapina que planavam acima dos caniços. — É sempre um sintoma de caça. Como vamos iniciar a exploração?

— Um instante — respondeu Levine que, com um ar sombrio, endireitava as botas e examinava o fuzil. — Estão vendo aquele tufo de juncos, bem na nossa frente? — perguntou, mostrando um ponto mais escuro no imenso prado úmido. — E ali que começa o pântano que se inclina para a direita, não longe deste lado dos cavalos. Ele contorna depois os caniços e se distende até aquele bosque de árvores e mesmo até o moinho que se vê embaixo, no ângulo do rio. É o melhor lugar, já me aconteceu matar ali dezessete galinholas. Vamos nos separar e fazer a volta do pântano. O moinho será o ponto de encontro.

— Então, vão pela direita, há mais espaço para dois — disse Stepane Arcadievitch indiferentemente. — Eu tomarei pela esquerda.

— Está certo — apoiou Vassia —, e nós vamos te passar.

Levine viu-se obrigado a aceitar aquele arranjo.

Soltos, os cães puseram-se a farejar, dirigindo-se para o lado do pântano. Pelo andar lento e indeciso de Mignonne, Levine esperava ver voar um bando de galinholas.

— Veslovski, não fiques atrás, eu te peço — murmurou ele ao companheiro de caçada que se atolava nas poças de água.

— Não te preocupes comigo, não quero te atrapalhar.

Mas, desconfiado com o acontecimento de Kolpenskoie, Levine lembrava-se da admoestação que lhe fizera Kitty antes da partida: "Principalmente, não disparem uns sobre os outros!"

Os cães aproximavam-se cada vez mais do esconderijo das galinholas, cada um tentando descobrir a caça por um lado diferente. Levine estava tão emocionado que o barulho dos seus sapatos no lodo lhe parecia o grito de uma galinhola. Preparou imediatamente o fuzil.

"Paf, paf!" — duas detonações ecoaram subitamente nos seus ouvidos. Vassia atirava sobre um bando de patos que passava acima do pântano, mas fora do alcance dos tiros. Levine não tivera tempo de voltar-se quando uma galinhola subiu, seguida de uma outra, de uma terceira, e ainda de uma outra.

No momento em que elas começavam a dar voltas, Stepane Arcadievitch abateu uma, que caiu. Sem se apressar, acertou uma outra que voava perto dos juncos. Apenas partira o seu segundo tiro e a galinhola tombou — debatia-se agora nos juncos, deixando ver a parte branca da asa que palpitava ainda.

Levine foi menos feliz: perdeu a primeira galinhola, tendo atirado de muito perto, quis alcançá-la no momento em que ela subia, mas uma outra voou sobre os seus pés, distraiu-se, e perdeu o tiro novamente.

Enquanto Oblonski e Levine carregavam os seus fuzis, uma última galinhola voou e Veslovski — que já havia carregado o seu — atirou as duas cargas de chumbo na água. Oblonski apanhou a sua caça com os olhos brilhantes de alegria.

— Separemo-nos agora — disse ele, e se dirigiu para a direita, coxeando ligeiramente da perna esquerda, chamando o cão e conservando o fuzil muito perto.

Quando Levine errava o primeiro tiro, perdia facilmente o sangue-frio e comprometia a sua caçada — era o que lhe acontecia nesse dia. A todo momento as galinholas passavam sob o nariz do seu cão ou sobre os pés do caçador e, querendo reparar a sua infelicidade, quanto mais atirava, mais se cobria de vergonha em frente de Veslovski, que descarregava o fuzil inconsequentemente, sem nada matar e sem que perdesse, no entanto, a sua alegria. Levine, que se irritava cada vez mais, queimava os cartuchos inutilmente. Mignonne, estupefata, olhava os caçadores com um ar de censura, e a sua procura se fazia menos regular. Os tiros haviam se sucedido sem interrupção, a fumaça envolvia os caçadores, a imensa presa era constituída em tudo e por tudo de três péssimas galinholas. Vassia ainda mataria uma, e outra mais tarde de parceria com Levine.

No entanto, na outra extremidade do pântano, os tiros, pouco frequentes, dados por Oblonski, pareciam alcançar êxito porque, em quase todas as vezes, ouvia-se ele gritar: "Crac, traze!" Esse sucesso irritou Levine ainda mais.

Agora, as galinholas voavam em bandos. Algumas vinham pousar no antigo refúgio e o ruído que faziam batendo as asas no solo úmido alternava com os gritos que as outras soltavam em pleno voo. Dúzias de gaviões piavam acima do pântano.

Levine e Veslovski já haviam batido mais da metade do pântano quando atingiram um sítio pertencente a inúmeras famílias de camponeses e dividido em faixas que vinham acabar na margem dos caniços. Como muitos daqueles lotes ainda não estivessem ceifados, o sítio não oferecia nenhum interesse para a caça. Levine, apesar de tudo, se empenhava, queria garantir a sua palavra e ir ao encontro do cunhado.

Alguns camponeses comiam perto de uma carruagem desatrelada.

— Oh, os caçadores! — gritou um deles. — Venham beber um copo conosco.

Levine examinou o grupo.

— Venham, não tenham medo — prosseguiu o homem, um alegre rapaz de rosto vermelho e barbado, mostrando os dentes alvos e erguendo acima da cabeça uma garrafa esverdeada que brilhou ao sol.

— *Qu'est-ce qu'ils disent?*[15] — indagou Veslovski.

— Pedem que bebamos com eles. Sem dúvida, fizeram a partilha do sítio. Eu aceitarei — acrescentou Levine, com a ideia de se desfazer de Vassia.

— Mas por que querem eles nos brindar?

— Provavelmente, em sinal de regozijo. Vai, pois, isso te divertirá.

— *Allons, c'est curieux.*[16]

— Vai, vai, acharás depois facilmente o caminho do moinho — gritou Levine, satisfeito de ver Veslovski se afastar, curvado em dois,

---

15 Em francês, "O que eles estão dizendo?" (N.E.)

16 Em francês, "Vamos, é divertido." (N.E.)

tendo o fuzil sobre os braços e batendo os pés cansados contra os torrões de terra.

— Venha o senhor também! — gritou o camponês a Levine. — Temos um grande pastel recheado.

Levine certamente não teria recusado o pedaço de pão e nem um copo de aguardente, porque se sentia fatigado e dificilmente arrancava os pés do solo pantanoso. Mas ele percebeu Mignonne atrás e esqueceu a fadiga para juntar-se a ela. Voou uma galinhola e, desta vez, não a deixou escapar. A cachorra estava repousando. "Traze!" Uma outra ergueu-se bem no nariz do cão. Ele atirou pela segunda vez mas, decididamente, o dia era infeliz: não somente errou o segundo tiro, como não pôde encontrar a primeira galinhola. Não querendo acreditar que ele a tivesse morto, Mignonne simulava que andava à sua procura.

A infelicidade, cuja responsabilidade atribuía a Vassia, ligava-se extraordinariamente aos passos de Levine: embora houvesse aí muita caça, falhava golpe sobre golpe.

Os raios do sol estavam ainda bastante quentes e as suas roupas úmidas lhe colavam ao corpo. A bota esquerda cheia de água atrapalhava a sua caminhada. O suor corria em grossos pingos sobre o rosto negro de pó, a boca amargava, um mau cheiro de fumaça e lodo comprimia a sua garganta, os gritos incessantes das galinholas o aturdiam, o coração pulsava em pancadas precipitadas, as mãos tremiam de comoção, os pés apressados batiam nos torrões, afundavam-se nos buracos — e ele nada percebia. Afinal, um tiro pior que os outros fê-lo atirar o fuzil e o chapéu ao solo.

"Decididamente", pensou ele, "devo melhorar." Então, apanhando o fuzil e o chapéu, chamou Mignonne e saiu do pântano. Na ribanceira, descalçou a bota, esvaziou-a, bebeu um grande trago de água com gosto de ferrugem, molhou o fuzil aquecido, e refrescou o rosto e as mãos. Dirigiu-se depois para o novo refúgio das galinholas, firmemente convencido de haver encontrado a calma. Pura ilusão: ainda bem não visara e já o seu dedo apertava o gatilho!

A sua bolsa continha somente cinco aves quando alcançou o local onde devia se encontrar com Stepane Arcadievitch. Foi Crac quem se mostrou primeiro, coberto de um lodo fétido e negro e farejou Mignonne com ares de triunfo. Stepane Arcadievitch logo apareceu na sombra das árvores, o rosto vermelho, molhado de suor, o colarinho desabotoado e sempre satisfeito.

— Então, fizeste boa caçada? — disse ele alegremente.

— E tu? — perguntou Levine. A essa pergunta, a bolsa de Oblonski, sobrecarregada com quatorze galinholas, dava uma resposta eloquente.

— É um verdadeiro mangue de Deus! Veslovski te perturbou. Não existe nada tão incômodo como caçar duas pessoas com um só cão — declarou Stepane Arcadievitch, à maneira de consolação.

11

Os dois amigos encontraram Veslovski, já instalado, na casa onde Levine se habituara a pousar. Sentado num banco, ele tirava as botas cobertas de lodo, auxiliado por um soldado, irmão do hospedeiro.

— Acabo de chegar — disse ele com o seu riso comunicativo. — *Ils ont été charmants.*[17] Imaginem que, depois de me obrigarem a comer e a beber, nada quiseram aceitar. E que pão! *Délicieux!* E que aguardente! Nunca bebi nada semelhante. E, durante todo o tempo, eles disseram: "Queira nos desculpar, fazemos o que podemos."

— Mas por que quiseste pagar? — resmungou o soldado. — Eles brindaram ao senhor, não é mesmo? Não vendem aguardente.

A imundície da casa, que as botas e as patas dos cães cobriram de uma lama escura, o odor de pântano, tudo isso não desagradou aos nossos caçadores: todos cearam com um apetite que só conheciam

---

17 Em francês, "Eles foram encantadores." (N.E.)

quando caçavam. Então, depois de se limparem, foram deitar-se no palheiro onde os cocheiros prepararam os leitos com feno.

Apesar de a noite avançar, o sono lhes faltava. Lembravam-se dos incidentes da caçada. Veslovski achava tudo pitoresco e encantador: a pousada que o feno perfumava, os cães que repousavam aos pés dos donos, a carruagem que estava a um canto e que ele julgava quebrada porque haviam retirado os cavalos. Como falasse elogiosamente sobre a hospitalidade, Oblonski achou bom opor àqueles prazeres camponeses os fatos de uma grande caçada de que participara no ano precedente na província de Tver, em casa de um certo Malthus, enriquecido com as estradas de ferro. Descreveu os imensos pântanos vigiados e a barraca armada na margem do rio para o almoço.

— Como é que essas pessoas não te são odiosas? — disse Levine, erguendo-se em seu leito de feno. — Não nego os encantos de um almoço no Castelo Lafite mas, na verdade, aquele luxo não te revolta? Essas pessoas enriqueceram ao modo dos negociantes de aguardente, no passado, zombando do desprezo público e sabendo que o dinheiro mal adquirido os reabilitaria.

— É exato! — gritou Veslovski. — Certamente Oblonski aceitou os convites por simples *bonhomie*,[18] mas deu um exemplo deplorável.

— Estás enganado — replicou Stepane Arcadievitch com um riso de escárnio que não escapou a Levine. — Se vou à casa dele, é porque o julgo tão honesto como tal negociante, tal agricultor que devem a sua fortuna ao trabalho e à inteligência.

— A que chamas o trabalho? Será trabalho conseguir uma licença e revendê-la?

— Certamente. Nesse sentido de que, se ninguém ousasse fazer aquele sacrifício, não teríamos estradas de ferro.

— Podes comparar esse trabalho ao do homem que lavra ou ao do sábio que estuda?

---

18 Em francês, "boa-fé". (N.E.)

— Não, mas ele não é menos um resultado: as estradas de ferro. Mas eu esqueci que não és um camponês.

— Isto é um outro problema. Quero, se isso te agrada, reconhecer a utilidade. Tenho, porém, como desonesta, toda remuneração que não se relacione com o trabalho.

— Mas como determinar esta relação?

— Entendo todo lucro adquirido por vias insidiosas e pouco corretas — respondeu Levine, que se sentiu incapaz de traçar um limite entre o justo e o injusto. — Por exemplo, os enormes lucros dos bancos. *Le roi est mort, vive le roi:*[19] temos apenas granjas, mas as estradas de ferro e os bancos as auxiliam.

— Tudo isso pode ser verdade — replicou em tom categórico Stepane Arcadievitch, convencido evidentemente da precisão do seu ponto de vista —, mas não respondeste à minha pergunta... Deitado, Crac! — gritou ao cão que se esfregava e revolvia todo o feno. — Por que, por exemplo, os meus apontamentos são melhores que os do meu chefe de seção que conhece os negócios melhor do que eu? É justo?

— Não sei.

— É justo que tu ganhes, digamos cinco mil rublos onde, com mais trabalho, o camponês que nos hospeda esta noite ganha apenas cinquenta? Não, comparados aos desses homens, os nossos lucros são tão desproporcionais como o de Malthus em relação aos operários da estrada. No fundo, há uma certa dose de inveja no ódio que se dedica a esses milionários...

— Tu adiantas muito — interrompeu Veslovski. — Não lhes invejamos as riquezas, mas não podemos esconder que elas têm um lado tenebroso.

— Tens razão — disse Levine — de taxar de injustos os meus cinco mil rublos de lucro. Eu lamento, mas...

---

19 Em francês, "O rei está morto, viva o rei." (N.E.)

— É o que acho — aprovou Veslovski sinceramente, tanto mais que pensava naquelas coisas pela primeira vez na vida. — Passamos o nosso tempo a beber, a caçar, enquanto esses pobres-diabos trabalham de um a outro fim de ano.

— Sim, tu lamentas, mas não ao ponto de entregares a tua terra aos camponeses — objetou maliciosamente Stepane Arcadievitch.

Depois que se tornaram parentes, uma surda hostilidade alterava as relações dos dois amigos: cada qual pensava ter melhor organizado a vida que o outro.

— Eu não dei, ainda, porque ninguém me pediu — replicou Levine. — De resto, se eu o quisesse, não poderia. E a quem diabo queres que eu a dê?

— Mas, por exemplo, a esse homem em casa de quem passamos a noite. Ele não recusará.

— E de que maneira queres tu que eu a entregue? É indispensável estabelecer um ato de venda ou de doação?

— Não sei. Mas já que tens a convicção de cometer uma injustiça...

— Absolutamente. Acho, ao contrário, que, tendo uma família, tenho deveres para com ela e não me reconheço o direito de me despojar.

— Perdão, se tu consideras esta desigualdade como uma injustiça, deves proceder logicamente.

— É o que faço, esforçando-me por não aumentar os meus lucros.

— Que paradoxo!

— Sim, sente-se o sofisma!... — acrescentou Veslovski. — É, mas eis o patrão — disse ele, vendo o dono da casa que abria a porta e a fazia gemer sobre os gonzos. — Como, ainda não estás deitado?

— Não. Pensava que estivessem dormindo há muito tempo, mas acabo de ouvir os senhores conversando. Então, como tivesse necessidade de uma foice — acrescentou, pondo cuidadosamente os pés nus um sobre o outro.

— Onde vais dormir?

— Guardamos os nossos cavalos nas pastagens.

— Ah, linda noite! — gritou Veslovski, percebendo na moldura da porta um leve clarão do crepúsculo, um ângulo da casa e a carruagem desatrelada. — Mas de onde vêm estas vozes femininas? Realmente elas não cantam mal.

— São as raparigas aí ao lado.

— Vamos dar uma volta... De qualquer modo, não poderemos dormir. Vamos, Oblonski.

— Se fosse possível ir sem se levantar... Está tão bom aqui! — respondeu Oblonski, estirando-se.

— Então, eu irei sozinho — disse Veslovski, que se levantou e se vestiu apressadamente. — Até logo, senhores. Se me divertir, chamá-los-ei. Foram muito amáveis na caçada para que sejam esquecidos assim.

— Que admirável rapaz, não é verdade? — disse Oblonski quando Vassia saiu e o patrão fechou a porta atrás dele.

— Sim, sim — respondeu evasivamente Levine, que continuava a seguir o fio do seu pensamento: não chegava a compreender como dois homens sinceros e inteligentes pudessem acusá-lo de sofisma, quando exprimia os seus sentimentos tão claramente quanto possível.

— Sim, meu caro — continuou Oblonski —, é preciso tomar o seu partido e reconhecer que a sociedade atual repousa sobre fundamentos legítimos, e então defender os seus direitos. Mas, quando se aproveita de privilégios injustos, o melhor é fazer como eu: aproveitá-los com prazer.

— Não, se tu sentisses a iniquidade desses privilégios, não brincarias com isso. Eu, pelo menos, não o poderia. Necessito de sentir-me em paz com a minha consciência.

— Realmente, por que não iríamos dar uma volta? — disse Stepane Arcadievitch, que começava a se aborrecer com a conversa. — Vamos, já que também nós não dormiremos.

Levine não respondeu, refletia. Desse modo, pois, os seus atos se contradiziam com o sentimento que tinha da justiça. "É possível", pensava, "que só se possa ser justo de uma maneira negativa?"

— Decididamente, o odor de feno não me deixa dormir — disse Oblonski, levantando-se. — Vassia parece que não se aborreceu. Ouves estas explosões de risos? Vamos, creia-me.

— Não, eu fico.

— É também por princípio? — perguntou, rindo-se disfarçadamente Stepane Arcadievitch, que procurava o seu gorro às apalpadelas.

— Não, mas que iria fazer lá fora?

— Sabes — disse Oblonski — que te encontras num caminho arriscado?

— Por quê?

— Porque tomas um mau costume com a tua mulher. Observei a importância que empregaste para obter a sua autorização a fim de te ausentares durante quarenta e oito horas. Isso pode ser encantador a título de idílio, mas não durará toda a vida. O homem deve manter a sua independência, ele tem os seus interesses — concluiu Oblonski, abrindo a porta.

— Quais? Os de correr atrás das moças da granja?...

— Por que não, se isso nos diverte? *Cela ne tire pas à conséquence.*[20] Minha mulher não acha nada de mal nisso. Respeitemos somente o domicílio conjugal, mas, para o resto, não nos deixemos amarrar as mãos.

— Talvez — respondeu secamente Levine, voltando-se. — Amanhã eu sairei com a madrugada e não acordarei ninguém, previno-te.

Veslovski acorreu.

— *Messieurs, venez vite!*[21] — gritou ele. — *Charmante!*[22] Fui eu que fiz a descoberta. Uma verdadeira Gretchen, já somos bons

---

20 Em francês, "Isso não tem importância." (N.E.)
21 Em francês, "Cavalheiros, venham depressa!" (N.E.)
22 Em francês, "Encantadora". (N.E.)

amigos. Asseguro que ela é deliciosa — acrescentou, num tom que dava a entender que aquela criança tinha sido criada e posta no mundo para que ele a achasse ao seu gosto.

Levine dava a impressão de dormir, enquanto Oblonski calçava os chinelos e acendia um cigarro. Levine deixou os dois amigos se afastarem mas, durante muito tempo, não pôde conciliar o sono. Prestava atenção aos ruídos em torno: os cavalos mastigando o feno; o camponês, que saiu com o filho mais velho para prender os animais na pastagem; o soldado que se deitou do outro lado do palheiro com o seu pequeno sobrinho; como a criança lhe perguntasse por que queriam aqueles cães, ele respondeu que no dia seguinte os caçadores iriam ao pântano fazer "paf! paf!" com os seus fuzis — depois, cansado com as perguntas do rapazinho, obrigou-o a se calar com ameaças: "Dorme, Vassia, dorme ou então acautele-se!" Imediatamente, o seu ronco perturbou o silêncio e, por intervalos, soou o relincho dos cavalos e o grito das galinholas.

"Então", repetia sempre Levine, "só podemos ser justos de uma maneira negativa? Afinal, nada posso fazer, a culpa não é minha." E pôs-se a pensar no dia seguinte. "Eu me levantarei com o dia e saberei conservar o meu sangue-frio, o pântano estará cheio de galinholas. Voltando, encontrarei um bilhete de Kitty... Stiva poderá ter razão, sou bastante fraco para com ela... Mas que fazer? Eis novamente o 'negativo'."

Através do sono, ele percebeu o riso e as pilhérias dos seus companheiros que voltavam e, abrindo os olhos um instante, viu-os iluminados pela lua na porta entreaberta. Oblonski comparava uma jovem rapariga a uma avelã descascada, enquanto Veslovski, com o seu riso contagioso, repetia uma frase que ouvira de um camponês: "Procura antes ver, que tomar uma ao teu gosto!"

— Amanhã, antes da madrugada, senhores! — resmungou Levine, e adormeceu novamente.

12

Levine, dentro da madrugada, tentou acordar os companheiros. Deitado sobre o ventre e só deixando ver a meia que modelava a sua perna, Veslovski não deu nenhum sinal de vida. Oblonski resmoneou algumas palavras de recusa. A própria Mignonne, encolhida em roda na beira do feno, estirou preguiçosamente uma após outra as suas patas traseiras, antes de resolver a seguir o seu dono. Levine calçou-se, apanhou o fuzil e saiu, tendo o cuidado de não deixar a porta ranger. Os cocheiros dormiam perto das carruagens, os cavalos cochilavam, salvo um que mastigava a sua aveia metendo o focinho na gamela. O dia clareava.

— Que te obrigou a levantar tão cedo? — perguntou a dona da casa, uma mulher já idosa que saiu da casa e lhe falou num tom íntimo, como se fosse uma antiga conhecida.

— Vou à caça. Por onde deverei passar para alcançar o pântano?

— Toma à direita atrás dos nossos celeiros e depois atravessa um terreno plantado de cânhamo. Existe aí uma vereda.

Andando com precaução, porque tinha os pés descalços, a velha o acompanhou até a vereda, onde abriu a porteira.

— Indo por aqui encontrarás o pântano. Os nossos rapazes levaram os animais para lá ontem à noite.

Mignonne ganhou a frente, farejando, e Levine seguiu-a alegremente, examinando o céu com um olhar inquieto, pois desejava atingir o pântano antes que o sol se levantasse. A lua, que brilhava ainda quando ele deixara o palheiro, adquiria agora cores de prata. A estrela da manhã, que há pouco se impunha à vista, empalidecia cada vez mais. Inúmeros pontos, no princípio ainda vagos no horizonte, projetavam contornos mais distintos: eram as pilhas de trigo. O cânhamo, já alto, exalava um acre perfume e de onde haviam sido arrancadas as hastes vigorosas, o orvalho ainda invisível molhava as pernas de Levine e a sua blusa. No silêncio profundo da manhã, os menores ruídos se percebiam nitidamente e uma abelha que voou perto do ouvido de Levine pareceu-lhe assobiar como uma bala.

Percebeu ainda mais duas ou três que, transpondo a colmeia, voavam acima dos cânhamos em direção do pântano. Pressentia-se o pântano nos vapores que se exalavam, toalha alva onde os ramos de salgueiros de caniços formavam ilhotas de um verde sombrio. Na margem da vereda, homens e crianças envolvidos nos seus capotes dormiam um sono profundo depois de ter velado toda a noite. Perto deles, pastavam três cavalos peados e um fazia ressoar suas cadeias. Agora, Mignonne andava ao pé do dono farejando em torno com o olhar, e implorando que a deixasse correr. Quando, depois de passar os homens que dormiam, Levine sentiu o terreno ceder sob os seus pés, prestou finalmente atenção aos seus pedidos e deixou ir a cachorra. Vendo-a, um dos cavalos, um lindo potro escuro de três anos, ergueu a cauda e soltou um bufido, espantado. Os outros também sentiram medo e saíram da água arrastando com dificuldade os cascos no lodo onde chafurdavam surdamente.

Mignonne deteve-se. Teve para os cavalos um olhar de zombaria e para Levine um olhar interrogador. Levine acariciou-a e autorizou-a, com um assobio, a começar as suas pesquisas. Ela partiu imediatamente, farejando no solo viscoso cheiros conhecidos — os das raízes, das plantas, da ferrugem — ou então desconhecidos —os dos excrementos dos cavalos —, mas o odor da caça era o que mais a perturbava. Aquele cheiro impregnava os musgos e os caniços mas não se podia determinar a sua direção. Para encontrar a pista, era preciso farejar o vento. Não mais sentindo os movimentos das patas, andando às carreiras para poder estacar bruscamente em caso de necessidade, ela se afastou para a direita, fugindo à brisa que soprava do oriente. Quando sentiu o vento, aspirou o ar a plenos pulmões e mudou imediatamente a carreira, compreendendo que tinha, não mais uma pista, mas a própria caça e em grande abundância. Mas, exatamente, onde? Traçava a sua armadilha, quando a voz de Levine a reteve, chamando-a do outro lado:

— Mignonne, aqui!

Deteve-se, indecisa, como para o fazer entender que melhor seria deixá-la agir livremente, mas Levine repetiu a ordem com voz contrariada, indicando-lhe um montezinho onde ele nada podia ver. Para lhe ser agradável, ela subiu o montezinho simulando que o pesquisava, mas retornou logo ao sítio que a atraía. Segura do que fazia, agora que o dono não mais a aborrecia, sem olhar os pés que chocavam irritadamente contra os torrões, lançou-se na água e, erguendo-se imediatamente sobre as patas vigorosas e desembaraçadas, pôs-se a traçar um círculo que devia lhe trazer a explicação do enigma. O odor se fazia cada vez mais forte, cada vez mais preciso — subitamente, ela compreendeu que havia "uma" ali, a cinco passos, e pôs-se em guarda, imóvel como uma estátua. As suas patas a impediam de ver, mas o seu faro não a enganava. A sua cauda não tremia, tinha a boca entreaberta e as orelhas suspensas. Respirava debilmente, com precaução, e voltava os olhos mais que a cabeça para Levine, que andava tão rapidamente quanto o solo lhe permitia. Mignonne, no entanto, maldizia a lentidão daquele andar.

Vendo Mignonne comprimir-se contra o solo, a boca entreaberta e as patas traseiras raspando a terra, Levine compreendeu que ela descobrira as galinholas e parou, suplicando a Deus que não lhe fizesse perder o primeiro tiro. Perto da cachorra, ele descobriu a ave que ela só pudera sentir pelo faro. Era bem uma galinha, enorme, entre dois torrões: ela fez menção de abrir as asas, dobrou-as novamente e, remexendo-se, aconchegou-se a um canto.

— Vamos! — gritou Levine, excitando a cachorra com o pé.

"Eu não posso mexer-me", parecia dizer Mignonne, "eu a sinto, mas não a vejo e, se me mexer, ignoro como deverei fazer."

Mas Levine empurrou-a com o joelho, repetindo completamente emocionado:

— Vamos, Mignonne, vamos!

"Se ele o quer, devo obedecê-lo, mas não respondo por mim mesma", parecia pensar a cachorra, lançando-se entre os dois torrões, não farejando mais e não sabendo mais o que fazia. A dez passos do lugar onde estivera, uma ave ergueu-se com o grasnido e o barulho sonoro e característico das asas. Levine atirou, a ave tombou, batendo o seu peito alvo na terra úmida. Ergueu-se uma outra atrás de Levine.

Quando ele se voltou, ela já estava longe, mas o tiro a atingiu: após voar no espaço uns vinte passos, degringolou e veio cair num lugar seco.

"Isso vai bem", pensou Levine, pondo na bolsa as duas aves gordas e ainda quentes. "Não é mesmo, Mignonne, que isso vai bem?" Quando Levine, depois de carregar o fuzil novamente, retomou o caminho, o sol, que ainda há pouco se escondia entre as nuvens, já se levantara, e a lua parecia um ponto branco no espaço. Haviam desaparecido todas as estrelas. As poças, ainda há pouco prateadas, refletiam agora o ouro e o cinzento. A cor azul da relva se transfigurava em verde-amarelado. Os pássaros do pântano agitavam-se nas moitas brilhantes que projetavam as suas sombras ao longo dos regatos. Um gavião, empoleirado numa pedra, despertava, a cabeça oscilando da direita para a esquerda, lançando em torno olhares descontentes, enquanto as gralhas levantavam voo em direção dos campos. Um dos meninos, descalço, conduzia os cavalos para o velho aldeão que se esfregava, depois de haver tirado o paletó. A fumaça do fuzil embranquecia a erva verde, como leite derramado.

— Há também patos por aqui, senhor. Ontem eu vi um — gritou a Levine um dos meninos, pondo-se a segui-lo a distância e respeitosamente.

Levine sentiu um prazer particular em matar, uma após outra, três galinholas em frente daquela criança, cuja alegria explodiu estrondosamente.

13

Não fora inútil a superstição do primeiro tiro: Levine retornou entre nove e dez horas, cansado, faminto, mas satisfeito, depois de ter percorrido uma trintena de verstas, matado dezenove galinholas e um pato que, não tendo lugar na bolsa, amarrou na cintura. Os seus companheiros, que haviam se levantado há muito tempo, quase morreram de fome esperando-o para o almoço.

— Concordem, concordem, eu sei que existem dezenove — dizia ele contando pela segunda vez a caça tão brilhante na hora do voo, e agora encarquilhada, os bicos pendidos, as penas cobertas de sangue coagulado.

A conta era exata. O sentimento de inveja, que Stepane Arcadievitch não conseguiu esconder, provocou em Levine um certo prazer. Para cúmulo da felicidade, o mensageiro de Kitty o esperava com um bilhete tranquilizador.

"Passo maravilhosamente", escrevia ela, "e se não me julgas suficientemente protegida, tranquiliza-te sabendo que Maria Vlassievna está aqui (era a parteira, um personagem novo e muito importante na família). Achou-me em perfeita saúde e ficará conosco até a tua volta. Desse modo, se a caça estiver boa, não te apresses."

Graças a esse bilhete e ao feliz resultado da caça, Levine não levou em conta dois incidentes menos agradáveis. Em primeiro lugar, o cavalo, estafado da véspera, recusava a alimentação e parecia estropiado.

— Andamos muito depressa ontem, Constantin Dmitritch, eu te asseguro. Imagina, dez verstas para um animal semelhante!

A segunda contrariedade, que o fez rir depois de tudo resolvido, foi a de não achar mais nada das provisões dadas por Kitty na hora da partida, com mão mais do que generosa: havia provisões para oito dias! Em particular, Levine contava com certas empadinhas de que julgava sentir o cheiro no caminho de volta. A sua primeira palavra foi para ordenar a Filipe que o servisse, mas não restava uma só, e todos os frangos tinham igualmente desaparecido.

— Culpe este apetite! — disse Stepane Arcadievitch, rindo-se, e mostrando Vassia. — Da minha parte, não posso lastimar, mas isso é verdadeiramente fenomenal.

— Tudo é possível na natureza! — respondeu Levine, olhando Vassia sem amenidade. — Bem, Filipe, sirva-me a carne assada.

— Não há mais, senhor. E jogaram os ossos aos cães.

— Pelo menos, deviam me deixar alguma coisa! — gritou Levine, quase chorando de despeito. — Bem, se não há mais nada, prepare as galinholas, enchendo-as de urtigas — prosseguiu, a voz trêmula, evitando fitar Veslovski. — E trata de me arranjar, pelo menos, um copo de leite.

Com a fome satisfeita, ficou confuso por haver demonstrado em frente de um estranho o seu descontentamento e foi o primeiro a rir da sua própria cólera.

Na mesma tarde, após uma última caçada em que o próprio Vassia se distinguiu, os três companheiros retomaram o caminho do acampamento, onde passaram a noite. A volta foi tão alegre como a ida. Veslovski cantou muitas romanzas e evocou com um prazer todo particular a lembrança das suas aventuras: a parada junto aos camponeses que o brindaram com aguardente, o passeio noturno com a moça e a reflexão divertida que lhe fizera um campônio compreendendo que ele não era casado: "Não deseje as esposas de outros homens, mas, acima de tudo, esforce-se para ter a sua própria!" — frase que não podia lembrar sem se rir.

— Estou satisfeitíssimo com a nossa excursão — declarou ele. — E tu, Levine?

— Eu também — respondeu francamente Levine, bastante feliz em não sentir a menor animosidade pelo rapaz.

14

No dia seguinte, às dez horas da manhã, depois de dar o seu passeio, Levine bateu na porta de Veslovski.

— *Entrez!* — gritou Vassia. — Desculpa-me, eu termino *mes ablutions* — disse ele, confuso com a sua negligência.

— Não te aborreças. Dormiste bem? — perguntou Levine, sentando-se perto da janela.

— Como um morto. O tempo hoje está bom para a caça!

— Que tomas pela manhã, café ou chá?

— Nem um e nem outro, almoço à inglesa... Sinto vergonha do meu apetite... As senhoras já se levantaram? E se déssemos uma pequena volta? Tu me mostrarias os teus cavalos.

Depois de um passeio pelo jardim, uma parada nas cavalariças e alguns exercícios de barra, os dois novos amigos foram para a sala de jantar.

— Fizemos uma caçada bem divertida, e eu guardo um mundo de recordações — disse Veslovski, aproximando-se de Kitty sentada perto de um serviço de chá. — Que pena que as senhoras sejam privadas desse prazer!

"É bom que ele diga uma palavra à dona da casa", pensou Levine para se tranquilizar, já se impacientando com o sorriso e o ar conquistador do rapaz.

Na outra extremidade da mesa, a princesa demonstrava a Maria Vlassievna e a Stepane Arcadievitch a necessidade de sua filha permanecer em Moscou na época do parto, e chamou o genro para lhe falar daquela grave questão. Nada melindrava mais a Levine do que aquela banal expectativa de um acontecimento tão sublime como o nascimento de um filho — porque aquele seria um filho. Não admitia que essa incrível felicidade, por ele envolvida em tantos mistérios, fosse discutida como um fato ordinário. As conversas permanentes sobre a melhor maneira de enfaixar os recém-nascidos o contrariavam. Todos aqueles cueiros, particularmente caros a Dolly e confeccionados com modos misteriosos, o horrorizavam. E ele voltava os olhos e fechava os ouvidos como antigamente, quando dos preparativos para o seu casamento.

Incapaz de compreender os sentimentos que orientavam o seu genro, a princesa tachava de leviandade aquela aparente indiferença. Também, não o deixava em sossego. Acabava de encarregar Stepane Arcadievitch de procurar uma casa e esperava que Levine desse a sua opinião.

— Faça o que achar melhor, princesa. Eu não entendo de nada.

— Mas é preciso marcar a data da tua volta.

— Ignoro quando seja. O que sei é que milhões de crianças nascem fora de Moscou e sem auxílio de nenhum médico.

— Neste caso...

— Kitty fará o que quiser.

— Kitty não deve entrar nestes pormenores que poderiam assustá-la. Lembra-te que Natália Golitsyne morreu de parto na primavera, por falta de um bom parteiro.

— Farei o que a senhora quiser — repetiu Levine lugubremente, deixando de ouvir a sogra: a sua atenção estava longe.

"Isto não pode continuar assim", pensava ele, lançando olhares sombrios a Vassia inclinado sobre Kitty, que se achava perturbada e ruborizada. A atitude e o sorriso do rapaz pareceram-lhe inconvenientes e, como na antevéspera, caiu subitamente das alturas do êxtase ao abismo do desespero. O mundo tornou-se-lhe novamente insuportável.

— Faça como desejar, princesa — disse uma vez mais, multiplicando os olhares.

— Nem tudo são rosas na vida conjugal — disse-lhe, brincando, Stepane Arcadievitch, a quem não escapava a verdadeira causa daquele mau humor. — Como tu desces tarde, Dolly!

— Macha dormiu mal e me importunou toda a manhã com os seus caprichos.

Todos apresentaram as suas homenagens a Daria Alexandrovna. Veslovski, dando prova deste cinismo que caracteriza os rapazes de hoje, levantou-se com dificuldade, dirigiu-lhe uma breve saudação e, rindo-se, retomou a conversa que entabulara com Kitty sobre Ana e a livre união. Aquele assunto e o tom adotado por Veslovski desagradavam tanto mais à mulher quanto ela não ignorava o quanto seu marido estaria magoado. Contudo, ela era muito ingênua e inexperiente para saber concluir a palestra e dissimular o aborrecimento misturado de prazer que lhe causava a conversa de Veslovski. De resto, sabia que Kostia interpretaria mal cada um dos seus gestos, e cada uma das suas palavras. Realmente, quando ela perguntou à irmã detalhes sobre o procedimento de Macha, aquela pergunta pareceu a Levine uma odiosa hipocrisia. Vassia, por sua vez, pôs-se a examinar Dolly com indiferença, parecendo esperar impacientemente o fim daquele aborrecido intervalo.

— Iremos à caça dos cogumelos? — indagou Dolly.

— Certamente, e eu vos acompanharei — respondeu Kitty.

Por delicadeza, desejou perguntar a Vassia se ele queria lhe fazer companhia, mas não ousou.

— Aonde vais, Kostia? — perguntou, vendo o marido sair com passo resoluto.

O tom abatido com que ela pronunciou a frase confirmou as suspeitas de Levine.

— Chegou um mecânico alemão durante a minha ausência. É preciso que eu o veja — respondeu ele sem a olhar.

Mal chegara ao gabinete, ouviu os passos familiares de Kitty descendo a escada com uma imprudente vivacidade.

— Que queres? Estamos ocupados — falou ele secamente.

— Desculpa-me — disse ela dirigindo-se ao alemão. — Quero dizer uma palavra ao meu marido.

O mecânico quis sair, mas Levine o deteve.

— Não se incomode.

— Não queria perder o trem das três horas — observou o homem.

Sem lhe responder, Levine saiu com a sua mulher para o corredor.

— Que desejas? — perguntou ele em francês, sem querer observar o rosto da sua companheira contraído pela emoção.

— Eu... eu queria te dizer que esta vida é um suplício — murmurou ela.

— Há muita gente na copa, não faças cena — replicou ele com cólera.

— Então, venhas por aqui.

Ela o quis levar a um aposento vizinho, mas, como Tânia tomasse uma lição de inglês, levou-o ao jardim.

Um jardineiro, com o ancinho, raspava as folhas da área. Inquieto com o efeito que poderia produzir naquele homem os seus rostos transtornados, eles avançavam a passos rápidos como pessoas que desejassem — uma vez por todas e através de uma franca explicação — afastar o peso dos seus tormentos.

— É um martírio uma existência semelhante! Por que sofremos assim? — disse ela, quando alcançaram um banco solitário no canto da aleia de tílias.

— Confessa que a tua atitude tinha alguma coisa de injuriosa e inconveniente — gritou Levine apertando sobre o peito as duas mãos.

— Sim — respondeu ela com a voz trêmula —, mas não vês, Kostia, que não tenho culpa? Imediatamente, eu procurei pô-lo no seu lugar, mas esta espécie de gente… Meu Deus, por que é que ele veio aqui? Nós éramos tão felizes!

Soluços cortaram a sua voz e sacudiram-na completamente.

Quando o jardineiro os viu voltar, pouco depois, com os rostos calmos e alegres, não chegou a compreender por que eles tinham fugido de casa e menos ainda que feliz acontecimento lhes sobreviera naquele banco isolado.

15

Depois de haver levado Kitty ao seu quarto, Levine foi ao quarto de Dolly e encontrou-a bastante excitada, caminhando de um para outro lado e ralhando com a pequena Macha que, de pé a um canto, chorava copiosamente.

— Ficarás aí todo o dia sem ver uma só boneca, jantarás sozinha e não ganharás nenhum vestido novo… — dizia ela. — Esta criança é insuportável — prosseguiu, vendo o cunhado. — De onde lhe vêm estes maus instintos?

— Que fez ela? — perguntou Levine indiferentemente. Querendo consultar Dolly, lamentava-se por ter chegado num momento tão inoportuno.

— Foi colher framboesas com Gricha e... Não, sinto até vergonha de dizer... Como detesto miss Elliot, essa governanta é uma autêntica máquina, não se preocupa com coisa alguma! *Figurez-vous que la petite...*[23]

E contou o malfeito de Macha.

— Não vejo nada de grave, foi uma simples brincadeira de crianças — disse Levine para a tranquilizar.

— Mas que tens? Pareces comovido... Que queres me dizer? Que fizeste lá embaixo?

Pelo tom de Dolly, Levine compreendeu que poderia falar de coração aberto.

— Não sei de nada... Estive no jardim com Kitty... É a segunda vez que discutimos depois da chegada de... Stiva.

Dolly fitou-o com olhos penetrantes.

— Com a mão na consciência, tu não observaste... não em Kitty, mas nesse rapaz... um tom desagradável e intolerável para um marido?

— Que te direi?... Queres continuar aí no teu canto — gritou ela a Macha, que, de longe, julgava ver um sorriso nos lábios da mãe. — Segundo as ideias herdadas da sociedade, ele procede como todos os rapazes. *Il fait la cour à une jeune et jolie femme*[24] e um marido, homem de sociedade, estaria lisonjeado.

— Sim, sim — disse Levine lugubremente. — Mas, afinal, tu observaste também...

---

23 Em francês, "Imagine você que a pequena..." (N.E.)
24 Em francês, "Ele está cortejando uma mulher jovem e bonita." (N.E.)

— Não somente eu, mas até mesmo Stiva me disse depois do chá: *"Je crois que Veslouski fait un petit brin de cour à Kitty."*[25]

— Então estou tranquilo. Vou expulsá-lo.

— Ficaste louco? — gritou Dolly, assustada. — Podes ir procurar Fany — disse ela a Macha. — Vejamos, Kostia, em que pensas? Se queres, eu falarei com Stiva. Ele o levará, semelhante convidado não nos convém.

— Não, não, deixa-me fazer tudo.

— Tu não vais brigar com ele?

— Não, não, isso muito me divertirá — disse Levine, tranquilo e com os olhos brilhantes. — Vamos, Dolly, perdoa-a, ela não mais recomeçará — acrescentou, mostrando a pequena criminosa que, em vez de ir procurar Fany, ficou de pé em frente da mãe, examinando-a nos olhos. Vendo-a tranquilizada, Macha estancou os soluços e escondeu o rosto na saia de Dolly, que pôs sobre a sua cabeça, ternamente, a mão macia.

"Que há de comum entre esse rapaz e nós?", perguntava-se Levine. E pôs-se à procura de Veslovski. Passando pelo vestíbulo, deu ordem para que atrelassem a carruagem.

— Quebrou-se ontem uma mola — respondeu o empregado.

— Onde está o nosso convidado?

— No seu quarto.

Vassia tinha desfeito a sua mala, arrumado os objetos, separado as romanzas. A perna estendida numa cadeira, punha as polainas para montar a cavalo, quando Levine entrou. O seu rosto tinha uma expressão particular ou talvez Veslovski já tivesse compreendido que o seu *petit brin de cour* não se harmonizava com aquela família. Sentiu-se logo tão mal como só o sentiria um rapaz de sociedade.

— Montas a cavalo com polainas?

— Sim, é muito melhor — respondeu Veslovski com um sorriso franco, acabando de afivelar a polaina.

---

25 Em francês, "Acho que Veslouski está cortejando Kitty um pouco." (N.E.)

No fundo, era um rapaz tão bom que Levine sentiu certa vergonha, verificando um sintoma de confusão no seu olhar. Não sabendo por onde começar, apanhou sobre a mesa uma chibata que eles tinham quebrado ao amanhecer, quando tentavam suspender as barras escorregadias pela umidade, e pôs-se a despedaçar a ponta quebrada.

— Eu queria... — deteve-se, indeciso, mas lembrando-se da cena com Kitty, continuou, fitando-o nos olhos — ... eu queria te dizer que mandei atrelar os cavalos.

— Por quê? Aonde iremos nós? — perguntou Veslovski, estupefato.

— Para te levar à estação — disse Levine lugubremente.

— Partirás? Aconteceu alguma coisa?

— Aconteceu que eu espero inúmeras pessoas — respondeu Levine, batendo a chibata com um gesto cada vez mais nervoso. — Ou melhor, não, eu não espero ninguém, mas peço-te que partas. Podes interpretar a minha indelicadeza como quiseres.

Vassia endireitou-se com dignidade: afinal, compreendera.

— Queira explicar-se! — fez ele.

— Nada tenho a explicar ao senhor e agiria melhor não me fazendo perguntas — respondeu lentamente Levine, esforçando-se por ocultar o tremor convulsivo que agitava a sua fisionomia.

E, como já tivesse destruído a ponta da chibata, tomou-a pelo meio, partiu-a em duas e reteve cuidadosamente a parte que caía.

Os olhos brilhantes de Levine, a sua voz sombria, as faces trêmulas e principalmente a tensão dos músculos, cujo vigor Veslovski experimentara naquela manhã quando faziam exercícios nas barras, convenceram-no melhor do que as palavras. Sacudiu os ombros, sorriu orgulhosamente, cumprimentou e disse:

— Poderei ver Oblonski?

Nem o sorriso e nem o balançar dos ombros melindraram Levine. "Que lhe resta fazer?", pensou. E muito alto:

— Ele virá encontrar o senhor aqui.

— Mas isso foge ao bom senso, *c'est du dernier ridicule*[26] — gritou Stepane Arcadievitch quando se reuniu a Levine, no jardim, depois de saber por Veslovski do que acontecera. — Que mosca te picou? Só porque um rapaz...

O lugar picado se achava ainda tão sensível que Levine, empalidecendo, não deixou que o seu cunhado acabasse.

— Não percas tempo em desculpá-lo. Estou desolado, não só por tua causa como também por causa dele, mas ele se consolará facilmente enquanto que, para minha mulher e para mim, a sua presença se tornou intolerável.

— Mas tu lanças sobre ele uma ofensa gratuita! *Et puis c'est ridicule.*[27]

— Também eu me sinto ofendido e, o que é pior, sofro, sem ter provocado nada.

— Nunca te acreditei capaz de semelhante coisa. *On peut être jaloux, mais à ce point c'est du dernier ridicule!*[28]

Levine voltou-lhe as costas e continuou a andar de um para outro lado, na aleia, à espera da partida. Logo depois, ouviu um barulho de rodas e, através das árvores, percebeu Veslovski que passava, a cabeleira oculta no gorro, sentado e sacudindo-se aos menores solavancos.

"Que tem ele ainda?", perguntou-se Levine, quando viu o criado sair correndo de casa e deter a carruagem: era para embarcar o mecânico, que fora esquecido, e que sentou-se ao lado de Veslovski, depois de o ter cumprimentado e trocado com ele algumas palavras. Imediatamente, ambos desapareceram.

Stepane Arcadievitch e a princesa exageravam a conduta de Levine. Ele próprio sentiu-se culpado e ridículo em alto grau mas, pensando no que Kitty e ele tinham sofrido, confessou que se fosse necessário recomeçar, recomeçaria de modo perfeitamente idêntico.

---

26 Em francês, "é o cúmulo do ridículo." (N.E.)

27 Em francês, "E, além do mais, é ridículo." (N.E.)

28 Em francês, "Pode-se ter ciúmes, mas a tal ponto é o cúmulo do ridículo!" (N.E.)

No entanto, nesta mesma noite, com exceção da princesa, todos reencontraram a animação e a alegria; dir-se-iam crianças depois de um castigo ou donos de casa depois de uma penosa recepção oficial. Todos se sentiram aliviados e, quando a princesa se retirou, falou-se da expulsão de Vassia como de um acontecimento distante. Dolly, que herdara do pai o dom da pilhéria, fez rir Varia até as lágrimas contando-lhe três ou quatro vezes, e sempre com novas ampliações, as suas impressões do caso. Ela dizia haver reservado em honra do hóspede um laço de fitas novas. Chegando o momento de recepção, ela entrava no salão, quando o barulho de uma carruagem chamou-a à janela. Que espetáculo presenciara então? Vassia em pessoa, com o seu gorro escocês, suas romanzas e suas polainas, sentado ignominiosamente sobre o feno!

— Se pelo menos houvessem atrelado uma carruagem! Mas, não!... De repente, eu o ouvi gritar: "Alto!"... Vamos, disse a mim mesma, tiveram piedade dele... Não, enganava-me, era um alemão que se reunia ao infeliz!... Decididamente, perdi o efeito do meu laço!

16

Receando ser desagradável aos Levine, que não desejavam — o que ela compreendia muito bem — a sua aproximação com Vronski, Daria Alexandrovna queria ver Ana para provar-lhe que a sua afeição não havia se modificado. A fim de salvaguardar a sua independência, quis alugar cavalos na via. Logo que Levine soube disso, veio censurá-la.

— Por que imaginas que me aborreces indo à casa de Vronski? Além do mais, ficaria mais aflito ainda se utilizasses outros cavalos que não os meus.

Daria Alexandrovna acabou por se convencer e, no dia marcado, Levine mandou atrelar quatro cavalos e colocou outros tantos na estação de muda, animais de carga mais do que de trela, mas capazes no entanto de fazerem o imenso trajeto num só dia.

Esta parelha de cavalos foi difícil de ser constituída, os outros estavam detidos para a viagem da princesa e da parteira. Tudo isso causou a Levine certos aborrecimentos mas, cumprindo assim um dever de hospitalidade, poupou à cunhada uma despesa de vinte rublos.

Obedecendo ao conselho de Levine, Daria Alexandrovna pôs-se a caminho de madrugada. A estrada era boa, a carruagem cômoda, os cavalos corriam bastante, e na boleia ao lado do cocheiro, em vez de um criado, sentava-se um escriturário que Levine enviara por segurança. Embalada pelo movimento regular do veículo, Dolly adormeceu e só despertou na estação de muda. Aí ela tomou chá em casa de um rico camponês — o mesmo que hospedara Levine quando da sua viagem para casa de Sviajski. Enquanto o homem lhe fazia um grande elogio do conde Vronski, ela manteve uma conversa que versou principalmente sobre o problema dos filhos. Às dez horas pôs-se novamente a caminho. Os seus deveres maternos, ordinariamente, absorviam-na bastante para que tivesse oportunidade de refletir: também nesta corrida de quatro horas uma rara ocasião se apresentava para meditar sobre a sua vida e examiná-la em todos os seus aspectos. Pensou primeiramente nos filhos, confiados aos cuidados da princesa e de Kitty (era com esta que ela contava principalmente). "Permita Deus que Macha não faça cena, que Gricha não receba coice dos cavalos e que Lili não tenha indigestão!", dizia infinitamente. Essas pequenas preocupações do momento foram substituídas por preocupações mais importantes: era preciso, quando voltasse a Moscou, mudar de casa, reformar os móveis do salão, comprar uma capa para a sua filha mais velha. Depois de vinte e uma questões ainda mais graves, se bem que de possibilidades menos próximas, teve a seguinte pergunta: poderia continuar convenientemente a educação das crianças? "As meninas me inquietam pouco", pensava, "mas os meninos? Impossível contar com Stiva. Se me ocupei com Gricha este verão, foi porque a minha saúde o permitiu. Mas se vier uma nova gravidez?" E ela pensou que o marido era injusto em considerar as dores do parto como o sinal da maldição que pesa sobre as mulheres. "É tão pouca coisa, comparada às misérias da gravidez!" E lembrou-se da última prova daquele gênero e da perda do seu filho. Essa recordação reavivou na sua memória a resposta que lhe dera a jovem camponesa: "A senhora teve filhos?" "Tive uma menina, mas o bom Deus me livrou dela durante a Quaresma." "Sentiste pena?" "Por Deus, não, é um aborrecimento a menos; não faltam os netos, e que fazer com uma criancinha nos braços?" Essa resposta parecia odiosa, mas os traços do rosto daquela mulher não exprimiam nenhuma maldade, e Dolly via agora que ela, nas suas palavras, possuía uma parte de verdade.

"Em resumo", pensava, lembrando-se dos seus quinze anos de casada, "a minha mocidade passou cheia de contrariedade, a sentir-me estúpida, desgostosa de tudo, parecendo-me odiosa, porque se a nossa Kitty, tão linda, está agora feia, como não devia eu em cada gravidez ter ficado horrível!... E depois os partos, os terríveis partos, as misérias da amamentação, as noites de insônia, sempre sofrimentos, sofrimentos atrozes!..."

Dolly tremia com a recordação das fendas nos seios que sofria em cada período de gravidez.

"E as doenças das crianças, esse contínuo pavor, os aborrecimentos da educação, as péssimas inclinações a combater (ela reviu o malfeito de Macha no caso das framboesas), o latim e as suas dificuldades... e, pior que tudo, a morte!" O seu coração de mãe ainda soluçava a perda do último, morto pelo crupe. Lembrou-se da sua dor solitária em frente daquela fronte alva aureolada de cabelos frisados, daquela boquinha entreaberta, do momento em que fechavam o caixão róseo com uma cruz dourada por cima.

"E para que tudo isso? Para que, ora grávida, ora amamentando, sempre extenuada e carinhosa, detestada pelo marido, sofrera tantos dias cheios de tormentos? Para deixar uma família infeliz, pobre, mal-educada! Que teria feito este verão se Kostia e Kitty não me convidassem para visitá-los? Mas, por mais afetuosos e delicados que sejam, eles não poderão recomeçar porque, em breve, terão os seus próprios filhos — e já agora, não estarão um pouco aborrecidos? Papai está quase espoliado por nós, ele não poderia me ajudar. Como chegarei a fazer homens os meus filhos? Seria necessário procurar proteções, humilhar-me... Se a morte não os levar, o que tenho a esperar de melhor é que eles não se tornem maus. E quantos sofrimentos para chegar até aqui! Mais do que nunca, a minha vida está estragada."

Decididamente, as palavras da camponesa, em seu ingênuo cinismo, continham alguma verdade.

— Estamos nos aproximando, Miguel? — perguntou ela ao cocheiro, para afastar aqueles penosos pensamentos.

— Depois da vila que estamos vendo, parece-me que ainda faltam sete verstas.

A carruagem atravessou uma pequena ponte onde os ceifeiros, com os fardos nas costas, pararam para observá-la passar, conversando com sinais de evidente alegria. Dolly verificou que todos aqueles rostos possuíam beleza e saúde. "Cada qual vive e goza a vida", dizia intimamente, deixando-se embalar de novo pelo trote dos cavalos, que corriam depois de subirem uma pequena encosta", somente eu pareço com uma prisioneira posta em liberdade provisória. Minha irmã Natália, Varinka, essas mulheres, Ana, todas sabem o que é a vida, mas eu a ignoro... E por que acusam Ana? Sou eu melhor do que ela? Eu, pelo menos, amo o meu marido, não como queria, mas, afinal, eu o amo, enquanto ela detestava o seu. Em que ela é culpada? Quis viver, é uma necessidade que Deus nos pôs no coração. Se eu não amasse o meu marido, talvez houvesse agido como Ana. Ainda me pergunto se fiz bem seguindo os seus conselhos, em vez de me separar de Stiva. Quem sabe? Poderia refazer a minha vida, amar, ser amada? É esse o caminho mais honesto? Suporto-o porque tenho necessidade dele, eis tudo... Naquela época, ainda podia inspirar amor, restava-me alguma beleza..."

Quis tirar da bolsa um espelho de viagem, mas receou ser surpreendida pelos dois homens que estavam no banco. Sem ter necessidade de fitar-se, disse a si mesma que o seu tempo ainda não passara: lembrou-se das atenções particulares de Sérgio Ivanovitch, o devotamento do bom Tourovtsine que por amor a ajudara a cuidar das crianças durante a escarlatina, e até da implicância de Stiva para com um rapaz que a achava mais bela do que as irmãs. Os romances mais apaixonados, os mais inverossímeis, apresentavam-se na sua imaginação. "Ana teve razão, e não serei eu quem lhe atirarei a primeira pedra. Ela é feliz, e faz a felicidade de outrem. Enquanto me sinto embrutecida, ela deve estar linda e brilhante, interessando-se por todas as coisas." Um sorriso leviano entreabriu os lábios de Dolly, acompanhando mentalmente um romance idêntico àquele de Ana, sendo ela heroína e o herói uma criatura anônima e coletiva — imaginou o momento em que confessava tudo ao marido e pôs-se a rir, pensando na estupefação de Stepane Arcadievitch.

Estava totalmente dominada por esses pensamentos, quando a carruagem chegou à encruzilhada do caminho de Vozdvijenskoie.

17

O cocheiro deteve os cavalos e olhou à direita, para um grupo de camponeses sentados no meio de um campo de centeio, perto de uma carruagem desatrelada. Depois de fazer menção de saltar, ele mudou de ideia e chamou os camponeses com um gesto imperioso. A poeira levantada pelo trote subia e colava-se nos animais, encharcados de suor. O som metálico de uma foice cessou de repente. Um dos homens se ergueu e dirigiu-se à carruagem. Os seus pés nus avançavam lentamente no caminho áspero.

— Não poderias te apressar?

O homem apressou o passo. Era um velho. Chegando perto da carruagem, apoiou-se nela com uma das mãos.

— Vozdvijenskoie? A casa do conde? Depois de subir a encosta, toma à esquerda, sairás diretamente na avenida. É ao próprio conde que procuras?

— Eles estão em casa?... — perguntou Daria Alexandrovna, que, não sabendo de que modo perguntar por Ana a um camponês, preferiu fazer aquela pergunta.

— Acho que sim — respondeu o velho, que gingava os pés, deixando na poeira a marca visível. — Acho que sim — repetiu, desejoso de entabular uma conversa. — Ainda ontem chegaram pessoas, e já havia inúmeras... Que dizes? — perguntou a um rapaz que lhe gritava qualquer coisa. — Ah, sim... Tem razão, eu pensava... Passaram há muito tempo, iam todos montados, iam ver a nova máquina. A estas horas, eles devem ter voltado... E tu, de onde vens?

— De longe — respondeu o cocheiro subindo novamente no banco. — Então, gastaremos muito tempo?

— Asseguro-te que é muito perto... É só subir a encosta...

O jovem camponês, um rústico rapaz, aproximou-se.

— Toma à esquerda e sairás diretamente na avenida — continuava o velho que evidentemente gostava de conversar.

O cocheiro tocou os animais. Ainda bem não correra, quando se ouviu gritar:

— Ei, amigo, pare! Hé, hô, espere! — gritavam os dois camponeses.

O cocheiro obedeceu.

— Eles vêm ali a toda pressa! — continuou o velho mostrando quatro cavalheiros e uma carruagem que se aproximava.

Eram Vronski, Ana, Veslovski e um rapazinho a cavalo. A princesa Bárbara e Sviajski ocupavam a carruagem. Voltavam do campo, onde acabavam de experimentar novas máquinas de ceifar.

Vendo a carruagem parada, os cavalheiros diminuíram a marcha. Ana vinha na frente, em companhia de Veslovski. Ela montava com facilidade um pequeno cavalo inglês, de cauda curta e grandes crinas. A sua linda cabeça trazia um chapéu alto de onde saíam mechas de cabelos negros, e os seus ombros, o seu talhe bem-posto de amazona, a sua fisionomia tranquila e graciosa, atraíram imediatamente a atenção um pouco escandalizada de Daria Alexandrovna. Dolly associava à equitação, praticada por uma mulher, uma ideia de *coquetterie* pouco conveniente na situação da sua cunhada. As suas prevenções desapareceram logo, tanto os gestos e a sóbria elegância de Ana denunciavam nobreza e simplicidade.

Vassia Veslovski, as fitas do seu gorro escocês dançando atrás dele, acompanhava Ana num cavalo de regimento, um animal tordilho cheio de fogo: ele parecia muito contente consigo mesmo. Vendo-o, Dolly não pôde reprimir um sorriso. Vronski os seguia num puro-sangue castanho-escuro, que parecia excitado com o galope e que ele retinha puxando as rédeas. O rapazinho, espécie de lacaio, trajando um costume de jóquei, fechava a marcha. A certa distância, uma carruagem puxada por um enorme cavalo negro trazia Sviajski e a princesa.

Quando reconheceu a pessoa que estava no canto da velha carruagem, o rosto de Ana se iluminou. Agitou-se, soltou um grito de alegria e pôs o cavalo a galope. Chegando perto da carruagem, saltou do cavalo sem a ajuda de ninguém e correu para Dolly.

— És tu mesma, Dolly! Eu não ousaria acreditar! Que alegria imensa que me causas — disse ela, apertando a viajante nos braços para cobri-la de beijos e afastando-se depois para examiná-la melhor. — Olha, Aléxis, que felicidade! — acrescentou, voltando-se para o conde que, também ele, já estava com os pés em terra.

Vronski avançou, o chapéu na mão.

— A senhora não poderá calcular como a sua visita nos alegra — articulou ele, salientando cada uma das palavras, enquanto um sorriso descobria os seus belos dentes.

Sem deixar a sua montaria, Vassia Veslovski ergueu alegremente o gorro à maneira de saudação.

Aproximava-se a carruagem em que vinham a princesa e Sviajski.

— É a princesa Bárbara — disse Ana, respondendo a um olhar interrogador de Dolly.

— Ah! — respondeu Dolly, deixando transparecer um certo descontentamento.

A princesa Bárbara, uma tia do seu marido, sempre vivera presa aos parentes ricos e Dolly, que por essa razão não a estimava muito, ficou espantada em vê-la agora instalada em casa de Vronski, que não tinha nenhum parentesco com a velha princesa. Observando essa desaprovação, Ana se perturbou e corou. Dolly cumprimentou a princesa friamente. Sviajski, que ela conhecia, perguntou pelo seu amigo Levine, o excêntrico, e pela sua jovem mulher. E, depois de olhar o antiquado veículo, ofereceu às senhoras a carruagem em que vinha.

— O cavalo é manso e a princesa conduz muito bem. Quanto a mim, irei neste *véhicule*.

— Oh, não! — interrompeu Ana. — Fiquem onde estão. Eu irei com Dolly.

Daria Alexandrovna jamais vira cavalos tão belos, tão belos costumes, mas, o que ainda mais a impressionou, foi a espécie de transfiguração operada em sua querida Ana, e talvez não a compreendesse se não houvesse refletido durante a viagem nas coisas do amor. Ana lhe pareceu projetar esta beleza fugitiva que é própria da mulher que tem a certeza de uma paixão retribuída. O brilho dos seus olhos, o tremor dos lábios, as covinhas que se desenhavam nitidamente nas suas faces e no queixo, o sorriso que iluminava o seu rosto, a graça nervosa dos seus gestos, o calor de sua voz e até o tom amigavelmente brusco com que se dirigia a Veslovski a fim de lhe pedir licença para segurar seu cavalo e ensiná-lo a galopar com o pé direito, tudo, na sua pessoa, respirava uma sedução de que ela tinha consciência e da qual parecia se envaidecer.

Quando ficaram sozinhas, as duas mulheres experimentaram um momento de embaraço. Ana sentia-se mal sob o olhar inquiridor de Dolly que, por sua vez, depois da observação de Sviajski, estava desolada por ter vindo numa tão velha carruagem. Aquela confusão se transmitiu ao cocheiro mas, enquanto ele a dissimulava, Felipe, tornando-se lúgubre, concebeu um sorriso irônico ao cavalo negro atrelado à carruagem de Sviajski: "Um animal como este é talvez bom para passeio, mas não fará nunca quarenta verstas no calor", decidiu intimamente, à guisa de consolação.

Os camponeses deixaram a carruagem para assistir ao encontro.

— Estão satisfeitos por se tornarem a ver — observou o velho.

— Olha o cavalo negro, pai Geramine! É de um animal assim que necessitamos para recolher o nosso trigo.

— É uma mulher de calças? — disse um outro, mostrando Veslovski, que estava num selim de senhora.

— Certamente que não, para isto ele saltou muito bem.

— Vamos rapazes, a que hora fizeram a sesta?

— Já recomeçaremos — respondeu o velho, depois de olhar o sol.

— Já é mais de meio-dia. Tomem das suas foices e ao trabalho!

18

As rugas, escurecidas pela poeira da estrada, marcavam o rosto fatigado de Dolly. Ana quis dizer-lhe que a achava magra, mas a admiração que leu nos olhos da cunhada pela sua beleza a deteve.

— Tu me examinas? — disse ela. — Perguntas como, em minha situação, posso parecer tão feliz? Confesso-te que estou imperdoavelmente feliz. O que se passou comigo tem o seu encanto: como num sonho, quando nos sentimos assustados e de repente acordamos e sabemos que tais pavores não existem. Eu acordei! Eu sofri minhas angústias e medos, mas há muito tempo, especialmente desde que chegamos aqui, tenho sido feliz!

Ana interrogou Dolly com um olhar tímido.

— Sinto-me feliz por ti — respondeu Dolly sorrindo, num tom mais frio do que ela própria desejava. — Mas por que não me escreveste?

— Eu não ousei... Tu esqueces a minha situação...

— Oh, se tu soubesses como...

Ia confessar as suas reflexões da manhã, quando lhe veio a ideia de que o momento era mal escolhido.

— Conversaremos sobre isso mais tarde. Que significa esta reunião de casas, parece uma cidadezinha... — disse, para mudar de conversa, mostrando tetos verdes e vermelhos que dominavam os tapumes de lilases e de acácias.

— Dize-me o que pensas de mim — insistiu Ana, sem acompanhar as palavras da outra.

— Eu penso...

Nesse momento, Vassia Veslovski, que ia aos saltos no selim, passou rapidamente. Resolvera ensinar ao cavalo o galope com o pé direito.

— Já aprendeu, Ana Arcadievna! — gritou ele sem que ela se dignasse conceder-lhe um só olhar.

A carruagem, decididamente, não era o lugar indicado para confidências e Dolly resolveu expressar o seu pensamento em poucas palavras.

— Não penso nada — prosseguiu. — Gosto e sempre gostei de ti. E, quando se gosta assim de uma pessoa, gosta-se dela tal como é e não como gostaríamos que fosse.

Ana voltou os olhos, semicerrando-os (novo tique que Dolly não lhe conhecia), como para melhor refletir no sentido daquelas palavras. Deu-lhes uma interpretação favorável, pondo sobre a cunhada um olhar inundado de lágrimas:

— Se tens pecados na consciência, eles serão remissos em consequência de tua visita e das tuas boas palavras.

Dolly apertou-lhe a mão.

— Não me disseste o que significa esta aglomeração de casas. Quantas existem, grande Deus! — observou, após alguns instantes de silêncio.

— São as dependências: a coudelaria, as estrebarias. Eis a entrada do parque. Aléxis gosta muito desta terra, que fora abandonada e, para minha enorme surpresa, apaixonou-se pela cultura. Demais, uma natureza tão bem-dotada não saberia tocar em nada sem se exceder. Tornou-se um excelente proprietário, econômico, quase avaro... — disse ela, com o sorriso irônico das namoradas que descobrem no companheiro alguma fraqueza secreta. — Estás vendo aquela casa? É um hospital, seu hobby do momento, que vai custar-lhe mais de cem mil rublos. Sabes tu por que ele o fez construir? Porque lhe chamei de avarento a propósito de um prado que recusava entregar a inúmeros camponeses. Eu brincava, ele tinha outras razões, e o hospital veio demonstrar a injustiça das minhas observações. *C'est une petitesse*,[29] se queres, mas eu o amo mais assim... E eis a casa! Ela data do seu avô e, exteriormente, nada mudou.

— É admirável! — gritou Dolly, vendo o edifício colonial que desdobrava a sua fachada sobre um fundo de árvores seculares.

— Não é verdade? E, do alto, a vista é esplêndida.

A carruagem rolava sobre a areia da estrada principal, bordada de um jardim que os jardineiros cercavam com pedras. Pararam num patamar coberto.

— Já chegaram — disse Ana, verificando que conduziam os cavalos selados. — Que lindo animal, não é mesmo? É um *cob*, meu predileto... Onde está o conde? — perguntou a dois criados de *libré* que vieram recebê-la. — Ah, ei-los! — acrescentou, observando Vronski e Vassia que vinham ao seu encontro.

— Onde alojamos a princesa? — perguntou Vronski em francês. E, sem esperar a resposta de Ana, apresentou novamente as suas homenagens a Daria Alexandrovna, beijando-lhe a mão. — No quarto da varanda, que achas?

— Oh, não, é muito longe! No quarto do canto estaremos mais perto uma da outra. Vamos! — disse Ana, depois de haver dado açúcar ao seu cavalo predileto. — *Vous oubliez votre devoir*[30] — acrescentou, dirigindo-se a Veslovski.

---

29 Em francês, "É uma bobagem." (N.E.)
30 Em francês, "Você esqueceu seu dever." (N.E.)

— *Pardon, j'en ai plein les poches*[31] — respondeu Veslovski revistando os bolsos do colete.

— *Mais vous venez trop tard*[32] — respondeu Ana, enquanto limpava a mão que as narinas do cavalo haviam molhado no momento em que comia o açúcar. Depois, voltando-se para Dolly: — Ficarás aqui muito tempo?... Como, um só dia! Não é possível!

— Eu prometi... por causa das crianças — respondeu Dolly, confusa devido à má aparência da sua bolsa de viagem e da poeira que a cobria.

— Não, não, minha querida, é impossível... Afinal, falaremos depois. Subamos ao teu quarto.

O quarto, que lhe foi oferecido com desculpas, porque não era o principal, estava luxuosamente mobiliado, o que fez lembrar a Dolly os melhores hotéis do estrangeiro.

— Como sou feliz em te ver aqui, minha querida amiga — ainda repetiu Ana, sentando-se perto da cunhada. — Fala-me dos teus filhos, Stiva passa ligeiramente sobre este assunto. Como vai Tânia, a minha predileta? Já deve ser uma moça.

— Oh, sim! — respondeu Dolly totalmente surpresa por falar tão friamente dos seus próprios filhos. — Estamos em casa dos Levine e nos sentimos bastante satisfeitos.

— Se tivesse sabido que não me desprezavam, ter-lhes-ia pedido que viessem para aqui. Stiva é um velho amigo de Aléxis — disse Ana, corando.

— Sim, mas estamos bem lá embaixo — respondeu Dolly, confusa.

— A felicidade de ver-te faz-me não raciocinar — disse Ana, abraçando-a ainda uma vez. — Mas promete-me seres franca, nada esconder do que pensas sobre mim. Mostrar-te-ei claramente a minha vida. Não quero que penses que quero provar alguma coisa. Quero

---

31 Em francês, "Perdão, meus bolsos estão cheios disso." (N.E.)
32 Em francês, "Mas o senhor chegou tarde demais." (N.E.)

simplesmente viver... viver sem fazer mal a ninguém senão a mim mesma, o que é permitido. Mas falaremos de tudo isso depois. Vou mudar de vestido e enviar-te a criada.

19

Sozinha, Dolly examinou o quarto como mulher conhecedora do preço das coisas. Jamais vira luxo como aquele que se apresentava aos seus olhos desde o seu encontro com Ana. Sabia, através de leitura de romances ingleses, que semelhante conforto começava a se espalhar pela Europa mas, na Rússia, no campo, aquilo não existia em parte alguma. As pinturas francesas, o tapete que cobria todo o aposento, a cama elástica, o travesseiro, as fronhas de seda, a mesa de mármore, o relógio de bronze sobre o fogão, o divã, as cortinas, os reposteiros, tudo era novo e da mais moderna elegância.

A criada, que veio oferecer os seus serviços, estava vestida à última moda, com muito mais requinte que a pobre princesa. Apesar de seduzida pela complacência daquela criatura, Dolly sentiu-se confusa em retirar do seu saco de viagem, na sua frente, a camisola de noite que apanhara errado. Em casa, ela usava com orgulho aquelas camisas e aqueles vestidos que representavam uma notável economia, seis camisolas exigiam vinte e quatro varas de nanquim a sessenta e cinco copeques, isto é, mais de quinze rublos, sem contar os enfeites. Mas ali na frente daquela moça!

Sentiu, também, um grande alívio vendo entrar Annouchka, que ela conhecia de longa data e que substituiu a criada, chamada pela dona da casa. Annouchka parecia encantada com a visita da princesa e bastante desejosa de lhe confiar a sua opinião sobre a situação da sua querida patroa e singularmente sobre a grande afeição, o perfeito devotamento que o conde lhe demonstrava. Mas Daria Alexandrovna cortou imediatamente qualquer tentativa de conversa.

— Eu fui criada com Ana Arcadievna e a amo mais do que tudo no mundo. Não é a nós que compete o julgamento. E ela parece amá-lo tanto...

— Então, se for possível, manda-me lavar isto — interrompeu Dolly.

— Certamente, não se preocupe. Temos duas máquinas de lavar e qualquer roupa de linho é lavada por uma delas. O próprio conde se ocupa com as menores coisas. Um marido assim, veja a senhora...

A entrada de Ana pôs fim àquela expansão. Trajava um vestido de cambraia de linho, muito simples, mas que Dolly examinou atentamente. Ela sabia que preço custava aquela simplicidade.

— São velhas conhecidas, não? — disse Ana, mostrando a criada.

Pelo modo como fora pronunciada aquela frase, Dolly compreendeu que a sua cunhada, tendo readquirido o domínio de si mesma, ocultava-se sob um tom calmo e indiferente.

— Como vai a tua filhinha?

— Annie? Muito bem. Queres vê-la? Temos bastante aborrecimento com a sua ama italiana, uma linda mulher, mas que tola! No entanto, como a pequena está presa a ela, precisamos mantê-la.

— Mas como fizeste para... — começou Dolly, curiosa do nome que usava a criança, mas, vendo o rosto de Ana tornar-se sombrio, mudou o sentido da pergunta: — ... a desmamar?

— Não era isso o que querias dizer — respondeu Ana, que compreendera a reticência da cunhada. — Pensavas no nome da criança, não é mesmo? O tormento de Aléxis era que ela trouxesse o de Karenine...

Semicerrou os olhos, as suas pálpebras pareceram se colar uma na outra, mas logo o seu rosto se acalmou.

— Falaremos depois sobre tudo isso. Vem, que eu te mostrarei a criança. *Elle est très gentille*[33] e começa a engatinhar.

---

[33] Em francês, "Ela é tão amável." (N.E.)

O conforto da *nursery*, um enorme aposento muito alto e bem ventilado, talvez surpreendesse ainda mais a Dolly que os outros aposentos. Os pequenos carros, a banheira, os balanços, o divã em forma de bilhar onde a criança podia subir facilmente — tudo aquilo era inglês, sólido e caro.

A criança em camisa, sentada numa poltrona, assistida por uma moça russa, que provavelmente partilhava das suas refeições, comia um caldo que molhava completamente o seu peito. Nem a ama e nem a criada estavam presentes. Na sala vizinha, ouviam-se restos de frases em francês.

Assim que ouviu a voz de Ana, a criada inglesa apareceu e desculpou-se, ainda que a patroa não a censurasse. Era uma mulher enorme, que usava belos adornos e argolas redondas, cuja fisionomia não agradou a Dolly. A cada palavra de Ana ela repetia: *Yes, my lady.*[34]

Quanto à criança, uma robusta menina de cabelos negros, corada, apesar do ar severo com que a olhou, conquistou imediatamente Daria Alexandrovna. Posta no tapete, pôs-se a engatinhar como um animalzinho: o vestido arregaçado atrás, os belos olhos fitando os presentes com um ar satisfeito, como para provar que era sensível à admiração geral, avançava energicamente, auxiliando-se com as próprias mãos e com os pés.

Dolly teve que se confessar que nenhum dos seus filhos engatinhara tão bem, nem mostrara expressão tão alegre.

A atmosfera do aposento, entretanto, possuía alguma coisa de desagradável. Como Ana podia conservar uma ama tão antipática, tão pouco respeitável? Sem dúvida porque nenhuma pessoa honesta consentia em trabalhar numa família irregular. Além disso, Dolly julgou observar que Ana era quase uma estranha naquele meio: ela não achou um só brinquedo que pudesse dar à criança e, coisa ainda mais esquisita, ignorava até mesmo o número dos seus dentes.

---

34 Em inglês, "Sim, minha senhora." (N.E.)

— Sinto-me inútil aqui e isso me aborrece — disse Ana quando elas saíam, levantando a cauda do vestido para não pisar nos brinquedos. — Que diferença com o mais velho!...

— Eu julgava precisamente o contrário... — insinuou timidamente Dolly.

— Oh, não! Tu sabes a quem revi? Ao meu pequeno Sérgio — disse Ana, movendo os olhos como se procurasse um ponto ao longe. — Mas falaremos sobre isso mais tarde. Estou como uma criatura faminta que, colocada em frente de um banquete, não soubesse por onde começar. Será este banquete para mim: e com quem, senão contigo, poderia falar francamente? Também *ne te ferai-je grâce de rien...*[35] Mas, inicialmente, deixa-me descrever a sociedade que acharás aqui. Em primeiro lugar, a princesa Bárbara. Já conheço a tua opinião sobre ela. Eu também sei, como acha Stiva, que ela só pensa em demonstrar a sua superioridade sobre a nossa tia Catarina Pavlovna. Mas ela é boa, asseguro-te, eu lhe devo grandes favores. Socorreu-me em Petersburgo, um acompanhante era-me indispensável... Não imaginas como a minha situação era penosa... pelo menos lá, porque aqui me sinto feliz e tranquila... Mas voltemos aos nossos hóspedes. Conheces Sviajski, o marechal do distrito? É um homem muito bom, que parece necessitar de Aléxis; deves compreender que, com a sua fortuna, Aléxis pode adquirir uma grande influência se vivermos no campo... Depois, Touchkevitch, o apaixonado de Betsy, ou antes, o antigo apaixonado, porque já foi despedido, como diz Aléxis, é um homem forte e agradável, se o tomarmos pelo que deseja parecer — *et puis il est comme il faut,*[36] afirmou a princesa Bárbara... Afinal, Veslovski, que tu conheces. Um bom garoto... Contou-nos sobre Levine uma história inacreditável — acrescentou, um sorriso irônico nos lábios. *Il est três gentil et três naif...*[37] Suporto esta sociedade porque os homens

---

35 Em francês, "Não vou poupar você de nada..." (N.E.)
36 Em francês, "E então, ele é como convém." (N.E.)
37 Em francês, "Ele é muito gentil e ingênuo..." (N.E.)

têm necessidade de distração e é preciso que Aléxis não encontre tempo para desejar outra coisa... Temos também o administrador, um alemão muito educado, que entende do seu ofício; o arquiteto; o doutor, um rapaz muito instruído que, não sendo precisamente um niilista, come com a sua faca... *Bref une petite cour.*[38]

20

— Então, aqui está a Dolly a quem tanto desejavas ver — disse Ana à princesa Bárbara que, sentada no terraço, bordava uma capa de poltrona para o conde Aléxis Kirillovitch. — Ela não quer tomar nada antes do jantar. No entanto, mande servir-lhe alguma coisa. Eu vou procurar Aléxis e aqueles senhores.

A princesa Bárbara acolheu Dolly de um modo ligeiramente protetor. Imediatamente explicou-lhe que viera para a casa de Ana porque sempre a amara mais do que à sua irmã Catarina Pavlovna. Julgava do seu dever ajudá-la durante este período transitório, penoso, e tão doloroso.

— Logo que o seu marido consinta no divórcio, retirar-me-ei para a minha solidão mas, atualmente, por mais penoso que seja, eu fico e desse modo não imito as outras. Tiveste razão em vir, ambos vivem admiravelmente bem. É a Deus e não a nós que compete julgá-los. Será que Biriouzovski e Mme. Aveniev, Vassillev e Mme. Manonov, Mikandrov, Lisa Neptounov... Toda gente acabou por recebê-los... E depois *c'est un intérieur si joli, si comme il faut. Tout à l'anglaise. On se réunit le matin ou breakfast et puis on se sépare.*[39] Cada qual faz o que quer. Janta-se às sete horas. Stiva teve razão em mandar-te. O conde tem muita influência por causa da mãe e do

---

38 Em francês, "Uma pequena corte." (N.E.)
39 Em francês, "É um ambiente tão bonito, tão apropriado. Bem no estilo inglês. Nós nos reunimos para o café da manhã e depois nos separamos." (N.E.)

irmão. Além disso, é muito generoso. Ele te falou do hospital? *Ce sera admirable.*⁴⁰ Tudo virá de Paris...

Essa conversa foi interrompida por Ana, que voltava ao terraço acompanhada pelos homens que encontrara na sala de bilhar. Faltavam ainda duas horas para o jantar. O tempo estava magnífico, as distrações eram numerosas e de espécies diferentes das que havia em Pokrovskoie.

— *Une partis de lawn-tennis*⁴¹ — propôs Veslovski, rindo-se. — A senhora quer ser novamente a minha companheira, Ana Arcadievna?

— Está muito quente — objetou Vronski. — Façamos antes uma volta pelo parque e passeemos de braço com Daria Alexandrovna para lhe mostrarmos as paisagens.

— Não tenho nenhuma preferência — disse Sviajski.

— Então — concluiu Ana — primeiramente o passeio. Depois, o barco, não é mesmo, Dolly?

Veslovski e Touchkevitch foram preparar o barco, enquanto as duas senhoras acompanhadas — Ana por Sviajski, e Dolly pelo conde — seguiram pelas aleias do parque.

Dolly, decididamente, não se sentia no seu estado normal. Teoricamente, longe de atirar a primeira pedra em Ana, estava quase aprovando-a e, como acontece às mulheres irrepreensíveis que se cansam algumas vezes da linha da sua vida moral, ela invejava um pouco aquela existência culpada, entrevista à distância. Mas uma vez em contato com aquele meio estranho, com aquelas criaturas que lhe eram desconhecidas, sentiu uma verdadeira inquietação. De resto, desculpando Ana, de quem sinceramente gostava, sentira-se chocada com a presença de Vronski e a hipocrisia da princesa Bárbara, perdoando tudo porque partilhava do luxo da sobrinha; isso pareceu-lhe odioso. Nunca simpatizara com Vronski: julgava-o orgulhoso e só via, para justificar-lhe o orgulho, a sua riqueza. Agora em casa dele sentia-se

---

40 Em francês, "Será admirável." (N.E.)
41 Em francês, "Uma partida de tênis na grama." (N.E.)

humilhada e andava a seu lado possuída daquela mesma confusão que experimentara em frente da criada. Repugnava-lhe dirigir a Vronski um cumprimento banal sobre a grandiosidade da sua instalação mas, nada achando melhor para dizer, elogiou extraordinariamente a casa.

— Sim — respondeu o conde —, é um velho solar em estilo antigo.

— O pátio me agradou muito. A disposição é igualmente antiga?

— Oh, não! Se a senhora a tivesse visto na primavera!

Ele se entusiasmava cada vez mais e mostrou a Dolly os embelezamentos que realizara. Sentia-se feliz em poder se entregar a um assunto que lhe era caro. Os elogios da sua interlocutora causaram-lhe um visível prazer.

— Se a senhora não estiver cansada, poderemos ir até o hospital — disse ele olhando Dolly para se certificar de que aquele convite não a aborrecia. — Acompanhar-nos-á, Ana?

— Nós os seguiremos? — fez ela, voltando-se para Sviajski. — *Mais il ne faut pas laisser Touchkevitch et le pauvre Veslavski se morfondre dans le bateau.*[42] Faremos com que os previnam... É um monumento que ele construiu para a sua glória — continuou, dirigindo-se a Dolly com o mesmo sorriso que tivera quando falara sobre o hospital.

— Sim, é uma fundação capital — aprovou Sviajski. E imediatamente, para não passar por um bajulador, acrescentou: — Fico surpreso, conde, que só se preocupe com a saúde do povo e não com toda a sua instrução.

— *C'est devenu si commun, les écoles*[43] — respondeu Vronski. — E, depois, eu me deixei levar pelos outros. Por aqui — disse, mostrando a Dolly uma aleia lateral.

As senhoras abriram as suas sombrinhas. Saindo do parque, encontraram-se em frente de um pequeno monte. Uma enorme

---

42 Em francês, "Mas não devemos deixar que Tushkevich e o pobre Veslovsky esperem em vão no barco." (N.E.)

43 Em francês, "As escolas se tornaram tão comuns." (N.E.)

construção, em tijolos vermelhos, de arquitetura complicada, erguia-se sobre o monte. O teto de folha, que ainda não fora pintado, brilhava ao sol. Perto, construía-se um outro. Os pedreiros, com aventais, estendiam uma camada de cimento sobre os tijolos que eles nivelavam com o esquadro.

— Como a obra avança rapidamente! — disse Sviajski. — A última vez que vim aqui, ainda não haviam posto o teto.

— Estará terminada no outono, o interior já está quase concluído — disse Ana.

— Que mais estão construindo?

— Uma casa para o médico e uma farmácia — respondeu Vronski.

Percebendo uma pessoa que vinha ao seu encontro, encaminhou-se para ela, evitando a cova de cal. Era o arquiteto, com o qual se pôs a discutir.

— Que houve? — indagou Ana.

— O frontão não está na altura desejada.

— Era preciso aprofundar os alicerces, eu bem o disse.

— Realmente, Ana Arcadievna, teria sido preferível — confirmou o arquiteto. — Mas é preciso não pensar nisto agora.

Como Sviajski se mostrasse surpreso com os conhecimentos de Ana em arquitetura, ela replicou:

— Sim, isso me interessa muito. A nova construção deve se harmonizar com o hospital. Infelizmente, começaram muito tarde e sem plano de espécie alguma.

Quando Vronski acabou de falar com o arquiteto, convidou as senhoras para visitarem o hospital. A cornija exterior ainda não fora ornamentada, pintavam os rodapés, mas o primeiro andar estava quase concluído. Uma enorme escada de ferro conduzia até lá; imensas janelas iluminavam os lindos aposentos de paredes cobertas de estuque e punham as últimas tábuas no assoalho. Os marceneiros, que o aperfeiçoavam, ergueram-se para cumprimentar os "senhores", os chapéus nas mãos.

— É aqui a sala de visitas — explicou Vronski. — Possuirá como únicos móveis uma escrivaninha, uma mesa e um armário.

— Por aqui, façam favor. Não te aproximes da janela — disse Ana, tocando-a com o dedo — Aléxis — acrescentou —, a pintura já está seca.

Passaram pelo corredor, onde Vronski explicou o novo sistema de ventilação. Percorreram todas as salas, a rouparia, a despensa, admiraram os leitos, as banheiras de mármore, as estufas de um novo tipo, os carrinhos aperfeiçoados e silenciosos. Sviajski apreciava tudo como perfeito conhecedor. Dolly não escondia a sua admiração e fazia inúmeras perguntas que pareciam encantar Vronski.

— Eu penso que este hospital virá a ser o melhor da Rússia — declarou Sviajski.

— Não há também uma maternidade? — indagou Dolly. — E tão necessária em nossos campos! Frequentemente venho observando...

— Não — replicou Vronski —, isso não é uma maternidade, mas um hospital onde serão tratadas todas as doenças, exceto as doenças contagiosas... Olhe — fez ele, mostrando a Dolly uma poltrona em que se sentou e que pôs em movimento. — Um doente das pernas que não possa andar tem necessidade de ar. Então, senta-se aqui e anda!

Dolly se interessava por tudo e mais ainda por Vronski, cuja sincera animação a conquistava. Morriam as suas prevenções. "É um admirável rapaz", pensava, observando os jogos de fisionomia do homem. E compreendeu o amor que ele inspirava a Ana.

21

Saindo do hospital, Ana propôs mostrar a Dolly a coudelaria, onde Sviajski queria ver um cavalo reprodutor.

— A princesa deve estar fatigada e os cavalos não a interessam muito — objetou Vronski. — Podem ir sozinhos; quanto a mim, reconduzirei a princesa à casa e, se a senhora permitir, durante o caminho, conversaremos um pouco — acrescentou, dirigindo-se a Dolly.

— Certamente porque não entendo nada de cavalos — respondeu, surpresa.

Um olhar que lançou furtivamente ao conde fê-la compreender que ele lhe queria pedir um favor. Efetivamente, quando entraram novamente no parque e Vronski se certificou que Ana não poderia mais tornar a vê-los e nem segui-los, olhando Dolly e sorrindo, ele disse:

— A senhora percebeu que eu desejava lhe falar em particular. A senhora é, eu o sei, uma sincera amiga de Ana.

Tirou o chapéu para enxugar a cabeça ameaçada pela calvície.

Dolly respondeu-lhe com um olhar inquieto. O contraste entre o sorriso do conde e a expressão severa do seu rosto fazia-lhe medo. Que iria ele lhe pedir? Para se instalar em casa dele com os seus filhos? Formar um círculo para Ana quando voltassem a Moscou?... Lastimar a atitude de Ana para com Veslovski? Desculpar a sua própria conduta em relação a Kitty? Ela esperava pior... e não o que lhe foi dado ouvir.

— Ana gosta muito da senhora — prosseguiu o conde. — Empreste-me o apoio da sua influência sobre ela.

Dolly interrogou com olhar tímido o rosto enérgico do conde, naquele momento iluminado por um raio de sol filtrado entre os ramos das tílias. Ele andava agora em silêncio.

— De todas as amigas de Ana, a senhora foi a única a vir vê-la. — Continuou no fim de um instante. — Não conto a princesa Bárbara. E se veio, não foi porque julgasse a nossa situação normal mas porque, gostando de Ana, procurou um meio de tornar suportável esta situação. Tenho razão? — perguntou, examinando o rosto de Dolly.

— Sim — respondeu ela, fechando a sombrinha —, mas...

— Ninguém sente tanto quanto eu a dolorosa situação de Ana — interrompeu Vronski que, parando, forçou Dolly a imitá-lo. — A senhora há de crer nisso, se me der a honra de pensar que tenho coração. Tendo sido o causador desta situação, sinto-me mais culpado do que qualquer outro.

— Certamente — disse Dolly, tocada pela sinceridade com que ele fizera aquela confissão —, mas por que ver as coisas de um modo tão negro? É possível que na sociedade...

— A sociedade é o inferno! — gritou ele num tom sombrio. — Nada poderá lhe dar a ideia das torturas morais que ela sofreu em Petersburgo, durante os quinze dias que ali passamos.

— Mas aqui? Nem ela e nem o senhor têm necessidade de uma vida mundana...

— E que me importa a sociedade! — gritou.

— Tudo isso passará facilmente, contanto que conheçam a felicidade e a tranquilidade. A julgar pelo que Ana me disse, ela se acha perfeitamente feliz.

Falando, Dolly perguntava-se intimamente se a felicidade de Ana era mesmo sem nuvens. Vronski não pareceu duvidar.

— Sim, sim, ela esqueceu os sofrimentos, sente-se feliz, porque vive no presente. Mas eu?... Eu prevejo o futuro... Perdão, a senhora não está cansada?

Dolly sentou-se num banco no canto de uma aleia. Ele ficou de pé na sua frente.

— Eu a sinto feliz — prosseguiu ele e aquela insistência confirmou as suposições de Dolly. — Mas a vida que levamos não se prolongará. Agimos bem ou mal, eu não sei, lançamos a sorte e estamos unidos para toda a via — continuou, trocando a língua russa pela francesa. — Temos um penhor sagrado do nosso amor e ainda poderemos ter outros filhos. A nossa situação atual, porém, engendra mil complicações que Ana não pode e nem quer prever porque, depois de tantos sofrimentos, tem necessidade de respirar. É perfeitamente justo. Mas eu, eu sou forçado a ver! Legalmente, a minha filha não é minha filha, mas filha de Karenine! Esta mentira me revolta! — gritou, com um gesto enérgico, inquirindo o olhar de Dolly.

Como Dolly o examinasse em silêncio, ele prosseguiu:

— Que eu tenha um filho amanhã, será sempre um Karenine, e não herdará nem meu nome e nem meus bens. Podemos ser felizes tanto quanto quisermos, mas não haverá um laço legal entre meus filhos e eu: serão sempre Karenine! A senhora compreende que este pensamento me seja odioso? Então, tentei falar a Ana, ela não quis me ouvir, isso a irrita e, de resto, eu nada posso lhe dizer.

"Vejamos agora as coisas sobre um outro aspecto. O amor de Ana me tornou muito feliz, mas devo me entregar a uma ocupação qualquer. Encontrei aqui uma atividade da qual estou orgulhoso e que acho superior às desempenhadas pelos meus antigos camaradas na Corte e no exército. Certamente que não os invejo. Trabalho, estou contente, é a primeira condição da felicidade. Sim, eu gosto desta espécie de atividade. *Cela n'est pas un pis aller*,[44] bem ao contrário."

Ele se atrapalhava. Dolly o observava, sem compreender aonde ele queria chegar. Adivinhava que aquela digressão pertencia aos pensamentos íntimos que ele não ousava revelar a Ana. Resolvendo tomar Dolly por confidente, abriu o seu coração.

— Eu queria dizer — prosseguiu, encontrando o fio das suas ideias — que, para nos votarmos inteiramente a uma obra, é preciso estarmos certos de que ela não perecerá conosco. Ora, eu não posso ter herdeiros! A senhora conceberá os sentimentos de um homem que sabe que os seus filhos, os da mulher que ele adora, não lhe pertencem, que têm por pai alguém que os odeia e não deseja nunca conhecê-los? Não é verdadeiramente monstruoso?

Calou-se, preso a uma viva emoção.

— Compreendo-o — disse Daria Alexandrovna. — Mas que poderá fazer Ana?

— A senhora feriu o assunto principal da nossa conversa — disse o conde, esforçando-se por readquirir a sua calma. — Tudo depende de Ana. Mesmo para submeter ao imperador um requerimento de adoção, é preciso inicialmente que o divórcio seja pronunciado.

---

44 Em francês, "Não é um último recurso." (N.E.)

Ana pode obtê-lo. O seu marido o conseguiu de Karenine e sei que, mesmo atualmente, ele não o recusaria se Ana lhe escrevesse. Esta condição é evidentemente uma dessas crueldades terríveis de que só os seres sem coração são capazes, porque ele não ignora a tortura que impõe a Ana. Mas, acima de tão graves razões, o que importa é *passer par dessus toutes ces finesses de sentiment: il y va du bonheur et de l'existence d'Anna et de ses enfants.*⁴⁵ Não falo de mim, embora eu sofra muito, muito... E eis por que — concluiu ele — eu me agarro à senhora, princesa, como a uma tábua de salvação. Suplico-lhe que convença a Ana de escrever ao marido e pedir-lhe o divórcio.

— Com toda a boa vontade — disse Dolly sem grande convicção, lembrando-se da sua última conversa com Aléxis Alexandrovitch. — Sim, de boa vontade — repetiu firmemente, pensando em Ana.

— Conto firmemente com a senhora, pois não tenho coragem de abordar este assunto com ela.

— Está certo, mas como é que a própria Ana não pensa nisso?

Subitamente, Dolly julgou ver uma coincidência entre as preocupações de Ana e aquela maneira de olhar que se lhe tornara um hábito. "Dir-se-ia verdadeiramente", pensou Dolly, "como se ela estivesse fechando os olhos a certas coisas."

— Sim, prometo-lhe que falarei — repetiu Dolly, respondendo ao olhar reconhecido de Vronski.

Retomaram o caminho de casa.

22

Quando Ana voltou, procurou ler nos olhos de Dolly o que se passara entre ela e Vronski, mas não lhe fez nenhuma pergunta.

---

45 Em francês, "É preciso superar todas essas sutilezas de sentimento. A felicidade e a existência de Ana e seus filhos dependem disso." (N.E.)

— Vão servir o jantar e apenas nos vimos — disse ela. — Espero que esta noite seja nossa. Agora, precisamos mudar de vestido porque nos sujamos durante a nossa visita ao hospital.

Dolly achou a observação divertida: só trouxera um vestido! Contudo, para realizar uma mudança qualquer no traje, pôs uma renda nos cabelos, mudou o laço e os punhos do vestido e escovou-o.

— É tudo o que posso fazer — confessou, rindo-se para Ana, quando esta veio buscá-la com um terceiro vestido, tão simples quanto os anteriores.

— Aqui, somos muito formalistas — disse Ana para desculpar a sua elegância. — Aléxis está radiante com a tua chegada, raramente eu o vejo tão contente. Ele deve estar enamorado de ti!... Não estás cansada?

Entraram no salão e encontraram a princesa Bárbara e os cavalheiros que trajavam sobrecasaca. O arquiteto usava mesmo um enfeite. Vronski apresentou a Daria Alexandrovna o médico e o administrador.

Um gordo *maître d'hôtel*, cujo rosto escanhoado e a gravata branca engomada se harmonizavam, veio anunciar que *"Madame, était servie"*, Vronski, enquanto dava o braço a Dolly, pediu a Sviajski para oferecer o seu a Ana. Veslovski apressou-se em tomar o da princesa Bárbara, tirando-o de Touchkevitch que fechou a marcha em companhia do médico, do arquiteto e do administrador.

A sala de jantar, o serviço, o cardápio, os vinhos, ultrapassavam em suntuosidade a tudo o que Dolly vira durante o dia. Certamente, ela desesperava de nunca haver introduzido semelhante luxo em sua modesta casa mas, interessando-se por todos os detalhes, perguntava-se quem impusera aquela ordem. Os donos da casa gostavam de insinuar que tudo se fazia quase automaticamente, essa inocência podia enganar certas pessoas do seu conhecimento — Veslovski, o seu marido, Sviajski — mas não à hábil dona de casa que era Daria Alexandrovna. Se as menores coisas, a sopa das crianças por exemplo, necessitavam um certo controle, um sistema de vida tão complicado exigia, com mais razão, uma ideia de direção. E essa ideia vinha do conde, Dolly o compreendeu pelo olhar com que ele envolveu a mesa, pelo sinal de cabeça que dirigiu ao *maître d'hôtel*, pelo modo como lhe ofereceu à escolha um *consommé* e uma sopa fria. Ana se contentava em gozar, como os convidados, as delícias da mesa. Reservara-se, no entanto, o cuidado de dirigir a conversa, difícil tarefa entre convidados de diferentes esferas, tarefa que desempenhava com o seu tato habitual — a Dolly pareceu mesmo que ela sentia um certo prazer naquilo.

A propósito do passeio de barco que fizera em companhia de Veslovski, Touchkevitch quis falar das últimas regatas do Yacht-Club mas, aproveitando uma pausa, Ana forçou o arquiteto a tomar a palavra.

— Nicolas Ivanovitch achou que a nova construção avançou muito depois da sua última visita — disse ela, mostrando Sviajski. — Eu mesma fiquei surpresa com esta rapidez.

— Com Sua Alteza as coisas vão depressa — respondeu o arquiteto, rindo-se. Era uma criatura fleumática, em que a deferência se aliava à dignidade. — É melhor trabalhar com ele do que com as nossas autoridades do distrito. Lá embaixo, eu teria gasto uma resma de papel. Aqui, com três frases resolvemos tudo.

— Tudo é feito à americana, não é mesmo? — insinuou Sviajski.

— Sim, sabe-se construir nos Estados Unidos.

— Os abusos do poder são tão frequentes...

Ana desviou a conversa. Tratava-se agora de alegrar o administrador.

— Conheces as novas máquinas para ceifar? — perguntou ela a Dolly. — Voltávamos de ver funcionar a nossa quando encontramos. Ignorava ainda esta invenção.

— E como é que elas funcionam? — indagou Dolly.

— Como uma tesoura. É uma simples tábua com inúmeras tesourinhas. Olhe!

Com as mãos alvas, cobertas de anéis, Ana apanhou a sua faca, o garfo, e começou uma demonstração que ninguém pareceu compreender. Certificou-se disso, mas prosseguiu, porque sabia que as suas mãos eram belas e a sua voz agradável.

— Parecem-se mais com canivetes — disse gracejando Veslovski, que não a abandonava com os olhos.

Ana esboçou um sorriso e não respondeu nada.

— Carl Fiodorovitch, não são tesouras? — perguntou ao administrador.

— *O ja* — respondeu o alemão: — *Es ist ein ganz einfaches Ding.*⁴⁶ E ele se pôs a explicar o dispositivo da máquina.

— É lastimável que ela só sirva para ceifar — observou Sviajski.

— Eu vi uma na exposição de Viena que me pareceu mais vantajosa.

— *Es kommt drauf an... Der Preis uom Draht muss ausgerechnet werden... Das lässt sich ausrechnen, Erlaucht.*⁴⁷ — disse o alemão, entusiasmado, dirigindo-se a Vronski.

Ia tirar o seu lápis e o caderno de notas, mas um olhar mais frio que Vronski lhe lançou fê-lo recordar-se de que estava na mesa e disse à maneira de conclusão:

— *Zu complicit, macht zu viel "Khlopot".*⁴⁸

— *Wunscht man "Dochods", so hat man auch "Khlopots"*⁴⁹ — insinuou Vassia Veslovski para importunar o administrador. — *J'adore l'allemand*⁵⁰ — acrescentou, dirigindo-se a Ana.

— *Cessez!* — disse Ana com um ar entre divertido e severo. — Julgamos encontrar o senhor no campo, Vassili Semionovitch. Não foi? — perguntou ela ao médico, indivíduo doentio.

— Fui, mas volatilizei-me — respondeu num tom que visava ser gracioso mas que era somente lúgubre.

— Em breve, terás bastante trabalho.

— Perfeitamente.

— E como vai a sua antiga doente? Espero que não seja tifo.

---

46 Em alemão, "Sim, é uma coisa muito simples." (N.E.)
47 Em alemão, "Isso depende... O preço do ferro deve ser levado em conta... É fácil de calcular, Vossa Excelência." (N.E.)
48 Em alemão, "Muito complicado, dá muito transtorno." (N.E.)
49 Em alemão, "Quando se quer os '*dochods*' ['lucros', em russo], suportam-se os transtornos." (N.E.)
50 Em francês, "Eu adoro o alemão." (N.E.)

— Absolutamente, mas ela não está melhor.

— A pobre!

Após esse sacrifício às conveniências, Ana se voltou para as pessoas que a cercavam.

— Falando francamente, Ana Arcadievna. — disse-lhe, rindo-se, Sviajski — Não será coisa fácil construir uma máquina segundo as suas explicações.

— O senhor acha? — replicou ela, salientando com um sorriso que havia em sua demonstração um lado encantador que Sviajski percebera e considerara belo.

Este novo traço de *coquetterie* impressionou Dolly.

— Em resposta, Ana Arcadievna possui conhecimentos verdadeiramente surpreendentes em arquitetura — declarou Touchkevitch.

— Como! — gritou Veslovski. — Não a ouvi falar ontem de estilos e fachadas?

— Que queres, se ouço pronunciar estas palavras todos os dias! E o senhor sabe com que materiais se ergue uma casa?

Dolly observou que, mesmo reprovando o tom folgazão com que lhe falava Veslovski, adotava-o entretanto por sua vez.

Ao contrário de Levine, Vronski não ligava nenhuma importância à tagarelice de Vassia. Longe de se aborrecer com as suas brincadeiras, ele as encorajava.

— Vejamos, Veslovski, diga-nos, como se ligam as pedras de um edifício?

— Com cimento.

— Bravo, mas que é o cimento?

— Uma espécie de caldo... isto é, de massa... — respondeu Veslovski, provocando a hilaridade geral.

Com exceção do médico, do arquiteto e do administrador, que se conservavam em silêncio, os convivas conversaram com animação durante todo o jantar, passando de um a outro assunto, deslizando sobre este, insistindo sobre aquele, algumas vezes criticando tais e tais pessoas. Uma vez mesmo, Daria Alexandrovna, ferida vivamente, enrubesceu e receou que a conversa fosse muito longe. A propósito das máquinas agrícolas, Sviajski achou bom assinalar que Levine julgava nefasta a sua introdução na Rússia, e que ele se levantara contra opinião tão estranha.

— Eu não tenho a honra de conhecer esse senhor Levine — disse Vronski, rindo-se —, mas suponho que ele nunca viu as máquinas que critica ou, pelo menos, só as viu de fabricação russa. Demais, eu não compreendo o seu ponto de vista.

— É um homem que possui pontos de vista turcos — disse Veslovski com um sorriso endereçado a Ana.

— Não me compete defender as suas opiniões — disse Daria Alexandrovna excitando-se cada vez mais —, mas o que posso vos afirmar é que Levine é um homem muito instruído. Estivesse aqui, ele saberia explicar os seus pontos de vista.

— Oh, eu gosto muito dele e somos excelentes amigos! — proclamou Sviajski em tom cordial. — *Mais pardon, il est un petit peu toqué*.[51] Por exemplo, ele considera o "zemstvo"[52] e as justiças de paz como perfeitamente inúteis e recusa-se a participar delas.

— Eis a nossa negligência russa! — gritou Vronski, bebendo um copo de água gelada. — Recusamo-nos a compreender que os direitos que usufruímos implicam certos deveres.

— Eu não conheço outro homem que cumpra mais estritamente os seus deveres — disse Daria Alexandrovna, irritada com aquele tom de superioridade.

— Da minha parte — continuou Vronski, também irritado —, sinto-me reconhecido a Nicolas Ivanovitch por me haver eleito juiz de paz honorário. Julgar um pobre caso dos camponeses parece-me um dever tão importante quanto os outros. E se me elegessem para o "zemstvo" ficaria bastante satisfeito. É a única maneira de pagar à

---

51 Em francês, "Mas, desculpe-me, ele está um pouco maluco." (N.E.)
52 Organização fundiária com administração local introduzida na Rússia em 1864. (N.E.)

sociedade os privilégios que gozo como proprietário. Não se compreende o papel que os proprietários devem desempenhar no Estado.

Dolly comparou as opiniões de Vronski às de Levine, defendendo opiniões diametralmente opostas. Mas, como gostava do cunhado, intimamente deu-lhe razão.

— Assim, pois, conde, podemos contar com o senhor para as eleições? — disse Sviajski. — Precisamos andar um pouco cedo, para chegarmos desde o dia oito. Quererá dar-me a honra de chegar até a minha casa?

— Da minha parte — disse Ana a Dolly —, participo da opinião do teu cunhado... ainda que por razões diferentes — acrescentou, rindo-se. — Os deveres públicos parecem que se multiplicam exageradamente. Há seis meses que estamos aqui, Aléxis já exerceu cinco ou seis funções. *Du train dont cela va*,[53] não possuirá mais um minuto que seja seu. E onde as funções se acumulam a este ponto, receio muito que não se tornem uma pura questão de forma. Vejamos, Nicolas Ivanovitch, quantos cargos tem o senhor? Uns vinte, sem dúvida.

Nesse tom de brincadeira, Dolly descobriu em Ana uma ponta de irritação. Ela observou que, durante aquelas diatribes, o rosto de Vronski tomara uma expressão de dureza e que a princesa Bárbara impacientemente esperara o fim para se lançar em abundantes opiniões sobre os amigos de Petersburgo. Lembrou então que, durante a sua conversa no parque, Vronski se expressara mal a propósito de sua necessidade de atividade. Supôs que os dois amantes estivessem em desacordo naquele ponto.

O jantar teve aquele caráter de luxo, mas também de formalismo e de despersonalização próprio às refeições de cerimônia. Aquela pompa não quadrava muito com uma reunião íntima. Indispôs bastante Dolly, que já havia perdido o hábito dessas coisas.

---

53 Em francês, "No ritmo em que está indo." (N.E.)

Depois de alguns instantes de repouso no terraço, iniciou-se uma partida de *lawn-tennis*. Sobre o campo cuidadosamente nivelado e batido, os jogadores, divididos em grupos, tomaram lugar dos dois lados de um fio preso em postes dourados. Dolly quis ensaiar o jogo mas ela não conseguia compreender as regras e, quando as compreendeu, já estava cansada e preferiu fazer companhia à princesa Bárbara. O seu parceiro, Touchkevitch, renunciou igualmente, mas os outros jogaram durante muito tempo. Sviajski e Vronski eram jogadores sérios: senhores de si mesmos, vigiavam atentamente a bola. Veslovski, ao contrário, se excitava muito e os seus gritos, os seus risos, a sua alegria, excitavam também os outros jogadores. Com permissão das senhoras, ele tirara a sua sobrecasaca: o seu busto bem-feito, o rosto vermelho, as mangas da camisa branca, os gestos nervosos, gravaram-se tão bem na memória de Dolly que, entrando no quarto, teve que os rever muito tempo antes de adormecer.

Aborrecia-se. A intimidade que Veslovski continuava a demonstrar para com Ana tornava-se-lhe cada vez mais penosa. De resto, achava em toda aquela cena uma afetação infantil: pessoas adultas que se entregavam a um divertimento de criança acabavam caindo no ridículo. Contudo, para não perturbar o bom humor geral — e também para passar o tempo —, reuniu-se logo aos outros jogadores e fingiu que se divertia.

Teve a impressão, durante todo o dia, de representar uma comédia com atores que lhe eram superiores e de prejudicar o conjunto.

Durante o jogo, resolveu partir no dia seguinte, embora tivesse vindo com a intenção íntima de ficar mais tempo, caso se acomodasse bem. Um desejo apaixonado de rever os seus filhos, de retomar aquela escravidão que tanto amaldiçoara naquela manhã mesma, se apossou dela irresistivelmente.

Entrou no quarto depois do chá e de um passeio de barco, passou o pente vagarosamente pelos cabelos e sentou-se defronte ao espelho. Sentiu uma verdadeira tranquilidade achando-se sozinha e preferiu não ver Ana.

23

No momento em que ia se deitar, Ana entrou trajando um roupão de noite.

No curso do dia, muitas vezes, a ponto de abordar uma questão íntima, Ana se interrompia: "Mais tarde, quando estivermos sozinhas. Tenho tanta coisa a dizer-te..." E agora, sentada perto da janela, examinava Dolly em silêncio, forçando inutilmente a memória: parecia que já haviam falado tudo. Afinal, depois de um profundo suspiro:

— Como vai Kitty? — perguntou ela, o olhar contrito. — Dize-me a verdade: ela me odeia?

— Oh, não! — respondeu Dolly, rindo-se.

— Ela me odeia, despreza-me.

— Não, mas tu sabes que existem coisas que não se perdoam.

— Sim, é verdade — disse Ana, olhando para a janela aberta. — Mas, francamente, eu não fui culpada. Além do mais, que chamas de ser culpada? Podia ser de outro modo? Acreditas possível não seres a mulher de Stiva?

— Eu não sei. Mas, dize-me, eu te peço...

— Ainda há pouco falamos sobre Kitty. Ela é feliz? O seu marido parece ser um excelente homem.

— Dizer isso é muito pouco. Eu não conheço ninguém melhor do que ele.

— Ninguém melhor do que ele — repetiu Ana, pensativa. — Vamos, tanto melhor!

Dolly sorriu.

— Fala-me de ti. Eu tenho muitas coisas para te dizer. Eu falei com...

Ela não sabia como chamar Vronski: o conde? Aléxis Kirillovitch? Fórmulas bem solenes!

— Com Aléxis — concluiu Ana. — Sim, eu sei... Dize-me francamente o que pensas de mim e sobre a minha vida.

— Como? Agora? Eu não o saberia.

— Mas, mas... Somente, antes de julgar, não esqueças que nos encontrou entre inúmeras pessoas, e que na primavera estávamos sozinhos, totalmente sozinhos. Seria a felicidade suprema vivermos sozinhos os dois! Mas receio que ele tome o hábito de se ausentar e imagine então o que para mim seria a solidão... Oh! Eu sei o que vais dizer — acrescentou, vindo sentar-se junto a Dolly. — Estejas certa de que não o prenderei à força. Pelo menos não o desejo. E a estação das corridas, os seus cavalos correm, ele se diverte!... Mas, eu, que farei eu durante este tempo... Então — prosseguiu, rindo-se —, de que falaram juntos?

— De um assunto que teria falado contigo, mesmo que ele não me falasse, isto é, da possibilidade de tornar a tua situação mais... regular — concluiu após um momento de hesitação. — Tu sabes da minha opinião sobre este assunto mas, afinal, melhor seria o casamento.

— Queres dizer o divórcio?... Sabes que a única mulher que se dignou visitar-me em Petersburgo, Betsy Tverskoi... Tu a conheces, *c'est au fond la femme la plus dépravée qui existe*,[54] ela enganou indignamente o seu marido com Touchkevitch... Bem, Betsy me fez compreender que não poderia voltar a ver-me enquanto a minha situação não fosse regularizada... Não creias que estabeleço uma comparação entre ela e tu, é uma simples reminiscência... Então, que te disse ele?

— Que sofre por ti e por ele. Se é egoísmo, eu não sei de egoísmo mais nobre. Ele deseja legitimar a sua filha, ser o teu marido, ter direitos sobre ti.

— Que mulher pode pertencer mais ao marido do que eu lhe pertenço? — interrompeu ela. — Eu sou sua escrava!

— E, principalmente, ele não mais queria te ver sofrer.

— É impossível... E depois...

---

54 Em francês, "No fundo, ela é a mulher mais depravada que existe." (N.E.)

— E depois, aspiração muito legítima, visa dar o nome dele aos teus filhos...

— Que filhos? — inquiriu Ana, semicerrando os olhos.

— Annie e os que poderão nascer ainda...

— Oh, ele pode ficar tranquilo, eu não os terei mais...

— Como podes responder semelhante coisa?

— Porque eu não os quero ter mais...

Apesar da sua emoção, Ana sorriu vendo uma expressão de surpresa e de ingênua curiosidade e horror pintar-se no rosto de Dolly.

— Depois da minha doença — achou prudente explicar —, o médico me disse...

— É impossível! — gritou Dolly abrindo os olhos desmesuradamente. O que ela acabava de ouvir confundia todas as suas ideias, e as deduções que tirou esclareceram subitamente inúmeros pontos que até então lhe eram completamente misteriosos. Compreendia agora por que certas famílias só tinham um ou dois filhos. Não sonhara alguma coisa de parecido durante a viagem?... Espantada daquela resposta tão simples para questão tão complicada, contemplava Ana com estupefação.

— *N'est-ce pas immoral?* [55] — perguntou ela, depois de um momento de silêncio.

— Por quê? Eu só tenho que escolher entre a gravidez com todos os seus sofrimentos e a possibilidade de ser uma camarada de meu... digamos marido — respondeu Ana num tom que ela esforçava por tornar divertido.

— Sim, sim, sim — repetia Dolly, que reconhecia os seus próprios argumentos, não encontrando, porém, a mesma força de convicção da manhã.

Ana parecia adivinhar os seus pensamentos.

— Se o ponto é discutível no que te diz respeito, não o é para mim. Serei a sua mulher enquanto ele me amar. E não será com

---

55 Em francês, "Isso não é imoral?" (N.E.)

isso — as suas mãos alvas esboçaram num gesto o desenho do seu corpo — que aprisionarei o seu amor.

Como é comum nos momentos de emoção, pensamentos e recordações amontoavam-se no espírito de Dolly. "Eu não soube prender Stiva", pensava ela, "mas a que m'o tirou conseguiu fazê-lo? Nem a sua mocidade e nem a sua beleza impediram que Stiva a deixasse, ela também. Ana, prenderá ela o conde através dos meios que emprega? Por mais belos que sejam os braços claros, os seios firmes, o rosto animado, os cabelos negros da minha cunhada, por mais irrepreensíveis que sejam os seus trajes e os seus gestos, Vronski não achará quando quiser — como o meu querido marido — uma mulher ainda mais bela, mais elegante, mais sedutora?"

À guisa de resposta, ela soltou um profundo suspiro. Sentindo que Dolly não a aprovava, Ana recorreu a argumentos que julgava irresistíveis.

— Tu dizes que é imoral. Raciocinemos friamente, eu te peço. Como posso, na minha situação, desejar filhos? Não falo dos sofrimentos, não os receio muito. Mas penso que os meus filhos usarão um nome de empréstimo, que se envergonharão dos seus pais, e da sua origem.

— Eis aí por que deves pedir o divórcio.

Ana não a ouviu. Ela queria expor até o fim uma argumentação que tantas vezes a convencera.

— Ordena a minha razão, e ordena imperiosamente, que não ponha infortunados no mundo.

Olhou Dolly, mas, sem esperar a sua resposta, prosseguiu:

— Se eles não existirem, não conhecerão a infelicidade mas, se existirem para sofrer, a responsabilidade recairá sobre mim.

Eram os mesmos argumentos que Dolly levantara pela manhã, e como pareciam fracos agora! "Como se pode ser culpada em relação a criaturas que não existem? Seria verdadeiramente melhor para Gricha que não tivesse nascido?" Essa ideia pareceu-lhe tão indecente que sacudiu a cabeça para afastar o enxame de absurdos que a assaltavam.

— Parece-me que isto é mau — acabou por dizer com uma expressão de desgosto.

Embora Dolly nada tivesse objetado quanto à sua argumentação, Ana sentiu a sua convicção abalada.

— Sim, mas pense na diferença que existe entre nós duas. Para ti, cogita-se de saber se ainda desejas ter filhos: para mim, se me é permitido tê-los.

De repente, Dolly compreendeu o abismo que a separava de Ana: havia certas questões sobre as quais nunca se entenderiam.

24

— Razão a mais para regularizar a tua situação, caso seja possível.

— Oh, é possível — respondeu Ana num tom de tristeza resignada, bem diferente do que usara até então.

— Disseram-me que o teu marido consentia no divórcio.

— Deixemos isso, suplico-te.

— Como queiras — respondeu Dolly, aflita com a expressão de sofrimento que contraía o rosto de Ana. — Mas tu não vês as coisas de um modo exagerado?

— Absolutamente, estou muito alegre. *Je fais même des passions;* [56] tu observaste Veslovski?

— Dizendo a verdade, o seu tom não me agradou — disse Dolly para desviar a conversa.

— Por quê? O amor-próprio de Aléxis sente-se envaidecido, eis tudo! Quanto a mim, faço dessa criança o que quero, como tu com Gricha... Não, Dolly — gritou subitamente voltando ao primeiro

---

56 Em francês, "Eu desperto paixões." (N.E.)

assunto —, eu não vejo as coisas exageradamente, mas procuro não ver nada... Tu não podes me compreender, tudo isso é horrível!

— Parece-me que és injusta. Devias fazer o necessário...

— Que posso fazer? Nada... Pelo que dizes, eu não pensaria em esposar Aléxis... Mas compreende que só penso nisso! — gritou ela, erguendo-se, o rosto em fogo, os seios agitados. E pôs-se a andar de um a outro lado, com rápidas paradas. — Sim, não há um dia, uma só hora em que este pensamento não me domine, em que não deva afastá-lo com medo de enlouquecer... Sim, de enlouquecer — repetiu. — Apenas a morfina me acalma... Mas raciocinemos francamente. Em primeiro lugar, "ele" não consentirá no divórcio porque está influenciado pela condessa Lídia.

Dolly endireitou-se na cadeira e seguiu Ana com um olhar onde se lia uma dolorosa simpatia.

— Poderias tentar — insinuou Dolly, com doçura.

— Tentar! Queres dizer que devo rebaixar-me e implorar a um homem que eu odeio, embora o saiba generoso, embora me reconheça culpada para com ele. Está certo... E se eu receber uma resposta injuriosa? Mas admitamos que ele consinta... E meu filho, ser-me-á devolvido?

Ela estava parada na extremidade do aposento, as mãos apertando as cortinas da janela. Exprimia, com toda evidência, uma opinião há muito tempo amadurecida.

— Não — continuou ela — ele não m'o devolverá. Crescerá ao pé do pai que eu abandonei, e aprenderá a desprezar-me. Concebes que eu ame quase igualmente, e certamente mais do que a mim mesma, essas duas criaturas que se excluem uma à outra, Sérgio e Aléxis?

Voltara ao meio do quarto e comprimia o peito com as mãos. O roupão em que estava vestida tornava-a ainda maior. Inclinou-se para a pobre Dolly que, trêmula de emoção sob a camisola apertada, fazia um rosto triste, e fixou-a com um olhar cheio de lágrimas.

— Só a eles eu amo no mundo e, como é impossível reuni-los, preocupo-me pouco com o resto! Tudo isso acabará de um modo qualquer, mas não posso e nem quero abordar este assunto. Não me censures, tu és muito honesta, muito pura para poder compreender todos os meus sofrimentos.

Sentou-se perto da cunhada e agarrou-lhe a mão.

— Que deves pensar de mim? Não me desprezes, eu não o mereço. Lastima-me, porque não existe mulher mais infeliz do que eu.

Ela se voltou para chorar.

Quando Ana a deixou, Dolly rezou e deitou-se, surpresa por não pensar mais naquela mulher que, alguns instantes antes, lastimava de todo o coração. A sua imaginação levava-a imperiosamente para a sua casa, para as crianças: nunca sentira tanto como aquele pequeno mundo lhe era caro e precioso! E essas recordações encantadoras reforçaram a sua resolução de partir no dia seguinte.

No entanto, Ana, voltando ao seu quarto, pôs num copo de água algumas gotas de morfina que logo lhe restituíram a calma. Depois de permanecer alguns minutos imóvel numa poltrona, bem-humorada, alcançou o quarto de dormir.

Vronski olhou-a com atenção, procurando sobre o seu rosto algum indício da conversa que ela tivera com Dolly, mas só viu a graça sedutora de que conhecia todo o encanto. Ele esperou que ela falasse.

— Estou contente que Dolly tenha te agradado.

— Mas eu a conheço há muito tempo. É, creio, uma excelente mulher, se bem que *excessivement terre à terre*.[57] Mesmo assim não me sinto menos feliz com a sua visita.

Agarrou a mão de Ana e interrogou-a com um olhar ao qual deu um sentido bem diferente e, como única resposta, ela sorriu.

Apesar dos pedidos dos seus hospedeiros, Dolly, no dia seguinte, fez os preparativos da partida. O cocheiro Felipe, trajando um

---

57 Em francês, "extremamente prosaica". (N.E.)

velho capote e um chapéu que lembrava vagamente os dos estafetas do correio, deteve com um ar calmo e resoluto a sua carruagem em frente da casa.

Daria Alexandrovna despediu-se friamente da princesa Bárbara e dos cavalheiros. Unicamente Ana sentia-se triste: ninguém, ela o sabia, descobriria os sentimentos que Dolly remoera no fundo da alma. Por mais dolorosos que fossem, eles constituíam a melhor parte dela mesma e logo seriam destruídos, nos últimos vestígios, devido à vida que levava.

Somente em pleno campo, Dolly respirou livremente. Curiosa por conhecer as impressões dos seus companheiros de viagem, quis interrogá-los quando, voluntariamente, Felipe tomou a palavra:

— Para ricaços o que é dos ricaços. Deram aos meus cavalos apenas três medidas de aveia. O bastante apenas para não os deixar morrer de fome! Os pobres animais, antes do canto dos galos, tinham comido tudo. Na estação de mudas adquire-se aveia com quarenta e cinco copeques. Em nossa casa não se olha para isso!

— Sim, são pessoas ricas — aprovou o ajudante do cocheiro.

— Mas os cavalos são belos!

— Sim, não se pode negar, são belos animais. Não sei como a senhora se sentiu, Daria Alexandrovna — acrescentou, voltando para ela seu honesto e belo rosto. — Eu não estive à vontade.

— Eu tão pouco. Achas que chegaremos esta noite?

— Vamos ver se o conseguiremos.

Daria Alexandrovna encontrou os filhos em boa saúde e mais encantadores do que nunca. A sua inquietação desapareceu de repente. Descreveu com animação os acidentes da viagem, a acolhida cordial que lhe tinham reservado, elogiou o gosto e o luxo de Vronski, e não permitiu a ninguém a menor crítica a seu respeito.

— É preciso conhecer Ana e Vronski, e eu os conheço melhor agora, para entender quão gentis e comoventes eles são — disse ela com toda a sinceridade, esquecendo os sentimentos indefinidos de insatisfação e constrangimento que ela havia experimentado lá.

25

Vronski e Ana passaram no campo o fim do verão e uma parte do outono, sem dar nenhum passo para regularizar a sua situação. Tinham resolvido não se mexer de Vozbvijenskoie mas, após a partida dos seus convidados, sentiram que a vida devia sofrer necessariamente uma modificação.

Aparentemente, nada do que constitui a felicidade lhes faltava: eram ricos, tinham uma filha e trabalhavam. Ana continuava a cuidar da sua pessoa. Assinando inúmeros jornais estrangeiros, mandava buscar romances e obras sérias e os lia com a atenção dos solitários. Nenhum dos assuntos capazes de apaixonar Vronski lhe era indiferente: dotada de uma excelente memória, aprendeu nos manuais e nas revistas técnicas conhecimentos que surpreenderam o seu amante; quando manifestou as suas opiniões, ele admirou essa erudição e tomou o hábito de contestá-la sobre assuntos de agronomia, de arquitetura, esporte ou criação de cavalos e querer confirmações. Ela, então, buscava em livros e exibia para ele. Interessou-se também pela construção do hospital e fez adotar certas inovações que idealizara. O único fim da sua vida era agradar a Vronski, acompanhá-lo em todas as coisas, executar o que ele quisesse. Tocado por esse devotamento, o conde a apreciava no seu justo valor — mas, ao longe, a atmosfera da ternura ciumenta com que Ana o envolvia se tornava pesada e sentia necessidade de afirmar a sua independência. A sua felicidade seria completa se não fossem as penosas cenas que marcavam cada uma das suas partidas para as corridas ou as "sessões de paz". Achava muito ao seu feitio o papel de grande proprietário e descobria aptidões sérias como administrador dos seus bens. Apesar das enormes somas destinadas à construção do hospital, à compra das máquinas, das vacas suíças, e a inúmeros outros fins, a sua fortuna aumentava porque se entregava a métodos aprovados de cultura e, às menores coisas, emprestava um espírito de economia e prudência. Cogitasse de arrendar uma terra, de vender os bosques, o trigo, a lã, defendia os seus interesses com a segurança de um rochedo. Para comprar, escutava e interrogava o seu hábil administrador alemão, e não aceitava as inovações mais recentes. Com semelhantes métodos, não se arriscava a comprometer sua fortuna.

A nobreza da província de Kachine — onde estavam situadas as terras de Vronski, de Sviajski, de Koznychev, de Oblonski, e em parte as de Levine — devia realizar no mês de outubro a eleição para os seus prefeitos. Em razão de certas circunstâncias, o acontecimento prendia a atenção geral e algumas pessoas, que até então se abstiveram, prometiam vir de Moscou, de Petersburgo e mesmo do estrangeiro.

Um pouco antes da reunião, Sviajski, inspetor de Vozdvijenskoi, veio lembrar ao conde a sua promessa de acompanhá-lo ao distrito. Na véspera da partida, completamente preparado para a luta da qual esperava sair vencedor, Vronski anunciou num tom rápido e frio que se ausentaria alguns dias. Ana, com grande surpresa sua, recebeu aquela notícia com muita calma, contentando-se em perguntar a época exata da sua volta e respondeu com um sorriso ao olhar inquiridor com que ele a envolveu. A sua desconfiança logo despertou: quando Ana se fechava completamente nela mesma, era sinal de que estava resolvida a se lançar nalgum exagero. Contudo, para evitar uma cena desagradável, fez menção de acreditar — ou talvez de acreditar em parte — que ela se tornara mais compreensiva.

— Espero que não te aborreças — disse ele simplesmente.

— Oh, não! Recebi ontem um pacote da livraria Gautier. Isso me divertirá.

"É uma nova maneira que ela adota", pensou Vronski. "Tanto melhor. Já não gostava da velha!"

Ele a deixou sem que se explicassem profundamente — o que, aliás, nunca acontecera. Apesar de uma vaga inquietude, esperava que as coisas se arranjassem. "Ela acabará por ouvir a voz da razão porque, afinal, estou disposto a sacrificar-lhe tudo, tudo, menos a minha independência."

26

Levine voltou a Moscou em setembro para assistir ao parto da mulher e assim, há cerca de um mês vivia numa ociosidade forçada. Sérgio Ivanovitch, que se apaixonara pelas eleições de Kachine, lembrou-se que as suas terras do distrito de Selezniev davam-lhe direito de falar e o convidou para acompanhá-lo. Levine também tinha importantes negócios para resolver em Kachine em nome de sua irmã que vivia no exterior, relacionados a uma tutela e ao recebimento de dinheiro por terras transferidas para os camponeses.

Levine hesitou em partir mas, vendo que se aborrecia na capital, Kitty o apressou e ele encomendou secretamente um uniforme de delegado da nobreza. Esta despesa de vinte e quatro rublos destruiu as suas últimas hesitações.

No fim de seis dias de trabalho em Kachine, os negócios de sua irmã não haviam dado um passo. O primeiro, uma questão de tutela, não podia ser resolvido sem a opinião dos prefeitos, e esses senhores só pensavam nas eleições. O segundo, o adiantamento em caixa da renda anual, chocava-se igualmente com inúmeras dificuldades: ninguém fazia oposição ao pagamento, isso era um ponto acertado. Quanta balbúrdia! Mas, por mais complacente que fosse, o tabelião ainda não podia dar o visto na Tesouraria, e o tesoureiro, cuja assinatura era indispensável, teve que se ausentar por motivo de serviço. O tempo se passava em conversas com inúmeras pessoas, desejosas de auxiliarem o solicitador mas incapazes de prestar um serviço definitivo. Essas idas e vindas sem resultado se assemelhavam aos esforços inúteis que fazemos nos sonhos. Era a comparação que fazia Levine durante as conversas com o seu bondoso procurador. O procurador fazia todo o possível e se esforçava ao máximo para retirar Levine de seus apuros. "Veja bem", ele dizia, "O senhor tente fazer isso, vá a tal e tal lugar." O procurador elaborava um plano completo para contornar a dificuldade que era a raiz do problema. Mas ele logo acrescentava: "O senhor não conseguirá nada, mas é bom tentar sempre." E Levine seguia os seus conselhos, indo procurar os encarregados do serviço, que o recebiam muito bem, mas não avançavam nada nos negócios. O mais irritante para Levine era ser completamente incapaz de entender com quem ele estava lutando e a quem o atraso em seus negócios poderia interessar. Ninguém, nem mesmo seu procurador, parecia saber disso. Se se tratasse ainda de uma contrariedade perfeitamente compreensível, como de esperar a hora em frente a um guichê de estrada de ferro! Não, batia-se aqui com um obstáculo secreto. Não era para perder a cabeça?

Por felicidade, o casamento o tornara mais paciente e ele achava, na sua ignorância dos expedientes administrativos, uma razão suficiente para supor que as coisas seguiam um curso normal.

Aplicava esta mesma paciência para compreender as manobras eleitorais que agitavam em sua volta tantos homens graves, e fazia o possível para aprofundar o que antigamente abordara tão ligeiramente — como várias outras coisas cuja importância só percebera após o casamento. Sérgio Ivanovitch não esquecia nada para lhe explicar o sentido e o alcance das novas eleições. Snietkov, o prefeito atual, era um homem da velha estirpe, honesto a seu modo e que gastara uma enorme fortuna; as suas ideias atrasadas não se ajustavam mais com as necessidades do momento. Como prefeito, ele dispunha de somas consideráveis e tinha a mão sobre as instituições de importância essencial tais como as tutelas (Levine sabia alguma coisa), os estabelecimentos de ensino (ele, um obscurantista!), o "zemstvo" (que queria transformar em instrumento de classe!). Cogitavam de substituí-lo por um homem novo, ativo, imbuído de ideias modernas, capaz de extrair do "zemstvo" todos os elementos de *self-government* que ele pudesse fornecer. Soubessem dirigir, e a rica província de Kachine ainda uma vez podia servir de exemplo ao resto da Rússia. Em lugar de Snietkov, apresentavam Sviajski, ou melhor ainda Neviedovski, um velho professor muito inteligente e amigo íntimo de Sérgio Ivanovitch.

A sessão foi aberta com um discurso do governador, que convidou a todos a só visarem na sua escolha o devotamento ao bem público: seria o melhor modo de cumprir o dever de corresponder à confiança depositada pelo augusto monarca.

Terminado o discurso, o governador deixou a sala acompanhado de grande número de pessoas que o aclamavam estrepitosamente até o vestiário; Levine, que desejava não perder o menor detalhe, chegou no momento justo para o ver tomar a capa e dizer ao prefeito:

— Apresente, eu lhe peço, a Maria Ivanovna, todos os cumprimentos da minha mulher: ela teve que visitar o asilo.

Todos puseram a capa e dirigiram-se à catedral. Ali, erguendo a mão com os seus colegas e repetindo como eles as palavras que o sacerdote pronunciava, murmurou um sermão que correspondia em todos os pontos aos votos emitidos pelo governador. E, como as cerimônias religiosas sempre impressionassem Levine, esse se comoveu ouvindo aquela multidão de velhos e moços proferir com ele palavras tão solenes.

Nos dois dias imediatos, ocuparam-se com as receitas e despesas do orçamento e com a escola das moças — acontecimentos que, segundo Sérgio Ivanovitch, não despertavam nenhum interesse. Levine os aproveitou para cuidar dos seus negócios. No quarto dia, verificaram a tesouraria: os contadores declararam que tudo estava direito. O prefeito levantou-se e agradeceu, vertendo uma lágrima pela confiança que lhe depositavam. Mas um daqueles que partilhavam da opinião de Sérgio Ivanovitch ouviu dizer que, por deferência ao prefeito, os contadores não haviam verificado a caixa. Um dos verificadores cometeu a imprudência de confirmar aquele sinal de confiança. Então um homenzinho, tão jovem quanto irônico, lamentou que a extrema delicadeza dos contadores desse ao prefeito a satisfação bem natural de prestar as suas contas. Os contadores retiraram a sua declaração. Sérgio Ivanovitch demonstrou amplamente a necessidade de se proclamar se a caixa fora ou não fora examinada. Um orador do partido oposto replicou-lhe. Depois falou Sviajski, e depois ainda o homenzinho irônico. Discutiu-se durante muito tempo para não se chegar a nenhuma conclusão. Tudo aquilo surpreendeu muito a Levine, e mais ainda a resposta que seu irmão lhe deu quando perguntou se ele julgava Snietkov capaz de roubo:

— Oh, não, é um homem muito honesto! Mas é preciso acabar com este modo patriarcal de dirigir os negócios.

No quinto dia, realizaram as eleições para prefeitos do distrito. Dentre eles, muitos lutaram, mas, para o distrito de Selezniev, Sviajski foi eleito por unanimidade e, nesta mesma noite, ofereceu um grande jantar.

27

A eleição do governador da província só se realizaria no sexto dia, e muitas pessoas apareceram apenas por esta ocasião. Como alguns chegassem de Petersburgo, da Crimeia, do estrangeiro, vários amigos, que não se viam há muito tempo, encontravam-se com prazer. As duas salas, tanto a grande como a pequena, estavam repletas de eleitores. Olhares hostis, bruscos silêncios, cochichos nos cantos, até no corredor, tudo denunciava a existência de dois campos opostos. Levine observou que os velhos estavam de um lado e os moços do outro: os primeiros, apertados em uniformes civis e militares passados da moda, abotoados até o pescoço, comprimidos nos ombros, mostravam espadas e chapéus de pluma; os segundos, ao contrário, apresentavam-se em roupas frouxas, desabotoadas sobre os coletes brancos. Alguns tinham as insígnias dos dignitários da Corte, outros do Ministério da Justiça ou colete escuro ornado com folhas de louro. Mas, olhando de mais longe, Levine verificou que inúmeros moços sustentavam o velho partido, enquanto outros, entre os mais idosos, se entrevistavam com Sviajski.

Na sala pequena, onde estava instalado o *buffet*, Levine esforçava-se inutilmente para compreender a tática de um grupo do qual o seu irmão era a alma. Sviajski, apoiado por Sérgio Ivanovitch, insistia junto a Khlioustov, prefeito de um outro distrito, para que, em nome do seu distrito, pedisse a Snietkov que apresentasse a sua candidatura. "Como diabo", pensava Levine, "se pode fazer semelhante negócio com um homem que se tem a intenção de destruir?"

Stepane Arcadievitch, em traje de camarista, aproximou-se do grupo. Vinha de fazer um ligeiro almoço e limpava a boca com o seu lenço de cambraia de linho, perfumado.

— Temos a posição, Sérgio Ivanovitch — disse ele.

Como lhe submetessem o caso, deu razão a Sviajski.

— Um único distrito chega — declarou. — O de Sviajski, que pertence abertamente à oposição.

Todos compreenderam, menos Levine.

— Então, Kostia — continuou ele, segurando o braço do cunhado —, tu não pareces gostar das nossas historiazinhas...

Levine nada mais desejava senão gostar daquilo. Era preciso que ele compreendesse alguma coisa. Arrastou Oblonski para um canto, visando a pedir-lhe alguns esclarecimentos.

— *O sancta simplicitas!*[58] — gritou Stepane Arcadievitch. E, com poucas palavras, explicou-lhe tudo.

"Nas últimas eleições, os dez distritos da província haviam levantado a candidatura de Snietkov — fora eleito com todas as bolas brancas. Desta vez, porém, dois distritos queriam se abster, o que podia obrigar a Snietkov a desistir e, neste caso, o velho partido poderia talvez escolher um outro candidato mais perigoso. Mas, se o distrito de Sviajski ficasse na oposição, Snietkov de nada desconfiaria. Certos oposicionistas chegaram a votar nele a fim de que, desconcertado com esta tática, o velho partido concedesse votos ao candidato da oposição quando este se manifestasse."

Levine só compreendeu pela metade e teria continuado a fazer perguntas, se todos não começassem a falar ao mesmo tempo e a se dirigirem para a grande sala.

— Que tem ele?

— Um poder reconhecidamente falso?

---

58 Em latim, "Oh santa ingenuidade." (N.E.)

— Não, é Flerov que não quer admiti-lo.
— Por quê?
— Então, acabarão por não admitir ninguém.
— É absurdo.
— Não, é a lei.

Conduzido pela onda dos eleitores, que receavam faltar a tão curioso espetáculo, Levine chegou à grande sala onde uma viva discussão se desenrolava entre o prefeito, Sviajski e inúmeras outras pessoas importantes agrupadas em torno da mesa de honra, abaixo do retrato do imperador.

28

Os vizinhos de Levine não deixavam que ele ouvisse: um, tinha a respiração cansada; outro, achava-se incomodado com as botinas. No entanto, distinguia a voz doce do velho prefeito, a voz penetrante do homenzinho irônico, e afinal a de Sviajski. Todos três discutiam sobre o sentido da expressão "fazer um inquérito" e sobre a interpretação a ser dada a certo artigo da lei.

A multidão dividia-se em frente de Sérgio Ivanovitch, que declarou imediatamente ser indispensável apegar-se ao texto mesmo da lei. O artigo em questão precisava que, em caso de divergência de opinião, devia-se lançar mão do voto. Koznychev o sabia muito bem e, desde que o secretário submeteu a ele tal ponto, fez uma leitura comentada. Então um homem gordo e enorme, de bigode e busto ligeiramente curvo, trajando um uniforme muito justo, deu com o anel alguns golpes secos na mesa e gritou com voz forte:

— Aos votos, aos votos! Nada de discussão!

Inúmeras pessoas quiseram se interpor, falando todas ao mesmo tempo, e o senhor do anel alteava a voz cada vez mais, sem que se chegasse a compreender o que ele dizia.

No fundo, perguntava a mesma coisa que Sérgio Ivanovitch, mas num tom de tal hostilidade que Sérgio Ivanovitch e os do seu grupo tiveram que aceitar a luva. O prefeito reclamou silêncio.

— Aos votos, aos votos!...

— Qualquer cavalheiro me compreenderá.

— Derramaremos o nosso sangue pela pátria...

— O imperador nos honrou com a sua confiança...

— O prefeito não tem ordem para nos dar...

— Mas não se trata disso...

— Desculpa-me, desculpa-me, é uma infâmia... Às urnas!...

Clamores violentos, olhares enfurecidos, rostos contraídos pelo ódio, Levine não compreendia que se pudesse pôr tanta paixão em negócio cuja importância não lhe parecia maior do que aquele que Sérgio Ivanovitch lhe explicara. O bom público exigia que se colocasse o prefeito numa situação crítica e, para obter essa situação, a maioria dos votos era indispensável e, para obter essa maioria, era preciso conceder o direito de voto a Flerov e, para lhe reconhecer esse direito, era imprescindível interpretar em um certo sentido tal e tal parágrafo da lei.

— Um único voto pode decidir a maioria — concluiu Sérgio Ivanovitch. — Não te esqueças que o interesse pelo bem público exige antes de tudo bom senso e espírito de continuidade.

Apesar dessa lição, a irritação que se apossava daqueles homens produzia em Levine uma terrível impressão. Sem esperar o fim dos debates, ele se refugiou na pequena sala onde os garçons do *buffet* preparavam os talheres. Para sua grande surpresa, a presença daquelas fisionomias plácidas o acalmou instantaneamente. Julgou respirar um ar mais puro e pôs-se a andar divertindo-se com a astúcia de um velho servidor de bigode grisalho que, indiferente aos motejos dos seus jovens companheiros, lhes ensinava com um ar de soberano desprezo, a arte de limpar os pratos. Ia ele dirigir a palavra ao homem quando o secretário da carteira de tutoria, um velhinho que conhecia bem os nomes de todos os cavalheiros da província, veio repreendê-lo da parte de Sérgio Ivanovitch.

— O seu irmão está procurando o senhor, Constantin Dmitritch. É o momento de votar.

Levine voltou para a grande sala, onde lhe entregaram uma bola branca e acompanhou o irmão até a mesa onde Sviajski, com ar importante, irônico, presidia à votação. Depois de haver dado o seu voto, Sérgio Ivanovitch afastou-se, mas Levine, desorientado, perguntou-lhe baixinho, esperando que os seus vizinhos, presos a uma animada conversa, não o ouvissem:

— Que é preciso que eu faça?

A conversa, por infelicidade, cessou bruscamente e a malfadada pergunta foi ouvida por todos. Alguns sorriram.

— O que ditarem as tuas convicções — respondeu Sérgio Ivanovitch, franzindo a testa.

Levine corou e pôs a bola no compartimento da direita. Verificando o erro cometido, ele o agravou e, completamente desorientado, executou uma retirada precipitada.

— Cento e vinte e seis votos a favor! Noventa e oito contra! — gritou o secretário.

E, como se encontrassem ainda na urna um botão e duas nozes, elevou-se um riso geral.

Flerov estava admitido. O novo partido o arrebatava, mas o velho não se dava por vencido. Um grupo de cavalheiros cercava Snietkov e lhe suplicava para representá-lo no sufrágio. Levine ouviu alguns restos do seu agradecimento: "Confiança, afeição, devotamento à nobreza, doze anos de serviços leais", essas palavras voltavam incessantemente aos seus lábios. Subitamente uma crise de lágrimas, provocada talvez pela afeição demonstrada para com aqueles cavalheiros ou mais provavelmente pela injustiça dos seus processos, o impediu de continuar. Logo uma mudança se verificou em seu favor e Levine sentiu por ele uma espécie de ternura.

Como o prefeito saísse, chocou-se, perto da porta, com Levine.

— Perdão, senhor — disse ele mas, tendo-o reconhecido, sorriu timidamente, parecendo querer acrescentar algumas palavras que a sua emoção não permitiu.

A fuga desvairada daquele homem de calças brancas, de uniforme repleto de condecorações, a expressão de angústia que leu sobre o seu rosto, lembraram a Levine os últimos instantes de um animal em agonia. Ficou tanto mais surpreso quando, tendo ido vê-lo na véspera para o negócio da tutoria, tivera ocasião de admirar a perfeita dignidade da sua vida. Uma antiga habitação ornamentada com móveis antigos; velhos criados, de fisionomias negligentes, mas de maneiras respeitosas, antigos escravos que não queriam mudar de patrão; uma gorda e excelente mulher de xale e touca de rendas quase acariciando a sua encantadora filhinha; um colegial, belo rapaz que, entrando, teve como primeiro cuidado beijar a mão do pai; as opiniões afetuosas e as maneiras distintas do dono da casa — tudo isso se impusera a Levine. Também, tomado de piedade pelo infeliz velho, quis reanimar-lhe a coragem:

— Espero que o senhor fique conosco — disse ele.

— Eu duvido — respondeu o prefeito, lançando em torno um olhar perturbado. — Estou velho e cansado. Que os mais moços tomem o meu lugar!

E desapareceu por uma pequena porta.

Aproximava-se o minuto solene. Os chefes dos dois partidos gozavam antecipadamente as suas probabilidades. O incidente provocado pelo novo partido fizera-o ganhar, além do voto de Flerov, dois outros votos ainda. Realmente, certos partidários de Snietkov tinham se divertido embriagando dois dos seus adversários e roubando o uniforme de um terceiro. Sviajski abortou essa manobra, despachando durante o voto preliminar alguns dos seus homens, que vestiram o fidalgo despido e reconduziram em carruagem um dos bêbados.

— Já derramei um balde de água na sua cabeça — disse um dos delegados a Sviajski. — Ele pode se manter de pé.

— Assegura-me que não cairá? — respondeu Sviajski, sacudindo a cabeça.

— Não há perigo. A não ser que o levem para o *buffet*! Mas eu já dei ordens severas ao proprietário.

29

A sala, comprida e estreita, onde se achava o *buffet*, regurgitava, e a agitação ia crescendo principalmente entre os chefes que calculavam as probabilidades dos seus candidatos. O grosso da hoste preparava-se para a luta, restaurando-se; outros fumavam ou andavam na sala.

Levine não tinha fome, não era um fumante, não quis reunir-se aos amigos entre os quais perorava Vronski em uniforme de escudeiro do imperador — descobrira-o desde a véspera e, a nenhum preço, desejava encontrá-lo. Refugiou-se perto de uma janela, examinando os grupos que se formavam, prestando atenção ao que se dizia em sua volta. Sentia uma certa tristeza em ver toda gente cheia de animação, enquanto ele sozinho, em companhia de um velho oficial da marinha desdentado e gago, era o único que não tinha o menor interesse.

— Ah, o animal! Eu já o havia repreendido. Não, três anos chegam para o senhor fazer os seus preparativos! — proferiu em tom enérgico, um fidalgo de estatura mediana e um pouco arqueado, cujos cabelos caíam sobre o colarinho da sua túnica bordada, e cujas botinas novas, talvez compradas naquele dia, rangiam furiosamente. Fitou Levine quase agressivamente e se voltou de súbito, enquanto o homem a quem ele se dirigia replicava com uma voz de falsete:

— Sim, o senhor tem razão, o negócio não é claro.

Levine viu depois se aproximar um grupo que cercava um general.

— Ele ousa dizer que eu mandei tirar as suas calças! Esteja certo de que foi à venda para beber! Pouco me interessa que ele seja príncipe. É desagradável receber semelhantes propostas.

— Desculpem — dizia alguém num outro grupo. — A lei é formal: a mulher deve ser inscrita no registro da nobreza.

— Estou pouco ligando à lei. Ou se é nobre, ou não se é! E se eu o sou, então podem me acreditar sob palavra, que diabo!

— Que dirá de uma taça de *fine champagne*, Excelência?

Um outro grupo vigiava de perto um sujeito que gritava e gesticulava. Não era outro senão o bêbado.

— Eu sempre aconselhei a Maria Semionovna que alugasse a sua terra, ela não achou nenhuma vantagem — dizia um senhor de bigode negro, que trajava um antigo uniforme de coronel do Estado-Maior.

Levine reconheceu imediatamente o velho proprietário que encontrara em casa de Sviajski. Os seus olhares se encontraram.

— Sinto-me feliz em tornar a vê-lo — disse o velho, abandonando o seu grupo. — Se tenho boa memória, acho que já nos conhecemos em casa de Nicolas Ivanovitch, o ano passado.

— Como vão os seus negócios?

— De mal a pior — respondeu o velho num tom convencido, como se não pudesse dizer outra coisa. — Mas que veio fazer o senhor tão longe da sua casa? Participar do nosso *coup d'Etat*?[59]

O ar resoluto com que pronunciou aquelas palavras em francês compensou o defeito da pronúncia.

— Parece que a Rússia inteira marcou encontro, temos até camaristas, talvez ministros — acrescentou apontando para Oblonski, que passeava em companhia de um general, causando sensação com o seu brilhante uniforme.

— Falando francamente — respondeu Levine —, a importância que possa ter estas eleições me escapa completamente.

— Que importância quererá o senhor que elas tenham? É uma caduca instituição que só se prolonga através da força da energia. Está vendo todos estes uniformes: não há nobres, senhor, o que há são funcionários.

---

59 Em francês, "golpe de Estado". (N.E.)

— Se é assim, que veio fazer nestas sessões?

— O hábito, senhor, o hábito e o interesse! Porque, além de uma espécie de obrigação moral, tenho necessidade de manter certas relações. O meu genro não é rico, procura um lugar, é preciso dar-lhe um auxílio... Mas o que me surpreende é ver aqui pessoas como aquela — disse ele, mostrando o homenzinho cujo tom irônico impressionara a Levine durante os debates que precederam a votação

— São os nobres do novo estilo.

— Novo estilo! Mas podemos chamar nobres a pessoas que se agarram aos direitos da nobreza?

— Mas se na opinião do senhor é uma instituição que já teve o seu tempo...

— De acordo, mas existem instituições velhas que devem ser respeitadas. É que Snietkov... Talvez não seja muito grande o nosso valor, mas existimos há mais de mil anos. Querendo fazer um jardim em frente da sua casa, o senhor não irá cortar as árvores seculares. Não, por mais terrível que seja, o senhor traçará as aleias de modo a aproveitar as velhas árvores: isso não impediria que em um ano...

Dissera aquilo com uma certa circunspeção e, para desviar a conversa, perguntou a Levine:

— Então, e os seus negócios?

— Não vão muito bem: cinco por cento no máximo.

— E o senhor não conta as dificuldades das remunerações. Quando estava no serviço, recebia três mil rublos de soldo. Agora, que trabalho na agricultura, trabalho mais tempo sem receber uma moeda. E fico contente quando, como o senhor, consigo tirar cinco por cento da terra.

— Por que o senhor teima?

— O hábito, senhor, o hábito!... Bem melhor — continuou, apoiando-se na janela e parecendo tomar gosto pela conversa —, bem melhor que o meu filho não tenha nenhuma aptidão para a cultura, ele só gosta da ciência, e eu acabo de plantar um pomar.

— É verdade — disse Levine. — Dir-se-ia que temos um dever a cumprir para com a terra porque, da minha parte, não alimento ilusões quanto ao lucro do meu trabalho.

— Eu tenho como vizinho um negociante. Outro dia ele veio visitar-me e, quando eu lhe mostrei tudo, sabe o senhor o que me disse? "Meus cumprimentos, Stepane Vassilievitch, o senhor conduz bem o seu barco, mas eu, em seu lugar, cortaria as tílias. Tem aí um milhar e cada uma lhe daria dois bons barrotes. Pede-se muito por isto hoje em dia."

— "E com o dinheiro que alcançarei comprarei gado ou então um pedaço de terra que alugarei muito caro aos camponeses" — concluiu Levine, que conhecia, há muito tempo, aquela espécie de raciocínio. — E ele faria uma fortuna ali onde seríamos felizes em guardar a nossa terra intata e poder deixá-la para os nossos filhos.

— Disseram-me que o senhor se casou, é verdade?

— Sim — respondeu Levine com orgulhosa satisfação. — Não acha surpreendente que fiquemos agarrados à terra como as Vestais ao fogo sagrado?

O velho sorriu.

— Alguns, como o nosso amigo Nicolas Ivanovitch ou como o conde Vronski, que acabam de se fixar na terra, pretendem fazer indústria agrícola. Mas até aqui isso só tem servido para comer o seu capital.

— Mas por que não fazemos como o seu negociante? — prosseguiu Levine. — Por que não cortamos as nossas árvores?

— Por causa da nossa mania de sustentar o fogo sagrado, como o senhor disse. E, depois, vender as árvores não é uma ação de nobres. Temos um instinto de casta que dirige as nossas ações. Os camponeses têm também o seu: os melhores dentre eles obstinam-se em arrendar a maior parte de terra possível e, seja ela boa ou má, cultivam-na do mesmo modo, embora sejam frequentes as perdas.

— Do mesmo modo que nós! — disse Levine. — Sinto-me feliz por haver reatado o conhecimento com o senhor — acrescentou, vendo aproximar-se Sviajski.

— Desde que nos encontramos o ano passado, em sua casa, não mais tinha visto este senhor — disse o velho, voltando-se para Sviajski. — Acabamos de conversar francamente.

— E de maldizer a nova ordem de coisas? — insinuou Sviajski, rindo.

— Se o senhor acha assim...

— É preciso aliviar o coração, não é verdade?

30

Sviajski tomou Levine pelo braço e o conduziu para o seu grupo.

Fora-lhe impossível evitar Vronski que, entre Sérgio Ivanovitch e Stepane Arcadievitch, fitava-os quando se aproximavam.

— Muito prazer em conhecê-lo... — disse ele estendendo a mão para Levine. — Já nos encontramos, creio, em casa... da princesa Stcherbatski.

— Sim, lembro-me perfeitamente do nosso encontro — respondeu Levine, que se tornou vermelho e voltou-se para o irmão.

Vronski esboçou um sorriso e dirigiu a palavra a Sviajski sem demonstrar nenhum desejo de prosseguir a conversa com Levine, mas este, confuso da sua indelicadeza, procurou um meio de repará-la.

— O que está faltando agora? — perguntou ele, olhando Vronski e Sviajski.

— Tudo depende agora de Snietkov — respondeu Sviajski.

— Ele não se fará representar?

— Tem o ar de quem hesita — disse Vronski.

— Se ele recusa, quem se apresentará no seu lugar?

— Todos os que desejarem — disse Sviajski.

— Tu, por exemplo?

— Nunca na minha vida! — exclamou Nicolas Ivanovitch, que se perturbou e lançou um olhar inquieto sobre o vizinho de Sérgio Ivanovitch em quem Levine reconheceu o homenzinho irônico.

— Então, será Neviedovski? — continuou Levine, sentindo que se aventurava num terreno perigoso.

Mas se tratava de algo ainda pior: Neviedovski e Sviajski eram os dois potenciais candidatos.

— Em caso algum! — respondeu o sujeito desagradável que era Neviedovski em pessoa e a quem Sviajski se apressou a apresentar Levine.

— Isso começa a te apaixonar? — interveio Stepane Arcadievitch, lançando um olhar para Vronski. — É uma espécie de corridas: deveriam estabelecer uma aposta mútua.

— Sim, apaixona como toda luta — aprovou Vronski, a testa franzida.

— Que espírito prático tem este Sviajski!

— Certamente — respondeu Levine num tom evasivo.

Fez-se silêncio, durante o qual Vronski concedeu a Levine um olhar distraído e, vendo que aquele tinha sobre ele os seus olhos sombrios, perguntou-lhe, para dizer qualquer coisa:

— Como se explica que o senhor, sempre morando no campo, não seja juiz de paz?

— Porque as justiças de paz me parecem uma instituição absurda — disse Levine num tom frágil e lúgubre.

— Eu julgava o contrário — respondeu Vronski sem perder a calma.

— É uma brincadeira. — interrompeu Levine. — Não precisamos disso. Em oito anos, não precisei entrar com nenhum processo. E, quando o fiz, ele foi resolvido de maneira errada. O juizado de paz fica a quarenta verstas da minha casa, e, por uma questão de dois rublos, tenho que enviar um advogado que me custaria quinze rublos de despesa.

Pôs-se a contar a história de um moleiro perseguido pela calúnia da petição de um camponês que o vira roubar um saco de farinha e que fora censurado por ele.

Narrando aquelas tolices, Levine sentia que eram ingênuas e inoportunas.

— Que estranho! — disse Oblonski com o seu sorriso mais hipócrita. — Mas se fôssemos ver o que se passa? Parece-me que estão votando.

— Eu não o compreendo — disse Sérgio Ivanovitch quando ficaram sozinhos. — Raramente vi uma falta tão completa de tato político. Defeito bem russo!... Snietkov é nosso adversário, tu és *ami cochon*[60] para com ele. O conde Vronski é nosso aliado, tu o tratas orgulhosamente... Em verdade, nada tenho a dizer sobre ele, acabo mesmo de recusar o seu convite para jantar, mas, afinal, por que lhe dar as costas? Depois, tu fazes a Neviedovski perguntas indiscretas...

— Tudo isso me aborrece e, de resto, não tem nenhuma importância — replicou Levine cada vez mais lúgubre.

— É possível. Mas, quando tu entras, estragas tudo.

Levine nada respondeu e ambos ganharam a grande sala.

Embora sentisse uma manobra no ar, o velho prefeito fizera finalmente uma violência. Ergueu-se um grande silêncio e o secretário proclamou em alta e inteligível voz que o capitão de guardas Miguel Stepanovitch Snietkov apresentava a sua candidatura ao cargo de prefeito da nobreza para a província de Kachine. Os prefeitos distritais deixaram as suas mesas respectivas para se instalarem, com as urnas, na mesa de honra.

— À direita! — murmurou Stepane Arcadievitch no ouvido do cunhado, quando eles se aproximaram da mesa. Mas Levine, que esquecera as complicadas explicações de Sérgio Ivanovitch, pensou num erro de Oblonski: não era Snietkov o adversário? Em frente mesmo da urna, passou a bola da mão direita para a esquerda e votou tão ostensivamente na esquerda, que um eleitor que o observava franziu a testa: aquele cavalheiro praticava a arte de adivinhar os votos.

Imediatamente, ouviu-se o barulho das bolas que estavam sendo contadas e o secretário proclamou os resultados do escrutínio: Snietkov

---

60 Em francês, "Você é muito grosseiro com ele." (N.E.)

fora eleito com uma grande maioria. Todos se precipitaram para a porta, querendo abri-la ao prefeito e felicitá-lo ao mesmo tempo.

— Então, acabou? — perguntou Levine ao irmão.

— Pelo contrário, está começando — respondeu por Koznychev, Sviajski. — O vice-prefeito pode obter um número superior de votos.

Aquela sutileza escapara a Levine, e deixou-o melancólico. Acreditando-se inútil, voltou à pequena sala, onde a presença dos "garçons" lhe devolveu a serenidade. O velho servidor, que se pusera às suas ordens, preparou-lhe croquetes de feijão e pôs-se a tagarelar sobre os seus patrões dos tempos passados. Depois, como decididamente a grande sala lhe inspirasse repulsa, subiu para as tribunas, que achou repletas de senhoras em trajes de luxo. Inclinadas nas balaustradas, elas prestavam atenção ao que se dizia na sala. Elegantes advogados, oficiais, professores do colégio as cercaram. Falava-se unicamente das eleições. Uns faziam sobressair o interesse dos debates, outros mostravam o extremo cansaço do prefeito. Levine ouviu uma senhora dizer a um advogado:

— Como estou contente por ter ouvido Koznychev! Podemos retardar o jantar por causa de semelhante discurso. Que linda voz! No tribunal, o senhor só encontra Maidel que saiba falar e, ainda assim, não é muito eloquente.

Levine acabou por achar um lugar livre. Apoiou-se na balaustrada e olhou em frente.

Todos os cavalheiros, os nobres, estavam agrupados pelos distritos. No meio da sala, um homem fardado proclamava com uma voz de falsete:

— O capitão Eugenio Ivanovitch Apoukhtine aceita a candidatura para o cargo de vice-prefeito?

Depois de alguns instantes de profundo silêncio, uma vozinha de velha murmurou:

— Ele recusa.

— O conselheiro palaciano Pedro Petrovitch Bohl aceita a candidatura?

— Ele recusa — ganiu uma voz moça e aguda.

Isso durou uma boa hora. Depois de ter procurado inutilmente compreender, Levine, preso a um mortal aborrecimento e revendo mentalmente todos aqueles rostos carregados de ódio, resolveu voltar para casa. Na entrada da tribuna, chocou-se com um colegial de grandes olheiras que andava com um ar melancólico. E, na escada, encontrou uma dama que subia os degraus acompanhada de um vivo rapaz.

— Bem te dizia que chegaríamos a tempo — disse o rapaz enquanto Levine se afastava.

Atingiu o vestíbulo, e tirava do bolso do colete o seu número do vestiário, quando o secretário o agarrou.

— Constantin Dmitrievitch, faça favor, estão votando.

Apesar das suas recentes recusas, Neviedovski aceitara a candidatura.

O secretário bateu na porta da grande sala que estava fechada. Ela se abriu, deixando passar dois fidalgos vermelhos.

— Eu não podia mais! — disse um deles.

O velho prefeito acorreu; o seu rosto transtornado causava pena.

— Eu te proibi de deixar sair quem quer que fosse! — gritou ele ao porteiro.

— Mas não de deixar entrar, Excelência!

— Senhor, meu Deus! — suspirou o prefeito, retornando à mesa de honra, de cabeça baixa e com as pernas amolecidas.

Como os seus partidários esperavam, Neviedovski, tendo maior número de votos, muito superior mesmo aos de Snietkov, foi proclamado prefeito, o que alegrou a uns, entristeceu a outros e arrastou o seu predecessor a um desespero que ele não pensava esconder. Quando o novo eleito deixou a sala, uma entusiasta multidão o acompanhou com as mesmas aclamações com que, cinco dias antes, recebera o governador e, algumas horas antes, a Snietkov.

31

Vronski ofereceu um grande jantar ao novo prefeito e ao partido que triunfava com ele.

Indo assistir à reunião, o conde quisera afirmar a sua independência em relação a Ana, ser agradável a Sviajski, que lhe prestara inúmeros favores quando das eleições no "zemstvo" e, acima de tudo, cumprir os deveres impostos pelo título de grande proprietário. Não supunha existir na sua pessoa o apaixonado interesse que tomava no negócio e nem o sucesso com que desempenhava o seu papel. Conquistara repentinamente a simpatia geral e via muito bem que se contava com ele. Essa súbita influência era devido ao seu nome e à sua fortuna; à bela casa que ocupava e que lhe fora cedida pelo seu velho amigo Chirkov, um financista que fundara em Kachine um banco muito próspero; ao excelente cozinheiro que trouxera do campo; à sua intimidade com o governador, um dos seus antigos camaradas e protegidos; e mais ainda pelos seus modos simples e encantadores, que conquistavam todos os corações, apesar da reputação de orgulho que possuía. Em suma, fora aquele sujeito que julgara bem esposar Kitty Stcherbatski e que acabava de lhe dirigir à *propos de bottes*[61] uma série de tolices, todos os que o haviam conhecido durante a sessão pareciam dispostos a homenageá-lo e a atribuir-lhe o sucesso de Neviedovski. Ele sentia um certo orgulho e pensava que, dentro de três anos, talvez estivesse casado e, se a sua fantasia não o enganasse, poderia fazer triunfar a sua própria candidatura como antigamente, depois de aplaudir com sucesso o seu jóquei, havia resolvido correr pessoalmente.

Celebrava-se no momento o triunfo do jóquei. Vronski presidia a mesa. À sua direita, estava o governador, um jovem general ligado ao Imperador, que cortejava os nobres mas, para o conde, era apenas o velho camarada Maslov — Katka, como o chamavam no *Corps des*

---

61 Em francês, "a troco de nada". (N.E.)

*Pages*⁶² —, um sujeito que lhe devia favores de longa data e que ele se esforçava de *mettre à son aise*.⁶³ Tinha à esquerda Neviedovski, imperturbável e galhofeiro, para quem se mostrava cheio de consideração.

O jantar decorreu maravilhosamente. Stepane Arcadievitch, feliz com a satisfação geral, divertia-se francamente. Sviajski fazia boa expressão em mau jogo: fez um brinde ao seu feliz rival em torno do qual, segundo ele, todos deviam se agrupar, a nobreza não podendo pôr à sua frente um melhor defensor dos princípios que se reclamariam daí para o futuro. Em seguida, aludindo às lamúrias de Snietkov, aconselhou alegremente a "Sua Excelência" que mandasse verificar na tesouraria processos mais convincentes que as lágrimas. Uma outra má língua contou que Snietkov, esperando celebrar um baile na sua reeleição, mandara buscar criados de calças curtas que, agora, permaneciam sem emprego, a não ser que "Sua Excelência" quisesse oferecer um baile em honra deles.

Tratando de Excelência a Neviedovski, toda gente experimentava o mesmo prazer que ao saudar uma jovem recém-casada com o título de "madame". O novo prefeito tomava ares indiferentes, contendo-se para não deixar transparecer o entusiasmo muito pouco em harmonia com as disposições "liberais" que dominavam a assistência.

Inúmeros telegramas foram enviados a quem de direito. Oblonski julgou bom expedir um a Dolly "para ser agradável a todos" — confiava ele aos vizinhos. "Neviedovski eleito maioria vinte votos. Felicitações" — dizia o telegrama que a pobre Dolly recebeu suspirando. Um rublo ainda jogado fora! Era uma das fraquezas do seu marido, o *faire jouer le télégraphe*⁶⁴ depois de um bom jantar.

Em verdade, aquilo não deixava nada a desejar: manjares estranhos, vinhos dos melhores julgados no estrangeiro, convivas escolhidos por Sviajski, assuntos espirituais e em boa companhia, brindes

---

62 Em francês, "Corpo de Pajens". (N.E.)
63 Em francês, "para deixa-lo à vontade". (N.E.)
64 Em francês, "acionar o telégrafo". (N.E.)

humorísticos em honra do novo prefeito, do governador, do diretor do banco e do "nosso amável anfitrião" — nunca Vronski esperara encontrar-se daquele modo na província. Não escondia a sua satisfação.

A alegria redobrou no fim da refeição, e o governador convidou Vronski para assistir a um concerto que a sua mulher organizara em favor dos "nossos irmãos eslavos": ela desejava conhecer o conde.

— Haverá dança depois e o senhor verá a nossa "beleza" local. Valerá a pena.

— *Not in my line*[65] — respondeu Vronski, rindo-se. Prometeu ir através dessa expressão que, particularmente, apreciava muito.

Acenderam-se os cigarros, iam se levantar da mesa, quando um criado se aproximou de Vronski trazendo uma carta sobre uma bandeja:

— De Vozdvijenskoie — declarou ele num tom importante.

— É surpreendente como ele se parece com o substituto de Sventitski — disse em francês um dos convidados, mostrando o criado, enquanto Vronski, subitamente perturbado, abria a carta.

Prometera voltar na sexta-feira. As eleições haviam se prolongado, e permaneceu ausente ainda durante o sábado. Escrevera na véspera para explicar o atraso mas, as duas cartas sendo escritas ao mesmo tempo, imaginou que a de Ana devia estar repleta de censuras. O conde sentiu mais ainda do que esperava: "Annie está gravemente doente, o médico receia uma inflamação. Sozinha, eu perco a cabeça. A princesa Bárbara constitui um embaraço. Esperei-te inutilmente ontem, anteontem — desesperada, envio um mensageiro para saber o que é feito de ti. Iria eu própria se não receasse ser desagradável. Dê uma resposta qualquer, a fim de que eu saiba o que devo fazer!"

A criança estava gravemente doente e Ana quisera vir pessoalmente! A sua filha sofria e ela tomava para com ele aquele tom de hostilidade!

O contraste entre a inocente alegria das eleições e a trágica paixão que o ligava imperiosamente a ela impressionou dolorosamente Vronski. Partiu nessa noite mesmo pelo primeiro trem.

---

65 Em inglês, "Não é do meu feitio." (N.E.)

32

As cenas que Ana fazia em cada uma das suas ausências só podiam enfastiar o amante. Ela percebera isso e, na hora da partida para as eleições, resolvera suportar estoicamente a separação. Mas o olhar frio e imperioso com que ele anunciou a sua decisão a feriu e, ainda ele não partira, ela já não se controlava mais.

Na solidão, Ana pensou naquele olhar através do qual Vronski demonstrava a sua independência e o interpretou, como sempre, num sentido humilhante para ela. "Certamente, ele tem o direito de se ausentar quando queira... e mesmo de me abandonar. Demais, ele tem todos os direitos enquanto eu não tenho nenhum! Foi pouco generoso fazendo-me sentir isto... Mas de que modo fez ele tal coisa? Com um olhar duro?... É muito vago. No entanto, ele não me olhava como dantes e isso prova que está se tornando frio a meu respeito..."

Embora convencida daquela frieza, ela não acreditava poder oferecer a Vronski um amor sempre mais ardente e encantos sempre renovados. Além disso, as ocupações multiplicadas durante o dia e as doses de morfina durante a noite podiam abrandar o terrível pensamento de que um dia talvez o seu amante a deixasse de amar: então, em que ela se tornaria? A força de refletir nestas coisas, acabou por compreender que lhe restava ainda um meio de salvação: o casamento, e decidiu ceder aos primeiros argumentos em favor do divórcio que Stiva ou Vronski lhe ponderassem.

Passaram-se cinco dias naqueles transes. Ela enganava a sua preocupação com passeios, conversas com a princesa, visitas ao hospital, leituras sem fim. Mas, no sexto dia, vendo que seu cocheiro voltava sozinho da estação, sentiu enfraquecer as suas forças. Nesse ínterim, a sua filhinha adoeceu, muito ligeiramente para que a inquietude a pudesse distrair e, demais, apesar de tudo, ela não podia fingir para com aquela criança sentimentos que não possuía. Chegando a noite, os seus terrores redobraram. Imaginava que uma infelicidade acontecera a Vronski, queria reunir-se a ele, mas o seu arrebatamento fê-la escrever um bilhete incoerente que não teve coragem de reler. Na manhã do dia seguinte, recebeu o bilhete de Vronski: como suportaria a severidade do seu olhar quando ele se certificasse de que Annie não estava seriamente doente? Apesar de tudo, a sua volta lhe proporcionava uma grande alegria: ele poderia achar a sua cadeia pesada, mas ela não o perderia de vista.

Sentada, lia o último livro de Taine, ouvindo fora as rajadas de vento e prestando atenção ao menor ruído. Depois de se ter enganado muitas vezes, ouviu distintamente a voz do cocheiro e o barulho da carruagem no portão. A princesa Bárbara, que fazia uma paciência, também o ouviu. Ana se levantou. Ela não ousava descer como já fizera duas vezes, e vermelha, confusa, inquieta com a acolhida que receberia, deteve-se. Desapareceram todas as suas suscetibilidades. Ela só receava o descontentamento de Vronski e, lembrando-se subitamente de que a criança melhorara muito desde a véspera, chegara a lhe querer mal por se ter restabelecido no momento exato em que expedia a carta. Mas, pensando que o ia rever em carne e osso, qualquer outro pensamento desapareceu e, quando o som da voz de Vronski chegou até aos seus ouvidos, ela correu precipitadamente para o amante.

— Como vai Annie? — perguntou ele inquieto, enquanto um criado o livrava das suas botas forradas.

— Melhor.

— E tu? — perguntou ele, sacudindo os flocos de neve que se haviam agarrado na sua capa.

Ela segurou-lhe uma das mãos e aproximou-se dele, sem o deixar com os olhos.

— Sinto-me muito bem — disse ele, olhando distraidamente para o vestido que sabia ter sido posto unicamente por sua causa.

Essas atenções agradavam-lhe, mas já as possuía há muito tempo. E o seu rosto tomou aquela expressão de severa imobilidade que Ana tanto receava.

— Sinto-me muito bem. Mas, tu, como vais? — insistiu ele, beijando-lhe a mão, depois de ter limpado a barba.

"Tanto pior", pensava Ana, "que ele esteja aqui! Quando eu estou longe, ele é forçado a me amar."

A noite foi passada alegremente em presença da princesa, que lamentava tivesse Ana necessidade de tomar morfina.

— Eu nada posso fazer, as minhas ideias me impedem de dormir. Quando ele está aqui, eu raramente tomo estas drogas.

Vronski contou os incidentes da eleição e, com perguntas hábeis, Ana o obrigou a falar dos seus sucessos. Por sua vez, ela passou em revista os pequenos acontecimentos domésticos, pelo menos os que ela sabia que podiam agradá-lo.

Quando ficaram sós, Ana, julgando possuí-lo totalmente, quis desfazer a impressão desagradável produzida pela sua carta.

— Confessa que ficaste aborrecido com a minha carta e que não acreditaste nela.

— Sim — respondeu ele, e apesar da ternura que demonstrava, ela compreendeu que ele jamais a perdoaria. — A tua carta era tão estranha: Annie te inquietava e, no entanto, querias ir ver-me.

— Ambas as coisas eram verdadeiras.

— Eu não duvido.

— Sim, duvidas! Vejo que estás zangado.

— Absolutamente, mas o que me contraria é que tu não queiras admitir os deveres...

— Que deveres? Esse de ir ao concerto?

— Não falemos mais.

— Por que não falar?

— Eu quero dizer que podemos possuir deveres imperiosos... Assim, é indispensável que eu vá a Moscou, em breve, para negócios... Ana, por que te irritas assim quando sabes que eu não posso viver sem ti?

— Se é assim — disse Ana, mudando subitamente de tom —, se chegas em um dia para partires no dia seguinte, se estás cansado desta vida...

— Ana, não sejas cruel! Tu sabes que estou disposto a sacrificar tudo...

Ela não o ouvia.

— Quando fores a Moscou, eu te acompanharei... Não posso ficar aqui sozinha. Vivamos juntos ou nos separemos.

— Eu não desejo outra coisa senão viver contigo, mas para isso é preciso...

— O divórcio?... Está certo! Eu escreverei a ele. Não posso continuar a viver assim... Mas eu te acompanharei a Moscou.

— Dizes isso com um ar de ameaça... Era tudo o que eu desejava — disse Vronski, rindo-se. Mas o seu olhar permanecia glacial e mau como o de um homem exasperado pela perseguição.

Ela compreendeu o sentido daquele olhar e a impressão que sentiu jamais deixaria a sua memória.

Ana escreveu ao marido para lhe pedir o divórcio e, nos fins de novembro, depois de se separar da princesa Bárbara, que os seus negócios chamaram a Petersburgo, foi instalar-se em Moscou com Vronski. Diariamente esperando a resposta de Karenine, que seria seguida do divórcio, eles agora viviam como casados.

Sétima parte

1

Os Levine estavam em Moscou há dois meses, e a época marcada pelos médicos para o parto de Kitty já se havia passado, sem que nada fizesse prever um sucesso próximo. Todos os que a cercavam começavam a se preocupar: o médico, a parteira, a princesa, Dolly, principalmente Levine, que via aproximar com terror o momento fatal. Kitty, ao contrário, mostrava-se muito calma. Aquela criança que ela esperava já existia, por vezes mesmo manifestava a sua independência fazendo-a sofrer, mas aquela dor estranha e desconhecida abria um sorriso nos seus lábios: ela sentia nascer em si um novo amor. E como nunca se visse mais alegre, mais afagada pelos seus, por que desejar o fim de uma situação que julgava tão doce?

No entanto, havia uma sombra nesse quadro: ela achava o marido inquieto, preocupado, ocioso, agitado sem nenhum motivo — onde estava o homem que admirava no campo a atividade prática, a dignidade tranquila, a cordial hospitalidade? Aquela brusca mudança lhe inspirava uma espécie de comiseração que ninguém, a não ser ela, sentia. O zelo que ele revelava, a sua polidez, algo fora da moda, sua fisionomia expressiva, tudo isso revelava ao seu ciúme que Levine não poderia deixar de causar certo efeito às pessoas. Mas como tivesse o hábito de ler na sua alma, ela o percebia desorientado, e intimamente o censurava por não saber se acomodar à vida de uma grande cidade, confessando a si mesma que Moscou lhe oferecia poucos recursos. Que ocupações poderia ele desempenhar? Não gostava das cartas, dos clubes, da companhia dos boêmios como Oblonski — pelo que rendia graças aos céus — porque sabia agora que essas pessoas gostavam de se embebedar e frequentavam lugares em que não podia pensar sem pavor. A sociedade? Para parecer agradável, ele devia procurar a sociedade das mulheres, e essa perspectiva não sorria muito a Kitty. A família? Não devia ele achar bem monótonas aquelas eternas conversas entre irmãs, aquelas "Aline-Nadine" como pitorescamente lhes chamava o velho príncipe? O seu livro? Levine pensou em terminá-lo e começou a fazer pesquisas nas bibliotecas públicas, mas confessou a Kitty que perdia o interesse pelo trabalho e que, mais acumulava obrigações, menos encontrava tempo para se ocupar seriamente!

As condições particulares da sua vida em Moscou tiveram, em resposta, um resultado inesperado: o de fazer cessar as suas brigas. O receio que tinham ambos de ver renascer as cenas de ciúme fora inútil, mesmo depois de um acontecimento imprevisto — o encontro com Vronski.

O estado de Kitty não permitia que ela saísse. Aceitou, não obstante, o convite da sua madrinha, a velha princesa Maria Borissovna — que sempre a amara muito — e deixou-se conduzir pelo pai à sua casa. Foi lá que ela encontrou, em trajes civis, o homem que outrora lhe fora tão querido. Sentiu primeiramente o coração bater e o rosto tornar-se purpúreo, mas aquela emoção só durou um segundo. O velho príncipe apressou-se em dirigir a palavra a Vronski e, a conversa estabelecida, Kitty pôde sustentá-la sem que o seu sorriso ou a entonação da sua voz se prestassem à crítica do seu marido. Trocou algumas palavras com Vronski, sorriu mesmo para mostrar que compreendia o gracejo quando ele chamou de "nosso parlamento" a assembleia de Kachine, e só se preocupou em responder ao seu cumprimento quando ele se despedia.

O velho príncipe, quando saíam, não fez nenhuma observação sobre aquele encontro mas, pela ternura particular com que a tratava no curso do seu passeio habitual, Kitty compreendeu que ele estava contente com o seu procedimento e ficou reconhecido ao seu silêncio. Ela também estava satisfeita — e muito surpresa — de haver podido repelir as suas recordações ao ponto de rever Vronski quase com indiferença.

— Lamentei a tua ausência — disse ela ao marido, quando lhe contava aquele encontro —, ou, pelo menos, gostaria que me visses pelo buraco da fechadura porque, em tua frente, talvez não conservasse o meu sangue-frio. Vê como enrubesço agora... Muito mais que ainda há pouco, eu te asseguro.

Levine, a princípio mais vermelho que a mulher, escutando-a com ar sombrio, acalmou-se diante daquele olhar sincero e fez mesmo algumas perguntas que permitiram a Kitty justificar a sua atitude. Completamente tranquilo, declarou que, para o futuro, não se conduziria tão idiotamente como nas eleições e trataria Vronski com uma perfeita amabilidade.

— É tão aborrecido recear a presença de um homem e considerá-lo quase inimigo! — confessou ele.

2

— Não esqueças de fazer uma visita aos Bohl — lembrou Kitty ao marido quando, às onze horas da manhã, antes de sair, ele entrou no quarto. — Eu sei que jantarás no clube com papai mas, daqui até lá, que vais fazer?

— Vou simplesmente à casa de Katavassov.

— Por que tão cedo?

— Ele prometeu apresentar-me a Metrov, um grande sábio de Petersburgo, com quem desejo falar sobre o meu livro.

— Ah, sim, eu me lembro, tu fizeste o elogio de um dos seus artigos. E depois?

— Talvez passe no tribunal por causa do negócio de minha irmã.

— Não vais ao concerto?

— Que queres que eu vá fazer lá sozinho?

— Vai. Representam duas peças novas que decerto gostarás de ouvir. Se pudesse, eu te acompanharia.

— Em todo caso, antes do jantar, virei saber as tuas notícias — disse ele, olhando o relógio.

— Veste a casaca para ires à casa Bohl.

— É necessário?

— Certamente, o conde nos visitou primeiro.

— É que eu perdi completamente o hábito das visitas. Em verdade, que singular costume! Chegamos às casas das pessoas sem prevenir, nada temos para dizer, incomodamos a todos e... boas noites, senhores e senhoras!

Kitty pôs-se a rir.

— Fazias muitas visitas quando eras rapaz?

— Fazia, mas a minha confusão era a mesma. Palavra de honra, em vez de fazer esta visita, eu gostaria mais de jejuar durante dois dias. Tens certeza de que não os aborrecerei?

— Absoluta certeza, absoluta certeza — afirmou Kitty, divertindo-se. — Vamos, até logo — acrescentou, segurando-lhe a mão. — E não esqueças a tua visita.

Ele ia saindo, depois de beijar a mão da mulher, quando esta o deteve.

— Kostia, sabes que só me restam cinquenta rublos?

— Bem, passarei no banco. De quanto precisas?

— Espera — disse ela vendo o rosto do marido entristecer-se, e segurou-o pelo braço. — Esta questão me preocupa. Não julgo fazer despesas inúteis, mas, apesar disso, o dinheiro desaparece muito depressa. Deve existir algum defeito no nosso modo de viver.

— Absolutamente — respondeu Levine, o olhar baixo e com uma tossezinha que ela sabia ser um sinal de contrariedade. Realmente, se ele não achasse as despesas exageradas, lamentaria que ela lembrasse um desprazer em que não queria pensar. — Escrevi a Sokolov para vender o trigo e receber adiantadamente o aluguel do moinho. O dinheiro não faltará.

— Receio que gastemos muito.

— Não, não. Até logo, minha querida.

— Lamento às vezes ter ouvido mamãe. Eu aborreço a todos e gastamos muito dinheiro... Por que não ficamos no campo?

— Não, não, nada lamento do que fiz depois do nosso casamento...

— Verdadeiramente? — perguntou Kitty, fitando-o bem no rosto.

Havia pronunciado aquela frase tão somente para tranquilizar a companheira mas, emocionado com aquele olhar franco e límpido, repetiu-a de todo o coração... "Eu esqueço tudo quando a vejo", pensou ele. E, lembrando o feliz acontecimento que esperavam, perguntou:

— Como te sentes? — perguntou-lhe pegando as suas mãos. — É para breve?

— Enganei-me tantas vezes nos cálculos que já não quero mais pensar.

— Não tens medo?

— Nenhum — respondeu ela com um sorriso orgulhoso.

— Se acontecer alguma coisa, manda-me chamar por alguém em casa de Katavassov.

— Não, não, não te inquietes. Espero-te antes do jantar. Daqui até lá daremos uma volta com papai e iremos à casa de Dolly... A propósito, sabes que a sua situação não é mais sustentável? A pobre está cheia de dívidas e não possui níquel. Conversamos ontem com mamãe e Arsênio — assim ela chamava o marido da sua irmã Natália —, e decidimos que tu e ele falariam seriamente com Stiva, pois papai não quer fazer nada.

— Acreditas que ele nos escutará?

— Em todo o caso, é bom tentar com Arsênio.

— Está certo, passarei em casa deles e talvez vá ao concerto com Natália. Bem, até logo.

No vestíbulo, Kouzma, o velho criado de Levine que desempenhava na cidade as funções de mordomo, deteve o seu patrão.

— Ontem, novamente, ferraram Lindo-Coração, mas ele continua manquejando. Que é preciso fazer? — perguntou.

Levine trouxera os cavalos do campo, mas verificara que se tornavam mais caros que os cavalos de aluguel e que, além do mais, necessitava sempre recorrer a um alugador.

— Manda chamar o veterinário, talvez ele tenha uma contusão.

— E para Catarina Alexandrovna? — insistiu Kouzma.

Nos primeiros tempos da sua estada em Moscou, Levine não chegava a compreender que, para fazer uma visita a dez minutos de distância, fosse necessário atrelar dois vigorosos cavalos numa carruagem, deixá-los quatro horas na neve e pagar cinco rublos por aquele medíocre prazer. Agora, pelo contrário, aquilo lhe parecia muito natural.

— Toma dois cavalos em casa do alugador.

— Bem, senhor.

Tendo, assim, com uma palavra, resolvido uma dificuldade que no campo lhe exigiria longas reflexões, Levine saiu, tomou um *izvoshchik*[66] e ordenou que o conduzissem para a Rua de São Nicolau, pensando somente no prazer de falar dos seus trabalhos a um célebre sociólogo.

Levine depressa julgara aquelas despesas indispensáveis, despesas cujo absurdo montante impressiona todo provinciano que vem se estabelecer em Moscou. Aconteceu-lhe o que acontece aos bêbados para quem, segundo um velho ditado, "só a primeira garrafa custa". Quando foi preciso trocar a sua primeira nota de cem rublos para

---

66 Em russo, "coche de aluguel". (N.E.)

vestir o porteiro e o criado — o que julgava perfeitamente inútil —, pensou que aquele dinheiro representava o salário de dois trabalhadores por ano, da madrugada à noite — e achou aquilo extraordinariamente duro. Pareceu-lhe menos amarga a segunda nota, vinte e oito rublos, preço de uma festa da família, não sem calcular que com aquela quantia podia adquirir uma centena de alqueires de aveia que muitos homens deviam ceifar, amarrar, bater, purificar, peneirar, ensacar com o suor do seu rosto. As notas seguintes gastavam-se naturalmente: Levine nem mesmo se perguntava mais se o prazer obtido com o seu dinheiro era proporcional ao trabalho que tinha para ganhá-lo; esqueceu, vendendo a aveia a cinquenta copeques abaixo do custo, os princípios sobre o dever de vender os seus cereais pelo mais alto preço possível. Ter dinheiro no banco para subvencionar as necessidades diárias do lar foi, daí por diante, o seu objetivo. Até então ele se descuidara, mas o novo pedido de Kitty levou-o a amargas reflexões e apressou-se em responder ao convite de Katavassov.

3

Levine fora muito amigo do seu velho camarada de universidade, a quem não via desde o seu casamento. Katavassov possuía do mundo uma concepção nítida e bastante simples, que Levine atribuía à pobreza do seu temperamento. E ele, por sua vez, atribuía a Levine certa incoerência de ideias oriunda de uma falta de disciplina espiritual. Em razão talvez destas qualidades opostas — clareza um pouco árida num, riqueza indisciplinada noutro —, sentiam prazer em se encontrar e discutir longamente. Katavassov convenceu Levine a ler para ele alguns capítulos da sua obra e, achando-os interessantes, falou com Metrov, um eminente sábio de passagem por Moscou, de quem Levine admirava os trabalhos. Na véspera, à noite, ele prevenira o amigo que Metrov desejava conhecê-lo: marcara um encontro para a manhã do dia seguinte, às onze horas, em casa de Katavassov.

— Decididamente, meu caro, és um homem pontual — disse Katavassov, recebendo Levine em seu pequeno salão. — Todos os meus cumprimentos... Que dizes dos Montenegrinos? Soldados de raça, não é verdade?

— Que há de novo? — indagou Levine.

Katavassov contou-lhe as últimas notícias. E, fazendo-o passar para o seu gabinete de trabalho, apresentou-o a uma criatura de estatura média, mas de bela aparência. Era Metrov. A política exterior constituiu o primeiro assunto da conversa. Metrov citou algumas palavras significativas pronunciadas pelo imperador e que soubera de fonte igualmente certa. Levine ficou à vontade para escolher entre as duas versões.

— Meu amigo — disse então Katavassov —, está dando a última mão a uma obra sobre economia rural. Isso não é minha especialidade mas, sendo naturalista, a ideia fundamental deste trabalho me agrada muito. Estuda o meio no qual o homem vive e se desenvolve e não afasta as leis zoológicas, que examina nas suas relações com a natureza.

— É muito interessante — falou Metrov.

— O meu fim era simplesmente escrever um livro de agronomia — disse Levine, corando — mas, apesar de mim mesmo, estudando o instrumento principal, o trabalhador, cheguei a conclusões imprevistas.

Levine desenvolveu as suas ideias com uma certa prudência porque, sabendo ser Metrov adversário das doutrinas econômicas clássicas, ignorava o grau de simpatia que lhe concederia aquele sábio de rosto inteligente e fechado.

— Em que, segundo o seu modo de pensar, o russo difere dos outros trabalhadores? — perguntou Metrov. — É este o ponto de vista que o senhor qualifica de zoológico, ou o das condições materiais em que ele se encontra?

Esse modo de apresentar a questão provava a Levine uma diferença absoluta de ideias. No entanto, continuou a expor a sua tese, isto é, que o povo russo viu o problema agrário de uma maneira bem diferente dos outros povos e isso em consequência da razão primordial que, por instinto, ele se sente predestinado a colonizar imensos espaços ainda incultos.

— É facílimo enganarmo-nos querendo assinalar tal ou qual missão para um povo — objetou Metrov —, e a situação do trabalhador sempre dependerá das suas relações com a terra e o capital.

E, sem dar a Levine tempo para replicar, explicou-se, mostrando em que as suas opiniões diferiam das opiniões correntes. Levine não compreendeu nada, nem tentou compreender. Apesar do seu famoso artigo, Metrov, como todos os economistas, só estudava a situação do povo russo em relação à renda, o salário e o capital, aceitando que, nas províncias do Este — que constituem a maior parte do país —, a renda fosse nula e que, para os nove décimos de uma população de oitenta milhões de almas, o salário consistisse em não morrer de fome e que o capital fosse representado apenas por instrumentos primitivos. Metrov diferenciava-se dos outros chefes da escola tão somente por uma teoria nova sobre o salário, que ele demonstrou longamente.

Depois de tentar interrompê-lo para expor o seu próprio ponto de vista que, julgava ele, tornaria inútil toda a discussão anterior, Levine acabou por compreender que as suas teorias não podiam se conciliar. Deixou, pois, falar Metrov, orgulhoso em ver tão sábio homem tomá-lo por confidente e distingui-lo com tanta deferência. Ignorava que o eminente professor, tendo esgotado aquele assunto com os seus amigos habituais, expunha à primeira pessoa que lhe surgia as concepções que ainda não se impunham ao seu espírito como uma evidência irrefutável.

— Vamos nos atrasar — observou Katavassov, depois de olhar o relógio. — Há hoje uma sessão extraordinária na Sociedade dos Amigos da Ciência Russa em homenagem ao cinquentenário de Svintitch — acrescentou, dirigindo-se a Levine. — Prometi ler uma comunicação sobre os seus trabalhos zoológicos. Vem conosco, será interessante.

— Sim, venha — disse Metrov — e, depois da sessão, faça o favor de passar em minha casa para ler a sua obra. Eu o ouvirei com prazer.

— É um esboço indigno de ser ouvido, mas eu o acompanharei à sessão.

— Sabes que eu assinei o memorândum, não? — disse Katavassov.

Fazia alusão a um caso que apaixonara os moscovitas naquele inverno. Numa sessão do conselho da universidade, três velhos professores, não aceitando o modo de pensar dos seus jovens colegas, haviam exposto num memorândum as suas razões, que pareciam justas a alguns, e simplesmente abomináveis a outros. Os professores se dividiram em dois campos: um acusava de infâmia o modo de agir dos conservadores; outro tratava de infantilidade a atitude dos adversários. Embora não pertencesse à universidade, Levine já ouvira falar muitas vezes daquele incidente, sobre o qual formara mesmo uma opinião pessoal. Pôde assim tomar parte na conversa, que abrangeu exclusivamente aquele grave assunto, até chegarem ante os velhos edifícios da universidade.

A sessão já havia começado. Seis pessoas, às quais se reuniram Katavassov e Metrov, estavam em frente de uma mesa, e uma delas lia, o nariz sobre o manuscrito. Levine sentou-se perto de um estudante e perguntou em voz baixa o que se estava lendo.

— A biografia — respondeu o estudante num tom zangado.

Levine ouviu maquinalmente a biografia e aprendeu inúmeras particularidades interessantes sobre a vida do ilustre sábio. Quando o orador acabou, o presidente agradeceu-lhe e declamou um poema enviado pelo poeta Ment, ao qual dirigiu algumas palavras de agradecimento. Katavassov, depois, com voz poderosa, leu uma notícia sobre os trabalhos de Svintitch. Levine via a hora avançar, compreendeu que não teria tempo de ler para Metrov a sua obra antes do concerto.

De resto, a inutilidade de uma aproximação com aquele economista lhe aparecia cada vez mais evidente: ambos estavam destinados a trabalhar com proveito, mas cada um prosseguindo os estudos por lados diferentes. A sessão terminada, ele procurou Metrov, que o apresentou ao presidente. A conversa caiu sobre política, Metrov e Levine repetiram as frases que haviam trocado em casa de Katavassov, com a diferença que Levine emitiu uma ou duas novas opiniões que vinham de lhe passar pela cabeça. Depois, como o famoso caso entre os professores voltasse novamente, Levine, que se aborrecia com aquele assunto, apresentou as suas desculpas a Metrov e, saindo imediatamente, fez-se transportar para a casa de Lvov.

4

Lvov, o marido de Natália, sempre vivera nas capitais ou no estrangeiro, onde o chamavam as funções diplomáticas. Há já alguns meses abandonara a carreira, não porque se aborrecesse — era o homem mais condescendente do mundo —, mas simplesmente para guiar de mais perto a educação dos seus dois filhos. Fixou residência em Moscou, onde exercia um cargo na Corte.

Apesar de uma pronunciada diferença de idade, e apesar das opiniões e hábitos muito dissemelhantes, os dois cunhados, durante o inverno, ligaram-se por uma sincera amizade.

Comodamente instalado numa poltrona, Lvov, com a ajuda de um *pince-nez* de vidros azuis, fumando um cigarro que mantinha em distância respeitosa, lia um livro posto sobre uma escrivaninha baixa. O seu rosto fino, com expressão ainda jovem que adquiria um aspecto aristocrático devido à cabeleira prateada, abriu-se num sorriso vendo entrar Levine, que não se fizera anunciar.

— Ia mandar saber notícias de Kitty. Como vai ela? Senta-te ali, estarás melhor — disse ele com um ligeiro sotaque francês, oferecendo uma cadeira de balanço. — Leste a última nota do *Journal de Saint-Pétersbourg*? Eu a achei muito forte.

Levine contou as notícias que soubera de Katavassov e, depois de ter esgotado a questão política, narrou a sua conversa com Metrov e a sessão da universidade.

— Como invejo as tuas relações com o mundo sábio! — disse Lvov, que sentia prazer em ouvi-lo. — Eu não poderia aproveitá-las como tu, falta-me tempo e, devo confessar, falta-me a instrução suficiente.

— Discordo quanto ao último ponto — respondeu Levine, sorrindo. Ele sempre achara muito tocante a modéstia do cunhado porque a sabia bastante sincera.

— Não calcularias a que ponto eu o constato, agora que me preocupo com a educação dos meus filhos: não se trata apenas de restaurar a memória, mas é indispensável refazer os estudos... Acho que, junto às crianças, os professores não são suficientes, faz-se preciso ainda uma espécie de fiscalização geral que equivale ao papel do teu administrador junto aos trabalhadores... E eu vejo ser necessário ensinar coisas muito difíceis a Micha — declarou, mostrando a gramática de Bouslaiev que estava sobre a escrivaninha. — Poderias, por exemplo, explicar-me esta passagem?...

Levine objetou que era uma matéria que se devia aprender sem procurar aprofundar. Lvov não se convenceu.

— Deves me achar ridículo — fez ele.

— Muito ao contrário, tu me serves de exemplo para o futuro.

— Oh! O exemplo nada tem de notável.

— Nunca vi crianças tão bem-educadas como as tuas.

Lvov não escondeu um sorriso de satisfação.

— Desejo apenas que sejam melhores do que eu. A instrução deles foi um pouco abandonada enquanto estivemos no estrangeiro, e não acreditarias nas dificuldades com que temos lutado!

— Eles são bastante bem-dotados para reaver logo o tempo perdido. Em troca, a sua educação nada fica a desejar.

— Se soubesses do trabalho que ela me deu! Apenas uma inclinação má é afastada, logo se manifesta outra. Como te disse uma vez, sem o socorro da religião, nenhum pai poderia concluir o seu trabalho.

A linda Natália Alexandrovna, em traje de passeio, interrompeu aquela conversa que a interessava muito menos que a Levine.

— Não sabia que estavas aqui — disse ela ao cunhado. — Como vai Kitty? Ela te avisou que vou jantar lá? A propósito, Arsênio, vai preparar a carruagem...

Lvov devia ir à estação receber uma certa personalidade. Natália, ao concerto, e a uma sessão pública do "Comitê Iugoslavo". Depois de uma longa discussão, ficou decidido que Levine acompanharia a cunhada e mandaria a carruagem para Arsênio, que viria retomar a mulher a fim de conduzi-la à casa de Kitty onde, se fossem retidos muito tempo, a deixaria sob os cuidados de Levine. Resolvida essa questão, Lvov disse à mulher:

— Levine me alegrou: ele acha que os nossos filhos são perfeitos, ao passo que eu vejo neles inúmeros defeitos.

— Passas sempre de um a outro extremo, a perfeição é uma utopia. Mas papai tem razão: antigamente os pais habitavam o primeiro andar e os filhos não deixavam a sobreloja, hoje os filhos conquistaram o primeiro andar e deixaram para os pais o porão. Os pais só têm o direito de viver para os seus filhos.

— Que me importa, se isso nos dá prazer! — disse Lvov segurando-lhe a mão e sorrindo. — Se eu não te conhecesse, julgaria ouvir falar uma madrasta.

— Não, o excesso em tudo é um defeito — concluiu Natália, que pôs cuidadosamente no lugar a faca de cortar papel do marido.

— Então, aproximem-se, crianças-modelo! — disse Lvov a dois lindos rapazinhos que se mostravam no limiar da porta.

Depois de cumprimentarem o tio, as crianças se aproximaram do pai com a evidente intenção de lhe fazerem perguntas. Levine desejou participar da conversa, mas Natália se interpôs e, nisso, em uniforme da Corte, surgiu Makhotine, o colega de Lvov, que o devia acompanhar à estação. Imediatamente, ouviram-se palavras sem fim sobre Herzegovine, a princesa Kozinski, o conselho municipal e a morte súbita de Mme. Apraxine.

Somente na antessala, Levine lembrou-se da missão de que estava encarregado.

— A propósito — disse ele a Lvov —, Kitty me pediu para me entender contigo sobre Oblonski.

— Sim, eu sei, *maman* quer que nós, *les beaux-frères*,[67] o aconselhemos — respondeu Lvov corando —, mas em que me interessa isso?

— Bem, eu me encarregarei, mas partamos — interveio Natália que, envolvida na sua pele de raposa branca, esperava com alguma impaciência o fim da conversa.

5

Naquele dia, apresentavam duas obras novas: uma "fantasia sobre o Rei Lear na estepe" e um quarteto dedicado à memória de Bach. Levine desejava ardentemente formar uma opinião sobre aquelas obras compostas num espírito novo e, para não sofrer influência de ninguém, foi encostar-se numa coluna — depois de instalar a sua cunhada — resolvido a ouvir conscienciosamente. Evitou distrair-se com os movimentos do maestro, de gravata branca, com os chapéus das senhoras, com a presença de todas aquelas fisionomias ociosas vindas ao concerto para qualquer outra coisa que não a música. Evitou principalmente os diletantes faladores e, os olhos fixos no espaço, absorveu-se numa profunda atenção. Mas, tanto mais ouvia a fantasia, mais sentia a impossibilidade de formar uma ideia nítida e precisa: a frase musical, no instante em que se desenvolvia, fundia-se sem descanso com uma outra frase ou se desdobrava, segundo

---

67 Em francês, "cunhados". (N.E.)

o capricho do compositor, deixando como única impressão uma penosa lembrança da instrumentação. As melhores passagens vinham intempestivamente, e a alegria, a tristeza, o desespero, a ternura, o triunfo sucediam-se à incoerência das impressões de um louco e desapareciam da mesma maneira.

Quando uma parte terminou bruscamente, Levine surpreendeu-se da fadiga que a tensão de espírito inutilmente lhe causara. Imaginou-se como um surdo que visse dançar e, ouvindo os entusiásticos aplausos dos espectadores, quisesse comparar as suas impressões às dos conhecedores. Os assistentes levantavam-se de todos os lados, formavam-se em grupos, e Levine pôde se reunir a Pestsov, que conversava com um dos mais famosos amadores.

— É maravilhoso! — gritava Pestsov em voz bastante alta. — Ah, bom dia, Constantin Dmitritch... A passagem mais rica em cor, a mais escultural, é aquela em que se pressente a aproximação de Cordélia, em que a mulher, *das ewig Weibliche*,[68] entra em luta com a fatalidade. Não é verdade?

— Desculpe-me, mas que vem fazer aqui Cordélia? — ousou perguntar Levine, esquecendo que ele se referia ao Rei Lear.

— Cordélia aparece antes — respondeu Pestsov batendo com os dedos no programa acetinado que passou a Levine.

Somente então Levine se lembrou do título da fantasia e apressou-se em ler os versos de Shakespeare, impressos numa tradução russa no reverso do programa.

— Não se pode acompanhar sem isso — insistiu Pestsov que, tido como diletante, voltou-se em desespero de causa para o medíocre interlocutor que achava ser Levine.

Nasceu uma discussão sobre os méritos e os defeitos da música wagneriana. Levine achava que Wagner e os seus imitadores haviam usurpado o domínio de uma outra arte; a poesia não possuía elementos para representar os traços de uma fisionomia, o que constituía

---

68 Em alemão, "o eterno feminino". (N.E.)

o mundo da pintura. Para reforçar as suas palavras, Levine citou o caso recente de um escultor que agrupara em torno da estátua de um poeta as pretensas sombras das suas inspirações.

— Estas figuras se assemelham tão pouco às sombras que são forçadas a se apoiarem numa escada — concluiu, satisfeito com a sua frase. Mas, logo que a pronunciou, lembrou-se vagamente de já haver dito aquilo a alguém, talvez mesmo ao próprio Pestsov. Imediatamente se descontrolou.

Pestsov, ao contrário, achava que a arte era somente "uma": para que ela atingisse a grandeza suprema, era indispensável que as suas diversas manifestações se reunissem num único feixe.

Levine perdeu o quarteto: fixo ao seu lado, Pestsov não cessou de tagarelar. A afetada simplicidade daquele trecho o fez lembrar a falsa ingenuidade dos pintores pré-rafaelitas.

Logo depois do concerto, Levine reuniu-se à cunhada. Saindo, após encontrar diversas pessoas conhecidas e de haver trocado com elas inúmeras opiniões sobre política, música ou sobre os amigos comuns, descobriu o conde Bohl, e a visita que devia fazer retornou-lhe ao espírito.

— Vai depressa — disse Natália. — Talvez a condessa não receba. Depois, irás encontrar comigo na sessão do "comitê".

6

— A condessa não recebe? — indagou Levine entrando no vestíbulo da residência dos Bohl.

— Recebe, queira entrar — respondeu o porteiro, despindo-o resolutamente da capa.

"Que aborrecimento!", pensou Levine. "Que lhe direi? E que vim eu fazer aqui?"

Soltou um suspiro, tirou uma das luvas, concertou o chapéu e penetrou no primeiro salão. Encontrou a condessa que, com ar severo, dava ordens a um criado. Vendo o visitante, ela sorriu e convidou-o para entrar na outra sala, onde as suas duas filhas conversavam com um coronel que conhecia Levine. Depois dos cumprimentos de uso, Levine sentou-se perto do sofá, o chapéu sobre os joelhos.

— Como vai sua mulher? O senhor vem do concerto? Não pudemos ir. Mamãe teve que assistir ao *requiem*.

— Sim... que morte súbita!

A condessa entrou, sentou-se no sofá e, por sua vez, perguntou a Levine pela saúde de Kitty e pelo resultado do concerto. Levine lamentou ainda uma vez a morte súbita de Mme. Apraxine.

— Ela sempre teve a saúde muito fraca.

— O senhor foi ontem à Ópera?

— Sim.

— A Lucca estava soberba.

— Certamente.

E como pouco lhe importava a opinião daquelas pessoas, disse sobre o talento da cantora banalidades a que a condessa fingia prestar atenção. Quando julgou haver dito o bastante, o coronel, até então silencioso, começou a falar sobre a ópera, sobre a nova iluminação e sobre a *folle journée*[69] que em breve dariam os Tiourine. Depois, levantando-se bruscamente, despediu-se. Levine quis fazer o mesmo, mas um olhar surpreso da condessa o deteve no mesmo lugar: ainda não chegara o momento. Sentou-se novamente, atormentado com o ridículo papel que fazia e, de mais a mais, incapaz de encontrar um assunto para a conversa.

— O senhor irá à sessão do "comitê"? — perguntou a condessa.

— Dizem que será interessante.

— Sim, eu prometi à minha *belle-soeur*[70] ir buscá-la.

Novo silêncio durante o qual as três mulheres trocaram um olhar.

---

69 Em francês, "festa louca". (N.E.)

70 Em francês, "cunhada". (N.E.)

"Desta vez, já deve ser hora de me retirar", pensou Levine, e novamente se levantou. As senhoras não o retiveram mais e pediram que transmitisse à sua mulher seus melhores pensamentos.

Vestindo-lhe a capa, o porteiro indagou pelo seu endereço, que escreveu gravemente num magnífico livro encadernado.

"No fundo eu zombo de tudo isso, mas, meu Deus, como tenho o aspecto imbecil e como estas coisas são ridículas!", pensou Levine, dirigindo-se para a sessão.

Chegou precisamente a tempo de ouvir a leitura de uma exposição que o numeroso auditório achou notável. Toda a alta sociedade parecia haver marcado encontro naquele lugar. Levine encontrou Sviajski, que o convidou a não faltar naquela mesma noite a uma conferência das mais interessantes na sociedade de agronomia; Oblonski, que voltava das corridas; inúmeros outros amigos com os quais teve que trocar diversas opiniões sobre a própria sessão, sobre um processo que apaixonava os espíritos e que, devido à sua atenção fatigada, obrigou-o a cometer uma tolice que lamentou bastante. Um estrangeiro tornara-se culpado de um crime na Rússia, um simples mandato de expulsão parecia a toda gente muito brando.

— Sim, é querer castigar um peixe jogando-o n'água — disse Levine.

Lembrou-se muito tarde que aquele pensamento, que enunciava como seu, lhe fora confiado na véspera por um amigo que o lera num folhetim, cujo autor, por sua vez, o retirara do fabulista Krylov.

Depois de levar a cunhada em casa e achar Kitty em perfeita saúde, fez-se conduzir ao clube. Chegou no momento em que todos, sócios e convidados, se reuniam.

7

Levine não punha os pés no clube desde o tempo em que, terminados os seus estudos, habitava Moscou e frequentava a sociedade. As suas recordações meio adormecidas despertavam em frente do grande portão, no fundo do vasto corredor semicircular, quando viu o porteiro lhe abrir sem ruído a porta de entrada e convidá-lo a tirar a capa e as galochas antes de subir ao primeiro andar. E quando, precedido por um golpe misterioso de sineta, chegou ao alto e percebeu a estátua que ornamentava o patamar, e um segundo porteiro que o esperava à entrada das salas, sentiu novamente a impressão de bem-estar que aquela casa sempre lhe provocava.

— O seu chapéu, faça o favor — disse o porteiro a Levine, que esquecera de o deixar no vestiário como exigia o regulamento.

Aquele homem não conhecia apenas Levine, mas toda a sua parentela: ele o lembrou imediatamente.

— Há muito tempo que não temos o prazer de vê-lo entre nós. O príncipe escreveu ontem ao senhor. Stepane Arcadievitch ainda não chegou.

Depois de atravessar a antessala dos biombos e o pequeno aposento onde estava o fruteiro, Levine, passando um cavalheiro que andava muito devagar, penetrou na sala de jantar, onde encontrou as mesas quase totalmente ocupadas. Entre os convivas, reconheceu pessoas conhecidas: o velho príncipe, Sviajski, Stcherbatski, Neviedovski, Sérgio Ivanovitch, Vronski.

— Afinal, chegaste — disse o seu sogro, estendendo-lhe a mão por cima do ombro. — Como vai Kitty? — acrescentou, introduzindo uma ponta do guardanapo numa botoeira do colete.

— Ela vai bem e está jantando com as suas duas irmãs.

— Ah, ah! A velha história!... Bem, meu rapaz, põe-te depressa ali naquela mesa, aqui está tudo ocupado — disse o príncipe tomando com precaução um prato de *ukhá*[71] que o garçom trazia.

— Por aqui, Levine! — gritou uma voz jovial, não muito longe. Era Tourovtsine, sentado perto de um jovem oficial, com duas

---

71 Sopa de peixe tradicional da Rússia. (N.E.)

cadeiras reservadas. Depois de um dia tão cheio, a presença daquele boêmio, com quem simpatizava e que o fazia lembrar da noite do seu pedido de casamento, foi particularmente agradável a Levine.

— Senta-te — disse-lhe Tourovtsine, depois de o apresentar ao vizinho, um filho de Petersburgo, de olhos risonhos e busto ereto e que atendia pelo nome de Gaguine. Apenas Oblonski estava faltando. E esse apareceu logo depois.

— Acabas de chegar, não é mesmo? — perguntou Oblonski.
— Então, vamos tomar um copo de aguardente.

Levine deixou-se conduzir a uma grande mesa carregada de garrafas e de uma vintena de pratos com *hors d'oeuvres*.⁷² Havia ali com que satisfazer os mais diversos gostos. Stepane Arcadievitch, porém, observou imediatamente a ausência de uma certa *hors d'oeuvres* que um criado apressou-se em procurar.

Desde a sopa que Gaguine já havia pedido champanha, e Levine pediu uma segunda garrafa. Comeu e bebeu com prazer e, com um prazer não menos evidente, participou das ligeiras conversas dos seus comensais. Gaguine contou a última anedota de Petersburgo, tão grosseira como estúpida, o que não impediu Levine de rir à vontade, tão escandalosamente que chamou a atenção das mesas vizinhas.

— Esta é do gênero da "é precisamente isso o que eu não posso sofrer" — declarou Stepane Arcadievitch. — Conhecem? Garçom, ainda uma garrafa!

— Da parte de Pedro Ilitch Vinovski — anunciou um velho garçom, pondo em frente de Levine e do seu cunhado duas taças de um champanha crepitante.

Stepane Arcadievitch ergueu a sua taça na direção de um homem ruivo, calvo e bigodudo, ao qual fez um pequeno e amigável sinal de cabeça.

— Quem é? — perguntou Levine.

---

72 Em francês, "acepipes". (N.E.)

— Um admirável rapaz. Não te lembras de o haver encontrado em minha casa?

Levine imitou o gesto do cunhado, que pôde então contar a sua anedota, não menos escabrosa que a de Gaguine. Depois que Levine também contou uma, que se tentou achar divertida, falou-se de cavalos, corridas e citou-se o trotador de Vronski, Veloute, que acabava de ganhar um prêmio.

— Eis o feliz proprietário em pessoa — disse Stepane Arcadievitch, voltando-se na cadeira para apertar a mão de Vronski que vinha com um coronel da guarda de uma estatura gigantesca. Vronski, que parecia de excelente humor, encostou-se na cadeira de Oblonski, disse-lhe alguma coisa ao ouvido e, com um sorriso amável, apertou a mão de Levine.

— Encantado em vê-lo novamente — disse ele. — Procurei-o por toda a cidade depois das eleições, o senhor havia desaparecido.

— É verdade, esquivei-me... Falávamos do seu trotador, todos os meus cumprimentos.

— Não possuem também cavalos de corrida?

— Eu, não, mas meu pai tinha um haras. Por tradição, eu conheço-os.

— Onde jantaste? — perguntou Oblonski.

— Na segunda mesa, atrás das colunas.

— Onde recebeu inúmeras felicitações — disse o coronel. — Foi bonito, um segundo prêmio imperial. Ah, se eu tivesse a mesma "chance" no jogo... Mas perdi um tempo precioso...

E ele se dirigiu para a "câmara infernal".

— É Iachvine — respondeu Vronski, a uma pergunta de Tourovtsine.

Sentou-se perto do grupo, aceitou uma taça de champanha e pediu uma nova garrafa. Influenciado pelo vinho e pela atmosfera social do clube, Levine entabulou com ele uma cordial discussão sobre os méritos respectivos das diferentes raças bovinas e, feliz por não sentir ódio contra o seu antigo rival, referiu-se mesmo ao encontro que se dera em casa da princesa Maria Borissovna.

— Maria Borissovna? — gritou Stepane Arcadievitch. — Ela é deliciosa! — E contou sobre a velha senhora uma anedota que fez todo mundo rir. O riso de Vronski pareceu a Levine tão natural que se sentiu definitivamente reconciliado com ele.

— Então, senhores, já acabamos, saiamos agora — propôs Oblonski, erguendo-se, um sorriso nos lábios.

8

Levine deixou a sala de jantar com um singular sentimento de rapidez nos movimentos. Como Gaguine o conduzisse à sala de bilhar, encontrou-se no grande salão com o sogro.

— Que dizes deste templo de ociosidade? — perguntou o velho príncipe, segurando-o pelo braço. — Vem dar uma volta.

— Nada peço de melhor, pois isso me interessa.

— A mim também, mas de um modo diferente que a ti. Quando vês homens como este — disse ele mostrando um velho arqueado, de lábios trêmulos, que caminhava penosamente, calçado com sapatos sem sola —, julgas naturalmente que eles nasceram imbecis e isso te faz sorrir. Eu, ao contrário, quando os vejo, digo-me que, um destes dias, estarei como eles. Tu conheces o príncipe Tchetchenski? — perguntou num tom que fazia prever uma anedota divertida.

— Não.

— Como tu não conheces o nosso famoso jogador de bilhar? Enfim, pouco importa... Há três anos ele tratava os outros de velhos idiotas. Ora, um belo dia, Vassili, nosso porteiro... Tu lembras dele? Não? Mas, vejamos, um gordo, que estava sempre sorrindo... Um dia, pois, o príncipe perguntou-lhe: "A quem vou achar lá em cima, Vassili?" "Fulano e Beltrano." "E os velhos idiotas, ainda não estão?" "O senhor é o terceiro, meu príncipe", respondeu Vassili nas bochechas dele. Aí está!

Andando e saudando os amigos na passagem, os dois homens atravessaram o grande salão onde se jogavam as partidas habituais, o "salão dos sofás" onde Sérgio Ivanovitch conversava com um desconhecido, a sala de bilhar onde — num canto perto do divã — Gaguine conversava com alguns jogadores em torno de uma garrafa de champanha. Lançaram um olhar à "câmara infernal": Iachvine, cercado de fichas, já se havia instalado. Entraram com precaução na sala de leitura: um aposento sombrio, fracamente iluminado por abajures verdes; um rapaz enfadonho folheava revistas ao pé de um general calvo, o nariz enterrado num alfarrábio. Entraram, finalmente, na sala que o príncipe batizara como sendo o "salão das criaturas de espírito", e encontraram três senhores discorrendo sobre política.

— Estão à sua espera, príncipe — disse um dos parceiros que o procurava por todos os lados.

Ficando sozinho, Levine ouviu ainda os três senhores. Depois, lembrando-se de todas as conversas ouvidas desde a manhã, sentiu um aborrecimento tão profundo que saiu para procurar Tourovtsine e Oblonski, com os quais, pelo menos, não se aborreceria.

Encontrou-os na sala de bilhar. Tourovtsine no grupo dos bêbados. Oblonski parado perto da porta, em companhia de Vronski.

— Não é que ela se aborreça, mas esta indecisão a enerva — ouviu Levine, que quis passar adiante mas sentiu-se preso pelo braço.

— Não te vás embora, Levine! — gritou Stepane Arcadievitch, os olhos úmidos como sempre os tinha depois de beber ou nas horas de arrebatamento e, naquele momento, dominado por um e outro… — É, eu creio, o meu melhor amigo — continuou, voltando-se para Vronski — e, como também tu és para mim tão caro e tão próximo, eu queria que fossem amigos. Ambos são dignos de o ser.

— Depois de tudo isso, só nos falta beijarmo-nos — respondeu alegremente Vronski, dando a mão a Levine, que a apertou com cordialidade.

— Com prazer, com prazer — declarou ele.
— Garçom, champanha! — gritou Oblonski.
— Igualmente — continuou Vronski.

No entanto, apesar daquela mútua satisfação, nada encontravam para dizer um ao outro.

— Sabes que ele não conhece Ana… — observou Oblonski. — Mas eu quero apresentá-lo.

— Ela ficará satisfeita — respondeu Vronski. — Eu partiria agora mesmo, mas Iachvine me inquieta e é preciso que eu o vigie.

— Ele está perdendo?

— Como sempre. E somente eu posso fazê-lo voltar à razão.

— Então, para esperá-lo, que acharias de uma partida de bilhar? És dos nossos, Levine? Perfeito… Uma pirâmide! — gritou ele ao marcador.

— Há muito que o jogo esperava pelo senhor — respondeu o marcador.

— Então, vamos.

Terminada a partida, Vronski e Levine sentaram-se na mesa de Gaguine e, segundo o conselho de Oblonski, Levine jogou no ás. Uma multidão de amigos assediava incessantemente Vronski que, de tempos a tempos, ia olhar Iachvine. Feliz da sua definitiva reconciliação com o seu velho rival, Levine experimentava uma sensação de repouso físico e moral.

Quando a partida acabou, Stepane Arcadievitch agarrou-o pelo braço.

— Então, tu me acompanharás à casa de Ana? Há muito tempo que prometo levar-te lá. Não tens nada em vista para esta noite?

— Nada de particular. Havia prometido a Sviajski assistir a uma sessão da Sociedade de Agronomia, mas isso não tem importância. Vamos, se tu o desejas.

— Perfeito… Veja se a minha carruagem está aí — ordenou Stepane Arcadievitch a um criado.

Depois de pagar quarenta rublos que perdera no jogo de cartas, Levine acertou as suas despesas com um velho *maître d'hôtel* parado à porta e que sabia de cor, Deus sabe como, seu total. E, com os braços desengonçados, alcançou a saída através da fila de salões.

9

— A carruagem do príncipe Oblonski! — gritou o porteiro com uma voz poderosa.

A carruagem avançou, os dois cunhados subiram e, logo às primeiras trepidações, aos gritos do cocheiro, e à bandeira vermelha de um cabarét que se via através da portinhola, dissipou-se aquela atmosfera de beatitude que envolvera Levine ao entrar no clube. Bruscamente, retornando à realidade, perguntou a si mesmo se agia bem indo à casa de Ana. Que diria Kitty? Mas, como se adivinhasse o que se passava no seu espírito, Oblonski cortou repentinamente as suas meditações.

— Como me sinto feliz em te fazer conhecê-la! Sabes que Dolly deseja isso há muito tempo? Lvov também vai à casa de Ana. Embora seja ela minha irmã, posso dizer que é uma mulher superior. Infelizmente a sua situação é mais triste do que nunca.

— Por quê?

— Estamos conseguindo o divórcio, o seu marido consente, mas surgem dificuldades por causa do filho e, já há três meses, o negócio não anda. Logo que o divórcio seja pronunciado, ela se casará com Vronski... Aqui entre nós, que tolice esta cerimônia fora de uso, a quem ninguém concede mais importância, totalmente indispensável para a felicidade das pessoas! E, quando tudo estiver terminado, a sua situação se regularizará como a tua e a minha.

— Em que consistem estas dificuldades?

— Gastaria muito tempo para te explicar. Mas, há três meses que está em Moscou, onde toda gente a conhece, mas ela só vê

Dolly porque não quer receber visitas de caridade. Acreditas que essa imbecil da princesa Bárbara a fez compreender que a deixava por conveniência? Uma outra deu a entender que Ana se achava perdida, mas tu vais ver como ela organizou, ao contrário, uma vida digna e bem cheia... À esquerda, em frente da Igreja! — gritou Oblonski ao cocheiro. — Meu Deus, como está quente! — resmungou, tirando a capa apesar dos doze graus abaixo de zero.

— Mas ela tem uma filha que deve lhe tomar muito tempo.

— Decididamente, só queres ver na mulher *une couveuse*!...[73] Sim, ela se ocupa com a filha, educa-a mesmo muito bem, mas não se preocupa unicamente com a criança. As suas principais ocupações são de ordem intelectual: ela escreve. Não te rias, o que ela escreve é destinado aos moços, ela não fala a ninguém senão a mim que mostrei o manuscrito a Varkouiev... tu sabes, o editor. Segundo a opinião de Varkouiev, é uma coisa notável... Ana, antes de tudo, é uma mulher de coração. Encarregou-se de uma inglesinha e da sua família.

— Por filantropia, sem dúvida?

— Não, por simples bondade de alma. Vês o ridículo em toda parte. Essa família é a de um treinador de cavalos, muito hábil em sua profissão, que Vronski empregou. O infeliz, perdido pela bebida, atingido pelo *delirium tremens*, abandonou a mulher e os filhos. Ana interessou-se por essas pobres criaturas, mas não somente para lhes dar dinheiro, pois ensina o russo aos rapazes para que possam entrar no colégio, e mantém a moça em sua própria casa. De resto, irás ver...

A carruagem entrou no corredor e se deteve ao lado de um trenó. A porta se abriu logo depois, ao barulho da sineta dado por Stepane Arcadievitch que, sem perguntar se podia ser recebido, deixou a sua capa no vestíbulo. Levine, cada vez mais inquieto, seguiu o seu exemplo. Fitando o espelho, achou-se muito vermelho mas, certo de não estar bêbado, subiu a escada acompanhando Oblonski. Um

---

73 Em francês, "uma galinha chocadeira". (N.E.)

criado os acolheu no primeiro andar e, interrogado familiarmente por Stepane Arcadievitch, respondeu que Madame estava no toucador em companhia de Varkouiev.

Atravessaram uma pequena sala de refeições e entraram num aposento fracamente iluminado por um enorme abajur, enquanto o refletor projetava uma luz muito viva sobre a imagem de uma mulher de opulentas espáduas, cabelos negros, sorriso pensativo, e olhar perturbador. Era o retrato de Ana feito por Mikhailov na Itália, Levine estacou fascinado: seria possível que tão linda criatura existisse em carne e osso?

— Estou encantada... — disse uma voz nos seus ouvidos.

Era Ana que, oculta por uma rama de trepadeiras, se levantava para receber os visitantes. E, na obscuridade do aposento, Levine reconheceu o original do retrato, de uma beleza sempre soberana, embora menos brilhante e que ganhava em encanto o que perdia em brilho.

10

Ana encaminhou-se para ele e não escondeu o prazer que a visita lhe causava. Com aquele desembaraço, aquela simplicidade particular às mulheres da melhor sociedade e que Levine apreciou imediatamente, estendeu-lhe a mãozinha enérgica, apresentou-o a Varkouiev e mostrou-lhe a sua pupila, uma jovem que estava sentada perto da mesa.

— Estou encantada, realmente encantada — repetiu ela e, pronunciadas aquelas palavras banais que nos seus lábios adquiriam um acento significativo, continuou: — Há muito tempo que conheço o senhor, graças ao Stiva e a Kitty. Só a vi uma ou duas vezes, mas deixou-me uma impressão magnífica: é uma flor, uma deliciosa flor. É verdade que será mãe em breve?

Falava sem embaraço e sem pressa, olhando o irmão e Levine que, pressentindo que a agradava, sentiu-se tão tranquilo como se a conhecesse desde a infância.

Oblonski perguntou se podia fumar.

— Foi por isso que Ivan Petrovitch e eu nos refugiamos no gabinete de Aléxis — respondeu Ana, entregando a Levine uma cigarreira de concha, depois de haver tirado um cigarro de palha.

— Como estás passando hoje? — perguntou o irmão.

— Bem e, como sempre, um pouco nervosa.

— Não é verdadeiramente belo? — disse Stepane Arcadievitch observando a admiração de Levine pelo retrato.

— Ainda não vi outro mais perfeito.

— Nem mais parecido — acrescentou Varkouiev.

O rosto de Ana brilhou com um singular clarão quando, para comparar o retrato ao original, Levine olhou-a atentamente no rosto. Levine corou e, para esconder a sua perturbação, quis perguntar quando ela vira Dolly. Ana, porém, tomou a palavra.

— Conversávamos, eu e Ivan Petrovitch, sobre os últimos trabalhos de Vastchenkov. Viram?

— Sim — respondeu Levine.

— Mas, perdão, julgo que o interrompi.

Levine repetiu a pergunta.

— Dolly? Eu a vi ontem, bastante aborrecida com o professor de latim de Gricha, a quem acusa de injusto.

— Sim — continuou Levine retornando ao assunto que ela abordara —, eu vi os quadros de Vastchenkov e devo confessar que não me agradaram.

A conversa recaiu sobre as novas escolas de pintura. Ana falava com espírito, sem a menor pretensão, esforçando-se naturalmente para fazer brilhar os outros, de tal modo que, em lugar de se torturar como fizera durante o dia, Levine achou agradável e fácil, não somente falar, como também ouvir. A propósito das ilustrações que um pintor francês acabava de fazer da Bíblia, Varkouiev criticou o realismo exagerado daquele artista. Levine objetou que aquele realismo era uma reação salutar, pois a convenção na arte jamais fora tão longe como na França.

— Não mentir torna-se poesia para os franceses — disse ele, que se sentiu feliz vendo que Ana sorria, aprovando-o. Nenhuma das suas palavras lhe causara tanto prazer.

— A sua pilhéria caracteriza toda a arte francesa contemporânea, a literatura como a pintura. Veja, por exemplo, Zola, Daudet... É provável que sempre fosse assim: começa-se por criar tipos convencionais mas, uma vez todas as combinações apresentadas, decide-se pelo natural.

— Isso mesmo — atalhou Varkouiev.

— O senhor vem do clube? — perguntou Ana, em voz baixa. "Sim, eis uma mulher!", pensou Levine, absorvido na contemplação daquela fisionomia em que via se exprimir a curiosidade, a cólera e o orgulho. A emoção de Ana foi de curta duração: ela fechou os olhos como para recolher as recordações e, voltando-se para a pequena inglesa, disse-lhe em inglês:

— *Please order the tea in the drawing-room.*[74]

A criança levantou-se e saiu.

— Ela passou bem no exame? — perguntou Stepane Arcadievitch.

— Perfeitamente. Tem muitos recursos e um admirável caráter.

— Acabarás preferindo-a à tua própria filha.

— Eis aí um raciocínio de homem. Pode-se comparar estas duas afeições? Amo a minha filha de um modo e essa, de maneira inteiramente diferente.

— Ah — declarou Varkouiev —, se Ana Arcadievna quisesse dispensar em favor das crianças russas a centésima parte da atividade que consagra a essa pequena inglesa, que serviço a sua energia não prestaria! Não canso de lhe dizer isso...

— Que quer o senhor, são manifestações espontâneas. Quando habitávamos no campo, o conde Aléxis Kirillovitch (pronunciando aquele nome, lançou um olhar tímido a Levine, que respondeu com

---

74 Em inglês, "Mande servir o chá no salão." (N.E.)

um olhar de respeito e aprovação) muito me animou para visitar as escolas. Tentei, mas nunca consegui me interessar. O senhor falou de energia? Ela tem por base o amor e o amor não se conquista com a vontade. Por que me interessei por essa pequena inglesa? Sentir-me-ia numa situação penosa se tivesse que explicar os motivos.

Teve ainda para Levine um olhar e um sorriso; sorriso e olhar demonstravam que ela só falara pensando nele, certa de que se compreendiam mutuamente.

— A senhora tem razão — disse Levine. — E porque não se põe o coração nessas instituições filantrópicas é que elas dão os piores resultados.

— Sim — disse Ana depois de um momento de silêncio —, *je n'ai pas le coeur assez large*[75] para amar todo um estabelecimento de moças desventuradas. *Cela ne m'a jamais réussi!*[76] Quantas mulheres têm conseguido com isto a sua posição social! Mas eu não posso... não, nem mesmo agora, quando necessito de trabalho — acrescentou com um ar triste, dirigindo-se a Levine, embora fizesse menção de falar com o seu irmão. Depois, franzindo a testa como para se censurar daquela confidência, mudou de conversa. — O senhor é tido como sendo um mau cidadão — disse a Levine —, mas eu sempre fiz a sua defesa.

— De que modo?

— Isso depende dos ataques... Mas o chá nos espera...

Levantou-se e apanhou sobre a mesa um livro encadernado em marroquim.

— Dá-me, Ana Arcadievna — disse Varkouiev, mostrando o caderno. — Vale a pena ser impresso.

— Não, ainda não está terminado.

— Eu falei com ele — disse Stepane Arcadievitch, indicando Levine.

---

75 Em francês, "meu coração não é grande o suficiente". (N.E.)
76 Em francês, "Eu nunca tive êxito com isso!". (N.E.)

— Fizeste mal. Os meus escritos se assemelham a essas obras feitas pelos prisioneiros, que Lídia Merkalov outrora me vendia... Uma amiga que se ocupava com obras beneficentes... — explicou a Levine. — Também esses infortunados fazem obras de paciência.

Aquele traço de caráter impressionou Levine, já seduzido por aquela mulher extraordinária. O espírito, a graça e a beleza juntavam-se à franqueza: ela não procurava ocultar a amargura da sua situação. Escapou-lhe um suspiro, o seu rosto adquiriu uma expressão grave, como petrificada, em completa oposição com a felicidade radiante que Mikhailov pintara e ainda a embelezava. Enquanto agarrava o braço do irmão, Levine olhou o maravilhoso retrato e surpreendeu-se em sentir pelo original um vivo sentimento de ternura e de piedade.

Ana deixou Levine e Varkouiev passarem ao salão e atrasou-se para conversar com Stiva. "Sobre que falará ela? Do divórcio? De Vronski? De mim talvez?", pensou Levine. Ele estava tão emocionado que não ouviu Varkouiev enumerar os méritos do livro para crianças, escrito pela jovem senhora.

A conversa continuou em torno da mesa. Não faltavam assuntos interessantes, e todos os quatro pareciam transbordar de ideias. Graças à atenção revelada por Ana, pelas suas finas observações, tudo o que se dizia tomava para Levine um interesse especial. Pensava incessantemente naquela mulher, admirava a sua inteligência, a cultura do seu espírito, a sua naturalidade, procurava penetrar nos seus sentimentos e até apossar-se da sua vida íntima. Há pouco tempo pronto para julgar, excusava-se agora, e a ideia de que Vronski não a compreendesse apertava-lhe o coração. Eram mais de onze horas quando Stepane Arcadievitch levantou-se para partir. Varkouiev já os havia deixado. Levine ergueu-se também, contra a vontade: julgava estar ali apenas há um instante.

— Adeus — disse-lhe Ana, retendo a mão que ele lhe entregara e mergulhando o olhar no seu. — Estou contente que *la glace est rompue*.[77]

---

77 Em francês, "que o gelo tenha sido quebrado". (N.E.)

E, largando a sua mão, acrescentou:

— Diga à sua mulher que a amo como antigamente e que, se ela não pode perdoar a minha situação, desejo que nunca venha a compreendê-la. Para perdoar é preciso passar por todos os sofrimentos que eu passei. Que Deus a preserve!

— Dir-lhe-ei, esteja certa — respondeu Levine, corando.

11

"Pobre e encantadora mulher!", pensou Levine sentindo o ar gelado da noite.

— Que te disse eu? — perguntou Stepane Arcadievitch, vendo-o conquistado.

— Sim, é uma mulher realmente extraordinária — respondeu Levine. — A sedução que ela exerce não vem apenas do seu espírito: sente-se que vem do coração. Senti pena.

— Em breve, graças a Deus, espero que tudo se arranje. Mas, para o futuro, desconfia dos julgamentos temerários — disse Oblonski, abrindo a portinhola da carruagem. — Até logo, vamos para lugares diferentes.

Durante o caminho, Levine recordou as menores frases de Ana, os mais sutis movimentos da sua fisionomia. Ele a estimava cada vez mais.

Abrindo a porta, Kouzma informou ao patrão que Catarina Alexandrovna passava bem e que as suas irmãs acabavam de deixá-la naquele momento. Entregou-lhe, ao mesmo tempo, duas cartas que Levine leu imediatamente. Uma era de Sokolov, o seu administrador, que não achava comprador para o trigo senão pelo preço irrisório de cinco rublos e não via para o momento nenhuma entrada possível noutro mercado. A outra era da sua irmã, que o censurava por esquecer o negócio da sua tutoria.

"Bem, venderemos o trigo a cinco rublos desde que não se encontre melhor preço", pensou, resolvendo a primeira questão. "Quanto à minha irmã, ela tem razão de me repreender, mas o tempo passou tão rapidamente que não achei meio de ir ao tribunal hoje, o que, apesar de tudo, desejava muito."

Jurou que iria no dia seguinte e, dirigindo-se para o quarto da mulher, lançou sobre o dia um olhar retrospectivo. Que fizera senão conversar, conversar e sempre conversar? Nenhum dos assuntos abordados o preocuparia no campo, interessava-se por eles apenas em Moscou. Também, nada lhe deixara má recordação, a não ser a terrível frase sobre o peixe... Não tinha também alguma coisa de repreensível no seu arrebatamento para com Ana?

Achou Kitty triste e zangada. O jantar das três irmãs fora muito alegre mas, como Levine tardasse a chegar, a reunião acabou por lhe parecer longa.

— Como passaste? — perguntou ela, observando um clarão suspeito nos seus olhos, mas evitando dizer com receio das suas efusões. Ouviu-o com um sorriso nos lábios.

— Encontrei Vronski no clube e estou bem satisfeito. De hoje em diante, não haverá mais acanhamentos entre nós, embora tenha intenção de não procurá-lo. — Dizendo essas palavras, ele corou, lembrando-se subitamente de que "para não mais procurá-lo" fora em casa de Ana quando saíra do clube. — Nós difamamos os bêbados populares, mas parece-me que as pessoas da sociedade bebem muito mais e não se cansam de embebedar-se nos dias de festas...

Kitty se interessava muito menos pela bebedeira comparada que pelo súbito rubor do marido. Continuou a fazer perguntas.

— Que fizeste depois do jantar?

— Stiva me atormentou para que o acompanhasse à casa de Ana Arcadievna — respondeu enrubescendo cada vez mais porque, agora, a inconveniência da visita lhe parecia incontestável.

Os olhos de Kitty lançavam clarões, mas ela se conteve e disse simplesmente:

— Ah!

— Tu não estás zangada? Stiva me pediu com muita insistência e eu sabia que Dolly também o desejava.

— Oh, não! — respondeu ela com um olhar que não predizia nada de bom.

— É uma mulher encantadora, que se deve lamentar — continuou Levine e, depois de contar a vida que Ana levava, transmitiu as suas saudações a Kitty.

— Sim, ela merece ser lamentada — disse unicamente Kitty quando ele terminou. — De quem recebeste uma carta?

Ele respondeu e, iludido com aquela calma aparente, passou para o banheiro. Quando voltou, Kitty não se mexia. Vendo-o aproximar-se ela se desfez em soluços.

— Que houve? — perguntou ele, embora soubesse muito bem do que se tratava.

— Estás apaixonado por essa terrível mulher, ela te enfeitiçou, eu vi nos teus olhos... Que resultará disso? Foste ao clube, bebeste muito e onde poderias ir senão em casa de uma mulher como aquela? Não, isso não pode continuar assim, amanhã partiremos.

Levine teve grande dificuldade para acalmar a sua mulher. Conseguiu-o apenas quando prometeu não mais retornar à casa de Ana, cuja perniciosa influência, reunida a um excesso de champanha, perturbara a sua razão. O que ele confessou sinceramente foi que aquela vida ociosa, passada em beber, comer e conversar, tornava-o simplesmente estúpido. Falaram muito e só adormeceram às três horas da manhã, suficientemente reconciliados para poderem encontrar o sono.

12

Partindo os visitantes, Ana pôs-se a caminhar rapidamente no aposento, indo de um a outro lado. Depois de certo tempo, as suas relações com os homens a impregnavam de uma *coquetterie* quase involuntária. Fizera o possível para voltar o rosto a Levine e via bem que atingira aquele fim, pelo menos na medida compatível com a honestidade de um recém-casado. O homem lhe agradara e, apesar de certos contrastes exteriores, a sua habilidade feminina lhe permitira descobrir a relação secreta entre Levine e Vronski, graças à qual Kitty se enamorara pelos dois. No entanto, desde o momento em que se despediu, ela o esqueceu. Um único pensamento a perseguia.

"Por que posso eu exercer uma atração tão sensível sobre um homem casado, apaixonado por sua mulher? Por que se tornou Vronski tão frio?... Frio não é a palavra exata, porque ele me ama ainda, eu o sei... Mas alguma coisa nos separa. Por que ele ainda não voltou? Mandou-me dizer por Stiva que precisava vigiar Iachvine: é Iachvine uma criança? Ele não mente, mas aproveita a ocasião para me fazer ver que quer manter a sua independência. Eu não o contesto, mas por que esta necessidade de afirmá-la assim? Pode ele compreender o horror da vida que levo? Pode-se chamar viver a esta longa expectativa de uma conclusão que recua dia a dia? Sempre a falta de resposta! E Stiva hesita em fazer uma nova tentativa junto a Aléxis Alexandrovitch. Eu não teria forças para lhe escrever novamente. Que posso fazer, que posso empreender, esperando? Nada, senão morder o meu freio, senão inventar distrações! E que são essa inglesa, essas leituras, esse livro, senão tentativas para me atordoar, como a morfina que tomo à noite? Ele deveria me lastimar!"

Lágrimas de piedade sobre a sua própria sorte encheram-lhe os olhos. Mas, subitamente, ouviu o toque de campainha peculiar a Vronski. Ana, imediatamente, enxugando os olhos, fingindo a maior calma, sentou-se perto da luz com um livro na mão: queria demonstrar o seu descontentamento, mas não deixar transparecer a sua dor. Vronski não a devia lastimar. Provocava assim a luta de que o censurava por precipitá-la.

— Não te aborreceste? — perguntou com desembaraço. — Que horrível paixão é o jogo!

— Não, é uma coisa de que me desabituei há muito tempo.

— Recebi a visita de Stiva e Levine.

— Eu sabia. Levine agradou-te? — perguntou, sentando-se junto dela.

— Muito, eles acabam de partir. E que fim levou Iachvine?

— Havia ganhado dezessete mil rublos e estava resolvido a vir embora, quando me escapou. Neste momento, já deve ter perdido tudo.

— Então, por que vigiá-lo? — disse Ana, erguendo bruscamente a cabeça. — Depois de dizeres a Stiva que ficavas para conduzir Iachvine, acabaste por abandoná-lo.

Os seus olhares, dominados por uma animosidade glacial, cruzaram-se.

— Em primeiro lugar, eu não encarreguei Stiva de nenhuma missão, depois, eu não tenho o hábito de mentir e, finalmente, faço o que quero fazer... — disse brutalmente. — Ana, Ana, por que estas recriminações? — acrescentou, após um instante de silêncio, estendendo para ela a mão aberta na esperança de que silenciasse.

Um mau espírito a impediu de responder àquele apelo de ternura.

— Certamente, fizeste como entendeste — disse ela, enquanto Vronski retirava a mão com um ar mais resoluto ainda, e ela examinava aquele rosto que a irritava. — É para ti uma questão de teimosia, sim, de teimosia — prosseguiu, completamente feliz com aquela descoberta. — Queres saber a todo preço quem de nós dois será o vencedor. No entanto, trata-se de coisa bem diferente. Se tu soubesses, quando te vejo assim hostil — sim, é a palavra, hostil —, como me sinto à beira de um abismo, como tenho medo, medo de mim mesma!

E, despertando novamente piedade, voltou a cabeça para que ele não visse os seus soluços.

— Mas a que propósito tudo isso? — disse Vronski, aterrorizado com aquele desespero e inclinando-se para Ana a fim de lhe beijar a mão. — Podes censurar-me porque procuro distrações fora? Não fujo da companhia das mulheres?

— Só faltava isso!

— Vejamos, dize-me o que é preciso que eu faça para te tranquilizar, estou disposto a tudo para poupar-te a menor dor — disse ele, totalmente vencido por vê-la tão infeliz.

— Isso não é nada… A solidão, os nervos… Não falemos mais… Conta-me o que se passou nas corridas, ainda não me disseste nada — fez ela, procurando dissimular o seu triunfo.

Vronski pediu a ceia e, comendo, contou-lhe os incidentes das corridas mas, pela voz e pelo olhar cada vez mais frio, Ana compreendeu que a sua obstinação voltava e que ele não lhe perdoava o ter feito curvar-se por um momento. Lembrando-se das palavras que lhe haviam dado a vitória: "Tenho medo de mim mesma, sinto-me à beira de um abismo" — ela compreendeu que era uma arma perigosa de que não devia mais se servir. Crescia entre eles um espírito de luta, Ana o sentia mas, como Vronski, não podia se dominar.

13

Três meses antes, Levine não julgaria possível adormecer naturalmente depois de um dia como o que acabava de passar. Habitua-se, porém, a tudo, principalmente quando se vê os outros fazerem o mesmo. Ele dormia, pois, tranquilo, sem cuidar da despesa exagerada da sua "bebedeira" (para chamar as coisas pelo próprio nome) no clube, da sua absurda amizade com um homem de quem Kitty fora namorada, da sua visita ainda mais absurda a uma pessoa que, apesar de tudo, era uma mulher perdida e imediatamente o fizera perder a cabeça, para grande mágoa da sua querida Kitty. Às cinco horas, o ruído de uma porta que se abria despertou-o em sobressalto.

Kitty não estava junto a ele, mas ouviu os seus passos no banheiro, onde tremia uma luz.

— Que houve? Que houve? — murmurou, ainda meio adormecido.

— Não é nada — disse Kitty, que apareceu com um castiçal na mão e com um sorriso particularmente terno e significativo. — Mas não me sinto bem.

— O quê? Começa? — gritou ele, assustado, procurando a roupa para se vestir o mais depressa possível. — É preciso mandar buscar a parteira.

— Não, não, eu te asseguro, não é nada. Já passou! — disse ela, retendo-o.

Kitty soprou a vela e deitou-se. Por mais suspeitos que parecessem a sua respiração oprimida e o seu repouso palpitante de emoção, Levine estava tão cansado que tornou a adormecer. Somente mais tarde pensou nas ideias que deveriam agitar aquela alma querida, imóvel ao seu lado, esperando o momento mais solene na vida de uma mulher. Às sete horas, Kitty, oscilando entre o receio de o despertar e o desejo de lhe falar, acabou por lhe tocar no ombro.

— Kostia, não tenhas medo, isso não é nada, mas acho que é melhor procurar Elisabeth Petrovna.

Ela acendera novamente a vela e retomara a costura que há muitos dias a preocupava.

— Não te assustes, suplico-te. Não sinto medo — continuou ela, vendo o ar terrificado do marido, e tomou-lhe a mão a fim de levá-la ao seio e aos lábios.

Levine saltou do leito, sem deixar de olhar a mulher, vestiu o *robe-de-chambre* e parou subitamente, incapaz de subtrair-se àquela contemplação. Brilhante de uma viva resolução, sob a touca de onde escapavam mechas de cabelos, aquele rosto querido — onde ele julgava conhecer as menores expressões — lhe aparecia num sentido inteiramente novo. Aquela alma cândida e transparente se descobria quase em suas regiões mais recônditas. Ele enrubesceu de vergonha, lembrando-se da cena da véspera.

Kitty também o olhava risonha. Mas, de repente, as suas pálpebras palpitaram: ela endireitou a cabeça e, atraindo o marido, aconchegou-se contra o seu peito como sob a violência de uma forte dor. À vista daquele sofrimento mudo, o primeiro movimento de Levine ainda foi o de se julgar culpado, mas o olhar de Kitty — cheio de ternura — tranquilizou- o: longe de acusá-lo, ela parecia amá-lo ainda mais. "Quem é o culpado senão eu?", perguntou-se ele, procurando inutilmente o autor daquele tormento para o punir, tormento que ela suportava com o orgulho do triunfo. Ele sentiu que ela atingia uma altura de sentimentos que não poderia compreender jamais.

— Já mandei avisar mamãe — disse ela. — E tu, vai depressa procurar Elisabeth Petrovna... Kostia!... Não, já passou.

Ela o deixou para chamar a criada.

— Bem, vai depressa. Eu me sinto melhor, eis Pacha que chega.

Para sua enorme surpresa, ele a viu apanhar novamente a costura. Como saísse por uma porta e Pacha entrasse por outra, ouviu Kitty dar ordens e remover o leito.

Vestiu-se apressadamente e, enquanto atrelavam a carruagem, aventurou-se nas pontas dos pés a ir até o quarto de dormir: duas criadas ali estavam, aguardando as ordens de Kitty que, costurando nervosamente, andava de um para outro lado.

— Vou à casa do médico, mandarei avisar a parteira ou irei eu mesmo. Não é preciso nada mais? Ah! Sim, Dolly!

Ela o olhava sem ouvir.

— Sim, é isso, vai depressa! — disse ela num gesto de despedida.

Quando atravessava o salão, ele julgou ouvir um gemido, imediatamente suspenso. Não compreendeu logo, mas disse:

— É ela que está gemendo.

E, apertando a cabeça entre as mãos, saiu correndo.

"Senhor, tende piedade de nós, perdoai-nos, ajudai-nos!" Aquelas palavras vieram-lhe subitamente aos lábios e pôs-se a repeti-las do fundo do coração. E ele, incrédulo, não mais conhecendo o ceticismo, nem a dúvida, invocou Aquele que tinha a sua alma e o seu amor.

O cavalo ainda não estava atrelado. Para não perder tempo e distrair-se, partiu a pé, depois de ordenar a Kouzma que o seguisse.

No canto da rua percebeu um pequeno trenó que conduzia, ao trote de um magro cavalo, Elizabeth Petrovna. Ela estava envolvida num xale e numa capa de veludo.

"Graças a Deus!", pensou ele, reconhecendo o rosto da mulher que lhe pareceu mais grave do que nunca. E, sem fazer parar o trenó, retrocedeu, correndo ao seu lado.

— Não passará de duas horas? Bem. Achará certamente Pedro Dmitrievitch em casa. Inútil apressar-se. Não esqueça de tomar o ópio na farmácia.

— Então, acha que tudo correrá bem? Que Deus a ajude!

E, vendo chegar Kouzma, subiu no trenó e fez-se transportar à casa do médico.

14

O médico dormia ainda e um criado, absorvido na limpeza dos candeeiros, declarou que o seu "patrão deitara tarde e o proibira de acordá-lo, mas que se levantaria logo". O cuidado que aquele homem tomava com os candelabros e a sua profunda indiferença para com os acontecimentos exteriores indignaram Levine mas, refletindo, concluiu que nem todos eram obrigados a participar dos seus sentimentos. Para atravessar aquela muralha de frieza, tinha que agir com uma calma resolução. "Não me apressar e não me deter, tal deve ser a minha norma de conduta", decidiu ele, feliz em sentir toda sua atenção, toda a sua força física absorvidas naquela atividade.

Depois de haver traçado inúmeros planos, deteve-se no seguinte: Kouzma levaria um bilhete a um outro médico e, quanto a ele, passaria na farmácia e retornaria à casa de Pedro Dmitrievitch. Caso este ainda não estivesse de pé, forçaria a condescendência do criado e, ele se recusando, invadiria à força o quarto de dormir.

Na farmácia, um cocheiro esperava remédios que um ajudante do farmacêutico enrolava com a mesma indiferença que o criado do médico limpava os tubos dos candeeiros. Bem entendido, o prático de farmácia recusou-se a entregar o ópio a Levine que, armando-se de paciência, disse o nome do médico e da parteira que o haviam enviado e explicou o uso a que estava destinado aquele medicamento. Com a opinião favorável do patrão, entrincheirado atrás de um tabique e a quem pediu conselho em língua alemã, o prático de farmácia agarrou uma redoma de vidro, derramou com a ajuda de um funil algumas gotas do seu conteúdo num frasco, pôs a etiqueta e lacrou, apesar das exprobrações de Levine. Ia mesmo embrulhá-lo, quando o seu cliente, exasperado, o arrancou das suas mãos e fugiu.

O médico dormia sempre e o seu criado limpava agora o tapete. Resolvido a conservar o seu sangue-frio, Levine tirou então da sua carteira uma nota de dez rublos e, metendo-a na mão do inflexível servidor, assegurou-lhe, pesando as palavras, que Pedro Dmitrievitch não se aborreceria, tendo-lhe dito que viesse a qualquer hora do dia ou da noite. Como esse Pedro Dmitrievitch, ordinariamente tão insignificante, se tornava de repente para Levine uma criatura importante!

Convencido com aquele argumento, o criado abriu a sala de espera e logo depois Levine ouviu no aposento vizinho a tosse do médico seguido de um ruído de abluções. No fim de três minutos, ele entreabriu a porta de comunicação.

— Desculpe-me, Pedro Dmitrievitch — murmurou com voz suplicante —, ela está sofrendo há mais de duas horas.

— Já vou, já vou — respondeu o médico num tom brincalhão.

— Duas palavras somente, suplico-te.

— Um instante.

Eram precisos ao médico dois minutos para se calçar e dois outros para se vestir e pentear-se.

"Esta gente não tem coração", pensava Levine. "Pode-se pentear quando se trata de um caso de vida ou de morte?"

Ia reiterar as suas súplicas, quando o médico apareceu, devidamente trajado.

— Bom dia — disse ele do modo mais natural do mundo, como se quisesse desesperar Levine. — Que há?

Levine imediatamente começou uma longa narração, carregada de uma série de detalhes inúteis, interrompendo-se a cada momento para suplicar ao médico que partisse.

— Nada de pressa. O senhor não entende disto. Eu irei, pois que assim prometi mas, acredite-me, a minha presença será desnecessária. Tomemos sempre uma xícara de café.

Levine não acreditava no que ouvia: estaria zombando? O rosto do médico não revelava aquela intenção.

— Eu o compreendo — continuou Pedro Dmitrievitch, rindo-se — mas nós fazemos um triste papel nestes casos. O marido de uma das minhas clientes esconde-se comumente na estrebaria.

— Mas o senhor acha que tudo correrá bem?

— Tenho toda razão para o supor.

— O senhor irá, não é mesmo? — insistiu Levine, fulminando com um olhar o criado que trazia o café.

— Neste momento.

— Pelo amor de Deus, doutor!

— Bem, deixe-me tomar o meu café e estarei ao seu dispor.

Seguiu-se um silêncio.

— Os turcos têm jeito de que estão apanhando — prosseguiu o médico com a boca cheia. — O senhor leu o último comunicado?

Levine ficou imóvel.

— Retiro-me — declarou, saltando da cadeira. — O senhor jura que virá dentro de um quarto de hora?

— Conceda-me meia hora.

— Palavra de honra?

Entrando em casa, Levine encontrou a sua sogra que chegava. Ela o beijou, as lágrimas nos olhos e as mãos trêmulas. Dirigiram-se ambos para o quarto de dormir.

— Então? — perguntou a princesa, segurando o braço da parteira que veio ao seu encontro, o rosto radiante, embora preocupado.

— Tudo vai bem, mas ela faria melhor em se deitar. Veja se a convence.

Depois que compreendera a situação, Levine, resolvido a sustentar a coragem da sua mulher, prometera a si mesmo não pensar em nada, aprisionar as suas impressões e conter o coração durante cinco horas — duração habitual da prova, se não faltasse competência. Mas, quando, no fim de uma hora, ele encontrou Kitty no mesmo estado, o medo de não poder resistir ao espetáculo daquela tortura o dominou e multiplicou as invocações a Deus para não desmaiar. Passou-se uma outra hora, uma terceira, uma quarta, afinal a última que ele determinara como limite. E continuava paciente porque não podia agir de outro modo, convencido a cada minuto que atingira as derradeiras fronteiras da paciência e que o seu coração ia explodir. Outras horas passaram e o seu terror crescia sem cessar. Desapareceram pouco a pouco as condições normais da vida, cessou de existir a noção de tempo. Certos minutos — aqueles em que a sua mulher o chamava, em que apertava entre as suas aquela mão úmida que se aferrava aos seus dedos — pareciam-lhe horas. Certas horas, ao contrário, passavam como minutos, e, quando a parteira lhe pediu para acender uma vela atrás do biombo, ficou boquiaberto vendo a noite chegar. Soubesse que eram dez horas da manhã e não cinco horas da tarde, ficaria igualmente surpreso. Que fizera no curso daquele dia? Sentir-se-ia embaraçado para dizer. Revia Kitty agitada e pensativa, depois calma, risonha, procurando tranquilizá-lo; a princesa, vermelha de emoção, chorando; Dolly; o médico fumando cigarros; a parteira e o seu rosto sério mas tranquilo; o velho príncipe andando no salão com um ar sombrio. As entradas e as saídas, porém, confundiam-se no seu pensamento:

a princesa e o doutor se achavam com ele no quarto de dormir, depois em seu gabinete, e de repente a princesa se transformava em Dolly. Lembrou que o haviam encarregado de diversos trabalhos. Ora ele mudava um sofá e uma mesa, necessidade que julgava útil a Kitty, quando realmente preparava o seu próprio leito. Ora mandava perguntar alguma coisa ao médico que lhe respondia e falava das terríveis desordens do conselho municipal. Depois se transportava para o quarto da sogra para despregar uma imagem santa de vestimenta dourada e prateada e pegava-a de modo tão infeliz que partia a lamparina; então a velha camarista o consolava daquele acidente e o encorajava a respeito de Kitty; e, afinal, colocava a imagem sob os travesseiros. Mas quando e como tudo aquilo acabaria? Mistério. Por que a princesa lhe segurava a mão com um ar de compaixão? Por que Dolly tentava obrigá-lo a comer? Por que o médico lhe oferecia um calmante e o olhava com gravidade?

Uma única coisa lhe parecia evidente: o acontecimento atual era da mesma ordem que a agonia do seu irmão Nicolas no ano precedente, naquele miserável albergue de província. A mágoa cedia lugar à alegria mas, no plano habitual da vida, alegria e mágoa abriam perspectivas sobre o além. E aquela contemplação conduzia a sua alma para cumes vertiginosos, onde a sua razão se recusava acompanhá-lo.

"Senhor, perdoai-me! Senhor, ajudai-me!", repetia incessantemente, feliz em achar, apesar do seu afastamento para com as coisas santas, a mesma ingênua confiança no Deus dos dias da sua infância.

Durante estas longas horas, Levine conheceu alternativamente dois estados de espírito muito opostos. Com Dolly, com o príncipe, com o médico que fumava cigarros sobre cigarros e os apagava na beira de um cinzeiro totalmente cheio, ele debatia assuntos indiferentes, tais como a política, a doença de Marta Petrovna e esquecia por um instante o que se passava no quarto vizinho. No mesmo instante o seu coração se dilacerava e a sua alma elevava para Deus uma prece incessante. E cada vez que um gemido vinha arrancá-lo do esquecimento, a angústia de uma culpabilidade imaginária o castigava como no primeiro minuto: preso à necessidade de justificar-se, corria então para a sua mulher, lembrava-se em caminho que não podia fazer nada, mas se obstinava em querer vê-la. A presença de Kitty fazia-o sentir toda a sua impotência: restava-lhe apenas multiplicar os seus "Senhor, tende piedade!"

Mais o tempo avançava, mais o contraste entre aqueles dois estados tornava-se doloroso. Excedido pelos chamados de Kitty, Levine recriminava contra a infelicidade mas, logo que via o seu rosto risonho e submisso, logo que a ouvia dizer: "Quantos tormentos eu te causo, meu pobre amigo!" — era para o próprio Deus que se voltava, implorando perdão e misericórdia.

15

As velas acabaram de se queimar nos castiçais. Levine atravessava uma fase de esquecimento: sentado perto do médico, a quem Dolly pedira que repousasse, ele contemplava a cinza do seu cigarro, ouvindo-o criticar os charlatães magnetizadores. Ecoou, de repente, um grito que nada tinha de humano. Petrificado de pavor, Levine interrogou o médico com o olhar, que apurou o ouvido e sorriu com ar de aprovação. Levine formara o propósito de não se surpreender com coisa alguma. "Isso deve ser assim", disse a si mesmo. No entanto, para esclarecer aquele grito, foi nas pontas dos pés colocar-se na cabeceira da doente. Evidentemente, alguma coisa de novo se passava que ele não queria compreender, mas que o rosto pálido e grave de Elizabeth Petrovna traía: o queixo daquela mulher tremia, não tirava os olhos da face inchada de Kitty, onde se colara algumas mechas de cabelos. A pobre Kitty apertou com as suas mãos úmidas as mãos geladas do marido e passou-as no seu rosto febril.

— Fica, fica, eu não tenho medo... — disse com voz sufocada.
— Mamãe, tira-me os brincos das orelhas, eles me machucam... Tu

não tens medo?... Tudo acabará depressa, não é verdade, Elizabeth Petrovna?

Ela ia sorrir mas, subitamente, o seu rosto se desfigurou e, empurrando o marido disse:

— Vai, vai! Eu sofro muito... Vou morrer!

E o horrível gemido se repetiu. Levine apertou a cabeça entre as mãos e saiu sem querer ouvir Dolly, que gritava:

— Isso não é nada, tudo vai bem!

Ele sabia agora que tudo estava perdido. Refugiado no aposento vizinho, a fonte contra a porta, escutava os clamores monstruosos soltados por aquela coisa informe que não era Kitty. Só pensava na criança para sentir horror. Não pedia a Deus para lhe conservar a mulher, mas para acabar com tão atrozes sofrimentos.

— Doutor, que é que isso significa? — disse ele, sacudindo o braço do médico que entrava.

— É o fim — respondeu o médico seriamente.

Levine julgou que ele quisesse dizer: a morte. Louco de dor, precipitou-se no quarto, onde o primeiro rosto que viu foi o da parteira. Quanto a Kitty, ele não a reconheceu naquela forma que se contorcia e gemia. Sentindo o coração prestes a se despedaçar, apoiou a cabeça contra o leito. E subitamente, no instante em que os gritos pareciam atingir o auge do horror, cessaram bruscamente. Levine não acreditava no que ouvia, mas acabou chegando à evidência: o silêncio, e naquele silêncio ele só percebia a respiração refreada, os cochichos, as discretas idas e vindas e a voz da sua mulher murmurando com uma indizível expressão de felicidade: "Acabou-se!" Ergueu a cabeça. Kitty o olhou, as mãos abandonadas sobre a coberta, procurando sorrir, bela, de uma beleza lânguida e soberana.

Abandonando imediatamente a esfera misteriosa e terrível onde se agitara durante vinte e duas horas, Levine retornou à realidade — uma realidade resplandecente, possuída de uma tal luz de alegria, que não pôde suportá-la. Fundiu-se em lágrimas e os soluços, que estava longe de prever, cortaram-lhe a palavra.

Ajoelhado perto do leito, apoiou os lábios na mão de Kitty, que lhe respondia com uma ligeira pressão dos dedos. No entanto, entre as mãos experientes da parteira, agitava-se, semelhante ao clarão vacilante de uma luz, a fraca flama da vida daquele ser que um minuto antes não existia e que lutaria em breve para fazer valer os seus direitos à felicidade e, por sua vez, engendraria outras criaturas idênticas a si mesmo.

— Ele vive, ele vive, é um rapaz! — ouviu Levine, enquanto Elizabeth Petrovna, com a mão trêmula, friccionava as costas do recém-nascido.

— Mamãe, é verdade? — perguntou Kitty.

A princesa respondeu com soluços.

Como para afugentar a menor dúvida, um som, bem diferente de todas as vozes conhecidas elevou-se no meio do silêncio: era um grito ousado, insolente, temerário, articulado por aquele novo ser que acabava de surgir Deus sabe de onde.

Alguns instantes mais cedo, seria fácil convencer a Levine que Kitty estava morta e que ele a acompanhara ao túmulo, que o seu filho era um anjo, e ambos se achavam em presença de Deus. Agora, que a realidade o retomara, teve que fazer um prodigioso esforço para admitir que sua mulher vivia, que ia bem, que aquele ser pequenino era o seu filho. Sentia uma imensa felicidade em saber que Kitty estava salva. Mas por que aquela criança? Quem era ela? De onde vinha? Foi difícil a Levine aceitar aquela ideia, e só a aceitou muito lentamente.

16

Às dez horas, o velho príncipe, Sérgio Ivanovitch e Stepane Arcadievitch acharam-se reunidos em casa de Levine para saberem notícias de Kitty. Levine julgava-se separado da véspera por um intervalo de cem anos: escutava os outros falarem e se esforçava para descer até eles das alturas em que se encontrava e, entretendo-se com coisas insignificantes, pensava na saúde da mulher e no filho, cuja existência lhe parecia sempre um enigma. O papel da mulher na vida, cuja importância só compreendera depois do casamento, ultrapassava todas as suas previsões. Enquanto os visitantes discorriam sobre um jantar que, na véspera, se realizara no clube, ele dizia a si mesmo: "Que faz ela? Em que pensa? Estará dormindo? E meu filho Dmitri ainda está chorando?" Em meio de uma frase, saltou da poltrona para ver o que se passava no quarto de Kitty.

— Vê se eu posso entrar — disse o príncipe.

— Logo mais — respondeu Levine sem se deter.

Ela não dormia. A cabeleira coberta por uma touca de fitas azuis e bem arranjada no leito, as mãos pousadas sobre a coberta, conversava baixinho com a mãe, formando planos para o próximo batismo. O seu olhar já brilhante, inflamou-se ainda mais com a aproximação do marido. O seu rosto refletia aquela calma soberana que se lê na face dos mortos: sinal de renascimento e não de adeus à vida. Ela lhe agarrou a mão e perguntou se ele havia dormido. A emoção de Levine foi tão viva que voltou a cabeça.

— Kostia, eu dormi e me sinto muito bem.

A expressão do seu rosto mudou bruscamente: a criança chorava.

— Dá-me, Elizabeth Petrovna, para que o mostre ao pai.

— Mostrar-nos-emos assim que tenhamos feito a nossa *toilette* — respondeu a parteira, pondo ao pé do leito uma forma estranha, arroxeada e tiritante, que pôs-se a desenfaixar, empoar, a enfaixar novamente, fazendo-a voltar com a ajuda de um único dedo.

Levine examinou o pobre pequeno, fazendo inúteis esforços para descobrir sentimentos paternos. Mas, quando surgiram aqueles bracinhos, aqueles pezinhos cor de açafrão e que os viu curvados como molas sob os dedos da parteira que os envolvia no linho, ele sentiu piedade e esboçou um gesto para detê-la.

— Esteja tranquilo — disse a parteira, rindo-se. — Eu não lhe farei mal.

Quando ela arranjou a criança como entendera, Elizabeth Petrovna fê-la saltar de um braço para outro e, orgulhosa do seu trabalho, suspendeu-o para que Levine pudesse admirar o filho em toda a sua beleza.

— Dê-mo! — disse Kitty que, com o canto dos olhos, não cessara de acompanhar os movimentos da parteira.

— Queres ficar tranquila, Catarina Alexandrovna? Eu lhe darei o pequeno logo mais. Espere que o mostremos ao papai.

E, com um só braço (a outra mão sustentava apenas a nuca vacilante), levantou para Levine aquele ser bizarro e roxo que escondia a cabeça num canto do linho. Para dizer a verdade, distinguiam-se o nariz, os olhos reprimidos e os lábios trêmulos.

— É uma criança soberba — disse a parteira.

Levine suspirou. Aquela criança soberba só lhe inspirava piedade e desgosto. Ele esperava coisa bem diferente.

Enquanto Elizabeth Petrovna punha o pequeno nos braços da mãe, Levine se desviou, mas o riso de Kitty fê-lo voltar a cabeça: a criança mamava.

— É o bastante — disse a parteira no fim de um instante, mas Kitty não quis deixar o filho, que adormeceu ao seu lado.

— Olha-o agora — disse ela, voltando a criança para o pai no momento em que o pequeno rosto adquiria uma expressão mais velha ainda para espirrar.

Levine quase chorou de enternecimento. Beijou a mulher e deixou o quarto.

Como os sentimentos que aquela criança lhe inspirava diferiam daqueles que previra! Em vez da alegria liberta, sentia uma piedade angustiosa: para o futuro, teria na vida uma nova preocupação, vulnerável. E o medo de ver sofrer aquela pobre criatura sem defesa o impediu de observar o movimento de ingênua vaidade que o possuíra quando o vira espirrar.

17

Os negócios de Stepane Arcadievitch atravessavam uma fase crítica: havia gastado dois terços do dinheiro recebido pela venda do bosque e o comprador que descontara dez por cento do último terço não queria adiantar mais, embora Daria Alexandrovna, afirmando pela primeira vez os seus direitos sobre a fortuna pessoal, recusasse a dar a sua assinatura. As despesas do lar e algumas dívidas imprescindíveis absorviam todo o seu ordenado.

A situação tornava-se terrível, mas Stepane Arcadievitch atribuía-a à modéstia do seu ordenado. O lugar que, cinco ou seis anos antes, julgara bom, não valia decididamente nada. Petrov, que dirigia o banco, recebia doze mil rublos; Mitine, que fundara outro, cinquenta mil. "Decididamente", pensava Oblonski, "eu adormeci e me esqueci." Pôs-se à procura de alguma função bem remunerada e, no fim do inverno, julgou havê-la encontrado: depois de iniciar o ataque em Moscou com o auxílio dos tios, tias e amigos, decidiu fazer na primavera uma viagem a Petersburgo, a fim de cuidar do caso. Era um desses empregos como se encontram agora, que rendem segundo os casos de mil a cinquenta mil rublos e valem mais que os ótimos lugares de antigamente. Eles exigem, é verdade, aptidões tão variadas, uma atividade tão extraordinária que, não se encontrando homens ricamente dotados para os desempenhar, contenta-se apenas em colocar homens "honestos". Honesto, Stepane Arcadievitch o era em toda a força da palavra, tal como se entende em Moscou, onde a honestidade consistia em criticar o governo e não roubar o próximo. E como frequentasse precisamente os meios onde essa palavra fora lançada, achava-se melhor do que ninguém para ocupar aquele cargo. Podia acumular esse novo emprego com as funções atuais e ganhar um aumento de sete a dez mil rublos. Mas tudo dependia da vontade de dois ministros, de uma senhora e dois israelitas, a quem ele pensava visitar pessoalmente, depois de ter sondado o terreno através dos seus protetores. Aproveitaria a ocasião para obter de Karenine uma resposta definitiva quanto ao divórcio de Ana. Extorquiu, pois, cinquenta rublos a Dolly e partiu para São Petersburgo.

Recebido por Karenine, teve que sofrer a exposição de um plano de reforma das finanças russas, antes de poder abordar os assuntos que o traziam.

— É muito justo — disse ele quando Aléxis Alexandrovitch, parando a leitura, tirou o *pince-nez* sem o qual não podia ler para interrogar o cunhado com o olhar —, é muito justo em detalhe, mas para o bem de todos, das classes baixas como das classes altas...

— O novo princípio que exponho abrange igualmente a liberdade — replicou Aléxis Alexandrovitch salientando a palavra "abrange" e pondo novamente o *pince-nez* para mostrar no seu manuscrito de enormes margens, a passagem de conclusão —, porque se eu reclamo o sistema protecionista não é para satisfazer um pequeno número, mas para o bem de todos, das classes baixas como das classes altas... É precisamente aí que eles não querem compreender — acrescentou, olhando Oblonski por cima do *pince-nez* —, absorvidos como estão por seus interesses pessoais e tão comodamente satisfeitos com frases ocas.

Stepane Arcadievitch sabia que, quando Karenine começava a falar sobre quem repelia os seus projetos e causava assim a infelicidade da Rússia, estava no fim das suas demonstrações; portanto, abriu mão, de bom grado, do princípio da liberdade e concordou inteiramente. Realmente, Aléxis Alexandrovitch calou-se imediatamente e pôs-se a folhear o manuscrito com ar pensativo.

— A propósito — disse então Oblonski —, eu queria te pedir para falares sobre mim com Pomorski... Queria ser nomeado membro da Comissão das Agências Reunidas do Crédito Mútuo e das Estradas de Ferro do Sul.

Stepane Arcadievitch decorara naturalmente o título complicado do emprego a que aspirava. Ele o disse sem a menor hesitação. Aléxis Alexandrovitch não perguntou o menor detalhe: os fins a que aquela comissão visava não viriam prejudicar os seus planos de reforma?

O funcionamento da Comissão era tão complicado e tão vastos os projetos de Karenine que, à primeira vista, não se podia ter uma ideia.

— Evidentemente — disse ele deixando cair o *pince-nez* — ser-me-á fácil falar com Pomorski. Mas não entendo por que desejas esse lugar.

— O ordenado é aproximadamente de nove mil rublos, e os seus meios...

— Nove mil rublos! — repetiu Karenine, subitamente perturbado. — Esses ordenados exagerados provam, como ressalto em um memorial, o defeito do nosso *assiette* econômico.

— Um diretor de banco ganha dez mil rublos e um engenheiro até vinte mil. E isso não são sinecuras!

— Depois, acho que um ordenado não é outra coisa senão o preço de uma mercadoria que deve ser submetido à lei da oferta e da procura. Ora, se vejo dois engenheiros igualmente capazes, saídos da mesma escola, um recebe quarenta mil rublos, enquanto um outro se contenta com dois mil; se, por outro lado, vejo um soldado ou um jurista, que não possuem nenhum conhecimento especial, tornarem-se diretores de banco com ordenados fabulosos, concluo que existe um vício econômico de uma desastrosa influência para o serviço do Estado. Eu julgo...

— Está certo, mas trata-se de uma nova instituição, de uma utilidade incontestável e que deve ser dirigida por homens "honestos" — interrompeu Stepane Arcadievitch, salientando a última palavra.

— É um mérito negativo — respondeu Aléxis Alexandrovitch, insensível à significação moscovita do termo.

— Contudo, faze-me o favor de falar com Pomorski.

— Com todo prazer, mas, ao contrário, Bolgarinov deve ter mais influência.

— Bolgarinov está completamente de acordo — declarou Stepane Arcadievitch, que não pôde deixar de corar lembrando-se da visita que fizera a Bolgarinov, naquela mesma manhã.

Sentia ele algum remorso por romper a tradição ancestral de abandonar o serviço do Estado para se consagrar a uma empresa útil, "honesta" e, afinal, particular? Sentia a afronta de esperar, ele, príncipe Oblonski, descendente de Rurik, duas horas, segundo o capricho de um judeu? Sempre estava preso a um súbito enfraquecimento moral, querendo sobrepujar-se, divertindo-se com os outros solicitadores, procurando uma palavra que conviesse à situação. Mas, como não encontrasse aquela palavra, perdia cada vez mais a compostura. Afinal Bolgarinov, evidentemente satisfeito com o seu triunfo, recebera-o com uma polidez admirável e não lhe deixara grande esperança sobre o sucesso do seu pedido.

Fora, Stepane Arcadievitch esforçou-se por esquecer aquela afronta que, agora, o fazia corar.

18

— Resta-me ainda uma coisa a perguntar — continuou Oblonski. — Ana...

Ouvindo esse nome, uma lassidão mortal gelou os traços ainda há pouco tão animados de Aléxis Alexandrovitch.

— Que queres ainda de mim? — disse ele, movendo-se na poltrona e pondo o *pince-nez*.

— Uma decisão qualquer, Aléxis Alexandrovitch. Não é ao... — ele ia dizer: "ao marido enganado", mas, receando tudo estragar, substituiu aquelas palavras — homem de Estado que me dirijo, mas ao cristão, ao homem de coração. Tem piedade dela!

— De que modo? — perguntou docemente Karenine.

— Se a visse, sentirias pena. Acredita-me, eu a observei durante todo o inverno, a sua situação é terrível.

— Eu acreditava — disse Karenine com voz penetrante — que Ana Arcadievna tivesse obtido tudo o que desejava.

— Não recriminemos, Aléxis Alexandrovitch, o passado é o passado. Agora, ela só espera o divórcio.

— Eu quis compreender que, no caso de ficar com meu filho, Ana Arcadievna recusaria o divórcio. Eu dei uma resposta neste sentido e examino esta questão como juiz — disse ele, com a voz cada vez mais aguda.

— Não nos zanguemos — disse Stepane Arcadievitch batendo no joelho do cunhado. — Recapitulemos, antes. No momento em que se separaram, tu deixavas o teu filho e aceitavas o divórcio. Esse lindo gesto a tocou profundamente... Bem, se podes acreditar em mim... Então, ela se sentia muito culpada contigo para aceitar, mas o futuro lhe provou que havia criado uma situação intolerável.

— A situação de Ana Arcadievna não me interessa em nada — disse Karenine, franzindo a testa.

— Permita-me não o acreditar — objetou docemente Oblonski. — Ela mereceu o sofrimento, tu dirás. Ela não o nega, acha mesmo que não tem o direito de suplicar nada. Mas todos nós que a amamos suplicamos para que tenhas piedade. Quem poderá lucrar com os seus sofrimentos?

— Em verdade, não dirá alguém que tu me acusas?

— Não, não, não! — continuou Stepane Arcadievitch, tocando desta vez o braço do cunhado como se o quisesse vencer com gestos. — Quero apenas te fazer compreender que não perdes nada deixando que a sua situação se esclareça. Deixa-me arranjar as coisas, não terás nenhum trabalho. De resto, prometeste...

— O meu consentimento, eu o dei antigamente mas, nesse tempo, sobreveio a questão da criança e eu esperava que Ana Arcadievna tivesse a generosidade...

Karenine deteve-se. Estava pálido e os seus lábios pronunciavam as palavras com dificuldade.

— Ela não pede o filho, ela se dirige ao teu bom coração, ela te suplica que lhe concedas o meio de sair do impasse em que se colocou.

O divórcio torna-se para ela uma questão de vida ou de morte. Ela seria talvez submissa, não sairia do campo, se não confiasse na tua palavra. Consciente da tua promessa, ela te escreveu, veio residir em Moscou onde, há seis meses, vive na febre da espera, onde cada encontro é para ela como um golpe de punhal. A sua situação é a de um condenado à morte, que trouxesse há meses a corda no pescoço, e esperasse apenas a graça ou o golpe final. Tem piedade dela! Encarregar-me-ei de tudo. Seus escrúpulos...

— Não se trata disso — interrompeu Karenine. — Mas talvez eu prometesse mais do que possa conceder.

— Retiras então a tua palavra?

— Peço somente tempo para refletir. Podia eu fazer semelhante promessa?

— Que dizes, Aléxis Alexandrovitch? — gritou Oblonski, saltando da poltrona. — Ela é tão infeliz quanto uma mulher o possa ser. Tu não recusarias...

— Podia eu fazer semelhante promessa? *Vous professez d'être un libre-penseur*,[78] mas eu, que sou crente, não saberia em questão tão grave infringir as prescrições da doutrina cristã.

— Mas todas as sociedades cristãs e a nossa própria Igreja admitem o divórcio.

— Em certos casos, mas não neste.

— Eu não te reconheço mais, Aléxis Alexandrovitch — disse Oblonski, depois de um momento de silêncio. — Eras tu quem, antigamente, inspirando-se precisamente na pura doutrina cristã, causava toda a nossa admiração concedendo um perdão magnânimo? Eras tu quem dizia: "Depois do capote, é preciso dar ainda toda a roupa"?

— Sinto-me forçado a terminar... esta conversa — gritou bruscamente Aléxis Alexandrovitch, que se levantara, completamente pálido e trêmulo.

---

78 Em francês, "O senhor professa ser um livre-pensador." (N.E.)

— Perdoa-me se te aborreci — murmurou Stepane Arcadievitch com um sorriso confuso —, mas precisava desempenhar a missão de que me encarregaram.

Ele estendeu a mão para o cunhado, que a apertou e, depois de um instante de reflexão, disse:

— É indispensável que eu pense. Depois de amanhã darei a minha resposta definitiva.

19

Stepane Arcadievitch ia sair quando Kornei anunciou:

— Sérgio Alexeievitch.

— Quem é? — perguntou Oblonski. — Ah, sim, o pequeno Sérgio — fez ele —, e eu que pensava em algum diretor de Ministério!

"A sua mãe me pediu que o visse", pensou ele. E lembrou-se, com ar desolado, do que ela lhe havia dito: "Tu o verás, poderás saber o que ele faz, quem toma conta dele... E mesmo, se possível"... Ele adivinhara o seu ardente desejo de obter a criança. Depois da conversa que acabava de ter, compreendia que a questão não podia nem mesmo ser levantada. Ficou contente em rever o sobrinho, embora Karenine o tivesse prevenido de que não se falava da mãe à criança e pedido, em consequência, que não fizesse, na sua frente, nenhuma alusão a Ana.

— Ficou gravemente doente depois que a viu pela última vez. Chegamos a temer um momento pela sua vida. Um tratamento sério, acompanhado de banhos de mar no verão, felizmente o deixou bom. A conselho do médico, eu o pus no colégio: o grupo de colegas da sua idade exerceu sobre ele uma influência salutar. Trabalha bem e tem uma ótima conduta.

— Mas é um autêntico homenzinho, compreendo que se lhe dê o nome de "Sérgio Alexeievitch" — gritou Oblonski, vendo entrar um robusto rapazola, vestido com uma blusa azul, que correu sem nenhuma timidez para o pai. Sérgio cumprimentou o tio como a um estranho, depois, reconhecendo-o, corou, tomando um ar ofendido, e se voltou, entregando as notas ao pai.

— Não são de todo más. Podes ir brincar.

— Ele cresceu, ficou magro e perdeu o ar infantil — disse Stepane Arcadievitch. — Tu te recordas de mim?

A criança ergueu os olhos sobre o pai, e depois sobre o tio.

— Sim, *mon oncle* — respondeu ele, abaixando novamente o olhar.

Stepane Arcadievitch chamou-o e agarrou-lhe o braço.

— Então, que fazemos? — perguntou-lhe, a fim de o forçar a falar e não sabendo muito como portar-se.

A criança enrubesceu e não respondeu nada. Procurava afastar do braço a mão do tio e, logo que esse o deixou, escapuliu com a impetuosidade de um pássaro que se liberta.

Há mais de um ano que Sérgio revira a sua mãe e as suas recordações foram pouco a pouco se apagando e, sob a influência da vida do colégio, repelia-as como indignas de um homem. Ele sabia que seus pais haviam brigado, que a sua sorte estava ligada à de seu pai e tentava conformar-se com aquela ideia. Vendo o tio, que parecia muito com sua mãe, ficou perturbado: algumas palavras ouvidas na antessala e principalmente os rostos dos dois homens fizeram-no compreender que falavam sobre ela. E, para não julgar um homem de quem dependia, para não recair nas fantasias que aprendera a desprezar, julgou melhor fugir ao olhar daquele tio que vinha importunamente lembrar-lhe o que já tinha como esquecido.

Mas quando, deixando o gabinete de Karenine, Stepane Arcadievitch o encontrou brincando na escada e o interrogou sobre os seus jogos, Sérgio, que a presença do pai não mais oprimia, mostrou-se mais comunicativo.

— Brincamos no momento de estrada de ferro. Dois entre nós tomam lugar num banco: são os passageiros. Um terceiro sobe, todos os outros se unem e corremos através das salas. Não é fácil desempenhar o papel de condutor.

— O condutor? É aquele que está de pé, não é mesmo? — perguntou Oblonski, rindo-se.

— Sim, é preciso atenção para não cair, principalmente quando os que correm param bruscamente.

— Sim, é isso mesmo — disse Stepane Arcadievitch examinando com tristeza os olhos brilhantes que não haviam perdido a candura da infância e tanto se pareciam com os de Ana. Esquecido da promessa que fizera a Karenine, não pôde deixar de perguntar:

— Lembras-te de tua mãe?

— Não — respondeu a criança, que enrubesceu de repente. Stepane Arcadievitch não lhe arrancou mais uma só palavra.

Quando, meia hora mais tarde, o preceptor encontrou Sérgio na escada, não pôde esclarecer se ele chorava ou se estava amuado.

— Sofreste algum mal, caindo. Bem que tinha razão em dizer que era um brinquedo perigoso. É preciso que eu fale ao diretor.

— Se me sentisse mal, ninguém saberia, o senhor poderá me acreditar.

— Que tens então?

— Nada, deixa-me!... Que pode interessar-lhe se eu me lembro ou não? E por que me lembro eu?... Deixa-me tranquilo! — prosseguiu ele, desafiando agora o mundo inteiro.

20

Como sempre, Stepane Arcadievitch empregou muito bem o seu tempo na capital, aproveitando-o não só com as preocupações do seu negócio, como também para se distrair. A acreditar-se no que se dizia, o ar de Moscou cheirava a prisão: apesar dos seus carros e dos *cafés chantants*, aquela pobre cidade ficava como sendo uma espécie de pântano onde se atolava moralmente. No fim de alguns meses, sentia sinceramente as repreensões da mulher, a saúde e a educação dos filhos, os menores detalhes do trabalho e as próprias dívidas o inquietavam.

Logo que punha os pés em Petersburgo, encontrava-se no mundo dos vivos — em Moscou se vegetava —, as suas preocupações fundiam-se como cera ao fogo. Compreendiam-se tão diferentemente os deveres para com a família! O príncipe Tchetchenski não acabara de lhe contar que, tendo dois lares, achava vantajoso introduzir o mais velho dos seus filhos legítimos na família ilegal a fim de o tornar mais esperto? Compreender-se-ia isso em Moscou? Aí, atravancavam os filhos ao modo de Lvov: davam-lhes mesada, invertiam os papéis dando-lhes um lugar exagerado na família, compreendia-se que todo homem bem-educado tem o direito e o dever de viver primeiramente para ele mesmo. E depois, em Moscou, onde o serviço do Estado não oferecia nem interesse e nem futuro, a que brilhante carreira podia pretender numa cidade onde o amigo Briantsev era alguém? Para isso, bastava um feliz encontro, um favor prestado, uma palavra amável ou um jogo de fisionomia bem-feito. Enfim — e isso principalmente realçava os escrúpulos de Oblonski —, como se fazia pouco caso de dinheiro! Ainda na véspera, Bartnianski, que vivia com cinquenta mil rublos, dissera-lhe sobre aquele assunto uma palavra bem edificante, no momento em que se punham à mesa:

— Tu serias amável — insinuara Stepane Arcadievitch — se falasses em meu favor com Mordvinski. Eu sou candidato ao lugar de membro...

— Pouco importa o título. Eu o esquecerei de qualquer modo. Mas que ideia de te comprometeres com esses sujeitos?

— Tenho necessidade de dinheiro — declarou francamente Oblonski, julgando inútil tergiversar com um amigo. — Não tenho mais uma moeda.

— Tu não vives?

— Sim, mas com dívidas.

— Tens muitas? — perguntou Bartnianski com simpatia.

— Oh, sim, pouco mais ou menos vinte mil rublos.

— Feliz mortal! — gritou o outro, rindo a bandeiras despregadas. — Eu tenho um milhão e meio de rublos de dívidas, nem uma moeda no bolso e, como vês, vivo da mesma maneira.

Aquele exemplo era confirmado por muitos outros: arruinado, devendo trezentos mil rublos, Jivakhov ainda levava boa vida; há muito tempo em aperto, o conde Krivtsov sustentava duas amantes; depois de haver gasto cinco milhões, Petrovski dirigia uma empresa financeira com ordenado de vinte mil rublos.

E como Petersburgo remoçava as pessoas! Em Moscou, Stepane Arcadievitch examinava com agonia os seus cabelos grisalhos, adormecia depois do almoço, subia dificilmente as escadas, aborrecia-se em companhia das mulheres moças, já não dançava nos bailes. Em Petersburgo, julgava-se dez anos mais jovem. Experimentava a mesma sensação que o seu tio Pedro no estrangeiro.

— Nós não sabemos viver aqui — dizia-lhe aquele moço de sessenta anos voltando de Paris. — Acredita-me se quiseres, em Baden, onde passei o verão, a presença de uma linda mulher dava-me ideias, um bom jantar me restituía o aprumo. Quinze dias de Rússia com a minha nobre esposa, e ainda no fundo do campo, eu era apenas um velho! Adeus, às jovens belezas! Não deixava mais o meu *robe-de-chambre* e por pouco não morri... Felizmente que Paris me levantou o ânimo.

No dia seguinte ao da sua entrevista com Karenine, Stepane Arcadievitch foi ver Betsy Tverskoi, com a qual mantinha relações estranhas. Fazia-lhe a corte para se rir, espalhando aquelas propostas levianas que sabia serem do agrado dela. Nesse dia, influenciado pelo ar de Petersburgo, deixou-se levar muito longe e sentiu-se feliz de ver a princesa Miagki interromper um *tête-à-tête* que começava a lhe fazer mal, porque não gostava de Betsy.

— Ah, ei-lo! — disse a princesa, vendo-o. — E o que é feito da sua pobre irmã?... Está surpreso que pergunte por ela? É que, depois de todo mundo lhe atirar pedras, a começar por mulheres que são cem vezes piores do que ela, eu a absolvo completamente. Como Vronski não me avisou da sua passagem por Petersburgo? Eu teria ido vê-la e a teria levado a toda parte. Recomende-me a ela e fale-me de Ana.

— A sua situação é bastante penosa... — começou Stepane Arcadievitch, obedecendo ingenuamente ao convite da boa senhora.

— Ela fez o que faria qualquer mulher, menos eu, e teve a lealdade de agir abertamente. Eu ainda a aprovo com mais entusiasmo por haver abandonado aquele imbecil — peço-lhe perdão — do seu cunhado que queria se fazer passar por gênio. Gênio! Eu era sozinha para protestar mas, depois que se ligou a Landau e Lídia Ivanovna, todo mundo partilha da minha opinião: isso me aborrece, porém, agora, é impossível evitá-lo.

— Talvez a senhora possa me explicar um enigma. Ontem, a propósito do divórcio, o meu cunhado disse que só podia dar uma resposta depois de refletir e, esta manhã, recebo um cartão da condessa Lídia convidando-me para passar em sua casa, à noite.

— É bem isso — gritou a princesa —, eles vão consultar o Landau.

— Landau? Quem é?

— Como, o senhor não conhece *le fameux Jules Landau, le clairvoyant?*[79] Eis o que se ganha por viver na província! É também um doido, mas a sorte da sua irmã está entre as suas mãos. Landau era *commis*[80] de farmácia em Paris, um dia foi consultar um médico, adormeceu na sala de espera e, durante o sono, deu aos assistentes os mais surpreendentes conselhos. A mulher de Iouri Meledinski chamou-o para junto do seu marido doente e, segundo o meu modo de pensar, ele não lhe fez nenhum bem, mas ambos ficaram transtornados e trouxeram Landau para a Rússia. Aqui, todos se lançaram

---

79 Em francês, "o famoso Jules Landau, o clarividente". (N.E.)
80 Em francês, "assistente". (N.E.)

sobre ele, e ele começou a tratar todos. Curou a princesa Bezzoubov que, como reconhecimento, o adotou.

— Que disse?

— Eu disse: adotou. Ele já não se chama Landau, mas conde Bezzoubov. Pouco importa! Bem, a louca dessa Lídia, que de resto eu amo muito, embriagou-se pelo Landau. Ela e Karenine não fazem nada sem o consultar. Eis por que, digo-lhe, a sorte da sua irmã está entre as mãos de Landau, conde Bezzoubov.

21

Depois de um excelente jantar em casa de Bartnianski, acompanhado de numerosos copos de conhaque, Stepane Arcadievitch dirigiu-se um pouco atrasado para a casa da condessa Lídia.

— Quem está aí? O francês? — perguntou ele ao porteiro, observando junto do capote bem conhecido de Karenine, um estranho capote de presilha.

— Aléxis Alexandrovitch Karenine e o conde Bezzoubov — respondeu severamente o porteiro.

"A princesa Miagki acertou", pensava Oblonski subindo a escada. "É uma mulher indispensável, ela tem grande influência. Uma palavra dela para Pomorski e o meu caso estará resolvido!"

Embora ainda existisse a claridade do dia, as cortinas do pequeno salão estavam abaixadas e as luzes, acesas. Sentada perto de uma mesa, a condessa e Karenine conversavam baixinho, enquanto um homem seco, pequeno, muito pálido, com lindos olhos brilhantes, uma aparência feminina, as pernas delgadas, e enormes cabelos caindo sobre a gola da sua sobrecasaca, examinava na outra extremidade do aposento os retratos suspensos na parede. Depois de apresentar as suas homenagens à condessa e cumprimentar o seu cunhado, Oblonski voltou-se involuntariamente para aquela singular criatura.

— Senhor Landau — disse a condessa docemente e com uma precaução que impressionou Stepane Arcadievitch.

Landau imediatamente se aproximou, sorriu, pôs a sua mão inerte e mole na de Oblonski, que lhe foi apresentado pela condessa, e retomou o seu lugar perto dos retratos. Lídia Ivanovna e Karenine trocaram um olhar significativo.

— Sinto-me feliz em vê-lo e principalmente hoje — disse a condessa a Oblonski, mostrando-lhe um sofá perto do seu cunhado. — Eu o apresentei sob o nome de Landau — continuou ela, depois de lançar um olhar ao francês —, mas o senhor naturalmente sabe que ele se chama conde Bezzoubov. Não gosta deste título.

— Sim, eu ouvi dizer que ele havia curado completamente a condessa Bezzoubov.

— Sim, ela veio me ver hoje — disse a condessa, dirigindo-se a Karenine. — Esta separação lhe causa um golpe terrível.

— A partida, pois, está decidida? — indagou Karenine.

— Sim, ele vai para Paris, pois ouviu uma voz — respondeu Lídia Ivanovna, olhando Oblonski.

— Uma voz, verdadeiramente! — repetiu Oblonski sentindo que devia usar de grande prudência, numa sociedade onde se passavam mistérios dos quais ele não tinha a chave.

Após alguns instantes de silêncio, a condessa julgou o momento oportuno para abordar os assuntos sérios e disse a Oblonski com um sorriso sutil:

— Há muito tempo que o conheço. *Les amis de nos amis sont nos amis.*[81] Mas, para ser verdadeiramente amigo, é preciso saber o que se passa na alma daqueles de quem gostamos e receio que não esteja de acordo com Aléxis Alexandrovitch. Compreende o que quero dizer? — perguntou ela, erguendo os seus belos olhos sonhadores para Stepane Arcadievitch.

---

81 Em francês, "Os amigos dos nossos amigos são nossos amigos." (N.E.)

— Eu compreendo em parte que a situação de Aléxis Alexandrovitch... — respondeu Oblonski que, não vendo onde ela queria chegar, preferiu permanecer nas generalizações.

— Oh, não me refiro às mudanças exteriores — disse gravemente a condessa, acompanhando com um olhar amoroso Karenine, que se levantara para se reunir a Landau. — Foi o seu coração que mudou e eu receio muito que o senhor não tenha refletido suficientemente no alcance desta transformação.

— Posso figurá-la em linhas gerais. Sempre estivemos em ótimas relações e ainda agora... — começou Oblonski, que julgou bom dar ao olhar uma impressão de ternura. — Ele sabia que Lídia contava dois ministros entre os seus amigos e indagava-se intimamente qual deles mais lhe poderia servir.

— Esta transformação não fere o seu amor pelo próximo, ao contrário, eleva-o, purifica-o... Receio, porém, que o senhor não compreenda... Uma xícara de chá? — propôs, mostrando um criado que trazia uma bandeja.

— Obrigado, condessa. Evidentemente, a sua infelicidade...

— A sua infelicidade tornou-se sua felicidade, pois o seu coração acordou para Ele — disse a condessa, cujo olhar cada vez mais se tornava lânguido.

"Eu creio que poderia forçá-la a falar a ambos", pensou Oblonski. E, muito alto:

— Certamente, condessa — aprovou. — Mas isso é uma dessas questões íntimas que não se ousa abordar.

— Ao contrário, devemos nos ajudar mutuamente.

— Sem dúvida, mas existem algumas vezes tais divergências de opinião... — respondeu Oblonski com o seu sorriso habitual.

— Não podem existir divergências quando se trata da santa verdade.

— Sem dúvida, sem dúvida — repetiu Oblonski que, vendo a religião entrar em jogo, preferiu esquivar-se.

Karenine, neste ínterim, aproximou-se.

— Creio que ele vai adormecer — anunciou em voz baixa.

Stepane Arcadievitch voltou-se: Landau estava sentado perto da janela, o braço apoiado sobre uma poltrona e a cabeça baixa. Ele a ergueu, vendo os olhares voltados para ele e sorriu com um ar infantil.

— Não lhe preste atenção — disse Lídia Ivanovna mostrando um sofá a Karenine. — Eu observei...

Neste momento um criado veio trazer-lhe um bilhete que ela leu apressadamente e que respondeu com uma rapidez extraordinária, depois de haver se desculpado com os seus convidados.

— Eu observei — continuou — que os moscovitas, principalmente os homens, são as pessoas mais indiferentes do mundo em matéria de religião.

— Eu pensaria o contrário, condessa, a julgar pela sua reputação.

— Mas tu mesmo — disse Aléxis Alexandrovitch — pertences à categoria dos indiferentes.

— É possível! — gritou Lídia Ivanovna.

— Estou antes esperando — respondeu Oblonski com o seu sorriso mais conciliador. — A minha hora ainda não chegou.

Karenine e a condessa se olharam.

— Nunca podemos conhecer a nossa hora, nem sabemos se estamos perto ou não — declarou gravemente Aléxis Alexandrovitch. — A Graça não obedece às considerações humanas. Esquece por vezes aqueles que a procuram para descer sobre aqueles que não estão preparados para recebê-la. Saulo é um exemplo.

— Ele ainda não adormeceu — disse a condessa que seguia, com os olhos, os movimentos do francês.

Landau levantou-se e aproximou-se do grupo.

— Posso ouvir? — indagou ele.

— Naturalmente, eu não queria aborrecê-lo — falou a condessa ternamente.

— O essencial é não fechar os olhos à luz — continuou Aléxis Alexandrovitch.

— E se o senhor conhecesse a felicidade que experimentamos ao sentir a Sua presença constante em nossas almas! — declarou Lídia Ivanovna com um sorriso estático.

— Infelizmente pode-se ser incapaz de se elevar a semelhantes alturas — objetou Stepane Arcadievitch, não sem hipocrisia. "Como indispor uma pessoa da qual uma única palavra a Pomorski podia lhe obter o lugar que desejava!"

— O senhor poderá dizer que o pecado não nos permite tal coisa. Mas é uma ideia falsa. O pecado não existe para o que crê... Perdão — fez ela, vendo o criado lhe trazer um segundo bilhete. — Responda que irei amanhã em casa da duquesa... Não, para o crente, o pecado não existe — repetiu.

— Sim, mas a fé sem a prática não perderá a virtude? — disse Stepane Arcadievitch, lembrando-se daquela frase do catecismo e defendendo a sua independência com um sorriso.

— Veja esta famosa passagem de São Jaques que fez tanto mal! — gritou Karenine olhando a condessa como para lhe lembrar as frequentes discussões sobre aquele assunto. — Quantas almas esta falsa interpretação não tem afastado da *fé*! Ora, o texto diz exatamente o contrário.

— São os monges que julgam se salvar pelas práticas, os jejuns, as mortificações — disse a condessa com um ar de soberano desprezo. — Mas isso não está escrito em parte alguma. Acredite-me, fazemos a nossa salvação de um modo muito simples — acrescentou, concedendo a Oblonski um daqueles olhares com que encorajava na Corte os primeiros passos das jovens damas de honra.

Karenine aprovou-a com um olhar.

— O Cristo nos salvou, morrendo por nós. Só a fé salva — declarou ele.

— *Vous comprenez l'anglais?*[82] — perguntou Lídia Ivanovna e, com um gesto significativo, dirigiu-se para uma estante.

---

82 Em francês, "Você entende inglês?" (N.E.)

— Vou ler-lhes *Safe and happy* ou *Under the wing*[83]— disse ela, interrogando Karenine com o olhar. — É muito curto — acrescentou, indo sentar-se. — O senhor verá como se adquire a fé e a felicidade sobrenatural que enchem a alma do crente: não conhecendo mais a solidão, o homem não saberia ser infeliz.

Ia começar a leitura, mas o criado veio perturbá-la novamente.

— Mme. Borozdine? Amanhã às duas horas... A propósito — prosseguiu, soltando um suspiro e marcando com um dedo a página que desejava ler. — Quer saber como opera a verdadeira fé? Conhece Maria Sanine? Sabe da sua infelicidade? Ela perdeu o seu filho único. Então, depois que encontrou a sua vida, o seu desespero transfigurou-se em consolação: ela agradece a Deus pela morte do seu filho. Tal é a felicidade que dá a fé.

— Evidentemente, é muito... — murmurou Stepane Arcadievitch, feliz por conservar-se calado durante a leitura. "Decididamente", pensava, "eu faria melhor em nada pedir hoje e escapar-me o mais depressa possível."

— Isso o aborrecerá — disse a condessa a Landau — porque o senhor não sabe o inglês, mas não me demorarei.

— Oh, eu compreenderei tudo! — respondeu o outro, sempre sorrindo.

Karenine e a condessa trocaram um olhar enternecido, e a leitura começou.

22

As estranhas ideias que acabava de ouvir puseram Stepane Arcadievitch na maior estupefação. Certamente, a complexidade da vida de Petersburgo formava um grande contraste com a monotonia moscovita, mas aquele meio insólito perturbava completamente os seus

---

83 Em inglês, "*Salvo e feliz* ou *Sob a asa*". (N.E.)

hábitos. Ouvindo a condessa e sentindo os olhos — ingênuos ou velhacos? — de Landau sobre ele, experimentava um certo peso na cabeça. Os pensamentos mais diversos surgiam no seu cérebro.

"Maria Sanine era feliz por haver perdido o seu filho... Ah, se eu pudesse fumar!... Para salvar-se é indispensável acreditar. Os monges não entendem nada, mas a condessa sabe... Por que tenho a cabeça assim? É por causa do conhaque ou da singularidade de tudo isso? Eu ainda nada disse de impróprio, mas decididamente prefiro não solicitar nada hoje. Se estas pessoas me obrigassem a rezar, isso seria bem ridículo. É preciso reconhecer que ela pronuncia bem o inglês. Landau-Bezzoubov, por que Bezzoubov?..."

Aqui, Stepane Arcadievitch reconheceu no queixo um movimento que se assemelhava ao bocejo, sacudiu-se, mexeu-se, o sono o vencia irresistivelmente. Talvez mesmo já roncasse, quando estremeceu subitamente com um ar culpado.

"Ele dorme!", acabava de dizer a condessa. Por felicidade, aquelas palavras se dirigiam a Landau, que estava adormecido ao seu lado. Mas, se o sono de Oblonski ofendesse Lídia Ivanovna e Karenine — era certo em mundo tão anormal? —, o de Landau os alegrou muito, principalmente a condessa.

— *Mon ami* — disse ela, chamando Karenine no entusiasmo do momento e suspendendo com prudência as dobras do seu vestido de seda — *donnez-lui la main: vous voyez?... Chut!*[84] Eu não recebo ninguém — murmurou ao criado que aparecia pela terceira vez.

O francês dormia ou fingia dormir, a cabeça apoiada no encosto da poltrona, enquanto sobre o joelho sua mão fazia o gesto de apanhar alguma coisa. Aléxis Alexandrovitch aproximou-se dele, batendo na mesa apesar das precauções, e pôs a sua mão entre as de Landau. Stepane Arcadievitch também se levantou: abrindo os grandes olhos para se convencer de que não dormia mais, fitava ora um, ora outro, sentindo as suas ideias se baralharem cada vez mais.

---

84 Em francês, "Meu amigo, dê-lhe a mão. O senhor vê? Psiu!" (N.E.)

— *Que la personne qui est arrivée la dernière, celle qui demande, qu'elle sorte... qu'elle sorte!*[85] — murmurou o francês sem abrir os olhos.

— *Vous m'excuserez, mais vous voyez... Revenez vers dix heures, encore mieux demain.*[86]

— *Qu'elle sorte!* — repetiu o francês com impaciência.

— *C'est moi, n'est-ce pas?*[87] — perguntou Oblonski. E, sem esperar resposta, saiu na ponta dos pés e ganhou a rua, como se estivesse numa casa empestada. Para se refazer, esforçou-se por se divertir com o cocheiro da carruagem que o conduzia ao teatro francês. Chegou no último ato, e terminou a noite bebendo algumas taças de champanha, sem dissipar inteiramente a sua indisposição.

Voltando à casa de seu tio Pedro, achou um bilhete de Betsy, convidando-o para entabolarem no dia seguinte a conversa interrompida, o que o obrigou a fazer caretas. Um ruído de passos surdos atraiu-o à escada onde viu o seu tio, tão remoçado pela viagem ao estrangeiro, andando completamente bêbado. Embora só se pudesse manter em pé, o velhote, agarrando-se ao sobrinho, subiu até o quarto onde adormeceu sobre uma cadeira, depois de ter inutilmente tentado contar as suas proezas.

Oblonski, ao contrário, não tinha sono; contra o seu hábito, sentia-se muito deprimido e não podia lembrar-se sem se envergonhar dos acontecimentos do dia, em particular da reunião em casa da condessa.

No dia seguinte, Karenine avisou-lhe que recusava categoricamente o divórcio. Oblonski compreendeu que aquela decisão fora inspirada pelo francês no curso do seu sono verdadeiro ou fingido.

---

85 Em francês, "A pessoa que chegou por último, a que questiona, que ela saia! Que ela saia!" (N.E.)

86 Em francês, "O senhor deve me desculpar, mas o senhor vê... Volte por volta das dez, ou melhor ainda, amanhã." (N.E.)

87 Em francês, "Sou eu, não é?" (N.E.)

23

Tomam-se decisões nas famílias, em caso de perfeito entendimento ou de completo desacordo. Quando as relações entre os esposos oscilam entre esses dois extremos, nenhum ousa empreender nada e assim permanecem durante anos inteiros, parecendo fastidiosos um ao outro.

Vronski e Ana estavam neste caso: as árvores tiveram tempo de se cobrir de folhas e as folhas de se desdobrarem e, apesar do calor e da poeira, da estada odiosa para ambos, permaneciam ainda em Moscou. Uma evidente desinteligência os separava. Toda tentativa de explicação a agravava singularmente. Ana achava o seu amante frio. Vronski tornava a situação de Ana ainda mais penosa com recriminações pela falsa posição em que se colocara por causa dela. Escondendo cuidadosamente aquelas verdadeiras causas da sua irritação, cada qual acusava o outro de responsável, e aproveitava a primeira situação para o demonstrar.

Conhecendo Vronski a fundo, os seus gostos, as suas ideias, os seus desejos, as suas particularidades físicas e morais, Ana o julgava feito para o amor e tão somente para o amor. E se ele se tornava frio para com ela, era que amava outras e, no seu ciúme cego, suspeitava de todas as mulheres. Ora receava as ligações grosseiras, acessíveis aos solteiros; ora desconfiava das mulheres de sociedade; ora mesmo maldizia as moças, por quem talvez ele a abandonasse um belo dia. Esta última forma de ciúme era de todas a mais dolorosa, tendo sido despertada por uma confidência de Aléxis: um dia, ele censurara muito a sua mãe, que lhe queria meter na cabeça a ideia de esposar Mlle. Sorokine.

Com aquele ciúme, acumulava sobre a cabeça de Vronski as mais diversas afrontas: a solidão em que vivia, as hesitações de Aléxis Alexandrovitch, a separação talvez eterna do seu filho, a sua estada prolongada em Moscou — e, se ele a amava verdadeiramente, não podia deixar a sociedade e refugiar-se com ela no campo?

Sobrevinham raros momentos de ternura, Ana não sentia nenhuma tranquilidade, porque descobria nas carícias do amante muito calmo, muito senhor de si, uma impressão nova que a feria.

O dia terminava. Vronski assistia a um jantar e Ana se refugiara para esperá-lo no gabinete de trabalho onde o barulho da rua a incomodava menos que no resto da casa. Andava de um para outro lado e repassava na memória os detalhes de uma cena penosa que os tinha levantado um contra o outro. Refazendo as causas daquela desinteligência, ficou surpresa por achá-las tão fúteis. A propósito de Hannah, a pequena inglesa que protegia, Vronski ridicularizava os colégios de moças, achando que as ciências físicas seriam de uma medíocre utilidade para a criança. Julgando ver uma pedra atirada ao seu jardim, respondera prontamente:

— Eu não esperava a sua simpatia, mas pensava ter direito à sua delicadeza.

Ferido, Vronski corara e, depois de uma ou duas réplicas de que não se lembrava mais, dissera para acabar de a contrariar:

— Confesso não compreender nada da sua predileção por essa menina. Vejo apenas afetação.

A censura fora dura e injusta: ele criticava os laboriosos esforços de Ana para criar uma ocupação que a ajudasse a suportar o isolamento. Ela explodiu:

— É bem triste que sentimentos grosseiros e materiais te sejam acessíveis — dissera, abandonando o aposento.

À noite, no quarto de dormir, não fizeram nenhuma alusão à cena, embora sentissem que não a podiam esquecer.

Um dia inteiro passado na solidão fizera com que Ana refletisse: ávida por reconciliar-se com o amante, estava prestes a perdoar, a acusar-se ela própria.

"A culpa foi minha, o meu absurdo ciúme torna-me irritável. É indispensável partir para o campo, lá eu encontrarei novamente a minha calma... Sei bem que, demonstrando ternura por uma estranha, ele me censura por não gostar da minha filha. Mas que sabe ele do amor que uma criança possa inspirar? Duvida ele que me tenha sacrificado renunciando a Sérgio?... Por que este desejo constante de me ferir? Não é uma prova de que ama uma outra?..."

Procurando acalmar-se, Ana retornava ao lúgubre ponto de partida. "Em que", dizia ela quase louca, "devo me reconhecer culpada? Vejamos, ele é direito e honesto, ele me ama. Eu o amo igualmente e o meu divórcio é apenas uma questão de dias. O que ele me fez de mais? A tranquilidade, a confiança... Sim, logo que entre, eu me confessarei culpada... E viajaremos o mais cedo possível."

E, para banir as suas negras ideias, deu ordem para trazerem as malas.

Vronski entrou às dez horas.

24

— O jantar decorreu bem? — perguntou ela, recebendo-o com um ar contrito.

— Como de costume — respondeu ele, imediatamente observando aquele salto de humor ao qual aderiu tanto mais quando estava muito alegre. — Vejo que és muito gentil.

— Sim, o passeio que fiz me devolveu o desejo de retornar ao campo. Coisa alguma te prende aqui, não é mesmo?

— Só desejo partir. Manda servir o chá enquanto mudo de roupa. Voltarei num instante.

O ar de superioridade que ele afetava pareceu ferir a Ana. "Vejo que és muito gentil." Não é daquele modo que se desculpam os caprichos de uma criança mimada? A necessidade de lutar despertou imediatamente: por que ficar humilde em face daquela arrogância? No entanto, conteve-se e, quando ele voltou, expôs os planos de partida entre frases anteriormente estudadas.

— Acho que foi uma inspiração — concluiu ela. — Pelo menos é um intervalo nesta eterna espera. Para que esperar? Quero tornar-me indiferente nesta questão de divórcio. Não é a tua opinião?

— Certamente — respondeu, um pouco inquieto com a agitação de Ana.

— Conta-me por tua vez o que se passou no teu jantar — disse ela depois de um momento de silêncio.

— O jantar esteve muito bom — respondeu Vronski, citando os nomes dos convivas. — Tivemos depois as corridas de barcos, mas como em Moscou acha-se sempre meio de tornar tudo *ridicule*, nos exibiram a professora de natação da rainha da Suécia.

— Como? Ela nadou na tua frente? — perguntou Ana, entristecendo.

— Sim, em costume vermelho. É uma velha mulher horrível... Então, quando partimos?

— Pode-se imaginar nada de mais tolo! Havia alguma coisa de especial no seu modo de nadar? — continuou ela.

— Absolutamente. Era ridículo, já disse. Então, marcaste o dia da viagem?

Ana sacudiu a cabeça como para afastar uma obsessão.

— Quanto mais cedo, melhor. Não podemos partir amanhã, mas depois de amanhã.

— Está certo... Isto é, não. Depois de amanhã é domingo, sou obrigado a ir em casa de *maman*.

Apenas pronunciara aquela palavra e Vronski se perturbou sentindo pesar sobre ele um olhar de desconfiança. A sua perturbação aumentou a desconfiança de Ana: ela esqueceu a professora de natação para se inquietar somente com Mlle. Sorokine, que passava o verão em casa da velha condessa, em Moscou. E ela se afastou, enrubescendo.

— Não podes ir amanhã?

— É impossível: nem a procuração, nem o dinheiro que ela deve me entregar estarão prontos amanhã.

— Então não partiremos.

— Por quê?

— Segunda-feira ou nunca.

— Mas, vejamos, isso é uma loucura! — gritou Vronski.

— Para ti, porque, em teu egoísmo, não queres compreender que eu sofro. Uma só criatura me prendia aqui: Hannah, e achaste meio de me acusar de hipócrita em relação a ela. Segundo a tua opinião, eu não gosto da minha filha e afeto por essa inglesa sentimentos que nada têm de natural. Queria bem saber o que há de natural na vida que levo!

Percebeu com terror que esquecia as suas boas resoluções. Mas, compreendendo que se perdia, não resistiu à tentação de provar as injustiças de Vronski.

— Eu não disse isso — replicou ele —, mas simplesmente que esta súbita ternura me desagradava.

— Isso não é verdade, e para alguém que se envaidece com a sua própria honestidade...

— Não tenho o hábito de me envaidecer e nem de mentir — disse ele docemente, reprimindo a cólera que o torturava. — E lamento bastante que não respeites...

— O respeito foi inventado para dissimular a ausência de amor. Se tu não me amas mais, seria mais leal me confessando.

— Isso se torna intolerável! — exclamou Vronski, que se levantou bruscamente e veio colocar-se em frente de Ana. — A minha paciência tem limites, por que colocá-la à prova? — perguntou ele lentamente, como se retivesse outras palavras mais amargas.

— Que queres dizer com isso? — gritou ela, espantada com o olhar com que ele a fulminava e com a expressão de ódio que desfigurava o seu rosto.

— Eu quero dizer que... Não, sou eu que te devo perguntar o que desejas de mim.

— Que posso eu desejar, salvo não ser abandonada como tens a intenção de o fazer... De resto, a questão é secundária. Eu quero ser amada e, se tu não me amas mais, tudo está acabado.

Ela se dirigiu para a porta.

— Espera, espera! — disse Vronski, segurando-a pelo braço, mas com a testa franzida num gesto sinistro. — Que houve entre nós? Eu só peço para viajar daqui a três dias e tu respondes que eu minto e que sou um homem desonesto.

— Sim, e eu o repito. Um homem que me repreende por ter deixado tudo por mim (era uma alusão a antigas ofensas) é mais que desonesto. Simplesmente, não tem coração.

— A minha paciência está no fim! — gritou Vronski, soltando-lhe o braço.

"Ele me odeia, é certo", pensou ela e, sem se voltar, saiu do aposento a passos vacilantes. "Ele ama uma outra, é mais que certo ainda", pensava ela, entrando no quarto. E repetiu mentalmente as palavras de ainda há pouco: "Eu quero ser amada e tu não me amas mais, tudo está acabado... Sim, é preciso acabar, mas como?", perguntou-se, prostrando-se numa poltrona diante do espelho.

Os pensamentos mais diversos a possuíram. Onde se refugiar? Em casa da tia que a criara, em casa de Dolly ou no estrangeiro? Que fazia ele em seu gabinete? Aquela ruptura seria definitiva? Que diria Aléxis Alexandrovitch e os seus velhos amigos de Petersburgo? Uma vaga ideia brotava em seu espírito sem que ela chegasse a formulá-la. Lembrou-se de uma frase que dissera ao marido: "Por que não estou morta?" Imediatamente aquelas palavras despertaram o sentimento que outrora exprimiram. "Morrer, sim, é a única maneira de fugir. A minha vergonha, a desonra de Aléxis Alexandrovitch, a de Sérgio, tudo acabará com a minha morte. Uma vez morta, ele lamentará a sua conduta, chorará, ele me amará." Um sorriso de enternecimento oscilou nos seus lábios, enquanto tirava e repunha automaticamente os anéis nos dedos.

Os passos que se aproximavam — os seus! — tiraram-na das suas meditações, sem que fizesse menção de precaver-se. Ele segurou-lhe a mão e disse docemente:

— Ana, estou disposto a tudo, partiremos depois de amanhã. E, como ela não respondesse nada, ele insistiu:

— Então?

— Faze como quiseres... — Incapaz de permanecer dona de si mesma, debulhou-se em lágrimas. — Deixa-me, deixa-me! — murmurou através dos soluços. — Eu irei amanhã. E, mesmo, eu farei mais... Que sou eu? Uma mulher perdida, uma pedra no teu caminho. Eu não quero te atormentar para o futuro. Tu não me amas mais, tu amas uma outra, já te libertarei de mim.

Vronski suplicou para que ela se acalmasse, afirmou que o seu ciúme era sem fundamento, jurou que a amava mais do que nunca.

— Ana, por que nos torturamos assim? — perguntou ele, beijando-lhe as mãos. Ela julgou observar lágrimas nos seus olhos e na sua voz. Passando imediatamente do mais sombrio ciúme para a paixão mais ardente, ela cobriu de beijos a cabeça, o pescoço e as mãos do seu amante.

25

A reconciliação fora completa. Ana ainda não sabia muito bem se partiriam segunda ou terça-feira, cada qual querendo ceder ao outro o seu ponto de vista, mas isso já pouco lhe importava agora, e, na manhã do dia seguinte, ela ativou os seus preparativos. Retirava diversos objetos de uma mala, quando Vronski entrou. Havia feito a *toilette* mais cedo do que de costume.

— Vou à casa de *maman*. Dir-lhe-ei para enviar o dinheiro por intermédio de Iegorov. Com isso, podemos partir amanhã.

A alusão a essa visita perturbou as boas disposições de Ana. "Assim, pois", pensou, "ele pôde arranjar as coisas como eu queria!"

— Não — replicou ela —, não mudes em nada o teu programa, porque eu mesma não estarei pronta. Vai almoçar, encontrar-te-ei imediatamente — acrescentou, empilhando toda sorte de roupa fina nos braços de Annouchka.

Quando ela entrou na sala de jantar, Vronski comia um bife. Sentou-se ao lado dele para tomar café.

— Odeio esta casa — declarou ela. — Que há de mais abominável que os quartos mobiliados? Estes relógios, estas cortinas, principalmente estes papéis pintados, tudo isso me irrita e o campo me aparece como a terra prometida. Tu não mandas os cavalos desde agora?

— Não, seguirão conosco. Tens a intenção de sair hoje?

— Passarei talvez em casa de Mrs. Wilson para lhe levar um vestido... Então, tudo certo para amanhã? — perguntou ela alegremente. Mas, de súbito, sua fisionomia se alterou.

Neste momento o criado veio pedir o recibo do telegrama, Vronski respondeu secamente que se encontrava sobre a carteira. E, para desviar a atenção de Ana, apressou-se em responder:

— Certamente, tudo estará terminado amanhã.

Mas Ana já havia mudado de expressão.

— De quem é o telegrama? — perguntou ela.

— De Stiva — respondeu ele sem pressa.

— Por que não me mostraste? Que segredo pode existir entre ti e o meu irmão?

Vronski ordenou ao criado para trazer o telegrama.

— Eu não queria te mostrar. Stiva tem a mania do telégrafo. Que necessidade tinha ele de me prevenir de que ainda não decidira nada?

— Sobre o divórcio?

— Sim, ele acha que não pode obter uma resposta definitiva. Lê tu mesma.

Ana agarrou o telegrama com mão trêmula. O fim estava assim redigido: "Pouca esperança, mas farei o possível e o impossível."

— Não te disse ontem que isso me é indiferente? — fez ela, corando. — Era, pois, inútil querer me ocultar tal coisa.

"Sem dúvida, ele age assim para se corresponder com as mulheres", pensou.

— A propósito, Iachvine talvez venha esta manhã com Voitov. Parece que ele ganhou perto de sessenta mil rublos em Pievtsov.

Esse modo de obrigá-la a compreender que rumava novamente sobre um caminho perigoso irritou-a ainda mais.

— Perdão — insistiu ela —, por que julgaste bom me esconder esta notícia? Repito que esta questão me é indiferente e desejava que ela te interessasse tão pouco quanto a mim mesma.

— Se ela me interessa, é porque gosto das situações claras.

— Que importam as fórmulas quando o amor existe! — gritou ela, cada vez mais chocada com aquele tom de fria superioridade. — Que vais fazer do divórcio?

"Sempre o amor", pensou Vronski.

— Tu sabes bem que, se o desejo, é por tua causa e pelo futuro dos nossos filhos.

— Não terei mais filhos.

— Tanto pior, eu lamento.

— Tu só pensas nos filhos e não em mim — fez ela, esquecendo que ele acabava de dizer: "Por tua causa e pelo futuro dos nossos filhos."

Aquele desejo de ter filhos era há muito tempo entre eles um assunto de discórdia: ele a feria como uma prova de indiferença para a sua beleza.

— Ao contrário, é principalmente em ti que eu penso — respondeu ele, a testa franzida como por uma nevralgia. — Estou convencido de que a tua irritabilidade vem principalmente da falsidade da tua situação.

"Ele deixou de fingir e o ódio que me dedica aparece completamente", pensou Ana, sem prestar atenção às suas palavras; parecia ver um juiz feroz condenando-a pelos olhos de Vronski.

— Não, a minha situação não poderia ser a causa do que te agrada chamar a minha ir-ri-ta-bi-li-da-de — disse ela. — Ela me parece perfeitamente clara: não estou absolutamente em teu poder?

— Lastimo que não queiras me compreender — interrompeu ele bruscamente, querendo lhe fazer sentir o fundo do seu pensamento. — É a tua falsa situação que te incita a desconfiar de mim.

— Oh, quanto a isso, podes ficar tranquilo — replicou ela, voltando-se.

Ela bebeu alguns goles de café: o ruído dos seus lábios e o gesto da sua mão que segurava a xícara, o pequeno dedo erguido, provocavam evidentemente Vronski. Ana percebeu isso e lançou-lhe um olhar furtivo.

— Pouco me importa a opinião da tua mãe e os projetos de casamento que faça a teu respeito — disse ela, pousando a xícara com mão trêmula.

— Não se trata disso.

— Realmente, se pudesses me acreditar, uma mulher sem coração não interessa, fosse ela a tua mãe.

— Ana, peço-te para respeitar a minha mãe.

— Uma mulher que não compreende onde reside a felicidade do seu filho, que o incita a um atentado contra a sua própria honra, essa mulher não tem coração!

— Ainda uma vez eu te peço para não falares de minha mãe desse modo — disse ele, erguendo a voz.

Dirigiu-lhe um olhar severo, que Ana suportou ousadamente. Ela examinava os lábios e as mãos que, na véspera, depois da reconciliação, lhe haviam dispensado tantas carícias. "Carícias banais", pensava, "que já fez e fará ainda a inúmeras outras mulheres!"

— Tu não amas a tua mãe — disse ela afinal, os olhos carregados de ódio. — Tudo isso são apenas frases.

— Neste caso, é preciso...

— É preciso tomar um partido e, quanto a mim, sei o que me resta fazer.

Ela ia retirar-se quando Iachvine entrou. Deteve-se para lhe desejar o bom-dia. Por que, numa circunstância tão grave da vida, dissimulava diante de um estranho que, cedo ou tarde, saberia tudo? Era o que não conseguiria explicar. Sentou-se novamente e, reprimindo a dor que lhe torturava o coração, pôs-se a falar com Iachvine sobre coisas indiferentes.

— Pagaram-lhe? — indagou ela.

— Apenas uma parte, e devo viajar sábado sem falta — respondeu ele, arriscando um olhar para o lado de Vronski; supunha, sem dúvida, que a sua entrada interrompera uma cena. — Quando partem?

— Penso que depois de amanhã — disse Vronski.

— Tomaram, afinal, uma decisão?

— Sim, e definitiva — respondeu Ana, cujo olhar duro repelia toda tentativa de reconciliação. — Não teve piedade daquele pobre Pievtsov?

— Piedade? É uma questão de que nunca cogitei, Ana Arcadievna. Trago toda a minha fortuna comigo — disse ele, mostrando o bolso. — Rico neste momento, posso sair do clube sem uma moeda. O que jogar comigo ganhará naturalmente até a minha camisa. É esta luta que dá o prazer.

— Mas, se o senhor fosse casado, que diria a sua mulher? — perguntou Ana, rindo-se.

— Eu nunca me casei e jamais tive intenção disso — respondeu Iachvine, divertindo-se com aquela suposição.

— Tu esqueces Helsingfors — insinuou Vronski, arriscando um olhar sobre Ana, cujo sorriso desapareceu imediatamente: "Não, meu amigo, nada mudou", parecia dizer o seu rosto rígido.

— Nunca esteve apaixonado? — perguntou ela a Iachvine.

— Oh, Senhor, quantas vezes! Mas, enquanto outros se arranjam para não faltar aos *rendez-vous*, eu sempre fiz o possível para não perder as minhas partidas.

— Não me refiro a este gênero de namoro. É o verdadeiro que tenho em vista.

Ela quis interrogá-lo sobre Helsingfors, mas recusou-se a repetir uma palavra que Vronski havia pronunciado.

Voitov entrou neste momento para comprar um cavalo, e Ana se retirou.

Antes de sair, Vronski passou pelo quarto da mulher. A princípio, ela fez menção de estar absorvida na procura de qualquer coisa mas, envergonhada com aquela dissimulação, fixou sobre ele um olhar sempre glacial.

— Que está faltando? — perguntou ela em francês.

— O certificado de origem de Gambetta, que acabo de vender — respondeu num tom que queria dizer claramente: "Não tenho tempo a perder com explicações ociosas."

"Nada tenho a me censurar", pensava ele, "se ela quer se castigar, *tant pis pour elle*".[88] No entanto, como deixasse o quarto, julgou que ela o chamava e, subitamente, sentiu-se dominado pela piedade.

— Que há, Ana? — perguntou.

— Nada — respondeu ela, friamente.

"Vamos, decididamente, *tant pis!*", ainda pensou ele.

Passando em frente de um espelho percebeu um rosto tão desfeito que lhe veio a ideia de consolar a infeliz, mas já era muito tarde, e ele estava muito longe. Passou fora todo o dia e, quando retornou, a criada lhe avisou que Ana Arcadievna tinha dores de cabeça e pedia que não a incomodasse.

26

Nunca se passara um dia, em caso de desinteligência, que não se verificasse a reconciliação. Desta vez, porém, a briga se assemelhava muito a uma ruptura. Para oprimi-la com um olhar tão frio, para afastar-se como o seu amante o fizera — apesar do estado de desespero ao qual a reduzira —, era porque ele a odiava, e amava a uma

---

88 Em francês, "pior para ela". (N.E.)

outra. As palavras cruéis brotadas da boca de Vronski retornavam à memória de Ana e se agravavam, na sua imaginação, com elementos grosseiros de que ele era incapaz.

"Eu não te prendo, poderás viajar. Se tu não queres o divórcio é porque esperas voltar para a casa do teu marido. Se necessitas de dinheiro, basta dizer: quanto queres?"

"Mas, ainda ontem, ele jurou que só amava a mim!...", dizia ela, momentos depois. "É um homem honesto e sincero. Não me tenho desesperado inutilmente?"

Excluindo uma visita de duas horas a Mrs. Wilson, ela passou todo o dia na alternativa de dúvida e de esperança: "Partirei imediatamente ou devo tentar revê-lo ainda?" Cansada de esperar toda a noite, acabou por entrar no quarto, recomendando a Annouchka que dissesse a Vronski que estava doente. "Se ele vier apesar de tudo, é que ainda me ama; se não vier, tudo está acabado e sei o que me resta fazer!"

Ouviu o barulho da carruagem na calçada, quando Vronski entrou, o ruído da campainha, o colóquio com a criada, depois os seus passos se afastaram, ele entrou no gabinete, e Ana compreendeu que a sorte estava jogada. A morte lhe apareceu então como único meio de castigar Vronski, de reconquistar o seu amor, de triunfar na luta que o mau espírito alojado no seu coração disputava com aquele homem. A viagem e o divórcio tornavam-se-lhe coisas indiferentes. O essencial era o castigo.

Apanhou o frasco de ópio e pôs a dose habitual no copo... "Bebendo tudo", pensava ela, "seria facílimo acabar." Deitada, os olhos abertos, examinava a chama vacilante da vela, as molduras das cornijas e a sombra que o biombo projetava. Abandonava-se àquele sonho lúgubre. Que pensaria ele quando ela houvesse desaparecido? Que remorsos seriam os seus! "Como pude lhe falar duramente, deixá-la sem uma palavra de afeição? E eis que ela já não existe, que ela nos abandonou para sempre!..." De repente, a sombra do biombo pareceu oscilar, subir até o teto, outras sombras surgiram ao seu encontro, recuaram, para se precipitarem com uma nova impetuosidade e tudo se confundiu na completa obscuridade. "A morte!", disse ela, e um profundo terror a dominou de tal modo que levou algum tempo a reunir as ideias sem mesmo saber onde se encontrava. Depois de inúteis esforços, com a mão trêmula, pôde afinal acender uma vela no lugar da que vinha de se apagar. Lágrimas de alegria inundaram-lhe o rosto quando compreendeu que vivia ainda. "Não, não, tudo menos a morte! Eu o amo, ele me ama também, nós já passamos por cenas semelhantes e tudo acabou bem." E, para escapar aos seus terrores, encaminhou-se para o gabinete de Vronski.

Ele dormia um sono tranquilo. Ela se aproximou, levantou o castiçal e contemplou-o longamente, chorando de enternecimento. Teve o cuidado, porém, de não acordá-lo: ele a teria fitado com o seu olhar de gelo, e o seu primeiro movimento seria o de demonstrar a gravidade das suas injustiças. Retornou ao próprio quarto, tomou uma segunda dose de ópio e adormeceu, um sono pesado, que não lhe tirou o sentimento dos sofrimentos.

De manhã, o pesadelo terrível que a tinha oprimido mais de uma vez antes da sua ligação com Vronski, novamente a angustiou: um homenzinho de barba eriçada batia num ferro, pronunciando restos de frases francesas incompreensíveis. E, como sempre, o que mais a terrificava era ver aquele homem *au-dessus d'elle*,[89] sem ter o ar de observá-la.

Logo que se levantou, os acontecimentos da véspera voltaram, confusos, ao seu espírito. "Que se passara de tão desesperado? Uma briga? Não era a primeira. Eu inventei uma doença e ele não veio me ver. Partiremos amanhã. Preciso vê-lo, falar-lhe e apressar a viagem."

Dirigiu-se para o gabinete de Vronski mas, atravessando o salão, o ruído de uma carruagem que parava na porta obrigou-a a olhar pela janela. Uma moça, usando chapéu malva, debruçada na portinhola, dava ordens a um criado, que tocou a campainha;

---

89 Em francês, "acima dela". (N.E.)

falou-se no vestíbulo e, depois, alguém subiu e Ana ouviu Vronski descer a escada apressadamente. Ela o viu sair, a cabeça nua, aproximar-se da carruagem, tomar um pacote das mãos da moça e lhe falar, sorrindo. A carruagem afastou-se e Vronski subiu alegremente.

Aquela pequena cena dissipou subitamente o torpor de Ana e as impressões da véspera feriram o seu coração mais dolorosamente que nunca. Como pudera se abaixar ao ponto de ficar depois de semelhante cena, todo um dia sob o mesmo teto que aquele homem? Entrou no gabinete para lhe prevenir da decisão que havia tomado.

— A princesa Sorokine e a sua filha trouxeram o dinheiro e os papéis da minha mãe, que eu não pude obter ontem — disse tranquilamente Vronski, sem reparar na fisionomia trágica de Ana. — Como te sentes esta manhã?

De pé no meio do quarto, ela o olhou fixamente, enquanto ele continuava a ler uma carta, a testa franzida. Sem dizer palavra, Ana voltou-se e se dirigiu para a porta. Ele nada fez para retê-la, apenas o ruído do papel machucado ressoava no silêncio.

— A propósito — gritou ele no instante em que ela atingia o limiar —, é mesmo amanhã que nós partiremos?

— O senhor, eu não — respondeu ela, voltando-se para Vronski.

— Ana, semelhante vida torna-se impossível.

— O senhor, eu não — repetiu ela.

— Isso não é mais tolerável.

— O senhor... o senhor se arrependerá — disse, e saiu.

Assustado com o tom de desespero com que ela pronunciara aquelas últimas palavras, Vronski saltou da sua poltrona, quis correr atrás dela, mas mudou de ideia imediatamente. Aquela ameaça, que julgava inconveniente, o exasperava.

— Eu tentei todos os meios — murmurou ele, apertando os dentes —, só me resta a indiferença.

Preparou-se para sair: necessitava ainda fazer algumas coisas e submeter uma procuração à assinatura de sua mãe.

Ana o ouviu deixar o gabinete, atravessar a sala de jantar, deter-se na antessala, não ir aonde ela estava e dar uma ordem para levarem o cavalo a Voitov. Escutou a carruagem avançar, a porta de entrada se abrir e alguém subir precipitadamente a escada. Ela correu à janela e viu Vronski tomar das mãos do criado um par de luvas, depois bater nas costas do cocheiro, dizer-lhe algumas palavras e, sem levantar os olhos para a janela, acomodar-se em sua pose habitual no fundo da carruagem, cruzar uma perna sobre a outra, calçar uma das luvas, e desaparecer afinal na esquina da rua.

27

"Ele partiu, tudo acabou!", disse ela, de pé na janela. Subitamente, a angústia que a possuíra durante a noite, quando a vela se acabara, renasceu, e renasceram os temores do pesadelo. "Não, isto não é possível!", gritou. Atravessando todo o aposento, deu um violento toque de campainha mas, dominada pelo terror, não pôde esperar o criado e correu ao seu encontro.

— Informe-se do lugar para aonde foi o conde — disse ela.

— Para as cocheiras — respondeu o criado. — A carruagem vai voltar e estará à disposição da senhora.

— Está bem, eu quero escrever um bilhete e lhe pedir, Miguel, para o levar imediatamente às cocheiras.

Sentou-se e escreveu:

"Eu sou a culpada de tudo. Volte, pelo amor de Deus, que nos explicaremos. Sinto medo."

Fechou o envelope, entregou o bilhete ao criado e, no seu medo de ficar sozinha, foi para o quarto da filha.

"Eu não o reconheço mais, onde estão os seus olhos azuis e o seu lindo sorriso tímido?", pensava ela vendo, em lugar de Sérgio que a sua confusão desejava ver, uma menina de cabelos negros.

Sentada perto de uma mesa, a criança brincava com uma rolha de garrafa. Os seus olhos, de um negro profundo, fixavam sobre a mãe um olhar estúpido. A inglesa perguntou pela saúde de Ana, que lhe respondeu ir bem e aproveitou a ocasião para avisar que partiam no dia seguinte para o campo. Depois sentou-se perto da menina e arrancou-lhe a rolha das mãos, mas o riso sonoro e o movimento da criança lembraram-lhe tão vivamente Vronski que Ana não pôde se controlar: ergueu-se bruscamente e saiu. "É possível verdadeiramente que tudo esteja acabado? Não, ele voltará, mas como me explicará a sua animação, o seu sorriso ao me falar? Acreditarei em tudo o que me disser... A não ser assim, só vejo um remédio que não quero!" Olhou o relógio, doze minutos passaram. "Ele recebeu o meu bilhete e chegará dentro de dez minutos... E se não vier? É impossível. Ele não deve me achar com os olhos vermelhos, vou lavar o rosto... Mas, vejamos, eu me penteei hoje? Sim", fez ela, levando as mãos à cabeça, "mas quando? Não me recordo." Aproximou-se de um espelho, a fim de se convencer que estava bem penteada, e recuou percebendo um rosto inchado e os olhos estranhamente brilhantes que a examinavam com espanto. "Quem é?... Mas sou eu", compreendeu subitamente. E, como se examinasse detalhadamente, julgou sentir nos ombros os beijos recentes do amante; ela tremeu e levou uma das mãos aos lábios. "Estou ficando louca?", perguntou-se com temor, e correu para o quarto onde Annouchka arrumava as coisas.

— Annouchka... — começou ela sem poder continuar, detendo-se em frente daquela forte mulher que parecia compreender.

— A senhora quererá visitar Daria Alexandrovna? — disse ela.

— É verdade, quero ir.

"Um quarto de hora para ir, um quarto de hora para voltar, e ele estará aqui de um momento para outro!" Ela olhou o relógio. "Mas como pôde ele me deixar assim! Como pode viver sem estar reconciliado comigo!" Aproximou-se da janela, examinou a rua:

ninguém. Receando ter feito um erro de cálculo, pôs-se a contar os minutos desde a sua partida.

No momento em que ia consultar o relógio da sala, uma carruagem parou em frente da porta. Reconheceu a carruagem pela janela, mas ninguém subiu a escada. Como ouvisse vozes no vestíbulo, desceu e viu o criado Miguel.

— O conde já havia partido para a estação de Nijni — disse o criado.

— Que queres? Que houve?... — disse ela a Miguel que queria lhe devolver o bilhete. "Ah, sim, é verdade, ele não o recebeu." — Leve imediatamente este bilhete ao conde, no campo, em casa da sua mãe e traga-me logo a resposta.

"E eu, que farei enquanto espero?... A loucura me persegue... Vamos sempre à casa de Dolly... Ah, resta-me ainda o recurso de telegrafar."

Escreveu o telegrama seguinte, que expediu imediatamente: *Tenho absoluta necessidade de te falar. Volta depressa.*

Vestiu-se e, já pronta para sair, parou em frente da plácida Annouchka, cujos olhinhos vivos testemunhavam uma profunda compaixão.

— Annouchka, minha querida, que farei? — murmurou ela, caindo numa poltrona.

— Por que a senhora se atormenta, Ana Arcadievna? Estas coisas acontecem. Faça um passeio que a distrairá.

— Sim, eu vou sair. Caso chegue algum telegrama em minha ausência, manda-o levar em casa de Daria Alexandrovna — disse ela, procurando controlar-se. — Não, eu voltarei logo.

"Devo me abster de toda reflexão, ocupar-me, sair, deixar esta casa principalmente", pensava ela, ouvindo terrificada as pancadas precipitadas do coração.

Saiu apressadamente e subiu na carruagem.

— Aonde vai a senhora? — indagou Pedro, o cocheiro.

— Rua da Aparição, em casa dos Oblonski.

28

O tempo estava claro. Uma chuva fina, que caíra durante a manhã, ainda fazia brilhar ao sol de maio os tetos das casas, as pedras dos passeios, a calçada, as rodas das carruagens, o couro e os enfeites dos arreios. Eram três horas, o momento mais animado do dia.

Docemente embalada pela carruagem que era puxada por dois cavalos baios, Ana julgou a sua situação de um modo diferente, examinando os acontecimentos dos últimos dias. A ideia da morte a assustava menos e pareceu-lhe não ser inevitável. E censurou-se vivamente a humilhação a que se abaixara. "Por que me acusar, implorar o seu perdão? Não posso viver sem ele?" E, deixando as perguntas sem respostas, pôs-se a ler maquinalmente os anúncios. "Escritório e lojas. Dentista. Sim, vou confessar-me a Dolly, ela não gosta de Vronski, será difícil dizer-lhe tudo, mas eu o farei. Ela gosta de mim, seguirei o seu conselho, não me deixarei tratar como uma criança. Philippov: médico. A água de Moscou é a melhor, os reservatórios de Mytistchy." Lembrou-se de haver passado outrora naquela localidade, fazendo com a sua tia a peregrinação a Santa-Trindade. "Naquele tempo, íamos de carruagem, eu tinha verdadeiramente as mãos vermelhas. Quantas coisas que me pareciam sonhos irrealizáveis se apresentam hoje como misérias, os séculos não poderiam devolver a minha inocência de então! Quem havia de prever que seria rebaixada a tal humilhação? O meu bilhete o fará triunfar, mas eu diminuirei o seu orgulho... Meu Deus, como esta tinta cheira mal! Por que sentem sempre necessidade de pintar?... Modas e enfeites."

Um transeunte a cumprimentou, era o marido de Annouchka. "Nossos parasitas, como disse Vronski. Por que os nossos?... Ah, se pudéssemos arrancar o passado com as suas raízes! É impossível, mas, pelo menos, podemos fingir que nos esquecemos..." E, lembrando-se de repente do seu passado com Aléxis Alexandrovitch, constatou que tinha perdido a recordação de tudo. "Dolly não me dará razão porque é o segundo que eu deixo. Tenho a pretensão de querer ter razão!" Sentiu as lágrimas... "De que estas moças podem falar, sorrindo? De amor? Elas não conhecem a tristeza e nem a ignomínia... O jardim das crianças, três meninos brincam... Sérgio, meu pequeno Sérgio, eu vou perder tudo sem nem por isso te ganhar!... Sim, se ele não volta, tudo estará perdido. Talvez tenha perdido o trem e eu o encontre em casa? Vamos, eis que quero me humilhar... Não, eu quero dizer tudo a Dolly. Sou infeliz, sofro, eu mereci, mas ajude-me! Oh! Estes cavalos, esta carruagem que lhe pertence, tudo isso me causa horror! Em breve, não os verei mais!"

Torturando-se assim, ela chegou em casa de Dolly e subiu a escada:

— Tem gente aí? — perguntou na antessala.

— Catarina Alexandrovna Levine — respondeu o criado.

"Kitty, essa Kitty por quem Vronski se apaixonou, que ele lamenta não ter esposado, enquanto maldiz o dia em que me encontrou."

Dolly aconselhava a irmã sobre a melhor maneira de amamentar, quando lhe anunciaram Ana. Veio sozinha recebê-la.

— Tu ainda não partiste? Queria precisamente passar na tua casa, recebi esta manhã uma carta de Stiva.

— E nós recebemos um telegrama — respondeu Ana, esforçando-se por descobrir Kitty.

— Ele me escreveu que nada compreende dos caprichos de Aléxis Alexandrovitch, mas que não retornará sem conseguir uma resposta definitiva.

— Tens gente aí? Podes me mostrar a carta de Stiva?

— Sim, tenho Kitty — respondeu Dolly, confusa. — Ela está no quarto das crianças. Não sabes que ela esteve doente?

— Sei. Podes me mostrar a carta?

— Certamente, vou procurá-la... Aléxis Alexandrovitch não recusa. Stiva tem boa esperança — disse Dolly, detendo-se no limiar.

— Eu não espero e não desejo nada.

"Kitty julgará rebaixar-se, encontrando-me?", pensou Ana, ficando sozinha. "Talvez tenha razão, mas ela que se apaixonou por Vronski, não tem direito de me dar lições. Eu sei perfeitamente que uma mulher honesta não pode me receber. Tudo sacrifiquei por esse homem e eis a recompensa! Ah, como eu o odeio!... E por que vim aqui? Sinto-me pior do que em minha casa." Ouviu as vozes das duas irmãs no aposento vizinho. "E como posso falar a Dolly agora? Vou divertir Kitty com o espetáculo da minha desgraça, ter o ar de pedir as suas simpatias? Não, e, de resto, Dolly, ela mesma não compreenderia. O melhor é calar-me. Mas gostaria de ver Kitty para provar-lhe que desprezo a todos e que tudo me é indiferente."

Dolly voltou com a carta. Ana leu e devolveu-a.

— Eu sabia disso e não me importo — disse ela.

— Por quê? Eu tenho esperança — objetou Dolly examinando Ana com atenção. — Em que dia viajas?

Ana não respondeu nada: os olhos semicerrados, fitava em frente.

— Kitty tem medo de mim? — perguntou no fim de um momento, olhando para o lado da porta.

— Que ideia!... Ela está radiante e virá daqui a pouco — respondeu Dolly, que se sentia aborrecida por haver mentido. — Ei-la.

Sabendo da chegada de Ana, primeiramente Kitty não quisera aparecer, mas Dolly a obrigou a raciocinar. Fez um grande esforço sobre si mesma e aproximou-se, corando, estendendo a mão para Ana.

— Sinto-me feliz em vê-la — disse numa voz emocionada.

A hostilidade e a indulgência ainda lutavam no seu coração mas, vendo o lindo rosto simpático de Ana, as suas prevenções contra aquela "perversa mulher" deixaram de existir.

— Acharia natural a tua recusa em ver-me — disse Ana. — Estiveste doente, disseram-me. Realmente, eu te acho mudada.

Kitty atribuiu o tom seco de Ana à mágoa que lhe causava, à falsidade da sua situação.

Entretiveram-se com a doença de Kitty, o seu filho, Stiva, mas o espírito de Ana estava ausente.

— Vim despedir-me — disse ela a Dolly, levantando-se.

— Quando partes?

Sem lhe responder, Ana se voltou para Kitty com um sorriso.

— Gostei bastante de tornar a ver-te. Ouvi falar muito a teu respeito, mesmo pelo teu marido. Sabias que ele foi me ver? Agradou-me muito — acrescentou com uma intenção perversa. — Onde está ele?

— No campo — respondeu Kitty, corando.

— Cumprimenta-o em meu nome, não o esqueças.

— Eu não me esquecerei — repetiu ingenuamente Kitty, com um olhar de compaixão.

— Adeus, Dolly! — disse Ana.

Beijou-a, apertou a mão de Kitty e retirou-se precipitadamente.

— Ela é sempre tão sedutora! — observou Kitty à irmã, quando esta voltou depois de haver levado Ana até a porta. — Como é linda! Mas existe nela alguma coisa que me inspira uma imensa piedade.

— Eu não a acho hoje em seu estado normal. Julguei que chorara na antessala.

29

Subindo novamente na carruagem, Ana se sentiu mais infeliz do que nunca: a sua entrevista com Kitty despertava dolorosamente o sentimento da sua queda.

— A senhora volta para casa? — indagou Pedro.

— Sim — respondeu, sem saber o que dizia.

"Elas me olharam como a um ser estranho, terrível, incompreensível!... Que poderão dizer?", pensava, vendo dois transeuntes conversarem com animação. "Têm eles a pretensão de comunicar o que estão sentindo? E eu que queria me confessar a Dolly! Tive razão em calar-me. A minha infelicidade, no fundo, a teria alegrado, embora nada deixasse transparecer: acharia justo ver-me expiar os prazeres que invejou. E Kitty ficaria ainda mais contente. Eu li no seu coração: ela me odeia porque fui amável com o seu marido. Ela tem ciúme de mim, detesta-me, despreza-me: para ela, eu sou uma mulher perdida. Ah, se eu fosse o que ela pensa, com que facilidade viraria a cabeça do seu marido! A ideia me veio, admito... Eis um homem seduzido pelo próprio corpo", disse intimamente, vendo um homem gordo, numa carruagem que cruzou a sua e que, tomando-a por uma outra, cumprimentou-a, descobrindo uma cabeça tão lisa como o seu chapéu. "Julga me conhecer. Ninguém me conhece, nem eu mesma. Conheço apenas os meus *appétits*, como dizem os franceses. Estes meninos desejam sorvete", decidiu, vendo duas crianças paradas diante de um sorveteiro que punha no chão a sorveteira e enxugava o rosto na extremidade de um esfregão. "Todos nós somos ávidos de gulodices e, na falta de balas, contentamo-nos com sorvetes, como Kitty, que, não podendo se casar com Vronski, contentou-se com Levine. Ela me inveja, detesta-me. Detestamo-nos uma à outra. Eu a odeio, ela me odeia. Assim é o mundo. Tioutkine, *coiffeur. Je me fais coiffer par Tioutkine.*[90] Eu o faria sorrir com esta tolice", pensava ela, imediatamente se lembrando que já não tinha mais ninguém para fazer sorrir. "Tocam os sinos às vésperas, como aquele negociante faz o sinal da cruz com circunspecção! Tem medo de deixar cair alguma coisa? Por que estas igrejas, estes sinos, estas mentiras? Para dissimular que todos nós nos odiamos, como esses cocheiros de praça que se injuriam. Iachvine tem razão em dizer: 'Ele quer a minha camisa e eu a dele.'"

Presa a estas reflexões, esqueceu um momento a sua dor e ficou surpresa quando a carruagem parou. Vendo o porteiro, lembrou-se do bilhete e do telegrama.

— Tem alguma resposta? — perguntou ela.

---

90 Em francês, "cabeleireiro. Eu tenho meu cabelo feito por Tioutkine." (N.E.)

— Vou saber — disse o porteiro, que voltou logo depois com um envelope de telegrama. Ana abriu e leu: "Não posso voltar antes das dez horas. Vronski."

— E o portador?

— Ainda não voltou.

Uma vaga necessidade de vingança cresceu na alma de Ana e ela subiu a escada correndo. "Já que ele é assim, sei o que me resta fazer. Eu mesma irei procurá-lo antes de partir para sempre. Dir-lhe-ei o que fez. Nunca odiei a ninguém tanto como a este homem!" E, percebendo um chapéu de Vronski na antessala, tremeu de horror. Ela não refletia que o telegrama era uma resposta ao seu e não à mensagem que Vronski não podia ainda ter recebido. Imaginava-o conversando naturalmente com a sua mãe e com Mlle. Sorokine, gozando de longe os sofrimentos que a afligiam... "Sim, é preciso partir rapidamente", pensava, sem saber muito ao certo aonde ir. Tinha pressa de fugir àqueles terríveis pensamentos que a torturavam naquela casa onde tudo, coisas e pessoas, lhe era odioso e as paredes a sobrecarregavam com o seu horrível peso.

"Eu vou à estação", decidiu, "e, se não o encontrar, ficarei no campo e o pegarei." Consultou no jornal o horário dos trens: havia um às oito horas e dois minutos. "Chegarei a tempo."

Mandou atrelar novos cavalos na carruagem e pôs em um pequeno saco de viagem objetos indispensáveis para uma ausência de alguns dias. Resolvida a não voltar, rolavam na sua cabeça mil projetos confusos e um deles consistia, após a cena que se passaria na estação ou em casa da condessa, a continuar a viagem por estrada de ferro até Nijni, a fim de se deter na primeira vila.

O jantar estava na mesa, mas o próprio odor da alimentação lhe causava horror — retornou diretamente para a carruagem. A casa já projetava toda a sua sombra na rua, mas o sol ainda era quente. A noite parecia surgir bela e clara. Annouchka, que trazia a valise, Pedro que a punha na carruagem, o cocheiro, todos a irritavam.

— Não tenho mais necessidade de ti, Pedro.

— Mas quem comprará o bilhete?

— Bem, se queres, vem, pouco me importa — respondeu, contrariada.

Pedro saltou na carruagem e, com pose, ordenou ao cocheiro que conduzisse a senhora à estação de Nijni.

30

"As minhas ideias se esclarecem!", pensou Ana quando se encontrou na carruagem que rodava sobre as pedras desiguais. "Em que pensei no último lugar? No *coiffeur* Tioutkine? Não... Ah, eu sei: nas reflexões de Iachvine sobre a luta pela vida e sobre o ódio que agrega todos os homens... Para onde se dirigem? Não conseguirão coisa alguma e o cão que vos acompanha não fará nada!", pensava ela, interpelando intimamente um alegre grupo, instalado numa carruagem de quatro cavalos, que ia, evidentemente, divertir-se no campo. E, seguindo o olhar de Pedro, percebeu um operário bêbado conduzido por um sargento. "Ensaiamos o prazer, o conde Vronski e eu, mas não encontramos a felicidade a que aspiramos!" Pela primeira vez, Ana dirigiu sobre as suas relações com Vronski, aquela luz que a fazia ver o fundo de todas as coisas. "O que ele procurou em mim? As satisfações da vaidade e não as do amor." E as palavras do conde, a expressão de cão submisso que tomava nos primeiros tempos da sua ligação, voltaram-lhe à memória para confirmar aquele pensamento. "Sim, tudo lhe indicava o orgulho do triunfo. Ele me amava, certamente, mas estava principalmente orgulhoso por me haver conquistado. E agora, que arrancou de mim tudo o que podia arrancar, eu o envergonho, preso, só se preocupa em observar as fórmulas. Ele se traiu ontem: se desejou casar comigo, foi para me enganar. Talvez ele me ame ainda, mas como? *The zest is gone*...[91] Eis

---

91 Em inglês, "O entusiasmo se foi..." (N.E.)

um presumido... (este parêntesis era dirigido a um rubro caixeiro encarapitado num cavalo ensinado...) Não, eu não lhe agrado mais como antigamente. No fundo do coração, ele ficaria contente em se ver livre de mim..."

Aquilo não era uma suposição gratuita, mas uma verdade — verdade que descobria através dos segredos da vida e das relações entre os homens.

"Enquanto o meu amor cada vez mais se torna egoisticamente apaixonado, o seu se extingue pouco a pouco: eis por que não nos entendemos. Não há mais remédio para esta situação. Ele é tudo para mim, quero que se me entregue inteiramente, mas só procura fugir-me. Até o momento da nossa ligação, estivemos um em frente do outro, agora marchamos em sentido inverso. Acusa-me de ser ridiculamente ciumenta, também fiz a mim essa mesma censura, mas a verdade é que o meu amor não se sente mais satisfeito. Mas..."

Aquela descoberta perturbou Ana de tal maneira que ela mudou de lugar na carruagem, movendo naturalmente os lábios como se desejasse falar.

"Se eu pudesse, procuraria lhe ser uma amiga, e não uma amante apaixonada, cujo ardor lhe repugna e que sofre pela sua frieza. Mas não posso e nem quero me transformar. Ele não me enganou, estou certa, hoje ele só pensou em Mille. Sorokine, como outrora em Kitty. Mas que importa? Se ele não me ama mais, se ele não se mostra bom e terno para comigo senão por dever, isso é o inferno, eu prefiro ainda o seu ódio. Há muito tempo que ele não me ama mais, o nosso amor acabou, começou o desgosto... Que bairro desconhecido é este? Ruas que sobem infinitamente, e casas, sempre casas, habitadas por uma multidão de pessoas que se odeiam umas às outras... Vejamos, que poderia acontecer, se ainda possuísse a felicidade? Suponhamos que Aléxis Alexandrovitch consinta no divórcio, que me entregue Sérgio, que me case com Vronski..."

Pensando em Karenine, Ana o viu surgir em sua frente com os seus olhos apagados, as suas mãos alvas de veias azuis, as juntas dos dedos que estalavam, as suas entonações particulares, e a lembrança das suas relações, antigamente qualificadas de ternas, fê-la tremer de horror.

"Admitamos que sou casada: Kitty não me olhará com menos condescendência? Sérgio não se perguntará por que tenho dois maridos? Poderão ser estabelecidas entre Sérgio e eu relações que não me torturem? Não", respondia ela sem hesitar, "a cisão entre nós é muito profunda, eu faço a sua infelicidade, ele faz a minha, nós em nada mudaremos!... Por que esta mendiga com o seu filho pensa inspirar piedade? Não fomos lançados nesta terra para nos odiar e nos atormentar uns aos outros?... Colegiais que se divertem... Meu pequeno Sérgio! Ele também, eu o julguei amar, a minha afeição por ele me enternecia a mim mesma. No entanto, vivi sem ele, troquei o amor que lhe dedicava por uma outra paixão e, logo que a paixão ficou satisfeita, arrependi-me da troca..."

Isso que ela chamava "outra paixão" apareceu-lhe em cores odiosas. No entanto, ela gozava um amargo prazer em folhear assim os seus sentimentos e os sentimentos dos outros. "Todos nós somos assim, eu, Pedro, e o cocheiro Teodoro, e este negociante que passa, todas as pessoas que moram nas margens afortunadas do Volga, para onde estes cartazes nos convidam", pensava no instante em que a carruagem se detinha em frente da fachada da estação de Nijni. Um grupo de carregadores precipitou-se ao seu encontro.

— É para Obiralovka que devo comprar o bilhete?

Ela teve dificuldade em entender aquela pergunta, tanto os seus pensamentos estavam longe dali. Esquecera completamente o que viera fazer.

— Sim — respondeu ela afinal. E desceu da carruagem, com a bolsa na mão.

Enquanto rompia a multidão para alcançar a sala da primeira classe, os pormenores da sua situação voltaram-lhe à memória. Novamente oscilou entre a esperança e a falta de coragem, novamente as suas feridas se abriram e o seu coração bateu desordenado.

Sentada num enorme sofá, esperando o trem, lançava olhares de aversão sobre as pessoas que iam e vinham, de tal modo odiava a todos. Ora imaginava o momento em que chegaria a Obiralovka o bilhete que escreveria a Vronski, o que lhe diria desde a entrada no salão da velha condessa, talvez no momento em que ele lamentasse as amarguras da sua vida, sem querer compreender os seus sofrimentos. Ora pensava que ainda poderia conhecer dias felizes: como era terrível amar e odiar ao mesmo tempo! Como principalmente o seu coração batia com tanto desespero!...

31

Ressoou o barulho de sino, e algumas pessoas, grotescas mas satisfeitas com a impressão que produziam, encaminharam-se para a plataforma. Pedro, apertado na sua *libré* e nas suas botas, atravessou toda a sala com ar estúpido, julgando-se no dever de acompanhar Ana até o vagão. As pessoas se calavam vendo-a passar, uma delas pronunciou na orelha do vizinho palavras sem dúvida indecentes. Ana subiu a escada e acomodou-se num compartimento vazio, a bolsa que levava caiu sobre o banco elástico de estofo amarelado que outrora fora branco. Com um sorriso idiota, Pedro, à maneira de adeus, ergueu o chapéu e se afastou. Um condutor fechou estrepitosamente a porta. Uma senhora disforme, a quem Ana despiu mentalmente para espantar-se com a sua feiura, corria ao longo da plataforma, acompanhada de uma filhinha que sorria afetadamente.

— Catarina Andreievna, minha tia, tem tudo — gritou a pequena.

"Esta criança já é pretensiosa", pensou Ana e, para não ver ninguém, foi sentar-se no último banco. Um homem tolo e disforme, os cabelos presos sob um gorro de onde escapavam algumas mechas, passou ao longo dos trilhos, inclinando-se incessantemente sobre as rodas. "Este homem não me é desconhecido", disse Ana a si mesma. De repente, ela se lembrou do seu pesadelo e, trêmula de espanto, recuou até a outra porta, que o condutor abria para deixar subir um casal.

— A senhora quer descer? — perguntou o homem.

Ana nada respondeu e ninguém pôde observar sob o seu véu o terror que a gelava. Retornou ao lugar, o casal sentou-se na outra extremidade, examinando com discreta curiosidade os detalhes do seu vestido. Aquelas duas criaturas lhe inspiraram imediatamente uma profunda repulsa. Desejoso de entabular uma conversa, o marido pediu-lhe permissão para acender um cigarro e, tendo-a obtido, contou inúmeras tolices à sua mulher mas, na verdade, ele não visava falar e nem fumar, queria apenas chamar a atenção de sua vizinha. Ana viu claramente que eles estavam fatigados um do outro, que se detestavam cordialmente. Seria possível não odiar semelhantes pessoas?

O barulho, o transporte das bagagens, os gritos, os risos que se sucederam ao segundo toque do sino deram a Ana uma inveja profunda: que podia fazê-los sorrir assim? Afinal, ouviu-se o terceiro toque do sino, depois o apito do chefe da estação, que teve como resposta o da locomotiva. O trem sacudiu-se e o homem fez um sinal da cruz. "Gostaria de saber que significação ele atribui a este gesto?", perguntou-se Ana, lançando-lhe um olhar perverso, que transportou imediatamente, por cima da cabeça da mulher, às pessoas que tinham vindo acompanhar os viajantes e que agora pareciam recuar na plataforma. O vagão avançava lentamente, dando solavancos em intervalos regulares. Atravessou a plataforma, seguiu junto a uma parede, a uma fila de outros vagões. O movimento acelerou-se, o vento agitou as cortinas. Embalada pela marcha do trem, Ana esqueceu as suas visões, respirou o ar fresco e retomou o curso das suas reflexões.

"Em que pensava? Que a minha vida, de qualquer modo que eu a apresente, pode ser apenas dor. Todos nós somos destinados ao sofrimento, nós o sabemos, mas procuramos esconder isto de uma ou de outra maneira. Mas, quando a verdade nos abre os olhos, que nos resta fazer?"

— A razão foi dada ao homem para habilitá-lo a dominar os seus aborrecimentos — disse a senhora em francês, orgulhosa por haver encontrado aquela frase.

Aquelas palavras pareceram ecoar nos pensamentos de Ana. "Dominar os seus aborrecimentos", repetia ela mentalmente. Um olhar lançado sobre o homem alto e sobre a mulher fê-la compreender que esta devia se julgar incompreendida: o seu marido, que sem dúvida a enganava, combatia aquela opinião. Ana adivinhava todos os detalhes da sua história, mergulhava nas sinuosidades mais secretas dos seus corações mas, aquilo perdendo o interesse, ela continuou a refletir.

"Bem, eu também, eu tenho graves aborrecimentos e, porque a razão o exige, o meu dever é dominá-los. Por que não apagar a luz quando não existe mais nada para se ver, quando o espetáculo se torna odioso?... Mas por que este condutor vai com tanta pressa pelo carro? Que é que ele está gritando? Por que toda esta gente aqui? Por que conversam? Do que é que estão rindo? Tudo é apenas maldade e injustiça, mentira e trapaça!..."

Descendo do trem, evitando os outros viajantes, Ana retardou-se na plataforma para perguntar a si mesma o que iria fazer. Agora, tudo lhe parecia de difícil execução. O contato com aquela multidão barulhenta atrapalhava as suas ideias. Carregadores ofereciam os seus serviços, os rapazes olhavam-na falando em voz alta e fazendo bater os sapatos. Lembrando-se subitamente da resolução que havia tomado de continuar a viagem caso não encontrasse uma resposta na estação, perguntou a um empregado se não vira por acaso um cocheiro que trazia uma carta do conde Vronski.

— Vronski? Ainda agora vieram procurá-lo a princesa Sorokine e a sua filha. Como é esse cocheiro?

No mesmo momento Ana viu caminhar ao seu encontro o cocheiro Miguel, vermelho, satisfeito, o paletó enfeitado com a corrente do relógio; parecia orgulhoso por haver cumprido a sua missão. Entregou a Ana um bilhete que ela abriu, a angústia no coração.

"Lamento muito", escrevia Vronski indiferentemente, "que o teu bilhete não me encontrasse em Moscou. Retornarei às dez horas."

"Eu esperava isto!", disse com um sorriso sarcástico. "Obrigada, podes voltar", ordenou a Miguel com uma voz dificilmente perceptível, pois as palpitações do seu coração a impediam de respirar. "Não, eu não permitirei que me faças sofrer assim!", decidiu. Era a sua tortura que forçava aquela ameaça.

Pôs-se a andar na plataforma. Duas criadas que passeavam voltaram-se para examinar o seu vestido. "Estas são as legítimas", disse uma delas, muito alto, voltando-se para mostrar as fitas de Ana. Os rapazes elegantes fitaram-na novamente e trocaram, com vozes afetadas, opiniões imbecis. O chefe da estação perguntou-lhe se tomava o trem. Um negociante de *kvass*[92] não a deixava com os olhos. "Para onde fugir, meu Deus?", perguntava ela, andando sempre. Quase no fim da plataforma, senhoras e crianças conversavam com um homem de óculos e, com a aproximação de Ana, o grupo calou-se para a olhar. Ela apressou o passo e parou perto da escada que descia para os trilhos. Um trem de carga se aproximava fazendo tremer a plataforma — novamente ela julgou que estava no trem em movimento.

De repente, lembrou-se do homem esmigalhado no dia do seu primeiro encontro com Vronski, e compreendeu o que lhe restava fazer. Com um passo rápido, desceu os degraus e, colocada perto dos trilhos, examinou as rodas do trem, as cadeias, os eixos, procurando medir com os olhos a distância que separava as rodas da frente das de trás.

"Ali", disse intimamente, fixando aquele buraco negro coberto de areia e poeira, "ali, no meio. Ele será castigado e eu ficarei livre de todos e de mim mesma."

---

92 Típica bebida russa. (N.E.)

A sua bolsa vermelha, que conseguiu tirar do braço com dificuldade, a impediu de lançar-se sob o primeiro vagão: foi-lhe muito difícil esperar o segundo. Um sentimento semelhante ao que experimentara antigamente antes de mergulhar no rio a subjugou, e ela fez o sinal da cruz. Esse gesto familiar despertou na sua alma um mundo de recordações da infância e da juventude — os felizes minutos da sua vida brilharam um instante através das trevas que a envolviam. No entanto, ela não deixava de fitar o vagão, e quando apareceu o centro entre as duas rodas, repeliu a bolsa, encolheu a cabeça entre os ombros e, as mãos para frente, lançou-se de joelhos sob o vagão, como se estivesse se levantando. Ainda teve tempo de sentir medo. "Onde estou eu? Que faço? Por quê?", pensou, esforçando-se para se deitar novamente. Mas uma massa enorme, inflexível, bateu-lhe na cabeça e atirou-a de costas. "Senhor, perdoai-me!", murmurou, sentindo a inutilidade da luta. Um homenzinho, que resmungava, batia o ferro acima dela. E a luz — que para a infeliz tinha clareado o livro da vida com os seus tormentos, as suas traições e as suas dores — brilhou com um clarão mais forte, iluminou as páginas até então nas sombras, crepitou depois, vacilou, e apagou-se para sempre.

OITAVA PARTE

1

Passaram-se quase dois meses. Apesar do calor, Sérgio Ivanovitch ainda não deixara Moscou, onde o prendia um acontecimento de importância: a publicação do seu "Ensaio sobre as formas governamentais na Europa e na Rússia", fruto de um trabalho de seis anos. Lera a um círculo selecionado alguns fragmentos daquela obra, publicara a introdução e inúmeros capítulos nas revistas mas, embora o seu trabalho não constituísse uma novidade, Sérgio Ivanovitch esperava que fizesse sensação.

Demonstrando uma fingida indiferença e sem querer se informar da venda nas livrarias, Koznychev aguardava com febril impaciência os primeiros sintomas da enorme impressão que o seu livro deveria produzir tanto na sociedade como entre os sábios. Mas as semanas passavam sem que nenhuma emoção viesse agitar o mundo literário; alguns amigos, homens de ciência, cumprimentaram-no por educação, mas a sociedade propriamente dita estava preocupada com questões muito diferentes para conceder a menor importância a uma obra daquele gênero. Quanto à imprensa, guardou silêncio durante quase dois meses: unicamente o *Hanneton du Nord*, em um folhetim consagrado ao cantor Drabanti, que havia perdido a voz, citou de passagem o livro de Koznychev como uma obra que cada um devia julgar como entendesse.

 Afinal, no decorrer do terceiro mês, uma revista séria publicou um artigo trazendo a assinatura de um rapaz doente e pouco instruído, oprimido por um caráter tímido, mas dotado de grande facilidade de escrever. Sérgio Ivanovitch, que o encontrara em casa do editor Goloubtsov, fizera pouco caso da sua pessoa. No entanto, ele concedeu à sua prosa todo o respeito devido, mas sentindo uma viva mortificação. O crítico dava do livro uma interpretação bastante inexata mas, através de citações habilmente escolhidas e inúmeros pontos de interrogação, deixava entender a quem não o tinha lido — isto é, à grande maioria do público — que a obra era tão somente uma junção de frases pomposas e incoerentes. Estas flechas eram lançadas com um brilho que Sérgio Ivanovitch não pôde deixar de admirar: ele próprio não o faria melhor. Para desencargo de consciência, verificou a precisão das observações do seu crítico, mas preferiu atribuir-lhe o fel a uma vingança pessoal: evocou imediatamente os menores detalhes do seu encontro e acabou por se lembrar de haver, realmente, assinalado um erro muito grosseiro ao jovem confrade.

 Em seguida, veio o absoluto silêncio. Ao descontentamento de ver passar despercebida uma obra cara e que lhe exigira seis anos de trabalho, juntava-se para Sérgio Ivanovitch uma espécie de falta de coragem provocada pelo ócio. Não restava mais àquele homem culto, espiritual, ávido de atividade, senão os salões, as palavras, os comitês: ao encontro do seu irmão durante a sua estada em Moscou, este citadino não evitava conceder à conversa o melhor do seu tempo.

 Felizmente, naquele momento crítico, todas as questões da ordem do dia — seitas dissidentes, amizades americanas, miséria de Samara, exposição, espiritismo — cediam lugar a uma outra, à questão dos Bálcás, que até então dormia sob as cinzas e da qual fora ele um dos animadores.

Em torno só se falava da guerra da Sérvia e a multidão só pensava nos "irmãos eslavos": todos, nos bailes, nos concertos, nas festas, testemunhavam abundantemente daquela simpatia. Inúmeras coisas, nesta voga, desagradavam a Sérgio Ivanovitch: para muitos, aquilo era apenas uma moda passageira, para outros, mesmo um meio de encaminhar-se e enriquecer. Para superarem os adversários, os jornais publicavam as notícias mais tendenciosas e ninguém gritava tão forte como os fracassados da pior qualidade: generais sem exército, ministros sem pastas, jornalistas sem jornais, chefes de partidos sem partidários. No entanto, lamentando esses lados pueris da questão, forçoso era reconhecer que ela provocava em todas as classes da sociedade um entusiasmo incontestável. Os sofrimentos e o heroísmo dos sérvios, dos montenegrinos, nossos irmãos de raça e de religião, fizeram nascer o desejo unânime de ajudá-los e não somente com discursos. Essa manifestação de opinião pública enchia de alegria a Sérgio Ivanovitch. "Afinal", dizia ele, "o sentimento nacional se manifesta." E quanto mais observava aquele movimento, mais descobria as proporções grandiosas, destinadas a marcar época na história da Rússia. Esqueceu, pois, o seu livro e as decepções, para se consagrar de corpo e alma à grande obra. Ela o absorveu de tal modo que só pôde conceder ao mês de julho quinze dias de férias: tinha necessidade de repouso e desejava ao mesmo tempo assistir no seio dos camponeses aos primeiros sinais daquele despertar nacional em que todas as grandes vilas do Império acreditavam fortemente. Katavassov aproveitou a ocasião para cumprir a promessa que fizera a Levine de ir visitá-lo.

2

No momento em que os dois amigos, depois de descerem da carruagem em frente à estação de Kursk, se preocupavam com as bagagens confiadas a um criado que vinha atrás, quatro carros conduziam os voluntários. Senhoras, com *bouquets* de flores, acolhiam os heróis do dia e, acompanhadas de grande multidão, levava-os ao interior da estação. Uma delas, que conhecia Sérgio Ivanovitch, perguntou-lhe em francês se ele também seguia os voluntários.

— Não, princesa, parto para o campo, vou à casa do meu irmão, tenho necessidade de repouso. Mas a senhora — acrescentou ele esboçando um sorriso — continua sempre fiel ao posto.

— É preciso. É verdade, diga-me, já expedimos oitocentos? Malvinski acha o contrário.

— Se contarmos os que não partiram diretamente de Moscou, já expedimos mais de mil.

— Eu bem dizia — gritou a dama encantada. — E as dádivas? Não é verdade que já atingiram mais de um milhão?

— Muito mais, princesa.

— O senhor leu os telegramas de hoje? Ainda uma derrota de turcos.

— Sim, eu o li — respondeu Sérgio Ivanovitch.

A crer nos telegramas, os turcos, batidos durante três dias em todo o *front*, acabaram fugindo e esperava-se para o dia seguinte uma batalha decisiva.

— A propósito — continuou a princesa —, tenho um favor a lhe pedir. O senhor não poderia apoiar o pedido de um excelente rapaz que quer ir e luta não sei com que dificuldade? Eu o conheço, ele me foi recomendado pela condessa Lídia.

Depois de interrogar os detalhes, Sérgio Ivanovitch passou para a sala de espera a fim de escrever um bilhete a quem de direito.

— Sabe quem parte hoje? — perguntou-lhe a princesa quando ele voltou para lhe entregar o bilhete. — O conde Vronski, o famoso... — disse ela com um ar de triunfo e com um sorriso significativo.

— Eu ouvi dizer que ele se havia engajado, mas ignorava que partisse hoje.

— Acabo de vê-lo. A sua mãe sozinha veio acompanhá-lo. Entre nós, era o que de melhor lhe restava fazer.

— Evidentemente.

A multidão os arrastava para o bar onde um homem, o copo na mão, erguia um brinde aos voluntários. "Vós defendereis a nossa fé, nossos irmãos, a humanidade", dizia, erguendo cada vez mais a voz.

— A nossa mãe Moscou vos abençoa. *Jivio*!⁹³ — concluiu com uma voz tonitruante.

— *Jivio*! — repetiu a multidão que aumentava incessantemente, formando um redemoinho que quase derrubava a princesa.

— Então, princesa, que diz a senhora? — gritou subitamente a voz de Stepane Arcadievitch que, o rosto radiante, abria caminho entre a multidão. — Eis o que se chama falar, isso nasce do coração. Bravo... Ah, estás aqui, Sérgio Ivanovitch. Deverias dizer-lhes algumas palavras de aprovação — acrescentou com um sorriso encantador, mas circunspecto.

E ele se esforçava por caminhar na frente de Sérgio Ivanovitch.

— Não, o trem me espera — disse Sérgio.

— Vais partir? Para onde?

— Para casa de meu irmão.

— Então irás ver minha mulher. Acabo de lhe escrever, mas tu chegarás antes da minha carta: faze o favor de dizer-lhe que me encontraste e que tudo está *all right*, ela compreenderá... Ou antes, dize que fui nomeado membro da Comissão das Agências Reunidas... Pouco importa, ela compreenderá. Desculpe, princesa, estas são *les petites misères de la vie humaine*⁹⁴ — acrescentou, voltando-se para ela. — A propósito, a senhora sabe que a princesa Miagki, Lisa e Bibiche, enviam mil fuzis e doze enfermeiras?

— Ouvi dizer — respondeu Koznychev friamente.

— Que pena que partas! Amanhã, daremos um jantar de despedida a dois voluntários, Dimer-Vartnianski, de Petersburgo, e o

---

93 Saudação sérvia. (N.E.)
94 Em francês, "as pequenas misérias da vida humana". (N.E.)

nosso Gricha Veslovski que se casou há pouco tempo e parte. Isto é belo, não é verdade?

À guisa de resposta, a princesa trocou um olhar com Koznychev. Sem observar naquele gesto de impaciência, Stepane Arcadievitch continuou a tagarelar, os olhos ora fixos no chapéu de plumas da princesa, ora errando em torno como se procurasse alguma coisa. Afinal, vendo uma mendiga, ele lhe fez sinal e pôs uma nota de cinco rublos no mealheiro que ela lhe estendia.

— É mais forte que eu — declarou ele —, quando tenho dinheiro no bolso não posso ver um esmoler sem lhe dar qualquer coisa... Mas falemos um pouco das notícias de hoje. Como são atrevidos esses montenegrinos!... Não é possível! — gritou ele quando a princesa lhe informou que Vronski fazia parte do comboio.

Um sentimento de tristeza desenhou-se no seu rosto mas quando, no fim de um momento, alisando o bigode, penetrava na sala reservada onde esperavam o conde, ele não pensava mais nas lágrimas que derramara sobre o corpo inanimado da irmã e via somente em Vronski um herói e um velho amigo.

— Precisamos lhe fazer justiça — disse a princesa quando Oblonski se afastou. — Apesar de todos os seus defeitos, é uma natureza bem russa, bem eslava. No entanto, acho que o conde não sentirá nenhum prazer em vê-lo. Digam o que disserem, a sorte desse infortunado me comove. Procure conversar com ele durante a viagem.

— Sim, não faltando ocasião.

— Ele nunca me agradou, mas o que fez agora redime as suas faltas. O senhor sabe que ele conduz um esquadrão às suas próprias custas.

— Ouvi dizer.

Tocaram o sino. Todos se precipitaram para as portas.

— Ei-lo — disse a princesa, mostrando Vronski, vestido com um enorme paletó e usando um chapéu escuro. O olhar fixo, dava o braço à sua mãe e ouvia distraidamente as animadas opiniões de Oblonski. No entanto, em consequência de uma palavra de Oblonski, ele se voltou para o lado onde se encontrava a princesa e Koznychev e ergueu o chapéu em silêncio. O seu rosto, envelhecido e devastado pela dor, parecia petrificado. Na plataforma, subiu num vagão e, depois de dar passagem à mãe, fechou-se no seu compartimento.

Ao hino nacional cantado com todo coração, seguiram-se intermináveis hurras. Um voluntário, muito jovem, de estatura alta mas de tórax pouco desenvolvido, respondia ao público com ostentação, erguendo o boné de feltro e um *bouquet* acima da cabeça. Atrás dele, apareciam dois oficiais, e um homem idoso e barbudo que agitava um casquete imundo.

3

Depois de se ter despedido da princesa, Koznychev subiu, em companhia de Katavassov, que acabava de chegar, em um vagão lotadíssimo, e o trem se pôs em movimento.

Na primeira estação, Tsaritsyne, um grupo de rapazes acolheu os voluntários com o canto "Glória ao nosso Tzar". Ovações e agradecimentos seguiram-se. O tipo dos voluntários era muito familiar a Sérgio Ivanovitch para que demonstrasse a menor curiosidade. Katavassov, ao contrário, a quem os estudos não haviam permitido observar aquele meio, fazia ao companheiro inúmeras perguntas. Sérgio Ivanovitch aconselhou que ele os estudasse no vagão e, na estação seguinte, Katavassov seguiu o conselho.

Achou os quatro heróis sentados num canto do vagão de segunda classe, conversando ruidosamente e prendendo a atenção geral; influenciado pela bebida, o rapaz alto falava mais forte do que os outros e contava uma história; sentado em sua frente, um oficial já velho, trazendo a blusa da guarda, ouvia-o sorrindo e o interrompia de quando em vez. O terceiro voluntário, em uniforme de artilheiro, estava sentado perto e o quarto dormia.

Katavassov meteu-se na conversa com o falador: com apenas vinte e dois anos de idade, aquele jovem negociante moscovita já havia gasto uma considerável fortuna e julgava cumprir agora uma expiação. Afeminado, doentio e falador, desagradou francamente a Katavassov, como desagradava ao seu interlocutor, o oficial. Este passara por todas as profissões, servira nas estradas de ferro, administrara propriedades, fundara mesmo uma usina, falava de todas as coisas com um tom de suficiência, empregando termos técnicos com propósito ou sem propósito algum.

O artilheiro, ao contrário, dava boa impressão: era um rapaz tímido e tranquilo. Deslumbrado sem dúvida pela ciência do oficial e pelo heroísmo do negociante, conservava-se em reserva. Katavassov, tendo-lhe perguntado por que motivo ele partia, respondera:

— Mas eu faço como todo mundo. Os pobres sérvios precisam de socorro.

— Sim, e os artilheiros como tu serão muito úteis.

— Oh, eu servi tão pouco na artilharia! É possível que me deem posto na infantaria ou na cavalaria.

— Por que, se são os artilheiros que fazem mais falta? — objetou Katavassov, atribuindo ao voluntário um posto em relação com a sua idade.

— Oh, eu servi muito pouco — repetiu o outro —, sou apenas um aspirante a oficial.

E pôs-se a contar por que razões tinha fracassado nos exames.

Na estação seguinte, os voluntários desceram e Katavassov, muito pouco satisfeito com o que vira, voltou-se para um velho em uniforme militar que, em silêncio, ouvira toda a conversa.

— Parece-me que expedem pessoas de qualquer espécie — disse ele para exprimir a sua opinião.

Tendo feito duas campanhas, o velho oficial não podia levar a sério os heróis cujo valor militar se revelava principalmente no entorpecimento da viagem. Ele quis contar que, na cidadezinha onde vivia, um soldado quase inútil, bêbado, ladrão e eterno desempregado, fora engajado como voluntário. Mas, sabendo por experiência que, diante da superexcitação atual dos espíritos, as opiniões independentes não se exprimiam sem perigo, limitou-se a sorrir com os olhos, interrogando Katavassov com o olhar:

— Que quer o senhor, precisam de homens!

Falaram então do famoso boletim da vitória, sem que ousassem apresentar mutuamente a questão que os perturbava: se os turcos, vencidos em todo *front*, haviam fugido, contra quem se devia travar uma batalha decisiva no dia seguinte?

Quando Katavassov sentou-se novamente junto a Sérgio Ivanovitch, não teve coragem de exteriorizar a sua opinião e declarou-se bastante satisfeito com as suas observações.

Na primeira sede de distrito em que o trem parou, encontraram os cânticos, os vivas, os *bouquets*, mas com menor entusiasmo.

4

Durante esta parada, Sérgio Ivanovitch passeou na plataforma e passou em frente do compartimento de Vronski, onde as cortinas estavam descidas. Na segunda volta, ele percebeu a velha condessa perto da portinhola. Ela o chamou.

— Veja o senhor, eu o acompanho até Kursk.

— Disseram-me — respondeu Koznychev, lançando um olhar ao interior do vagão e observando a ausência de Vronski, acrescentou: — O seu filho faz uma boa ação.

— É, que podia ele fazer depois da sua infelicidade!

— Que terrível acontecimento!

— Meu Deus, pelo que eu ainda não passei! Mas venha sentar-se junto a mim... Se o senhor soubesse como eu sofri! Durante seis semanas ele não abriu a boca, e apenas as minhas súplicas o obrigavam a comer. Não podíamos deixá-lo sozinho um só instante, receávamos que ele não esperasse o seu dia. Fomos morar no andar térreo e tivemos o cuidado de retirar todos os objetos perigosos, mas, pode-se prever tudo?... O senhor sabe que ele já tentou matar-se com um tiro de pistola... — acrescentou a velha condessa, ensombrecendo o rosto com aquela recordação. — Essa mulher morreu como viveu: miseravelmente.

— Não é a nós que compete julgá-la, condessa — respondeu Sérgio Ivanovitch com um suspiro. — Mas compreendo que a senhora tenha sofrido.

— Nem me fale nisso. Passava o verão na fazenda e o meu filho me viera visitar, quando lhe trouxeram um bilhete ao qual respondeu imediatamente. Não fazíamos ideia de que era ela mesma na estação. À noite, acabava de entrar no meu quarto, quando Maria, a criada, me disse que uma senhora havia se atirado embaixo do trem. Senti o meu sangue ficar frio. Compreendi imediatamente e a minha primeira palavra foi: não se diga nada ao conde! Mas o seu cocheiro, que estava na estação no momento da desgraça, já o tinha prevenido. Eu corri ao quarto do meu filho: ele estava como um louco e partiu sem pronunciar uma palavra. Ignoro o que se passou lá embaixo, mas quando o trouxeram, eu não o reconheci de tal modo parecia um morto. "*Prostration complète*", declarou o doutor. Depois, foram as crises de furor... Que tempo terrível nós vivemos!... Era uma mulher perversa. O senhor compreende uma paixão assim? Que desejou provar com a sua morte? Perdeu-se ela mesma e desfez a vida de dois homens de raro mérito, a do seu marido e a do meu infeliz filho.

— Que fez o marido?

— Tomou conta da pequenina. No primeiro instante. Aléxis consentiu em tudo. Agora ele se arrepende amargamente de haver abandonado a sua filha a um estranho, mas não saberá desfazer a sua palavra. Karenine foi ao enterro, mas tudo providenciamos para evitar um encontro entre Aléxis e ele. Para o marido, aquela morte, no fundo, era uma liberdade; mas o meu pobre filho, que tudo sacrificara por essa mulher, a sua carreira, a sua situação e até eu própria, era impossível a ele suportar um golpe semelhante! Ela não sentiu a menor piedade... Não, ache o senhor o que quiser, é o fim de uma criatura sem religião. Que Deus me perdoe, mas, pensando no mal que fez ao meu filho, eu só posso maldizer a sua memória.

— Como vai ele agora?

— Esta guerra nos salvou. Estou velha e não entendo nada de política, mas eu vejo aí o dedo de Deus. Como mãe, isso me amedronta, e dizem que *ce n'est pas très bien vu* à *Petersbourg*,[95] mas não deixo de agradecer aos céus. Era a única coisa capaz de o despertar. O seu amigo Iachvine, que tudo perdera no jogo, resolveu partir para a Sérvia e tentou convencer Vronski. Ele se convenceu e distraiu-se com os preparativos da viagem. Converse com ele, eu lhe peço, está tão triste e, para o cúmulo do aborrecimento, ainda tem uma dor de dentes. Mas ficará contente vendo o senhor. Está andando do outro lado da plataforma.

Sérgio Ivanovitch assegurou que também ele ficaria contente de falar ao conde. E desceu para a plataforma oposta.

5

Entre os fardos amontoados que projetavam no solo uma sombra oblíqua, Vronski andava como um urso na jaula, refazendo bruscamente vinte passos. O chapéu caído sobre os olhos, as mãos enfiadas nos bolsos da calça, ele passou em frente de Sérgio Ivanovitch sem o conhecer. Sérgio, porém, estava acima de qualquer suscetibilidade: Vronski, cumprindo uma grande missão, precisava ser encorajado.

Koznychev aproximou-se. O conde parou, fitou-o e reconhecendo-o afinal, apertou-lhe cordialmente a mão.

---

95 Em francês, "isso não é muito bem visto em Petersburgo". (N.E.)

— O senhor preferia talvez não me ver? — disse Sérgio Ivanovitch. — Desculpe a minha insistência, mas quero lhe oferecer os meus préstimos.

— O senhor é certamente a pessoa que vejo com menos aborrecimento — respondeu Vronski. — Perdoe-me, mas deve compreender que a vida me pesa.

— Compreendo. Mas uma carta para Ristitch ou Milan[96] não lhe seria talvez de grande utilidade? — continuou Sérgio Ivanovitch, impressionado com o profundo sofrimento que o rosto de Vronski exprimia.

— Oh, não! — respondeu Vronski esforçando-se para compreender. — Vamos andar um pouco? Estes vagões estão quentíssimos!... Uma carta? Não, obrigado. Precisamos de cartas para nos fazer matar?... Pelo menos, que ela seja endereçada aos turcos!... — acrescentou, sorrindo com a extremidade dos lábios, enquanto o olhar guardava a mesma expressão de dor amarga.

— Uma carta, no entanto, facilitaria relações que o senhor não poderá evitar. De resto, faça como entender, mas eu queria dizer-lhe como fiquei satisfeito sabendo da sua decisão: o senhor reabilita perante a opinião pública estes voluntários tão criticados.

— O meu único mérito — continuou Vronski — é de não ter amor à vida. Resta-me energia bastante para forçar um quadrado onde me deixarei matar e sou feliz de sacrificar uma vida que se me tornou odiosa numa causa justa.

A sua dor de dentes, que o impedia dar à frase a expressão desejada, arrancou-lhe um gesto de impaciência.

— O senhor renascerá para uma nova vida, permita-me que o diga — afirmou Sérgio Ivanovitch, que se sentia emocionado. — Salvar os irmãos oprimidos é uma causa pela qual é tão digna de se viver como de morrer. Que Deus encha de sucesso a sua empresa e que devolva à sua alma a paz de que ela necessita!

---

96 Ristitch, primeiro-ministro sérvio, e Milan, príncipe e depois rei da Sérvia. (N.E.)

— Como simples instrumento, posso ainda servir para qualquer coisa, mas como homem não sou mais do que uma ruína — pronunciou Vronski lentamente, apertando a mão que Koznychev lhe estendia.

Calou-se, vencido pela dor que o impedia de falar perfeitamente, e o seu olhar caiu automaticamente sobre a roda de um carro que avançava docemente nos trilhos. Vendo aquilo, o seu sofrimento físico cessou bruscamente, sufocado pela recordação terrível que a presença de um homem, a quem não via desde a sua infelicidade, despertava. "Ela" lhe apareceu de repente, ou pelo menos o que restava dela, quando, entrando como um louco na barraca para onde a tinham levado, viu o seu corpo ensanguentado, exposto sem pudor aos olhos de todos. A cabeça intata com as suas tranças e os seus caracóis caídos para trás; uma estranha expressão presa ao rosto tão belo, os olhos ainda abertos de horror, os lábios entreabertos pareciam articular a horrível ameaça e predizer durante a fatal briga que "ele se arrependeria".

Esforçou-se para recalcar aquela imagem, de revê-la tal como na primeira vez em que a vira — também numa estação —, bela, de uma beleza misteriosa, ávida de amar e de ser amada. Inútil tentativa: os minutos felizes estavam envenenados, e o rosto que surgia em sua frente refletia o espasmo da cólera e o fúnebre triunfo da vingança. Um soluço contraiu o seu rosto e, para se refazer, deu duas voltas em torno aos fardos. Retornando a Sérgio Ivanovitch, ele perguntou com uma voz controlada:

— O senhor não tem novas notícias? Os turcos foram batidos pela terceira vez, mas se espera para amanhã uma batalha decisiva.

Falaram ainda sobre o manifesto de Milan, que acabava de se proclamar rei, e das imensas consequências que aquele ato poderia ter. Depois, como o sino desse o sinal da partida, subiram, cada um no seu vagão.

6

Não sabendo quando podia partir, Sérgio Ivanovitch não telegrafara ao irmão pedindo para enviar cavalos à estação. Quando, negros de poeira, Katavassov e ele chegaram a Pokrovskoje, ao meio-dia, Levine não estava mas, do balcão onde se sentara com o pai e a irmã, Kitty reconheceu o cunhado e correu ao seu encontro.

— Devias corar por não nos ter avisado — disse ela, dando-lhe a fronte para o beijo.

— Não, não — respondeu Sérgio Ivanovitch —, nós receamos incomodar e além disto chegamos perfeitamente bem... Desculpe-me, estou muito sujo, não ouso tocar-te... A vida atual me arrasta, a mim — acrescentou, sorrindo —, enquanto continuas a desfrutar a perfeita felicidade no teu oásis... Aqui, o nosso amigo Katavassov, que afinal se decidiu a vir.

— Não me confundam com um negro — disse sorrindo o professor, cujos dentes brancos brilhavam no rosto empoeirado. — Depois que tomar banho, verão que eu tenho aspecto humano.

Estendeu a mão para Kitty.

— Kostia vai ficar muito contente — disse a mulher. — Ele está na granja, mas não tardará a voltar.

— Ah, ah, o oásis!... Na cidade só pensamos na guerra da Sérvia! Estou curioso por saber a opinião do meu amigo sobre este assunto. Evidentemente, ele não deve pensar como todo mundo.

— Mas eu creio que sim — replicou Kitty confusa, examinando o cunhado com um olhar. — Vou mandar procurá-lo... Temos papai conosco, que acaba de voltar do estrangeiro.

E a mulher, aproveitando da liberdade de movimentos de que estivera privada tanto tempo, apressou-se em instalar os seus hóspedes, dando a um o gabinete de trabalho e a outro o velho quarto de Dolly a fim de trocarem de roupa. Mandou preparar um almoço especial, ordenou que fossem chamar o marido e correu para junto do pai, que ficara no balcão.

— É Sérgio Ivanovitch que nos traz o professor Katavassov.
— Oh, com este calor!
— Não, papai, ele é muito amável e Kostia gosta muito dele — replicou Kitty com um sorriso persuasivo e quase suplicante, porque os traços do príncipe já tomavam uma expressão de contrariedade.
— Está bem, está bem, eu não disse nada.
Kitty se voltou para a irmã.
— Queres ir conversar com eles, querida? Stiva porta-se bem, eles o viram na estação. Preciso ir ver o pequeno: esta manhã, não tendo alimento, ele deve se impacientar...

O laço que unia a mãe ao filho permanecia tão íntimo que unicamente o afluxo do leite aos seios lhe fazia compreender que aquele tinha fome. Saiu apressadamente, persuadida que Mitia gritava sem que houvesse percebido os seus gritos, mas logo esses se fizeram ouvir com um vigor cada vez mais tempestuoso. Ela aumentou os passos.

— Há muito tempo que ele grita? — perguntou à criada. — Dá-me logo, depois arrumarás as suas roupas.

A criança se exasperava.

— Não, não, minha senhora, é preciso vesti-lo convenientemente — disse Agata Mikhailovna, que não largava o pequeno. — Té-tá-tá-tá — cantarolava, sem prestar atenção ao nervosismo da mãe.

A criada finalmente entregou a criança à mãe. Agata Mikhailovna a seguiu, o rosto radiante.

— Ele me reconheceu, Catarina Alexandrovna. Tão certo como Deus existe, ele me reconheceu! — declarou ela, gritando mais forte ainda do que Mitia.

Kitty não a ouvia: a sua impaciência crescia em proporção com a da criança. Enfim, após um derradeiro grito de desespero de Mitia que, em sua pressa de mamar, não sabia mais para onde se dirigir, a mãe e a criança, já calmas, respiraram.

— O pobre está todo molhado — murmurou Kitty, apalpando o corpinho, examinando o rosto, as mãozinhas que se agitavam, os olhos que a fitavam. — Dizes que ele te reconheceu, Agata Mikhailovna? Eu não acredito. Se fosse verdade, também reconheceria a mim.

No entanto, ela sorriu e aquele sorriso queria dizer que, no fundo da sua alma, ela sabia muito bem — apesar da negativa — que Mitia compreendia algumas coisas ignoradas do resto do mundo e que lhe havia mesmo revelado o seu segredo. Para Ágata Mikhailovna, para a ama, para o avô, mesmo para o seu pai, Mitia era uma pequena criatura humana que exigia apenas cuidados físicos; para a sua mãe, porém, era um ser dotado de faculdades morais, e ela não demoraria a contar as suas relações de coração.

— Verão quando ele acordar. Bastará eu fazer gracinhas e cantar: "Tá-tá-tá-tá" e imediatamente o seu rosto brilhará.

— Então, veremos depois, não agora. Vamos deixá-lo dormir.

7

Enquanto Ágata Mikhailovna se afastava na ponta dos pés, a ama desceu a cortina. Depois, armada com um ramo de bétula, caçou uma mosca que se debatia contra o vidro e outras que estavam escondidas na cortina de musselina do berço, sentando-se afinal perto da dona da casa, brandindo sempre o seu caça-moscas.

— Que calor! Como está quente! — disse ela. — Somente o bom Deus podia nos mandar um pouco de chuva!

— Sim, sim, *chut, chut...* — murmurou Kitty, balançando-se ligeiramente e apertando contra o coração o braço rechonchudo que Mitia, os olhos semicerrados, movia ainda fracamente e que teria beijado, não fora o receio de despertar o pequeno. Afinal, o braço se imobilizou e, continuando a mamar, o pequeno levantava cada vez menos as pálpebras para fixar a mãe com os seus olhos úmidos que a claridade fazia parecer negros. A ama cochilava. Acima da sua cabeça, Kitty ouviu o ruído da voz do velho príncipe e o riso sonoro de Katavassov.

"Vamos", pensou ela, "eles puseram-se a conversar sem mim! Que pena Kostia não esteja aqui. Atrasou-se naturalmente com as abelhas. Aborrece-me que vá tão frequentemente à colmeia, mas é preciso reconhecer que isso o distrai: fica mais alegre do que na primavera. Como ele se atormentava, grande Deus! os seus ares lúgubres me amedrontavam", murmurava, rindo-se.

Levine sofria por causa da sua incredulidade. Kitty não o ignorava e, embora sabendo não haver salvação para o incrédulo, o ceticismo daquele cuja alma lhe era tão querida arrancava-lhe apenas um sorriso.

"Por que ele lê todos esses livros de filosofia onde não acha nada? Se deseja a fé, por que não a tem? Ele pensa muito, e se se absorve em meditações solitárias, é que não estamos à sua altura. A visita de Katavassov lhe agradará, pois gosta de discutir com ele..." Imediatamente as ideias da mulher se transportaram para a instalação dos hóspedes: seria preciso separá-los ou dar a ambos um quarto comum? Um receio súbito a fez tremer ao ponto de incomodar Mitia, que a fitou com um olhar encolerizado. "A lavadeira não trouxe a roupa... Não tenha Ágata Mikhailovna dado a Sérgio Ivanovitch lençóis que já foram usados!..." E o rubor lhe subiu às faces.

"Preciso certificar-me eu mesma", decidiu-se, e retomando o curso dos seus pensamentos: "Sim, Kostia é incrédulo... No entanto, eu o amo mais assim do que se se parecesse com Mme. Stahl ou com alguém que não o quisesse ser, durante a minha estação em Soden. Ele nunca será hipócrita."

Um recente traço de bondade do seu marido veio-lhe à memória. Quinze dias antes, Stepane Arcadievitch havia escrito uma carta de arrependimento à mulher, suplicando que lhe salvasse a honra vendendo Iergouchovo para pagar as suas dívidas — depois de maldizer o marido e pensar no divórcio, Dolly finalmente sentiu piedade e dispôs-se a satisfazer o pedido. Foi então que Levine procurou Kitty e lhe propôs — com um ar confuso e com forte agitação cuja lembrança trazia aos lábios da mulher um sorriso de ternura — um meio, em que ela não pensara, de ajudar Dolly sem magoá-la: era de lhe ceder a parte que lhe pertencia naquela propriedade.

"Pode-se ser incrédulo com esse coração de ouro, com esse medo de afligir mesmo uma criança! Ele só pensa nos outros. Sérgio Ivanovitch acha muito natural considerá-lo como seu administrador, a sua irmã também. Dolly e os seus filhos não têm outro apoio senão ele. E todos esses camponeses que incessantemente vêm consultá-lo, e ele julga como dever sacrificar os seus lazeres... Sim, o que poderás fazer de melhor será parecer com o teu pai", concluiu, tocando com os lábios a face do filho, antes de o colocar entre as mãos da ama.

8

Desde o momento em que, junto ao irmão moribundo, Levine entrevira o problema da vida e da morte à luz de novas convicções, como as chamava, que dos vinte aos trinta e quatro anos tinham substituído as crenças da sua infância, a vida lhe aparecera mais terrível ainda que a morte. De onde vinha ela? Que significava? Por que nos fora dada? O organismo e a sua destruição, a indestrutibilidade da matéria, a lei de conservação da energia, a evolução, essas palavras e as concepções que exprimiam eram interessantes do ponto de vista intelectual, mas que utilidade podiam apresentar no curso da existência? E Levine, semelhante ao homem que trocasse no pior inverno um grosso capote por uma roupa de musselina, sentia através de todo o ser que estava quase nu e destinado a perecer miseravelmente.

Desde então, sem ter consciência e sem mudar nada da sua vida exterior, Levine não cessou de sentir o terror da sua ignorância. Além disso, experimentava um sentimento confuso que, longe de dissipar as suas pretensas convicções, as impelia ainda mais para as trevas.

O casamento, as alegrias e os deveres que ele aceitara sufocaram por um instante aqueles pensamentos, mas, enquanto vivera em Moscou depois do parto da mulher, elas voltaram com uma persistência sempre crescente. "Se não aceito", dizia ele, "as explicações que o cristianismo me oferece sobre o problema da existência, onde encontrarei outras?" Gostava de investigar as suas convicções científicas. Não encontrava resposta para aquela pergunta, como se revistasse, em procura de alimento, uma farmácia ou uma loja de armas.

Involuntariamente, inconscientemente, procurava, nas suas leituras, nas conversas e até nas pessoas que o cercavam, uma relação qualquer com o problema que o preocupava. Havia um ponto que o atormentava particularmente: por que os homens da sua idade e do seu mundo que, como ele, em sua maior parte, haviam trocado a fé pela ciência, pareciam não sentir realmente nenhum sofrimento moral? Não seriam sinceros? Ou compreendiam melhor que ele as respostas que a ciência dava às questões semelhantes? E estudava aqueles homens e os livros que podiam conter as soluções tão desejadas.

No entanto, descobriu que cometera um grande erro supondo, com seus colegas de universidade, que a religião tivera a sua época: as pessoas de quem mais gostava, o velho príncipe, Lvov, Sérgio Ivanovitch, Kitty, conservavam a fé da infância, aquela fé da qual ele próprio partilhara; as mulheres em geral acreditavam, e o povo quase inteiro também acreditava. A força de leituras, ele se convenceu de que as pessoas com quem partilhava as opiniões não davam às mesmas nenhum sentido particular: longe de explicar as questões que ele julgava primordiais, afastavam-nas para resolverem outras que o deixavam indiferente, como a evolução das espécies, a explicação mecânica da alma, etc...

Demais, durante o parto da sua mulher, um fato estranho se passara: ele, incrédulo, tinha rezado e rezado com uma fé sincera! Não conseguia conciliar este estado de alma com as suas disposições habituais de espírito. Ter-lhe-ia a verdade aparecido? Duvidava muito porque, assim que se analisava friamente, aquele *élan* para Deus se transformava em poeira. Ter-se-ia enganado? Teria cometido uma profanação admitindo uma lembrança querida... Esta luta interior lhe pesava dolorosamente e procurava vencê-la com todas as forças do seu ser.

9

Atormentado incessantemente por aqueles pensamentos, Levine lia e meditava sempre, porém, quanto mais meditava, mais o fim almejado se afastava.

Convencera-se de que os materialistas não lhe dariam nenhuma resposta. Durante o tempo da sua estada em Moscou, e depois da sua volta para o campo, relera Platão e Spinoza, Kant e Schelling, Hegel e Schopenhauer. Esses filósofos davam-lhe satisfação enquanto se contentavam em refutar a doutrina materialista e ele mesmo então achava argumentos novos, mas — fosse pela leitura das suas obras ou fosse pelo raciocínio que elas lhe inspiravam —, quanto à solução dos problemas, cada vez se repetia a mesma aventura. Termos imprecisos, tais como "espírito, vontade, liberdade, substância", firmavam um certo sentido na sua inteligência quando desejava adquirir uma armadilha verbal mas, voltando à vida real, julgava aquele edifício, que acreditara sólido, como um castelo de cartas e obrigado era a reconhecer que se tinha aquecido no meio de uma perpétua transposição dos mesmos vocábulos sem recorrer a "alguma coisa" que, na prática da vida, lhe importava mais do que a razão.

Schopenhauer lhe dera dois ou três dias de calma pela substituição que ele próprio fizera da palavra "amor" mas, quando o examinou do ponto de vista prático, aquele novo sistema se desfez como os outros e pareceu-lhe uma pedra vestida com musselina.

Sérgio Ivanovitch lhe recomendara os escritos teológicos de Khomiakov — ele empreendeu a leitura do segundo volume. Embora enfadado pelo estilo polêmico e afetado do autor, a sua teoria da Igreja não deixou de o comover. A acreditar em Khomiakov, o conhecimento das verdades divinas, recusadas ao homem isolado, era concedido a um grupo de pessoas comungando no mesmo amor, isto é, à Igreja. Essa teoria reanimou Levine: a Igreja, instituição viva de caráter universal, tendo Deus como essência e portanto santa e infalível e, depois de aceitar os seus ensinamentos sobre Deus, a criação, a queda, a redenção lhe parecia mais fácil do que começar novamente por Deus, aquele ser longínquo e misterioso, passando depois à criação, etc... Por infelicidade, leu em seguida duas histórias eclesiásticas, uma de um escritor católico e outra de um escritor ortodoxo, e, quando compreendeu que as duas Igrejas, ambas infalíveis em sua essência, se repudiavam mutuamente, a doutrina teológica de Khomiakov não resistiu mais ao seu exame, como não haviam resistido os sistemas filosóficos.

Durante toda a primavera, Levine viveu como um perdido e conheceu minutos trágicos.

"Eu não posso saber viver sem saber o que sou e para que fim fui posto no mundo", pensava. "E como não consigo atingir esse conhecimento, é-me impossível viver."

"No infinito do tempo, da matéria, do espaço, um pequeno organismo se forma, se mantém um momento, depois quebra-se... Esse pequeno organismo sou eu!"

Aquele sofisma doloroso era o único, o supremo resultado do raciocínio humano durante séculos; era a crença final onde se encontrava a base de quase todos os ramos da atividade científica; era a convicção reinante, e, sem dúvida porque lhe parecia a mais clara, Levine a aceitara naturalmente. Mas essa conclusão lhe parecia mais que um sofisma. Via a obra cruelmente destruidora de uma força inimiga da qual precisava fugir. O meio de se libertar era no poder de cada um... E a tentação do suicídio apossou-se frequentemente daquele homem, daquele feliz pai de família que afastava todo laço e não ousava sair mais com o seu fuzil.

No entanto, longe de se enforcar ou de dar um tiro na cabeça, ele continuou a viver tranquilamente.

10

Levine desesperava, pois, de resolver, no domínio da especulação, o problema da sua existência. Na vida prática, porém, nunca agira com tanta decisão e segurança.

Retornando ao campo nos primeiros dias de junho, as preocupações com o trabalho, a administração dos bens da sua irmã e do seu irmão, os deveres para com a família, as relações com os vizinhos e os camponeses, a criação de abelhas, deixavam-lhe muito pouco descanso.

O curso que os seus pensamentos tomaram, o grande número das suas ocupações, o insucesso das suas experiências anteriores naquele terreno não lhe permitiam justificar a sua atividade em favor do bem geral. Julgava simplesmente cumprir um dever.

Antigamente — e aquilo quase desde a infância — a ideia de praticar uma ação útil para as pessoas da sua vida, para a Rússia, para a humanidade dava-lhe uma grande alegria mas, como a ação em si mesma não realizava nunca as suas esperanças, ele duvidava imediatamente do valor dos seus empreendimentos. Agora, ao contrário, lançava-se à obra sem nenhuma alegria provável, mas logo adquiria a convicção da necessidade da obra e dos seus resultados mais excelentes. Inconscientemente, ele se afundava mais profundamente na terra como uma charrua que só pudesse se voltar sobre o trabalho já feito.

Em vez de discutir certas condições da vida, aceitava-as como tão indispensáveis quanto o alimento diário. Viver como os seus ascendentes, dar aos filhos a mesma educação que recebera, transmitir-lhes um patrimônio intato e deles merecer o reconhecimento que demonstrava pela memória do pai — via aí um dever tão indiscutível como o de pagar as dívidas. Era preciso que o domínio prosperasse e para isso ele mesmo trabalhou, exaltando a terra, plantando as árvores, criando o gado. Acreditava igualmente ter como obrigação ajudar e proteger — como aos filhos que lhe foram confiados — ao irmão, à irmã, aos numerosos camponeses que haviam se habituado a consultá-lo. Não só sua mulher e seu filho, mas também Dolly e os seus tinham direito às suas preocupações e ao seu tempo. Tudo isso enchia totalmente aquela vida, vida cujo sentido ele não compreendia quando refletia.

E não somente o seu dever aparecia bem definido, como não tinha nenhuma dúvida sobre a maneira de o realizar em cada caso particular. Assim, não hesitava em contratar trabalhadores o mais caros possível, muitas vezes pagando-os adiantadamente, acima do preço normal. Se aos camponeses faltava forragem, julgava lícito vender-lhes a palha, por mais piedade que sentisse; em compensação, o lucro que as tabernas lhes tiravam parecia-lhe imoral — esses estabelecimentos deviam ser suprimidos. Punia severamente os ladrões de lenha, mas se recusava — apesar dos protestos dos guardas contra aquela falta de segurança — a confiscar o gado do camponês apanhado em flagrante nas suas pastagens. Emprestava dinheiro a um pobre-diabo, para o livrar das garras de um usurário, mas não concedia aos camponeses prazo e nem abatimento sobre o foro a ser pago. Não pagava ao trabalhador que abandonasse o trabalho forçado pela morte do pai, mas sustentava os velhos servidores já decrépitos... Se, entrando em casa, encontrasse camponeses que o esperavam há três horas, não sentia nenhum escrúpulo em primeiro ir beijar a sua mulher indisposta; mas, viessem eles censurá-lo quanto a uma colmeia, imediatamente sacrificaria o prazer de colocar no lugar um enxame.

Longe de aprofundar este código pessoal, temia as discussões e até as reflexões que o pusessem em dúvida e perturbassem a linha clara e nítida do seu dever. Quando se contentava em viver, achava na consciência um tribunal infalível que imediatamente retificava os seus erros.

Assim pois, incapaz de sondar o mistério da existência e seduzido pela ideia de suicídio, Levine trilhou o caminho que lhe fora destinado na vida.

11

O dia em que Sérgio Ivanovitch chegou a Pokrovskoie foi de grande emoção para Levine.

Era o momento mais ocupado do ano, momento em que se exigia dos trabalhadores um grande esforço de trabalho, um espírito de sacrifício desconhecido nas outras profissões e que só é apreciado como convém porque se renova todos os anos e oferece resultados muito simples. Ceifar, recolher o trigo, bater o grão, semear, esses trabalhos não surpreendiam ninguém mas, para poder realizá-los durante as três ou quatro semanas permitidas pela natureza, era preciso que todos se pusessem à obra, que se contentassem com o pão e o *kvass*, que se dormisse apenas duas ou três horas, empregando-se a noite para o transporte dos molhos e batedura do trigo. Semelhante coisa produzia-se na Rússia inteira, todos os anos.

Como tivesse passado a maior parte da sua vida no campo, em estreita ligação com o povo, Levine sempre partilhava da agitação que o dominava nessa época.

Naquele dia de manhã, cedo, ele fora ver semear o centeio e pôr a aveia na mó. Voltando na hora do almoço, que fazia em companhia da mulher e da cunhada, partiu para a granja a fim de assistir colocar em funcionamento uma nova máquina de bater.

E todo o dia, avistando-se com o administrador ou os camponeses, com a sua mulher, a cunhada, os sobrinhos ou o sogro, sempre a mesma pergunta se apresentava: "Quem sou eu? Onde estou? Que fins pretendo?"

Demorou-se algum tempo na granja que acabava de ser coberta. O ripado de aveleira, ligado ao telhado de faia preta, exalava um bom odor de seiva; neste lugar fresco onde se agitava uma poeira ocre, os trabalhadores se comprimiam em torno de uma batedeira, enquanto andorinhas deslizavam e vinham, sacudindo as asas, pousar na moldura do grande portão aberto; percebia-se além a relva brilhando sob o sol de fogo e as pilhas de palha fresca tiradas do celeiro. Levine contemplava aquele espetáculo, abandonando-se a pensamentos lúgubres.

"Por que tudo isso? Por que os vigio eu e por que eles mostram tanto zelo em minha frente? Ali vem a minha velha amiga Matrona", pensava ele examinando uma enorme e magra mulher que, para melhor empurrar o grão com o seu ancinho, firmava no solo áspero os seus pés nus e crestados. "Antigamente eu a curei de uma queimadura, no incêndio em que uma trave caiu sobre ela. Sim, eu a curei, mas amanhã ou em dez anos será preciso levá-la para debaixo da terra, assim como aquela moça de vestido vermelho que separa com um gesto tão desembaraçado a palha, bem como aquele velho e pobre cavalo que, o ventre inchado e a respiração sufocada, trabalha com tanta dificuldade; como Fiodor, com a sua barba suja de baba e a sua blusa esburacada no ombro, que vejo na iminência de desligar os feixes e de reajustar a correia do volante: ele dirige as mulheres com muita autoridade mas, em breve, que restará dele? Nada, como eu também, e isso é que é o mais triste. Por que, por quê?"

Meditando no destino, consultava o relógio a fim de marcar a atividade dos trabalhadores conforme o número de feixes que fossem batidos na primeira hora. Como essa terminasse, ele constatou que se batia somente o terceiro feixe. Aproximou-se de Fiodor e, alteando a voz para dominar o barulho da máquina, disse:

— Deitas muitos grãos ao mesmo tempo, Fiodor. Isso forma uma bucha e tu não podes avançar. Vamos nivelar...

Fiodor, o rosto negro de suor, gritou algumas palavras em resposta, mas não pareceu compreender a observação de Levine que, afastando-o do tambor, se pôs ele próprio a colocar os grãos.

A hora do jantar chegou rapidamente. Levine saiu com Fiodor e parou perto de uma meda de centeio em grãos preparada para sementes. Entabulou conversa com Fiodor, que morava na vila afastada onde Levine fizera outrora uma tentativa de exploração em comum numa terra agora arrendada a um certo Kirillov. Levine desejava arrendá-la no ano seguinte a um outro camponês, homem com quem simpatizava muito, chamado Platão. Interrogou Fiodor sobre aquele assunto.

— O preço é muito elevado, Constantin Dmitrievitch. Platão não aceitará esse negócio — respondeu o trabalhador retirando do peito molhado de suor algumas palhas que ali estavam coladas.

— Mas como Kirillov aceitou?

— Kirillov? — repetiu Fiodor num tom de soberano desprezo. — Veja o senhor, Constantin Dmitrievitch, Kirillov esfola os pobres-diabos. O pai de Platão, ele subarrendará a terra a crédito, e é bem capaz de não reclamar a renda.

— Por quê?

— Nem todas as pessoas se parecem, Constantin Dmitrievitch. Uns vivem somente para comer e outros pensam em Deus e na alma.

— Que entendes por isso? — quase gritou Levine.

— Mas viver para Deus, observar a sua lei. Todas as pessoas não são iguais. O senhor, por exemplo, não faria mal aos pobres.

— Sim, sim… Até logo — balbuciou Levine, ofegando de emoção.

E, voltando-se para apanhar a bengala, dirigiu-se com grandes passos para casa. "Viver para a alma, para Deus." Essas palavras do camponês encontraram eco no coração de Levine e os pensamentos confusos, mas que sentia fecundos, saíram de algum canto do seu ser para adquirirem uma nova claridade.

12

Levine andava a grandes passos na estrada e, sem compreender os confusos pensamentos que o agitavam, entregava-se a um novo estado de alma. As palavras de Fiodor haviam produzido o efeito de uma centelha elétrica, e o conjunto de vagas ideias que não cessava de o assaltar havia como que se condensado para encher o seu coração de uma inexplicável alegria.

"Não viver para si, mas para Deus. Qual Deus? Não será insensato achar, como ele acaba de fazer, que não devemos viver para nós, mas para um Deus que ninguém compreende e não poderia definir?... Estas palavras insensatas, porém, eu as compreendi, não duvidei da sua precisão, não as achei nem falsas e nem obscuras..., dei-lhes o mesmo sentido que aquele camponês e talvez nada soubesse compreender tão claramente. E toda a minha vida foi assim, e assim foi para todo mundo.

"E eu que procurava o milagre para me convencer! Ei-lo, o milagre, o único possível, e que não observara enquanto ele me aparecia por todas as partes!

"Quando Fiodor acha que Kirillov vive para comer, eu compreendo o que ele quer dizer: é perfeitamente humano, os seres de razão não poderiam viver de outro modo. Mas, depois, afirmou que é preciso viver, não para comer, mas para Deus... E eu o compreendi imediatamente! Eu e os milhões de homens, no passado e no presente, os pobres de espírito como os doutos que estudaram estas coisas e fazem ouvir as suas vozes confusas, estamos de acordo em um ponto: é necessário viver para o bem. O único conhecimento claro, possível, irrefutável, absoluto que temos é este e não é pela razão que o alcançamos, pois a razão exclui e não tem causa e nem efeito. O bem, se tivesse uma causa, cessaria de ser bem, tanto como se tivesse um efeito, uma espécie de recompensa... Isso, eu sei e todos nós sabemos. Pode existir maior milagre?...

"Encontrei verdadeiramente a solução das minhas dúvidas? Vou deixar de sofrer?"

Pensando assim, Levine, insensível à fadiga e ao calor, sufocado pela emoção e não ousando crer na calmaria que descia à sua alma, afastou-se da estrada principal para penetrar no bosque. Ali, descobrindo a fronte banhada de suor, deitou-se, apoiado no cotovelo, sobre a relva espessa, e prosseguiu nas suas reflexões.

"Preciso recolher-me, cuidar de compreender o que se passa em mim. Que descobri para ser feliz? Sim, que descobri?... Nada. Tive simplesmente a visão clara de coisas que há muito tempo conhecia. Reconheci esta força que antigamente me deu vida e a assegura ainda hoje. Sinto-me liberto do erro... Vejo o meu Senhor!...

"Acreditei outrora que ele agia no meu corpo como no de um inseto, como na planta, uma evolução na matéria, conforme certas leis físicas, químicas e fisiológicas; evolução, luta incessante, que se estende a todos, às árvores, às nuvens, às nebulosas... Mas de onde parte e aonde chega esta evolução? Uma evolução, uma luta para o infinito, é isto possível?... E eu me surpreendia, apesar dos supremos esforços, de nada encontrar neste caminho que me revelava o sentido da vida, dos meus impulsos, das minhas aspirações... Agora eu sei que este sentido consiste em viver para Deus e para a alma. Por mais claro que me aparecesse, este sentido permanecia misterioso. E é igual para tudo quanto existe. Era o orgulho o que me perdia", decidiu, deitando-se completamente e atando maquinalmente as hastes da relva. "Orgulho, tolice, ardil e perversidade de espírito... Perversidade... sim, eis a verdadeira palavra."

E recordou os caminhos que durante dois anos o seu pensamento percorria, desde o dia em que a ideia da morte o possuíra em face do irmão moribundo. Compreendera então pela primeira vez que, em sua frente, não havia outra perspectiva senão o sofrimento, a morte e o esquecimento eterno. Ou devia fazer saltar os miolos ou explicar a si mesmo o problema da vida de modo a não ver a cruel ironia de algum gênio maligno. No entanto, sem conseguir nada explicar, continuara a viver, a pensar, a sentir, e havia mesmo conhecido, graças ao seu casamento, alegrias novas que o tornavam feliz quando não escavava os seus pensamentos perturbados. Que provava aquela inconsequência? Que vivia bem, embora pensasse mal. Sem o saber, fora sustentado por aquelas verdades espirituais, que o seu espírito demonstrava ignorar. Agora ele compreendia que elas somente lhe haviam permitido viver.

"Em que me tornaria se não tivesse vivido para Deus e sim para a satisfação das minhas necessidades? Eu teria mentido, roubado, assassinado... Não, não teria existido para mim nenhuma das alegrias que a vida me deu."

A sua imaginação não lhe permitia nem mesmo conceber a que grau de bestialismo desceria, caso não houvesse sentido as verdadeiras razões de viver.

"Procurava uma solução que a razão não pode dar, o problema não estando sob o seu domínio. Somente a vida me poderia fornecer uma resposta e isso graças ao meu conhecimento do bem e do mal. E esse conhecimento, não o tendo eu adquirido, e nem sabendo onde buscá-lo, me foi 'dado' como tudo mais. A razão jamais me demonstraria que devo amar o meu próximo em vez de o estrangular. Quando isso me ensinaram na infância, e se acreditei, era porque já o sabia. O que a razão ensina é a luta pela vida, partindo da lei que exige que todo obstáculo à satisfação dos meus desejos seja destruído. A dedução é lógica. A razão não pode me prescrever para amar o meu próximo, este preceito não lhe pertence."

13

Levine lembrou-se de uma cena recente entre Dolly e os filhos. Os pequenos, entregues um dia a si próprios, tinham-se divertido em fazer cozinhar framboesas numa xícara aquecida por uma vela e derramarem jatos de leite pela boca. A mãe apanhou-os em flagrante, censurou-os em frente do tio, dizendo-lhes que destruíam o que tanto trabalho causava aos adultos procurarem, tentando obrigá-los a compreender que, se as xícaras viessem a faltar, não teriam como tomar o chá e que, se desperdiçavam o leite, sentiriam fome. Levine ficou muito surpreso com o ceticismo com que as crianças escutaram a mãe: a sua explicação não os comovia, lamentavam apenas o brinquedo interrompido. Eles ignoravam o valor dos bens com que brincavam e não compreendiam que, de algum modo, estavam destruindo a sua subsistência.

"Tudo isso é bonito e bom, dizem eles, mas repisam sempre a mesma coisa, enquanto nós procuramos novidade. Que interesse tem beber leite nas xícaras? Bem mais divertido é derramar o leite na boca uns dos outros e reservar as xícaras para cozinhar as framboesas. Eis a novidade."

"Não é assim que nós procedemos", pensava Levine, "não é assim que eu procedo, querendo penetrar pela razão os segredos da natureza e o problema da vida humana? Não é isso que fazem todos os filósofos quando, no meio de teorias estranhas, pretendem revelar as verdades que os homens conhecem há muito tempo e sem as quais não poderiam viver? Não se verifica, penetrando cada uma dessas teorias, que o seu autor conhece tão bem quanto Fiodor — e não melhor que ele — o verdadeiro sentido da vida humana e que tende a demonstrar somente por caminhos equívocos verdades universalmente conhecidas?

"Que deixem as crianças procurarem a própria subsistência em vez de fazerem gaiatas. Que nos deixem a nós outros libertos aos nossos raciocínios, às nossas paixões, sem o conhecimento do nosso Criador, sem o sentimento do bem e do mal moral… e nada de sólido se poderá fazer. Se somos ávidos para destruir é porque, como as crianças, estamos satisfeitos… espiritualmente. Onde adquiriria este feliz conhecimento, que procura a paz para a minha alma? Que possuo em comum com Fiodor?... Eu, cristão, educado na fé, satisfeito com o trabalho do cristianismo, vivendo deste trabalho sem ter consciência, eu procuro, como as crianças, destruir a essência da minha própria vida... Mas, nas horas graves da minha existência, eu me voltei para Ele, como as crianças para com a sua mãe quando sentiram fome e sede e, se elas viram censurada a sua travessura, eu percebi que não se ligava nenhuma importância às minhas inúteis tentativas de revolta.

"Não, a razão não me ensinou nada. O que eu sei a mim foi dado, revelado pelo coração, pela fé no ensinamento capital da Igreja.

"A Igreja?", repetiu Levine, voltando-se e examinando ao longe a manada que descia para o rio. "Em verdade, posso crer em tudo que ela ensina?", perguntava-se para sentir e descobrir um ponto que perturbava a sua quietude. E lembrou-se dos dogmas que sempre lhe pareceram estranhos: "A criação? Mas como posso explicar a existência?... O diabo e o pecado? Mas que explicação posso achar para o mal?... A redenção? Mas que sei eu, que posso saber fora do que me foi ensinado como a todos os outros?"

Nenhum desses dogmas lhe pareceu ir de encontro à destinação do homem aqui embaixo, isto é, a fé em Deus e no bem. Cada um deles subentendia a verdade e a renúncia ao egoísmo. Concorriam todos para o milagre supremo e perpétuo que consiste em permitir a milhões de seres humanos, moços e velhos, sábios e simples, reis e mendigos, a Lvov como Kitty, a Fiodor como a ele próprio, compreender as mesmas verdades para compor aquela vida da alma que torna a existência suportável.

Deitado, contemplava agora o céu sem nuvens. "Eu sei perfeitamente", pensava ele, "que é a imensidade do espaço e não uma abóbada azul o que se estende por cima de mim. Mas os meus olhos só podem perceber a abóbada arredondada e veem mais certamente do que se procurassem além."

Agora, Levine deixava correr o pensamento para ouvir as vozes misteriosas que criavam grandes ruídos na sua alma.

"Será verdadeiramente a fé?", indagou-se, não ousando acreditar na sua felicidade. "Meu Deus, eu vos agradeço!"

Soluços o agitaram, lágrimas de reconhecimento corriam ao longo da sua face.

14

Surgiu ao longe uma pequena carruagem. Levine reconheceu ser a sua, o seu cavalo trigueiro, o cocheiro Ivan que falava ao pastor. Ouviu imediatamente o barulho das rodas e o relincho do cavalo. Mergulhado, porém, nas suas meditações, não pensava perguntar o que ele queria. Só retomou o sentido da realidade quando ouviu o cocheiro gritar:

— A senhora me mandou, Sérgio Ivanovitch acaba de chegar com um outro senhor.

Levine subiu na carruagem e tomou as rédeas. Muito tempo depois, como após um sonho, foi que pôde retornar a si, os olhos fixos ora sobre Ivan sentado ao seu lado, ora sobre o robusto animal de pescoço e peito alvos de espuma, pensava no irmão, na mulher — inquieta talvez com a sua longa ausência —, no hóspede desconhecido que lhe traziam, e perguntava a si mesmo se as suas relações com o próximo não iriam sofrer uma modificação.

"Eu não quero mais frieza com o meu irmão, nem brigas com Kitty, nem impaciência com os criados. Quero mostrar-me cordial e agradável para com o meu novo hóspede, seja quem for."

E retendo o cavalo, que queria correr, procurou uma palavra de simpatia para dirigir a Ivan que, não sabendo o que fazer com as suas mãos ociosas, comprimia contra o peito a blusa que o vento levantava.

— O senhor deve tomar à esquerda, há um tronco a evitar — disse subitamente Ivan, tocando nas rédeas.

— Faze o favor de me deixar tranquilo e não me dês lição! — respondeu Levine, irritado como em todas vezes que se envolviam nos seus negócios. Sentiu imediatamente uma viva mágoa constatando que, contra as suas intenções, o seu novo estado de alma não influía em nada sobre o seu caráter.

A um quarto de versta da casa, percebeu Gricha e Tânia que corriam na sua frente.

— Titio Kostia, mamãe, vovô, Sérgio Ivanovitch e mais um senhor nos acompanham — gritaram, subindo na carruagem.

— Quem é esse senhor?

— Um senhor terrível que faz enormes gestos com os braços — disse Tânia, imitando Katavassov.

— É velho ou moço? — perguntou Levine, rindo-se.

A mímica de Tânia despertava nele recordações confusas. "Permita Deus que não seja um importuno!", pensou ele.

Numa volta do caminho, reconheceu Katavassov, usando um chapéu de palha e fazendo com os braços os movimentos que Tânia tão bem observara.

Nos últimos tempos da sua estada em Moscou, Levine discutira muito sobre filosofia com Katavassov, embora só tivesse da matéria vagas noções dos "cientistas". Levine imediatamente se lembrou de uma dessas discussões, na qual o seu amigo o tinha aparentemente vencido, prometendo ele não mais exprimir ligeiramente os seus pensamentos.

Desceu da carruagem, cumprimentou os hóspedes e perguntou por Kitty.

— Foi para o bosque com Mitia — respondeu Dolly. — A casa estava muito quente.

Essa notícia contrariou Levine: o bosque lhe parecia um lugar perigoso e muitas vezes havia aconselhado a Kitty não passear com a criança.

— Ela não sabe aonde ir com o pirralho — disse o príncipe, sorrindo. — Eu lhe aconselhei tentar o porão do gelo.

— Ela se encontrará conosco no colmeal — acrescentou Dolly. — É o fim do nosso passeio.

— Que fazes de bom? — perguntou Sérgio Ivanovitch ao irmão, segurando-o.

— Nada de particular: eu cultivo as minhas terras e eis tudo. Espero que demores algum tempo: há uma eternidade que te esperamos.

— Ficarei uns quinze dias. Tenho muito que fazer em Moscou.

Os olhares dos dois irmãos se cruzaram e Levine se sentiu indisposto. No entanto, ele nunca desejara tão ardentemente relações simples e cordiais com o irmão! Abaixou os olhos e desejou evitar todo assunto espinhoso, como a questão dos Balkãs sobre a qual Sérgio vinha de fazer uma alusão e, no fim de um momento, pediu notícias sobre o seu livro.

Essa pergunta, devidamente meditada, forçou um sorriso nos lábios de Sérgio Ivanovitch.

— Ninguém pensa nele e eu menos que ninguém... A senhora verá, Daria Alexandrovna, que teremos chuva — disse ele, mostrando na extremidade da sombrinha nuvens brancas que apareciam acima das faias.

Ele empregou aquelas palavras banais para que se restaurasse entre os dois irmãos aquela frieza quase hostil que Levine tanto desejou dissipar. Deixando Sérgio, aproximou-se de Katavassov.

— Que boa ideia tiveste em vir! — disse ele.

— Há muito tempo que desejava. Nós temos que conversar à vontade. Leste Spencer?

— Li, mas não até o fim. De resto, agora ele me é inútil.

— Como? Estou surpreso!

— Eu quero dizer que ele não me ajudará mais que os outros a resolver as questões que me interessam, neste momento eu...

A expressão de surpresa que o rosto de Katavassov exprimia o impressionou e, não querendo prejudicar o seu estado de alma com uma discussão estéril, deteve-se.

— Falaremos depois... Vamos ao colmeal — disse ele, dirigindo-se a todos —, é a direção que devemos tomar.

Chegaram a um atalho que, em um dos lados, as caudas-de-raposa em flores formavam como um vaiado brilhante onde os ranúnculos entremeavam a sua folhagem sombria. Levine instalou os seus convidados às sombras das faias, em rústicos sofás construídos com a intenção de acolher os visitantes que não quisessem se aproximar das abelhas, e tomou caminho da cerca para trazer o mel, pão, e pepinos. Andava o mais docemente tranquilo, ouvindo o zumbido cada vez mais frequente. Na porta da cabana, teve que se livrar de uma abelha presa na sua barba. Depois de tirar uma máscara de fio de ferro suspensa na entrada, cobriu a cabeça e, as mãos escondidas nos bolsos, penetrou na colmeia onde os cortiços estavam arrumados por ordem — os mais novos ao lado da estacada, presos nas estacas por cordas de tília, possuía cada qual uma história. Em frente da abertura dos cortiços, turbilhonavam colunas de abelhas e fabordões, enquanto os trabalhadores corriam para a floresta, atraídos pelas tílias em flor, de onde voltavam carregados. E todo o enxame, trabalhadores alertas, machos ociosos, guardas alarmados prestes a se arremessarem sobre o ladrão dos seus bens, faziam ouvir os sons mais diversos que se confundiam num perpétuo zumbido. O velho guarda, ocupado no outro lado da estacada, não ouviu Levine se aproximar. Levine não o chamou: sentia-se feliz em poder se recolher um momento. A vida real retomando os seus direitos agredia a nobreza dos seus pensamentos: já encontrara meio de se aborrecer com Ivã, de mostrar-se frio com o irmão, de dizer coisas inúteis a Katavassov!

"A minha felicidade", perguntava-se, "não teria sido uma impressão fugitiva que se dissipará sem deixar traços?"

Mas, caindo em si mesmo, encontrou as impressões intatas. Não havia como duvidar, realizara-se um acontecimento importante na sua alma. A vida real só fizera estender uma nuvem sobre aquela calma interior: aqueles ligeiros incidentes não atingiram as forças espirituais novamente despertas, como as abelhas, obrigando-o a defender-se, não poderiam esgotar a sua força física.

15

— Kostia, sabes com quem Sérgio Ivanovitch viajou? — disse Dolly, depois de dar a cada um dos filhos a sua parte de pepino e de mel. — Com Vronski. Ele vai para a Sérvia.

— E não vai sozinho! Leva por sua conta todo um esquadrão — acrescentou Katavassov.

— Em boa hora! — disse Levine. — Mas tu e os outros expediram sempre voluntários? — perguntou ele, erguendo os olhos para o irmão.

Sérgio Ivanovitch não respondeu nada: a sua atenção estava voltada para uma abelha presa ao mel no fundo da sua xícara, que ele livrava cuidadosamente com a faca sem ponta.

— Como se nós expedimos! — gritou Katavassov, mordendo um pepino. — Se tiveste visto o que se passou ontem na estação!

— Sérgio Ivanovitch, explica-me por uma vez para onde vão todos esses heróis e contra quem eles lutam! — perguntou o príncipe, retomando evidentemente uma conversa interrompida com a chegada de Levine.

— Contra os turcos — respondeu gravemente Koznychev, tirando da extremidade da faca e pondo sobre uma folha de faia a abelha finalmente livre, mas toda suja de mel.

— Mas quem a declarou? Foi Ivá Ivanovitch Ragozov, a condessa Lídia e Mme. Stahl?

— Ninguém declarou esta guerra mas, emocionados com o sofrimento dos nossos irmãos, procuramos ir ajudá-los.

— Tu não respondeste à pergunta do príncipe — disse Levine, tomando o partido do sogro. — Ele se surpreendeu que, sem a autorização do governo, particulares ousassem participar de uma guerra.

— Olha, Kostia, ainda uma abelha. Asseguro-te que elas vão nos morder — gritou subitamente Dolly, tentando agarrar uma enorme mosca.

— Isto não é uma abelha, é uma vespa.

— Por que os particulares não haviam de ter este direito? Explique-nos a tua teoria — pediu Katavassov, querendo obrigar Levine a falar.

— Eis aqui a minha teoria: a guerra é uma coisa tão bestial, tão monstruosa que nenhum cristão, nenhum homem mesmo, tem o direito de tomar sobre si a responsabilidade de a declarar. É ao governo que compete este trabalho, a ele que fatalmente dirige a guerra. É uma questão de Estado, uma destas questões em que os cidadãos unem toda a vontade pessoal: o bom senso, apesar da ciência, chega para demonstrar.

Sérgio Ivanovitch e Katavassov tinham as respostas prontas.

— É no que te enganas, meu caro — disse primeiramente Katavassov. — Quando um governo não se submete à vontade dos cidadãos, são os cidadãos que devem impor a sua ao governo.

Sérgio Ivanovitch não pareceu gostar daquela objeção.

— Tu não apresentas a questão como se faz preciso — disse ele, franzindo a testa. — Não se trata aqui de uma declaração de guerra, mas de uma demonstração de simpatia humana, cristã. Assassinam os nossos irmãos, irmãos de raça e de religião, massacram as mulheres, as crianças, os velhos, e isso revolta o sentimento de humanidade do povo russo que corre em socorro daqueles infortunados. Suponhamos que vejas na rua um bêbado bater numa mulher ou numa criança: indagarás, antes de socorrer, se alguém declarou guerra a esse indivíduo?

— Não, mas eu não o mataria.

— Acabarias por chegar até aí.

— Eu não sei de nada, talvez o matasse no arrebatamento do momento, mas não posso me entusiasmar pela defesa dos eslavos.

— Nem todos pensam igualmente — continuou Sérgio, descontente. — O povo conserva muito viva a lembrança dos irmãos ortodoxos que gemiam sob o jugo dos infiéis. E o povo fez ouvir a sua voz.

— É possível — respondeu Levine. — Em todo caso, não vejo nada de semelhante em torno de mim e, embora faça parte do povo, não sinto absolutamente nada.

— Digo o mesmo da minha parte — fez o príncipe. — Foram os jornais que me revelaram, durante a minha estada no estrangeiro e antes dos horrores na Bulgária, o amor súbito que a Rússia inteira sentia por seus irmãos eslavos. Nunca duvidei, porque aquelas pessoas jamais me inspiraram a menor ternura. Falando francamente, a princípio me inquietei com a minha indiferença e atribuí isso às águas do Carlsbad. Mas, depois da minha volta, constato que nós somos ainda alguns que põem a Rússia acima dos irmãos eslavos. Exemplo: Constantin.

— Quando a Rússia inteira se pronuncia — objetou Sérgio Ivanovitch —, as opiniões pessoais não têm nenhuma importância.

— Desculpa-me, mas o povo ignora tudo sobre esta questão.

— Mas papai... — interrompeu Dolly, entrando na conversa. — O senhor não se lembra, domingo, na igreja... Queres me dar a toalha — disse ela ao velho guarda que sorria para as crianças. — Não é possível que todas aquelas pessoas...

— Na igreja? Que se passou de tão extraordinário? Os padres tiveram ordem de ler ao povo um papel do qual ninguém entendeu uma palavra. Se os camponeses suspiravam durante a leitura foi porque pensavam num sermão e se deram os seus copeques foi porque lhes disseram ser preciso para uma obra pia.

— O povo não poderia ignorar o seu destino. Ele tem uma intuição e, em momentos como este, ele a revela — declarou Sérgio Ivanovitch, fixando com segurança os olhos do velho guarda.

Em pé, no meio dos patrões, uma gamela de mel na mão, o bom velho, barba grisalha e cabeleira prateada, fitava-os com um ar afável e tranquilo, sem nada compreender da conversa e sem manifestar o menor interesse de compreender. Contudo, crendo-se interpelado por Sérgio Ivanovitch, julgou bom abanar a cabeça e dizer:

— Isso, é isso certamente.

— Interroguem-no — disse Levine — e verão o que ele pensa. Já ouviste falar da guerra, Mikhailytch? — perguntou ele ao velho.

— Sabes o que foi lido domingo, na igreja? É necessário que nos batamos pelos cristãos, que pensas?

— Pensar? O nosso imperador Alexandre Nicolaievitch sabe melhor que nós o que se deve fazer... Ainda é preciso pão para o seu rapazinho? — perguntou ele a Dolly, mostrando Gricha, que devorava uma casca.

— Que necessidade temos de o interrogar — disse Sérgio Ivanovitch — quando vemos centenas de homens abandonarem tudo para servirem uma causa justa? Eles vêm de todos os cantos da Rússia, uns sacrificam as suas últimas economias, outros se engajam, e todos sabem claramente a que motivo obedecem. Da-me-ás que isso não significa nada?

— Segundo o meu modo de ver — disse Levine, exaltando-se —, isso significa que, em oitenta milhões de homens, sempre se acharão não apenas centenas como agora, mas milhares de cérebros abrasados, prontos para se lançarem na primeira aventura que apareça, trate-se de seguir Pougatchov ou de ir à Sérvia, à Khiva, ou aonde for...

— Como tu julgas assim os melhores representantes da nação! — gritou Sérgio Ivanovitch, indignado. — E as contribuições que chegam de todas as partes? Não é um meio para o povo demonstrar a sua vontade?

— É tão vaga a palavra "povo"! É possível que os secretários cantonais, os prefeitos e um sobre mil entre os camponeses compreendam do que se trate, mas o resto dos oitenta milhões faz como Mikhailyptch: não apenas não demonstram a sua vontade, mas não têm a mínima noção do que está acontecendo. Que direito temos nós, nestas condições, de invocar a vontade do povo?

16

Sérgio Ivanovitch, hábil em dialética, transportou imediatamente a questão para outro terreno.

— É evidente que não possuindo o sufrágio universal — o qual, aliás, não prova nada —, não poderemos saber matematicamente a opinião da nação. Mas existem outros meios de apreciação. Eu não digo nada dessas correntes subterrâneas que agitam as águas até então estagnantes do oceano popular e que qualquer não prevenido discerne naturalmente, mas considero a sociedade em um sentido mais restrito — neste terreno os partidos mais hostis se fundem em um só. Não há mais divergência de opinião, todos os jornais se exprimem igualmente, todos cedem à força elementar que os arrasta para uma mesma direção.

— Sim, os jornais gritam todos as mesmas coisas, é verdade — disse o príncipe — mas assim fazem as rãs antes da tormenta! São os seus gritos, sem dúvida, que impedem se ouça a menor voz.

— Eu não sei verdadeiramente o que os jornais têm de comum com as rãs. De resto, eu não os defendo e falo da unanimidade de opinião entre os mais esclarecidos — replicou Sérgio Ivanovitch, dirigindo-se ao irmão.

Levine quis responder, mas o príncipe o antecipou.

— Esta unanimidade, sem dúvida, tem a sua razão de ser. Eis como exemplo o meu caro genro Stepane Arcadievitch que se faz nomear membro não sei de que comissão... Uma pura sinecura, e não é segredo para mim, Dolly, e oito mil rublos de ordenado! Pergunte honestamente a esse homem o que pensa do assunto em questão: ele demonstrará, estou certo, que não podíamos passar sem isso.

— Ah, sim, eu tinha esquecido. Ele não me pediu para prevenir a Daria Alexandrovna que a sua nomeação era coisa resolvida — notificou Sérgio Ivanovitch com um tom descontente porque julgava desagradável a intervenção do velho príncipe.

— Então — continuou aquele — os jornais fazem o mesmo: como a guerra deve dobrar a sua venda, é muito natural que ponham antes o instinto nacional, os irmãos eslavos e todo o resto...

— O senhor é injusto, príncipe — replicou Sérgio Ivanovitch. — Deixe-me dizer, apesar da pouca simpatia que sinto por certos jornais.

— Afonso Karr estava com a verdade quando, antes da guerra franco-alemã, propunha aos partidários da guerra constituírem uma vanguarda e sustentarem o primeiro fogo.

— Que triste figura fariam ali os nossos jornalistas! — disse Katavassov com um enorme sorriso, imaginando certos dos seus amigos engajados numa legião de elite.

— A fuga dos jornalistas, porém, provocaria as outras — insinuou Dolly.

— Nada impediria — insistiu o príncipe — que fossem levados ao fogo a golpes de chicote ou de metralha...

— Desculpe-me, meu príncipe — disse Sérgio Ivanovitch —, mas a brincadeira é de um gosto duvidoso.

— Eu não vejo nenhuma brincadeira... — quis dizer Levine, mas o seu irmão o interrompeu.

— Todos os membros de uma sociedade têm um dever a cumprir e os homens que pensam cumprem o seu expressando a opinião pública. A unanimidade desta opinião é um feliz sintoma que precisa ser inscrito no ativo da imprensa. Há vinte anos, todos teriam a sua atitude; hoje, o povo russo, prestes a se sacrificar, a levantar-se totalmente para salvar os irmãos eslavos, faz ouvir a sua voz unânime: é um grande passo realizado, uma prova de força.

— Perdão — insinuou timidamente Levine —, não é apenas questão de sacrifício, mas de matar os turcos. O povo está pronto para o sacrifício, quando se trata da sua alma, mas não para executar uma obra de morte — acrescentou, unindo involuntariamente aquela conversa aos pensamentos que o agitavam.

— A que chamas tu de alma? Para um naturalista, é um termo bem impreciso. Que é a alma? — perguntou Katavassov, rindo-se.

— Tu bem o sabes.

— Sinceramente, eu não tenho a menor ideia! — insistiu o professor, rindo-se perdidamente.

— "Eu não vim fazer a paz, mas a guerra", disse o Cristo — objetou por seu lado Sérgio Ivanovitch, citando como a coisa mais simples do mundo, como uma verdade evidente a passagem do Evangelho que sempre perturbara Levine.

— Isso, é assim mesmo — disse ainda uma vez o velho guarda, respondendo a um olhar lançado sobre ele por acaso.

— Perdeste, meu caro, e muito bem perdido! — gritou alegremente Katavassov.

Levine corou, não por ter perdido, mas por haver cedido ainda à necessidade de discutir.

"Eu perco meu tempo", disse intimamente. "Como, estando nu, posso vencer pessoas protegidas por armaduras sem defeitos?"

Não lhe parecia passível convencer o irmão e Katavassov, e ainda menos deixar-se convencer por eles. O que eles preconizavam não era outra coisa senão aquele orgulho de espírito que quase o perdera. Como admitir que um grupo de homens, o seu irmão entre eles, se julgasse com o direito de representar com os jornais a vontade da nação, quando essa vontade se exprimia como sendo vingança e assassinato e quando toda a certeza se apoiava sobre as narrações de algumas centenas de faladores em busca de aventuras? O povo, no seio do qual ele vivia, não confirmava nenhum daqueles argumentos. Não achava justificativa em si mesmo: como o povo, ele ignorava em que consistia o bem público, mas sabia o que resulta da estrita observação daquela lei moral inscrita no coração de todo homem — por conseguinte, ele não podia preconizar a guerra por mais generoso que fosse o fim a que se propusesse. Partilhava o modo de ver de Mikhailytch, que era o de todo o povo, e que exprimia tão bem a tradição relativa no apelo ao imperador: "Reinai e governai. Para nós, os penosos trabalhos e os pesados sacrifícios, mas para vós o interesse pelas decisões." Podia seriamente achar com Sérgio Ivanovitch que o povo tivesse renunciado a um direito tão dificilmente adquirido?

Depois, se a opinião pública passava por infalível, por que a comuna não era tão legítima como a agitação em favor dos eslavos?

Levine quisera exprimir todos esses pensamentos, mas via bem que a discussão irritava seu irmão e que daria em nada. Preferiu calar-se e, no fim de um momento, chamou a atenção dos seus convidados para uma grossa nuvem que não pressagiava nada de bom.

17

O príncipe e Sérgio Ivanovitch tomaram a carruagem, enquanto os outros apressavam os passos. O céu se cobria cada vez mais, as nuvens baixas de um escuro de fuligem, conduzidas pelo vento, pareciam correr com uma tal rapidez que a duzentos passos da casa a chuva tornou-se iminente.

As crianças iam na frente, soltando gritos. Dolly, atrapalhada pela saia, acompanhava-as. Os homens, retendo com dificuldade os chapéus, caminhavam quase correndo. No momento em que atingiam o portão, caiu a primeira gota. Todos, conversando alegremente, precipitaram-se na antessala.

— Onde está Catarina Alexandrovna? — perguntou Levine a Ágata Mikhailovna, que se preparava para sair carregada de xales e cobertores.

— Nós julgávamos que ela estivesse com o senhor.
— E Mitia?
— Provavelmente está no bosquezinho com a sua ama.

Levine agarrou o capote e pôs-se a correr.

Neste curto espaço de tempo, o céu se obscureceu como durante um eclipse, e o vento, soprando com violência, fazia voar as folhas das tílias, desnudava os ramos das árvores, vergava as hastes da relva, das plantas, dos arbustos, as moitas de acácias e a copa das grandes árvores. As moças que trabalhavam no jardim corriam em procura de um abrigo. A toalha branca da chuva já cobria uma boa metade dos campos, todo o grande bosque, e ameaçava o pequeno. A nuvem se dissolvera em uma chuva fina que impregnava o ar de umidade.

Lutando vigorosamente contra a tempestade que se obstinava em querer arrancar-lhe os xales, Levine atingia o bosquezinho e julgava perceber formas brancas atrás de um carvalho familiar, quando, subitamente, uma luz brilhante inflamou o solo em sua frente e acima da sua cabeça a abóbada celeste pareceu se desmoronar. Assim que pôde abrir os olhos alucinados, verificou horrorizado que a espessa cortina formada pela chuva o separava agora do bosque e que a copa do grande carvalho havia mudado de lugar. "O raio a pegou!", teve tempo de dizer a si mesmo e no mesmo instante ouviu o barulho da árvore desabando estrepitosamente.

"Meu Deus, meu Deus, que eles não tenham sido atingidos!", murmurou, gelado de pavor. E, embora sentisse imediatamente o absurdo daquela súplica tardia, ele a repetiu, sentindo instintivamente que não podia fazer nada de melhor. Encaminhou-se para o lugar onde Kitty habitualmente ficava. Não a achou, mas a ouviu chamar na outra extremidade do bosque. Correu para aquele lado, tão depressa como lhe permitiram os sapatos cheios de água que chafurdavam nas poças e, como o céu serenasse, descobriu Kitty sob uma tília e a ama debaixo de uma pequena carruagem protegida por um chapéu-de-sol verde. Apesar de não chover mais, elas permaneciam imóveis na posição que tomaram de começo a fim de melhor protegerem a criança. Ambas estavam molhadas, mas, se a saia da ama ainda se conservava enxuta, o vestido de Kitty, inteiramente encharcado, colava-se ao seu corpo, e o seu chapéu havia perdido a forma. A jovem mulher voltou para o marido um rosto avermelhado, muito molhado, que um sorriso tímido iluminava.

— Vivos! Louvado seja Deus! Mas que imprudência! — gritou Levine fora de si.

— Asseguro-te que não tive culpa. Íamos partir quando Mitia fez das suas, e logo...

Mas a presença do filho que, sem ter apanhado um pingo d'água, dormia tranquilamente, acalmou Levine.

— Vamos, tudo está bem. Eu já não sei o que diga — confessou ele.

Fizeram um pacote das roupas molhadas, e dirigiram-se para casa. Um pouco envergonhado por haver repreendido Kitty, Levine lhe apertou docemente a mão, escondendo-se da ama que trazia a criança.

18

Apesar da decepção que sentira constatando que a sua regeneração moral não trouxera ao seu caráter nenhuma modificação apreciável, Levine não sentiu menos, durante todo o dia, e nas conversas a que não pudera fugir, uma plenitude de coração que o encheu de alegria.

Depois do jantar, a umidade e a tormenta não permitiram um novo passeio. A noite, no entanto, decorreu alegremente, sem que surgissem discussões. Katavassov conquistou as senhoras com a graça original do seu espírito que sempre seduzia. Entusiasmado por Sérgio Ivanovitch, ele divertiu a todos narrando as suas curiosas observações sobre as diferenças de hábitos e mesmo de fisionomia entre as moscas machos e as moscas fêmeas. Koznychev mostrou-se igualmente muito alegre e, contente com o chá, desenvolveu, a pedido do irmão, as suas ideias sobre o problema eslavo com fineza e simplicidade.

O banho de Mitia obrigou Kitty a se retirar. Passados alguns minutos, vieram avisar Levine que ela mandava chamá-lo. Inquieto, levantou-se imediatamente, apesar do interesse que tomava pela teoria de Sérgio sobre a influência que a emancipação de quarenta milhões de eslavos teria para o futuro da Rússia, e sobre a nova era histórica que começava.

Que desejava Kitty? Só o chamavam para junto da criança em caso de urgência. Mas a sua inquietude, como a curiosidade despertada pelas ideias do irmão, desapareceram assim que se encontrou sozinho um instante. Que lhe importavam todas aquelas considerações sobre o papel do elemento eslavo na história universal! A sua felicidade íntima voltava imprevistamente, sem que a precisasse reanimar pela reflexão: o sentimento tornara-se mais poderoso que o pensamento.

Atravessando o terraço, viu surgir duas estrelas no firmamento. "Sim", pensou, "eu me lembro ter meditado haver uma verdade na ilusão desta abóbada que contemplava mas, qual era o pensamento que eu não ousava fitar de frente? Pouco importa! Não pode existir uma objeção legítima: seja o que for, tudo se esclarecerá!"

Como penetrasse no quarto da criança, lembrou-se subitamente: "Se a principal prova da existência de Deus é a revelação interior que dá a cada um de nós o bem e o mal, por que essa revelação estará limitada à Igreja cristã? Que relações têm com essa revelação os budistas ou os muçulmanos, eles também não conhecem e praticam o bem?"

Julgava ter uma resposta pronta, mas não conseguia formular.

Com a aproximação do marido, Kitty voltou-se para ele, sorrindo. As mangas arregaçadas, inclinada sobre a banheira, sustendo com uma das mãos a cabeça da criança, com a outra passava num gesto rítmico uma grossa esponja no corpinho que chafurdava na água.

— Vem depressa, Ágata Mikhailovna tem razão: ele nos reconhece.

Puseram imediatamente Mitia em prova: a cozinheira, convocada para aquele fim, inclinara-se para ele, e Mitia sacudiu a cabeça. Quando a sua mãe, porém, afastou a estranha, ele sorriu, sacudiu a esponja com as duas mãos e fez ouvir sons de alegria que deixaram extasiados Kitty, a ama e até mesmo Levine.

A ama ergueu a criança na palma da mão, enxugou-a, envolveu-a na toalha e, como ela soltasse um grito penetrante, entregou-a à mãe.

— Sinto-me contente em ver que tu começas a amá-lo — disse Kitty quando a criança tomou o seu seio, já sentada tranquilamente no lugar de costume. — Eu sofria por ouvir dizer que não sentias nada por ele.

— Eu me exprimi mal. Queria somente dizer que ele me causava uma decepção.

— Como?

— Esperava que ele me acordasse um sentimento novo e, ao contrário, foram a piedade e o desgosto o que ele me inspirou...

Pondo os anéis que tirara para banhar Mitia, Kitty o ouvia com uma atenção concentrada.

— Sim, piedade, e também medo... Somente hoje, durante a tormenta, foi que compreendi como o amava!

Kitty sorriu de alegria.

— Tiveste medo? Eu também, mas tenho ainda mais medo agora quando lembro o perigo que corremos. Irei rever o carvalho... Apesar de tudo, passei um dia ótimo... Katavassov é magnífico. E, quando tu queres, ficas calmo como Sérgio Ivanovitch... Vamos, vai encontrá-los: depois do banho, isto aqui fica quente.

19

Levine, deixando a mulher, sentiu-se apossado pelo pensamento que o inquietava. Em lugar de retornar ao salão, encostou-se no balaústre do terraço.

A noite caía, e o céu, límpido para o sul, permanecia enevoado do lado oposto. Ouvindo as gotas de chuva caírem em cadência da folhagem das tílias, Levine contemplava um triângulo de estrelas atravessado pela via-láctea. De tempos a tempos, um relâmpago brilhava, seguido de um trovão, mas logo as estrelas reapareciam como se mão experiente as houvesse ajustado no firmamento.

"Vejamos, o que é que me perturba?", perguntou-se, sentindo na alma uma resposta para as suas dúvidas.

"Sim, a revelação no mundo da lei do bem é a prova evidente, irrecusável, da existência de Deus. Essa lei, eu a reconheço no fundo do meu coração, unindo-me a todos que a reconhecem como eu, e essa reunião de seres humanos participa da mesma crença chamada a Igreja. Mas, os judeus, os muçulmanos, os budistas, os adeptos de Confúcio?", pensou ele, retomando sempre ao ponto perigoso. "Esses milhões de homens estarão privados do maior dos benefícios, do único que dá um sentido à vida?... Mas, vejamos", prosseguiu, depois de alguns instantes de reflexão, "mas que pergunta fiz? Esta das relações das diversas crenças da humanidade com a Divindade? É a revelação de Deus para com o universo, com os seus astros e as suas nebulosas o que eu pretendo sondar! E é no momento em que me foi revelado um saber certo mas inacessível à razão que teimo em fazer intervir a lógica!

"Eu sei que as estrelas não marcham", continuou, observando a mudança na posição de uma estrela que estava acima de uma árvore. "No entanto, não podendo imaginar a rotação da terra e vendo as estrelas mudarem de lugar, tenho razão de dizer que as estrelas andam. Os astrônomos nada compreenderiam, nada calculariam, se tivessem tomado em consideração movimentos tão variados, tão complicados da terra? As surpreendentes conclusões a que chegaram sobre as distâncias, o peso, os movimentos e as revoluções dos corpos celestes não têm como ponto de partida os movimentos que vejo como milhões de homens o viram, como verão durante séculos, e que sempre podem ser verificados? E, como as conclusões dos astrônomos seriam inúteis e inexatas se elas não decorressem de observações do céu aparente, em relação a um único meridiano e a um único horizonte, igualmente todas as minhas deduções metafísicas estariam privadas de sentido se eu não as fundasse sobre este conhecimento do bem inerente no coração de todos os homens, e que tenho pessoalmente a revelação pelo cristianismo e que posso sempre verificar na minha alma. As relações das outras crenças com Deus permanecerão insondáveis para mim, e não tenho o direito de investigá-las."

— Como, ainda estás aí! — disse bruscamente a voz de Kitty que retornava ao salão. — Que te preocupa? — insistiu, cuidando de examinar o rosto do marido na claridade das estrelas. Um clarão que rasgou o horizonte mostrou-o calmo e feliz.

"Ela me compreende", pensou Levine, vendo a mulher sorrir. "Ela sabe em que penso. Será preciso dizer-lhe? Sim."

No momento em que ia falar, Kitty o interrompeu.

— Eu te peço, Kostia, para lançares um olhar no quarto de Sérgio Ivanovitch — disse ela. — Tudo estará em ordem? Puseram um novo lavatório? Constranjo-me em ir.

— Muito bem, eu vou — respondeu Levine, beijando-a.

"Não, é melhor calar-me", decidiu ele, enquanto a mulher entrava no salão. "Este segredo só tem importância para mim sozinho e nenhuma palavra poderia explicá-lo. Este novo sentimento não me transformou e nem me tornou feliz como eu esperava: como para com o amor paterno, não houve surpresa e nem deslumbramento. Devo lhe dar o nome de fé? Eu não sei nada. Sei apenas que deslizou na minha alma pelo sofrimento e que se implantou firmemente.

"Sem dúvida, continuarei a me impacientar com o cocheiro Ivá, a discutir inutilmente, a exprimir mal as minhas próprias ideias. Sentirei sempre uma barreira entre o santuário da minha alma e a alma dos outros, mesmo a alma da minha mulher. Sempre culparei Kitty pelos meus terrores para logo me arrepender. Continuarei a rezar, sem explicar a mim mesmo por que rezo. Que importa! A minha vida interior não estará mais à mercê dos acontecimentos, cada minuto da minha existência terá um sentido incontestável, porque está na minha vontade imprimir o bem em cada uma das minhas ações!"

Posfácio

É fácil resumir o enredo de *Ana Karenina*: Ana, a bela esposa do frio burocrata Aléxis Karenin, apaixona-se pelo conde Vronski, elegante oficial da Guarda Imperial; Kitty, a noiva abandonada de Vronski, encontra nova vida no amor de Levine, homem rico e culto que se dedica ao serviço dos pobres, à causa do povo russo; as relações adulterosas de Ana e Vronski levam fatalmente a um fim trágico: Ana, jogando-se nos trilhos frente a um trem de estrada de ferro, comete suicídio. Eis o resumo do enredo.

Os primeiros críticos da obra, nos jornais russos da época, resumiram assim o enredo, provocando a indignação do romancista, que escreveu em carta ao seu amigo, o crítico literário Strakhov: "Eles (os críticos) parecem saber melhor que eu próprio. Se alguém me pedisse dizer o tema de *Ana Karenina*, eu não saberia outra resposta do que escrever de novo *Ana Karenina*."

Esse trecho da carta de Tolstói toca num grande problema de estética literária e indica um dos mais graves problemas de crítica: pois a obra de arte, que o crítico pretende analisar e interpretar usando suas próprias palavras, só pode ser real e fielmente representada pelas palavras que compõem a própria obra de arte. Sabe-se que é impossível parafrasear em prosa um poema dado: no resumo perde-se tudo e só fica um esqueleto, totalmente despido daquilo que transforma as palavras do poema em poema. Quando se trata de um romance, embora em prosa, a dificuldade é parecida: a obra novelística é um organismo, composto de "órgãos" e partes que só funcionam em conjunto; o resumo omite fatalmente órgãos vitais desse corpo; e vira cadáver, morto. Eis a dificuldade da apresentação crítica de uma obra de arte: é como decompor um relógio e pedir depois que funcione. Esse processo pode ser lícito quando se trata de uma obra falsa, incongruente, inferior: então, a análise demonstra as causas por que a obra não é uma obra de arte e por que "não funciona". Mas é, a rigor, impossível analisar uma verdadeira obra de arte; e *Ana Karenina* é verdadeira obra de arte.

A essa dificuldade, que é geral, acrescenta-se, no caso do romance de Tolstói, mais outra: a intenção contrária do autor. Pois Tolstói não quis que seu romance fosse uma obra de arte. Quis, para voltar à nossa metáfora, construir um relógio que indicasse a hora certa, isto é, o certo comportamento moral dos homens e mulheres. Essa sua intenção e o resultado do seu trabalho (o romance) estão em conflito. Não se sabe, francamente, se devemos tomar o partido do romancista Tolstói ou do moralista Tolstói. A única saída, para o crítico, é esta: historiar a luta entre os dois; descrever, enquanto possível, a gênese de *Ana Karenina*.

Em maio de 1873 escreveu Tolstói àquele seu amigo Strakhov: "Estou empenhado em escrever um romance. Será meu primeiro romance sério." Ninguém pode ler sem a maior surpresa estas linhas. Apenas quatro anos antes, em 1869, tinha Tolstói terminado *Guerra e paz*; agora, em 1873, pretende ele escrever seu "primeiro romance sério". Então, *Guerra e paz* não teria sido seu romance? Ou então, não teria sido uma obra séria? É inacreditável. Parece mesmo loucura. A não ser que as palavras "romance" e "sério", naquela carta a Strakhov, tivessem um sentido especial, diferente, que agora temos de examinar.

Ao começar a escrever *Ana Karenina*, Tolstói fala em seu "primeiro romance". E a qual gênero *Guerra e paz* pertence? Todos os críticos que se ocuparam com definir e caracterizar o gênero "romance" sentiram a dificuldade de equiparar *Guerra e paz* a outros, mesmo aos maiores exemplos do gênero, inclusive aos romances históricos. Essa dificuldade me parece artificial: é consequência da errada definição histórica do "romance" como "epopeia em prosa". Um romance moderno não tem nada a ver com as epopeias de Homero, Virgílio, Camões, Tasso, Milton. É coisa muitíssimo diferente. Mas *Guerra e paz*, sim, é epopeia em prosa, por todos os motivos que não tenho espaço para expor. Tolstói, inteligência instintiva, sentiu isso. Não quis que *Guerra e paz* fosse considerado romance. Mas *Ana Karenina* seria seu "primeiro romance", assim como são romances as seis obras de Turgueniev. A diferença também pode ser explicada usando os termos introduzidos pelo crítico inglês Percy Lubbock: *Guerra e paz* seria um romance "panorâmico", construído em grandes blocos coerentes; e *Ana Karenina*, um romance "cênico", cuja ação progride através de grandes cenas dramáticas (a maior é a da corrida de cavalos). Essa diferença de técnica novelística explica-se pela diferença dos ambientes nas duas obras. *Guerra e paz* apresenta a Rússia inteira em resistência contra a invasão napoleônica. O verdadeiro herói da obra é o povo russo. Em *Ana Karenina* também aparecem personagens de condição humilde: criados, camponeses. Mas o povo só ocupa o fundo. Até Kitty e Sevrin, na fazenda, ficam no segundo plano. O ambiente é a cidade e o da "sociedade", no sentido em que se fala de "crônica social": aristocratas ociosos, altos burocratas, oficiais do exército imperial, mulheres elegantes. Essa gente, por mais variada que seja, não constitui um panorama da Rússia. Só constitui um setor, assim como o palco apresenta ao público um setor da realidade. Esse palco não presta para desenvolver movimentos de grandes massas. O número de pessoas tem de ser limitado. Seus encontros e suas conversas fazem progredir a ação. *Ana Karenina* é um romance cênico. Resta perguntar por que Tolstói escolheu essa técnica dramática.

 Guerra e paz fora um romance histórico de sentido nacional: apresentou o fortalecimento da nacionalidade russa, pela defesa contra a invasão estrangeira. Foi — sentiu Tolstói — um necessário processo histórico; pois antes a Rússia dos Czares e dos servos apenas fora uma máquina administrativa e militar em cima da massa amorfa do povo. E mesmo essa máquina não tinha existido na Rússia meio bizantina e meio asiática dos tempos antigos. Essa máquina foi criada, por volta de 1700, pelo czar Pedro, o Grande, o europeizador. Quase logicamente, dir-se-ia, Tolstói quis escrever um romance histórico sobre Pedro, o Grande. Mas abandonou esse projeto, por motivos intimamente pessoais. *Guerra e paz* tem no centro o anti-herói Napoleão (Tolstói negava, como se sabe, o papel dos heróis na história); contra ele não se opõe um herói russo, mas o povo russo inteiro. Pedro, o Grande, porém, este foi um grande homem. Um grande indivíduo. Um grande individualista. E um grande imoralista: violento, cruel, voluptuoso. O jovem Tolstói, aquele que escreveu a novela *Os cossacos*, teria simpatizado com ele. O Tolstói de 1870, em plena crise moral, arrependido e abatido, não podia mais sentir com aquele "monstro". Escolhendo tema para um romance, só podia ser algo que refletisse seu próprio drama. Já Tolstói tinha começado a amaldiçoar a vida sexual. A mulher parecia a sedutora infernal. E resolveu escrever um romance de uma adúltera: *Ana Karenina*.

 Um romance de adultério, escrito por Leon Tolstói, provoca fatalmente a comparação com o quase contemporâneo romance de adultério, escrito por Gustave Flaubert. O confronto seria capaz de alimentar um tratado inteiro de estética literária, com digressões sobre vários assuntos extraliterários. O ambiente pequeno-burguês de cidade de província francesa e o ambiente aristocrático da capital czarista; a estupidez vulgar e a leviandade requintada; o caráter de Emma Bovary e o caráter de Ana Karenina; o amoralismo de Flaubert e a moralística de Tolstói; a diferença fundamental dos processos estilísticos; a diferença dir-se-á mais fundamental dos procedimentos do realismo francês e do realismo russo, que seria interessante demonstrar pela análise minuciosa das cenas culminantes dos dois romances: a cena das "comicidades agrícolas" em *Madame Bovary* e a cena da corrida de cavalos em *Ana Karenina*. Impõe-se a maior cautela quanto ao julgamento crítico diferencial: talvez se possa afirmar que *Madame Bovary* é a obra de arte melhor elaborada e *Ana Karenina* expressão de maior intensidade, mas também é possível arrolar argumentos em favor da tese exatamente contrária. Mas um ponto, pelo menos, é certo: Flaubert costumava dizer: "*Emma Bovary, c'est moi*"; e Tolstói poderia ter dito: "Ana Karenina, isto é, eu". É uma concordância que, porém, logo se desfez, pela análise das duas frases: Flaubert quis condenar, no pseudorromantismo de sua personagem, seu próprio romantismo, fê-lo, caricaturando-o até a tragicidade; Tolstói quis condenar, na falha moral de sua personagem, seu próprio sentimento de falha moral, e anunciou essa intenção, antepondo ao romance, como epígrafe, a terrificante frase bíblica: "A vingança é Minha e Eu vou retaliar — diz o Senhor".

Guerra e paz termina com o triunfo da vida: como uma bandeira se levantam as fraldas entre as quais cresce mais uma nova geração. Mas *Ana Karenina* é condenada, pelo seu criador, à morte: a morrer como suicida. A diferença basta para explicar o sentido algo enigmático naquela carta de Tolstói a Strakhov: "... meu primeiro romance sério." Pois, na queda moral e no destino trágico de Ana — "*Ana Karenina, c'est moi*" —, acreditava Tolstói implicados sua própria queda e seu próprio destino.

O ano de 1870 e os anos seguintes, em que o romance foi elaborado, significam a grande crise na vida e na obra de Tolstói. Até então, fora ele o aristocrata rico, homem da alta sociedade, gozando exuberantemente da vida, "fornicador incansável" (são suas próprias palavras) e patriarcal pai de família, homem feliz enfim: e a expressão dessa felicidade é sua grande arte, em *Os cossacos* e em *Guerra e paz*. Depois, Tolstói é outro homem: descendo para o povo e misturando-se aos camponeses, desprezando a sociedade aristocrática e preferindo a companhia dos simples e dos pecadores, vivendo asceticamente, amaldiçoando a sociedade, sentindo-se profundamente infeliz e expressando por dentro o julgamento inexorável de suas falhas e quedas. O destino trágico do pecador ao seu lado também seria o seu. E a arte não lhe importa mais: só a confissão, o sermão e a oração fúnebre. Em começo de 1870 assistirá Tolstói na estação da estrada de ferro de Isnaia Poliana, perto de sua fazenda, a uma cena terrível: uma vizinha, a princesa Ana Stepanovna Bibikov, infiel ao marido e torturada pelos remorsos, suicidou-se, jogando-se nos trilhos diante de um trem em avanço. A morta transformou-se, na mente do escritor, em Ana Karenina, esposa infiel do frio burocrata Karenin. O caráter do marido é circunstância atenuante. No fundo é Ana uma personagem ideal, parente dos encantadores moços russos nos romances de Turguéniev e descendente da Tatiana de Púchkin. Mas não encontra, como esta, um herói romântico da espécie de Eugenio Oneginque que a tornaria infeliz; encontra o elegante e leviano Vronski que a matará pela paixão adúltera. Os dois personagens principais não são amantes românticos, mas pecadores culpados. A relação Ana-Vronski basta para fornecer ao romancista o conflito dramático entre o bem e o mal. Ana tem de ser terrivelmente punida. "A vingança é Minha e Eu vou retaliar — diz o Senhor." É o novo Tolstói, o pecador arrependido, o moralista torturado pelos escrúpulos, que assina a sentença de morte.

Mas o Tolstói antigo, o grande artista, não tinha morrido de todo. O desenho em preto e branco, a oposição simplista do bem e do mal, não parecia suficiente. O conflito dramático exigiu um complemento. Já não poderiam ser personagens robustos, personificações da feliz vida animal. E, sim, uma Ana virtuosa, isto é, que desiste de paixão exuberante para encontrar uma felicidade "íntima". É Kitty a noiva rejeitada de Vronski. Mas quem seria, para ela, o portador de uma felicidade mais pura? Só um homem, que compreende a rejeitada e todos os rejeitados, esse imenso povo russo, torturado e infeliz do qual poucos se apiedam, poucos como o próprio Tolstói. E assim entrou no romance o autorretrato de Tolstói como homem moralmente reformado e desejoso de reformar a sociedade moralmente doente. Assim nasceu a personagem Levine, cujo nome é mesmo derivado de Lev, do nome do romancista.

A composição do romance, apesar da grande extensão da obra, é de simplicidade notável: os numerosos personagens secundários ficam todos eles no fundo (com exceção de Karenin, evidentemente, e talvez de Stiva); o primeiro plano do palco é ocupado pelos dois casais contrastados: Ana e Vronski, Kitty e Levine (com superioridade marcada das personagens femininas). O romance é essencialmente dramático.

Não se pode silenciar a relativa fraqueza do esquema: pois o grupo Kitty-Levine não tem o mesmo peso do grupo Ana-Vronski. A dificuldade foi insuperável. Kitty não pode exercer o mesmo fascínio de Ana, sob pena de transformar-se em outra Ana e destruir a composição. Levine, por sua vez, não podia ser mais simpático que Vronski. Mas não tem a mesma realidade, porque é aquilo que Tolstói quis ser e ainda não era. Como moralista, Tolstói "não encontrou" a solução dessa dificuldade. Mas superou-a como artista, opondo ao "sentido da vida", supostamente encontrado por Levine, a vida sem sentido da sociedade à qual Levine pertencera e da qual ele se tinha retirado. O romance está cheio de cenas da vida mundana, quase como uma "crônica social". Mas a futilidade dessas cenas é um símbolo — e dos mais eficientes — do vácuo moral em que Ana e Vronski vivem e que é a verdadeira causa do seu destino fatal. Essa força simbólica alcança o ponto mais alto da cena da corrida de cavalos. Quando a obra apareceu, pela primeira vez, traduzida em línguas ocidentais, aquela cena provocou logo a maior admiração, embora não sendo bem compreendida: parecia aos críticos franceses e alemães uma obra-prima do realismo então moderno. Na verdade, porém, é aquela cena ponto em que Tolstói conseguiu transformar em arte novelística seu novo credo, meio cristão e meio budista. O acidente fatal e a morte da égua simbolizam a queda e a morte de Ana Karenina, sua punição conforme a terrificante ameaça da epígrafe bíblica; e manifestam ao mesmo tempo a piedade pela criatura sacrificada e, através disso, a simpatia não confessada do autor para com sua personagem infeliz, também sacrificada.

O conflito entre a arte e a moral, em Tolstói, não tinha solução. Levou-o vinte anos depois, a amaldiçoar, no tratado *O que é arte?*, toda e qualquer arte literária, inclusive sua própria. Mas o conflito fora teórico. Na prática, a harmonia entre as intenções conflitantes estava realizada em *Ana Karenina*, "o mais sério" romance e o "mais romance" dos romances de Tolstói e, talvez, da literatura russa.

"É a mim que compete a vingança e a retribuição." [97]

Otto Maria Carpeaux

---

97 Deuteronômio, XXXII, 35. Cf. Epístola aos Romanos, XLI, 19 e Epístola aos Hebreus, X, 30.

Direção editorial
Daniele Cajueiro

Editora responsável
Ana Carla Sousa

Produção editorial
Adriana Torres
Laiane Flores
Bárbara Anaissi

Revisão de tradução
Letícia Côrtes

Revisão
Laura Folgueira

Diagramação
Henrique Diniz

Capa
Anderson Junqueira

Este livro foi impresso em 2022
para a Nova Fronteira.